Jetta Sachs-Collignon
Maria Stuart

Jetta Sachs-Collignon

Maria Stuart

Leben und Lieben einer Königin

Historischer Roman

Stieglitz Verlag
D-75417 Mühlacker
A-8952 Irdning/Steiermark

Schutzumschlag:
Volker Riedel, Knittlingen

Titelfoto:
Gemälde, Marias Rückkehr aus Frankreich

Die Deutsche Bibliothek – CIP-Einheitsaufnahme

Sachs-Collignon, Jetta
Maria Stuart: Leben und Lieben einer Königin;
historischer Roman/Jetta Sachs-Collignon
Mühlacker; Irdning/Steiermark: Stieglitz-Verl., 2000
ISBN 3-7987-0352-3

ISBN 3-7987-0352-3

D-75417 Mühlacker
A-8952 Irdning/Steiermark
2000
Druck: Karl Elser Druck GmbH, Mühlacker

Inhalt

Der Künstler, der sich anschickt, die Tragödie der Maria Stuart zu schildern, wäre verwegen, wollte er vorgeben, die Wahrheit, die ausschließliche Wahrheit all ihrer Lebensumstände zu wissen. Was er erreichen kann, ist lediglich ein Maximum an Wahrscheinlichkeit. Selbst was er mit bestem Wissen und Gewissen als Wahrheit empfindet, wird noch immer mit Zweifeln behaftet sein, denn da die Quellen nicht rein fließen, wird er aus Trübem Klarheit zu gewinnen haben. Da sich die übelieferten Berichte widersprechen, wird er jeweils zwischen Belastung und Entlastung zu wählen haben, und so vorsichtig er auch sein mag, wird er hier und da seine Schilderung doch mit einem Fragezeichen zu versehen haben, denn im Sinne der Wahrheit ist das Schicksal der Maria Stuart im Dunkel geblieben und wird es auch für immer sein.

Stefan Zweig

Der Hof der Kinder

Die Sonne schien noch recht warm im Oktober des Jahres 1548. Ihr Licht brach sich in den bleigefaßten Scheiben der Turmfenster, und selbst am Nachmittag warfen Hecken und Rabatten blaugraue Schatten. Eine friedliche Stille lag über Carrières-sur-Seine, nur aus dem weiten Geviert des Schloßhofs waren Kinderstimmen zu hören.

„Komm, laß uns Ball spielen“, klang hell die Stimme eines fünfjährigen Jungen.

„O ja, wirf du zuerst“, kam fröhlich die Zustimmung seiner vierjährigen Schwester. Ein paar Mal war der Ball aus buntem, feingenähtem Ziegenleder um eine aufgeblähte Schweinsblase zwischen den Kindern hin und hergeflogen, als vom Kreuzgang her eine ältere Matrone in

Kleid und Haube von schlichter dunkler Farbe, ohne Schmuck und Zierat, den Hof betrat. Sofort unterbrachen die Kinder ihr Spiel.

„Waren wir zu laut, Madame d'Humière?" begrüßten sie erschrocken die Haushofmeisterin.

„Nein, nein, mes enfants, vergnügt euch nur weiter. Und seht, wen ich euch da bringe. Heißt sie willkommen, eure neue Spielkameradin."

Erst jetzt bemerkten die Kinder, daß Madame d'Humière ein kleines Mädchen an der Hand hielt, das sich schüchtern in die Falten ihres Kleides drückte. Es konnte kaum sechs Jahre zählen, war in handgewebte Wolle gekleidet und schien der Begegnung mit äußerster Zurückhaltung entgegenzusehen. Das ovale Gesicht war auffallend hellhäutig, die goldbraunen Augen blickten voller Scheu, und unter einem grünen Samtmützchen quollen helle aschblonde Locken hervor. Der Junge, den Ball unterm Arm, trat einen Schritt nach vorn.

„Willkommen auf Schloß Carrière, ma chère cousine, und Gottes Segen mit dir!" Die Worte waren von einer artigen Verbeugung begleitet, der sich seine Schwester mit einem Knicks anschloß. Das Gesicht des fremden Kindes jedoch blieb ausdruckslos und ohne Anzeichen des Begreifens.

„Sie versteht das Französische nicht", erklärte Madame d'Humière und schob ihren Schützling sanft aus dem Versteck ihrer Rockfalten dem Jungen entgegen. Und dieser begriff. Mit beiden Händen hob er den Ball hoch über seinen Kopf und warf ihn in hohem Bogen dem Mädchen zu.

„Da", rief er lachend, „fang ihn auf!"

Diese Geste verstand das Mädchen. Auch sie lachte, folgte gebannt dem Flug des Balles und, ihm entgegenlaufend, fing sie ihn geschickt in ihren Armen auf. Ihr eben noch blasses Gesicht glühte vor Eifer, doch was nun jauchzend ihr über die Zunge kam, verstand der Junge nicht.

„Was hat sie gesagt?" forschte er bei der Hofmeisterin.

„Ich weiß es nicht", gestand diese ein, „sie spricht Schottisch, noch dazu in schrecklichstem Dialekt."

Tatsächlich klangen die Worte rauh und kehlig. Kaum weniger mißtönend als die Klänge eines Dudelsacks, den man in ihrer Heimat zu spielen pflegte. Doch der Ball aus buntem Ziegenleder flog nun vom einen zum anderen, und im übermütigen Spiel war kein Dolmetsch mehr vonnöten. Kinder verstehen einander stets zuerst als Kinder, so wie diese im Schloßhof von Carrière-sur-Seine: Francois, der als Franz II. den Thron von Frankreich besteigen sollte, seine Schwester Elisabeth, die einmal Königin von Spanien werden würde, und Maria, die bereits Königin war, nämlich Königin von Schottland.

„Ich meine", war nun eine dunkle Frauenstimme zu hören, „das Experiment ist zu unserer größten Zufriedenheit geglückt."

„Wahrhaftig", wurde ihr zustimmende Antwort zuteil, „die Kinder haben scheinbar vom Fleck weg Freundschaft geschlossen."

Es war die Herzogin von Guise, die an einem Fenster des oberen Stockwerks die Szene im Hof beobachtete, neben ihr stand Lady Janet Fleming. Antoinette von Guise, eine geborene Bourbon, die Großmutter Marias, war zu deren Empfang nach Schloß Carrière geeilt, Lady Fleming, im Gefolge der kleinen Königin aus Schottland gekommen, war Marias Erzieherin.

Man konnte sich keinen größeren Unterschied denken als zwischen diesen beiden Frauen. Die eine im sechsten Jahrzehnt ihres Lebens und stolzes Oberhaupt der mächtigen Familie Guise, die andere eine junge, lebenslustige Witwe aus dem fernen Land der Lords und Lairds; und doch herrschte zwischen beiden spontanes Einverständnis, das in der Zuneigung zum königlichen Kind Maria wurzelte.

„Lady Fleming ist die einzige Schottin, die sich ordentlich wäscht", urteilte die Herzogin, und so war es auch auf ihren Einfluß zurückzuführen, daß der weitaus größte

Teil des schottischen Gefolges gleich nach der Ankunft auf französischem Boden ausgemustert und zurückgeschickt wurde. Außer der Erzieherin war nur noch Marias schottische Amme, Jean Sinclair, mit nach Carrière-sur-Seine gekommen. Ein paar jugendliche Gespielinnen Marias hatte man einstweilen in ein Kloster gesteckt, zur besseren Anpassung an französische Lebensart versteht sich.

„Ich fahre morgen nach St. Germain-en-Laye", beschloß die Herzogin fürs erste, „und werde der Königin Bericht erstatten."

„Oh, Ihre Majestät wird entzückt sein", fiel Lady Fleming etwas vorlaut ein, „ich würde ihr meinen Zögling gern so bald wie möglich vorstellen, allerdings nicht ehe . . .". Sie brach ab, weil sie an die mangelnden Französischkenntnisse ihres Schützlings dachte, aber die Großmutter sah ein ganz anderes Hindernis, die Enkelin schon bald bei Hofe vorzustellen.

„. . . nicht ehe wir eine angemessene Garderobe für Maria haben anfertigen lassen. Das grobe Bauerntuch, das sie jetzt trägt, ist ein Hohn für ihren Stand."

„Ja, Madame", stimmte Lady Fleming zu, versuchte aber schottische Rückständigkeit in Sachen Mode zu entschuldigen, „das Klima in unserem Land ist rauh, und die Überfahrt nach Frankreich war es nicht weniger."

Damit hatte sie recht. Die Wolle unzähliger Schafherden in den Highlands war den Schotten das ganze Jahr hindurch zu wärmender Kleidung unentbehrlich. Und was die fast fluchtartige Reise hierher anbetraf, so hatte man auf zwei schwankenden Galeonen, die sicherheitshalber den weiteren Weg westlich über den Firth of Clyde und die Irische See genommen hatten, sechs Tage lang den widrigsten Stürmen standzuhalten. Unzählig die Seekranken unter der Mannschaft wie auch der Begleitung, ausgenommen, so erzählte man sich, Maria, die unverdrossen dem Auf und Ab der Wogen getrotzt hatte.

„Nun, wir werden sehen", nahm die Herzogin den Faden wieder auf, „ich habe jedenfalls schon Stoffe und

Zierat aus Paris kommen lassen. Übrigens . . ." sie hielt inne und warf einen letzten Blick auf die Ball spielenden Kinder im Schloßhof, ehe sie sich zur Tür wandte, „wissen die Kinder Bescheid?"

„Bescheid worüber?"

„Nun, daß François und Maria einander heiraten sollen?"

„O nein, Madame, sie sind ahnungslos." Lady Fleming hob abwehrend beide Hände. „Und ich denke, man sollte es einstweilen dabei belassen. Sie sind Kinder und sollten es bleiben dürfen, ehe man sie unter die gleiche Bettdecke steckt, um Schottland und Frankreich gegen England zu vereinen."

„Die Krone Frankreichs und die Krone Schottlands künftig auf einem Haupt", faßte Antoinette de Guise schwärmerisch zusammen, „das wird England ein für alle Mal in die Knie zwingen."

Dies war der Plan, den zuvor auch schon Heinrich VIII. von England gehegt, nämlich seinen Sohn Eduard, damals neunjährig, mit der Krone Schottlands zu verheiraten. Seine unablässigen Waffeneinfälle ins Grenzland allerdings konnten weder Marias Mutter, Regentin der schottischen Krone, noch den Lords des Landes eine solche Verbindung schmackhaft machen, nein, dann schon lieber Frankreich, dem dortigen König Heinrich II. und Königin Katharina aus dem Hause Medici, sein Ohr leihen und damit auch der mächtigen Familie Guise, der Marias Mutter angehörte. So war man sich einig, französische Truppen zum Schutze Schottlands zu entsenden und England kräftemäßig in die Zange zu nehmen. Maria, auf französischem Boden in Sicherheit gebracht und zu französischer Lebensart erzogen, sollte dann den Pakt im Ehebett einlösen. Aber noch war es nicht soweit. Im weiten Wohntrakt von Carrière-sur-Seine bezog Maria ein gemeinsames Zimmer mit Elisabeth. Ihre Betten standen nebeneinander, und Marias Französischkenntnisse profitierten vom nächtlich geflüsterten Schwatz der beiden.

„Bist du noch wach?“
„Ja.“
„Fürchtest du dich im Dunkeln?“
„Ein wenig schon . . .“
„Das brauchst du nicht. Die heilige Jungfrau beschützt uns. Du trägst ja ihren Namen . . .“
„Ja. Maria . . . zu Hause sagen sie Mary . . .“
„Wir sagen Marie. Aber das ist gleich. Schlaf jetzt.“
„Du auch. Good night.“
„Bonne nuit.“

Doch eh der Schlaf kam, tauchten in Marias Kopf Bilder auf; halb verweht, aber immer noch quälend: das düstere Gemäuer auf einer Insel, ein stiller See darum, Enten im Schilf, dann drohendes Unheil, Angst und Hatz, die sie nicht verstand, doch immer um sie die tröstenden Arme der Mutter, ihre Stimme, ihre Nähe, ihr Duft . . . Dann Tage der Flucht, viele Wagen, viele Pferde, meist heimlich in der Nacht, abermals eine Burg an steilem Fels, tief unten rhythmisch die brausende Brandung. Im winzigen Hafen fremde Schiffe. Sie warteten, daß die Natur sich beruhige. Noch immer schäumte die See, als die Begleitung an Bord ging: Hofdamen, Offiziere, Marias Gespielinnen. Endlich überquerte Maria selbst den schmalen Steg, ganz ungewohnt das Gefühl schwankender Bohlen unterm Fuß. Doch wo war die Mutter? Nach hastiger Umarmung blieb sie am Ufer, ganz fern, winkend, wurde kleiner und kleiner, löste sich auf in Nebel und Gischt. Mutter! Schreckensstarr fuhr Maria hoch. Aber da war weder der Wind in den Segeln, noch das Geschrei der Möwen, die sie aufs Meer hinausbegleiteten, sondern nur Elisabeths ruhige Atemzüge im Bett nebenan. Maria wußte, sie war in Sicherheit, wenn auch weit fort in einem fremden Land. Langsam, ganz langsam ließ sie sich wieder in die Kissen sinken, fühlte die Weichheit der seidenen Laken um sich, und irgendwann kam auch in dieser Nacht der Schlummer zu ihr.

Es war Katharina von Medici zu verdanken, daß die Kinder nicht am Hof von Saint-Germain lebten, sondern ihr eigenes ruhiges Domizil bewohnten. Königin Katharina, die in ihrer Ehe schmerzlich lange auf Nachkommenschaft hatte warten müssen, entschied für Franz, den Erstgeborenen, später auch für Elisabeth, sie nicht dem Trubel am Königshof auszusetzen, der, geschüttelt vom Wohl und Wehe machtpolitischer Belange, ruhelos von Schloß zu Schloß zog.

„Ich will nicht, daß meine Kinder in einer Welt von Heuchelei und Intrige aufwachsen", lautete ihre Meinung. Aber auch in Carrière gab es einen Hausstand, der einem Hofstaat en miniature gleichkam, und später, als weitere Prinzen und Prinzessinnen den Hof der Kinder bevölkerten, wuchs die Liste der Bediensteten bedenklich an und umfaßte Hofmeister, Kämmerer, Mundschenk, Suppenkoch,Grillkoch, Konditor, sowie Türsteher, Kammerdiener, Leibdiener, Kammermädchen, Wäscherinnen, Näherinnen und Stickerin. Weiter fand man Schatzmeister, Sekretär, Wundarzt, Almoseniere, Beichtvater und Schulmeister, dazu die Reihe der Pagen und Ehrenfräulein, alles zusammen weit über hundert Personen. In Marias Anfangszeit indessen träumte der Hof von Carrière still vor sich hin, hatte eine Handvoll Bediensteter nur für drei Königskinder zu sorgen.

Maria gewöhnte sich rasch an den neuen Tagesablauf, der bald neben Spiel und Spaß auch Lehrstunden enthielt. Da wurde buchstabiert und gerechnet, gemalt und geschrieben, musiziert und gesungen. Mit Elisabeth teilte Maria tuschelnd die Geheimnisse kleiner Mädchen, Franz, körperlich zart und oft kränklich, weckte in ihr weiblichen Beschützerinstinkt. Zuneigung, warmherzig und verschwenderisch, gehörte beiden gleichermaßen.

Endlich war die neue Garderobe für die schottische Königin fertiggestellt und wurde es Zeit, Maria bei Hofe vorzustellen. In schwerem besticktem Brokat, einen Rüschenkragen um den Hals und goldgewirktem Netz überm Blondhaar, wurde sie in prächtiger, doch schlecht gefederter Kutsche nach Westen gefahren. Ein Reiter hätte die Strecke querfeldein in einer guten Stunde bewältigt, die schwerfällige Karosse samt Begleitung jedoch mußte sich an Straße und Fahrweg halten, mehr oder weniger also an die Ufer der Seine, die hier einen engen Bogen nach Süden schlägt. So dauerte die Fahrt nach Saint-Germain einen halben Tag, und Maria verwünschte die ungewohnt modische Kleidung, das reichlich enge Mieder ebenso wie den unförmig steifen Rock. Wieviel bequemer waren da doch Kilt und Cape aus weicher Wolle, die wärmten und sich jeder Bewegung anpaßten. Beim Schloß angekommen half man Maria aus dem Wagen, der von Neugierigen umlagert war. Sie wurde von Raum zu Raum geführt, begafft von Höflingen, betuschelt von Damen.

„Was hat dieses Kind hier zu suchen?" fragten sie kichernd, aber ihre Blicke blieben bewundernd am goldglitzernden Kleid hängen. Maria genoß diese Bewunderung und dankte im Stillen der umsichtigen Großmutter für die angemessene Ausstattung. Und dann tat sich ein weiter Saal vor Maria auf, darin eine noch größere Menschenmenge, die sie bedrängte und ihr die Sicht nahm. Reihenweise beugten sich Gesichter zu ihr herab, und bauschige Röcke versperrten ihr den Weg. Da hörte Maria laut ihren Namen rufen und den Haushofmeister dreimal seinen Stab auf den Boden stoßen. Die Menge teilte sich und gab den Blick frei auf einen Thronhimmel am Ende des Saales, das Paar darunter, auf goldenen Stühlen, zweifelsohne der König und die Königin. Jemand faßte Maria an der Schulter und schob sie sachte vorwärts.

„Eure Reverenz", hörte sie zischen, „beugt das Knie!" Maria wußte es besser. Noch niemals hatte sie das Knie vor irgendjemandem gebeugt und würde es vor niemandem tun als vor dem Heiligen Vater in Rom. Sie war, so hatte es ihr die Mutter mit der ersten Milch eingeprägt, selbst eine Königin, Tochter des verstorbenen Königs Jakob V. von Schottland, und so souverän und frei wie jene dort auf dem Thron. Maria schob die Hand von ihrer Schulter, richtete sich zu ihrer vollen kleinen Höhe

Maria Stuart, gemalt von Francois Clouets, Paris, Sammlung Czartoryski

auf und schritt hocherhobenen Kopfes durch die zurückweichende Menge. Drei Schritte vor der Empore hielt sie inne, den Blick frei auf das Königspaar gerichtet. Sie sah einen noch jungen Mann von kräftiger, fast untersetzter Figur, auf dessen Gesicht die Jugendjahre in spanischem Kerker einen melancholischen Zug hinterlassen hatten: Heinrich II., König von Frankreich. Neben ihm, etwa gleichaltrig, mit vorstehenden Augen und wulstigen Lippen, die Königin.

„Cher cousin", begann Maria gemessen im Ton Erwachsener und „chère tante" fuhr sie, die Generationen wechselnd, fort, „ich danke Euren Majestäten für die gastliche Aufnahme im Land meiner Mutter." Es fiel ihr schwer, unter der Last des steifen Brokats gerade zu stehen. „Ich . . . ich", plötzlich war ihr der Faden der Worte gerissen, und zu ihrem Schrecken füllten sich ihre Augen mit Tränen.

Königin Katharina, die Italienerin auf dem französischen Thron, winkte Maria näher zu kommen.

„Mia bambina, figlia mia!" rief sie, ihr Französisch vergessend, und zog die Königin von Schottland fest an ihren vollen Busen. Heinrich, wenig gefeit gegen Rührung, tätschelte Maria zärtlich die Wange.

„Welch ein hübsches Kind!" rief er aus, und Zeugen der Szene schwören, er habe hinzugesetzt: „Niemals habe ich ein hübscheres gesehen!"

Von jetzt an war Maria Stuart in Frankreich zu Hause und sollte es für die nächsten dreizehn Jahre bleiben.

Die Königin sorgte alsbald dafür, daß der Unterricht der Kinder erweitert und auch die körperliche Ertüchtigung nicht vernachlässigt wurde. Ponys wurden angeschafft, und die Kinder übten sich im Sattel, Franz zaghaft, Elisabeth graziös, Maria fast tollkühn. Ein Dutzend Lehrer teilten sich in weitere Fächer, darunter Tanz, Gesang und Lautenspiel, vor allem aber das Studium fremder Sprachen: Latein, Spanisch, Italienisch. Hatte Maria soeben noch spielerisch ‚Francois, je t'aime' eingeübt, so kritzelte sie jetzt ‚Francesco, ti amo' auf ein Zettelchen und schob es ihm zu. Weder bei dem einen noch bei dem anderen Bekenntnis dachte sie sich viel, und als das Gerücht sich verdichtete, sie und Franz sollten ein Paar werden, erschien es ihr wie das Aushecken eines neuen Spiels.

„Du bist mein Bräutigam", rief sie übermütig, „ich bin deine Braut!" Der Gedanke, daß sie und Franz zusammengehörten, war ihr längst zur Selbstverständlichkeit geworden. Franz brauchte sie, er war so zart, oftmals von Schmerzen geplagt. Sie, robust und dem Leben zugewandt, würde stets an seiner Seite bleiben. Franz seinerseits konnte sich keinen Tag ohne Maria mehr denken, sie schenkte ihm Mut und Kraft, vor allem aber Trost, wenn sein schwacher Körper ihn quälte, die chronische Entzündung seiner Ohren ihn plagte. Daß die innige Freundschaft dieser beiden Kinder den Plänen der großen Politik entgegenkam, wurde ihnen in der Unbeschwertheit der ersten Jahre niemals klar.

Der Keim allen Übels

Um Burgen und Schlösser jener Zeit sauber zu halten, streute man Stroh auf die Fußböden oder legte Binsen aus. Dann und wann fegte man mit einem Reiserbesen und erneuerte den Belag. Wurde ein Großreinemachen nötig, so zogen die Bewohner mit Sack und Pack aus und überließen dem Gesinde das Feld.

Nach den ersten ruhigen Jahren auf Schloß Carrière begann auch für die Königskinder, zu denen inzwischen auch die vierjährige Prinzessin Claudia zählte, ein solches Wanderleben von Schloß zu Schloß. Die Kinder genossen es und jubelten, wenn wieder gepackt wurde und sich ihnen Neues an anderen Schauplätzen bot.

„Sieh nur, Franz, ein Gehege mit Hirschen!"

„Und dort eine Voliere mit bunten Vögeln!"

„Komm in den Park, Maria! Er hat einen See, auf dem wir Boot fahren können."

War Carrièrre-sur-Seine ein düsteres Gemäuer gewesen, das sich in Marias Erinnerungen mit schottischen Wohnplätzen vergleichen ließ, so lebten die Kinder nach kürzerem Aufenthalt am Königshof der Reihe nach in Fontainebleau, Mantes-sur-Seine, Meudon, Blois mit seinem raffinierten Wendeltreppenturm und Chambord mit vierhundert Zimmern und fast ebenso vielen Schornsteinen. In diesen Schlössern, meist unter Franz I. erbaut, lernte Maria Lebensumstände kennen, die ihr als ein selbstverständlicher Tribut an ihr königliches Blut erschienen. Plötzlich waren nicht mehr eine Handvoll, sondern Hunderte von Bediensteten um sie bemüht, standen nicht mehr zwei Betten vertraut nebeneinander, sondern hatte jedes der Kinder eine ganze Zimmerflucht für sich. Marias Erscheinen – wo auch immer – schien eine Kette von Ovationen an ihren Stand auszulösen. Alles dienerte und buckelte, und wenn diese zur Schau getragene Unterwürfigkeit auch weniger der Königin von Schottland galt als der vermutlich nächsten Königin von Frankreich, so nährte sie doch Marias unumstößlichen Anspruch auf ihre Position.

„Eine Königin bin ich, von Gottes Gnaden und legitimer Geburt, ebenbürtig allen Königen dieser Erde. Nur der Papst steht über mir."

Wurden die Unterrichtsstunden der Heranwachsenden nach wie vor beibehalten, so wechselten sie doch sehr bald mit Vergnügungen aller Art wie Gartenfesten, Maskenbällen, Theateraufführungen und gelegentlich Jagden, an denen Franz sehr rasch, Maria nur zögernd Gefallen fand.

Einige Monate während dieser Wanderschaft verlebten die Kinder auch auf Schloß Anet, etwa zwanzig Meilen westlich St. Germain gelegen. Ihre Gastgeberin dort trug den stolzen Titel einer Herzogin von Valentinois und war trotz ihrer fast fünfzig Jahre von geradezu überirdischer Schönheit. Sie empfing ihre kleinen Gäste auf ebenso überlegene wie familiäre Weise.

„Du bist gewachsen, mein lieber Franz, aber halt dich gerade. Immerhin bist du eines Tages König!" Den beiden Prinzessinnen küßte sie die Wangen, und auch Maria erhielt einen Kuß auf die Stirn. „Das also ist unsere kleine Schottin! Du bist groß für dein Alter. Willkommen im Reich deiner Mutter."

Maria war verblüfft. Bisher waren alle Schlösser königlicher Besitz gewesen, und niemand hatte es gewagt, einen solch saloppen Ton anzuschlagen.

„Wer ist sie?" raunte sie Franz zu, „eine Verwandte?" Seltsamerweise zögerte Franz, so daß Elisabeth statt seiner antwortete.

„Tante Diane, sie ist Papas Maitresse."

„Pschscht", machte Franz, der ganz offensichtlich die Bedeutung des Wortes Maitresse besser kannte als seine Schwester.

„Aha, Maitresse", konstatierte Maria ohne Scheu. Immerhin war sie mit fünf unehelichen Brüdern teils im gleichen Haushalt aufgewachsen. Daß diese von anderen Müttern stammten, die man ‚mistress' oder auch Maitresse nannte, das war ihr geläufig. Die Tatsache, daß ihr Vater, Jakob V. von Schottland, eine ganze Reihe von ihnen beehrt hatte, konnte in Maria niemals das Bewußtsein trüben, daß sie – und nur sie allein – die einzig legitime Nachfolgerin auf dem schottischen Thron war.

Was Maria nicht wußte, war, daß Diane von Poitiers die Hand über sie hielt, seit sie französischen Boden betreten hatte. Damals frisch zur Herzogin erhoben und auf der Höhe ihrer Macht galt Dianas Einfluß auf Heinrich II. von Beginn an der Verbindung Frankreichs mit Schottland und, wo irgend möglich, der Entmachtung Englands. Darin war sie einer Meinung mit den Guisen, jener Familie, die durch Marias Mutter ohnehin über Schottland gebot. Maria, sozusagen Werkzeug dieser Politik, fand nun die mütterliche Protektion der Herzogin von Valentinois, und deren Eleganz und damenhafte Erscheinung blieb nicht ohne Einfluß auf die junge Stuart aus dem rauhen Norden.

„Du wirst eines Tages über Frankreich herrschen, Maria, so wie du Schottlands Krone schon heute trägst", hämmerte sie dem Kind ein, dessen Selbstbewußtsein ohnehin mehr als gefestigt war. Aber sie ging unheilvollerweise noch einen Schritt weiter. „Und bedenke, daß du außerdem auch noch . . ." Mit einer vagen Bewegung brach die Herzogin ab, aber Marias Aufmerksamkeit war bereits geweckt. Was sollte sie außerdem bedenken? Es war der König, der bei nächster Gelegenheit, das Gedankengut seiner Freundin übernehmend, der Heranwachsenden erklärte:

„Du hast nicht weniger als auf die Kronen Schottlands und Frankreichs auch einen Anspruch auf die Krone Englands."

Diese Eröffnung nahm Maria mit Erstaunen auf.

„Auf die Krone Englands", rief sie, „wie das? Dort sitzt Maria Tudor auf dem Thron!"

„Das ist richtig", bestätigte Heinrich und schlenderte neben der künftigen Schwiegertochter über die Kieswege der weiten Gartenanlagen von Chambord, „das ist ganz richtig, sie ist ihrem Bruder Edward nachgefolgt. Aber jedermann weiß, daß sie keine Kinder haben wird . . ." Nicht ohne Schadenfreude kostete er seine Worte aus, aber Maria beendete den Satz ohne Zögern nach ihrem Wissen.

„Elisabeth folgt ihr nach, die Tochter Anna Boleyns!"

„Pah", machte Heinrich, „deine katholische Namensschwester wird keine Protestantin auf dem Thron dulden, schon gar nicht einen Bastard!"

„Aber der König war mit Elisabeths Mutter verheiratet", wandte Maria ein und dachte dabei wieder an ihre zahllosen Brüder, deren Mütter nicht auf einen solchen Umstand hinweisen konnten. Doch der König ließ sich nicht beirren.

„Königin Katharina war seine rechtmäßige Ehefrau. Die Heirat mit Anna Boleyn führte über eine Scheidung, die von der Kirche niemals anerkannt wurde. Damit ist Elisabeths Geburt illegitim. Sie kann den Thron nicht erben. Du aber . . ." Maria horchte auf. Wie kam sie dabei ins Spiel? Sie blieb stehen und sah aus bernsteinfarbenen Augen zum König auf.

„. . . du, Maria, bist zwar eine Stuart, aber von Seiten deiner Großmutter auch eine Tudor. Sie war die Schwester des achten Heinrich, der nun wieder mein Namensvetter ist." Er nahm Marias Arm und setzte seinen Weg zwischen blühenden Rabatten fort.

„Niemand anderes als du hat ein Recht auf die unmittelbare Thronfolge in England!" Eine theatralische Geste unterstrich seine weiteren Ausführungen. „Du wirst meinen Sohn heiraten und gemeinsam mit ihm über ein geeintes Land herrschen, von den Orkney-Inseln bis an die Pyrenäen!"

Maria blieb der Mund offenstehen.

„Ihr glaubt wirklich. . . ?" Ihr zögernder Schritt knirschte auf dem Kies, ein Stück Wegs weiter waren ebenfalls Schritte zu hören. Die Königin bog um eine der hohen Taxushecken, mit ihr unter Lachen und Schwatzen ein Dutzend ihrer Damen. Katharina war füllig geworden. Obwohl sie im vorigen Jahr einem weiteren Prinzen namens Karl das Leben geschenkt hatte, war sie offensichtlich wieder hochschwanger. Des Königs noch immer verliebte Verbindung mit Diane de Poitiers konnte nicht hindern, daß er seiner Verpflichtung, weitere Prinzen und Prinzessinnen in die Welt zu setzen, regelmäßig nachkam. Katharina, so unerwartet des Königs ansichtig, hatte seine letzten Worte noch halb vernommen.

„Guarda chi c'è!" rief sie lachend an ihre Damen gewandt, von denen die Mehrzahl wie sie aus Italien stammte, „was wird Seine Majestät meiner kleinen bambina nur wieder für einen Floh ins Ohr gesetzt haben!"

„Oh, nichts weiter . . ." versetzte Heinrich verlegen, da er wußte, wie wenig seine phantastischen Zukunftsmalereien bei der so resoluten wie realistischen Königin Gehör fanden. Maria aber, in kindlichem Entzücken über die neue Aussicht, gleich drei Kronen auf ihrem Haupt zu vereinen, lief der Königin entgegen.

„Denkt Euch nur, Madame, ich werde Königin von England! Ich muß sofort zu Franz und es ihm erzählen!" Damit lief sie, so schnell es die lästige Mode schwerer

Stoffe zuließ, den Gartenweg zum Schloß, wo Franz wieder einmal mit Ohrenschmerzen das Bett hütete.

Dauphin und Dauphine

Maria Stuart war zwar niemals das, was man ein „häßliches Entlein“ nennen könnte, aber jetzt entwickelte sie sich rasch zu einem „schönen Schwan“. Rank und schlank zeigte sie erste vielversprechende Ansätze zu bezaubernder Weiblichkeit. Sie war nun fünfzehn Jahre alt. In einem Zeitalter, in dem man, wenn es die Staatsräson forderte, auch Kinder verheiratete, höchste Zeit, die lang geplante Hochzeit durchzuführen. Daran hinderte auch nicht die Tatsache, daß Franz, erst vierzehn und wenig entwickelt, noch immer gesundheitlich schwach war. Ein Heiratsvertrag wurde ausgehandelt – übrigens mit der für jeden Schotten skandalösen Klausel, daß Schottland, so Maria kinderlos blieb, gewissermaßen als Geschenk an Frankreich fallen solle. Darüber hinaus wurde der Hochzeitstermin festgesetzt: der 24. April 1558.

„Sie sagen, wir werden jetzt Mann und Frau“, sagte Maria zu Franz. Sie ritten nebeneinander am Ufer der Loire. Ihre Pferde, längst nicht mehr die Ponys aus Kindertagen, gingen Schritt am langen Zügel, ihre Begleitung hielt weisungsgemäß Abstand, um nicht lauschen zu können. Ein leichter Wind strich vom Wasser her und spielte in Marias langem Haar. „Hörst du, Franz, ich werde deine Ehefrau . . .“

„Ja, ich weiß“, kam die Antwort recht einsilbig.

Maria drängte ihr Pferd näher an das seine. Sie suchte ihrer Stimme einen unverfänglichen Ton zu geben.

„Sie sagen, wir werden jetzt Kinder kriegen. Sie sagen . . .“ Franz hielt das Gesicht auf die Mähne seines Pferdes gesenkt.

„Ja, ich weiß . . .“ sagte er stockend, doch sein ratloser Blick verriet, daß er nichts wußte. Wo immer etwas zu diesem Thema geflüstert worden war, hatte er sich abgewandt.

„Wir werden in einem Bett schlafen", warf Maria probeweise hin.

„Ja, ich weiß . . ."

Maria war nicht zufriedengestellt. Sie wollte Klarheit.

„Aber du liebst mich doch, nicht wahr?"

„Mehr als alles auf der Welt", sagte er wahrheitsgemäß.

Der 24. April war ein Sonntag. Da die Hochzeit in Paris stattfinden sollte, übersiedelte der Hof bereits vier Wochen zuvor in den Louvre, ein düsteres Gebäude, ungeeignet hochzeitliche Stimmung aufkommen zu lassen. Daher hatte sich der Bischof von Paris bereit erklärt, seinen Palast für die Festlichkeiten zur Verfügung zu stellen. Zwischen diesem und der Kathedrale Nôtre Dame wurde eine hölzerne Galerie errichtet, damit das Volk den einherschreitenden Hochzeitszug genau beobachten konnte. Da trat zuerst die Schweizergarde auf, wobei interessant ist, daß diese damals keineswegs dem Vatikan vorbehalten war. Ihr folgten bunt gekleidete Musikanten, dann der Hof, all die festlich gekleideten Damen und Herren, endlich die Prinzen von Geblüt im Prunk ihrer so üppigen wie farbenprächtigen Gewänder. Die Geistlichkeit, rot und gold glänzend, zog über die zehn Fuß hohe Galerie in die Kirche ein und endlich die Braut in einem lilienweißen Kleid mit endloser Schleppe, übersät von glitzernden Brillanten. Trotz ihrer unbestrittenen Schönheit erhob sich unwilliges Murmeln in der Menge. Die Braut trug Weiß? Wie das? Wußte doch jedermann, daß Weiß in Frankreich die Trauerfarbe der Königinnen war. Weiß war aber auch von Kindheit an Marias Lieblingsfarbe, und so setzte sie ihren Willen durch, an diesem Tag ein weißes Kleid zu tragen. War da ein leises Flüstern böser Ahnung zu hören, so wurde es vom strahlend schönen Anblick der Braut erstickt.

Der Bräutigam, einen Kopf kleiner als die Braut, war nicht weniger festlich gekleidet, strotzte nur so von Gold und Edelsteinen. Was machte es da, daß er blaß wirkte und sein Schritt zu schwanken schien. Unter brausendem Orgelklang nahm Nôtre Dame das Paar auf.

Nach endlosem Festschmaus dann endete der Tag in einem ausgelassenen Maskenball. Goldene Schiffe, an Schnüren durch den Saal gezogen, von scheinbar wogenden Wellen umgeben, boten einzelnen Paaren zu einer Rundfahrt Platz, dem Brautpaar, König und Königin ebenso wie manchem Höfling mit einer heimlich Angebeteten.

Keine königliche Hochzeit entkommt aber der Peinlichkeit des sogenannten ‚coucher', jenem Augenblick nämlich, an dem das Brautpaar, unter den Augen vieler Zeugen und deren obszönem Gekicher hinter vorgehaltener Hand, zu Bett gebracht wird. Im Falle Franz und Marias stellte sich Königin Katharina schützend vor die Schlafzimmertür, um das Schlimmste zu verhüten.

„Lassen wir ihnen Zeit, sie sind fast noch Kinder!" beschwichtigte sie die allzu Neugierigen und ihr Drängen auf die Tradition solchen Brauchtums. „Ihre Liebe ist groß, sie werden schon zueinander finden", versicherte Katharina und schloß, nachdem jedermann einen Blick auf das unter der Bettdecke liegende Paar werfen konnte, die Tür. Brav nebeneinander, sich an den Händen haltend, lagen dort zwei todmüde Menschenkinder, denen nur nebelhaft bewußt war, was von ihnen verlangt wurde. Ehe sie aber auch nur den Versuch unternommen hatten, es herauszufinden, waren sie fest eingeschlafen.

Ihre Ehe erschien Franz und Maria kaum anders als ein neues Spiel. Sie war nun Dauphine, also Kronprinzessin, an der Seite des Kronprinzen von Frankreich. Unter der Flut von Ovationen, die ihr als solche gebracht wurden, schwand fast die Tatsache, daß sie ja ohnehin schon Königin war, nämlich Königin von Schottland. Und, wie ihr Schwiegervater fand, dazu auch Königin von Eng-

Franz II., König von Frankreich

land. Maria selbst hatte diesen nicht ganz stichhaltigen Anspruch längst vergessen, zumal ihre Namensschwester Maria noch immer auf dem englischen Thron dahinsiechte. Heinrich II. war es, der sie immer wieder an dieses angebliche Recht erinnerte und darauf bestand, daß sie von nun an neben dem Wappen Schottlands und Frankreichs auch das Englands führen und wo immer möglich zur Schau tragen solle. Trotz all dieser Würden, die das junge Paar teilte, war es noch ohne offizielle Pflichten und somit ihr Dasein eine Kette von kurzweiligen Vergnügungen. Ein Ball folgte dem anderen, festliche Diners, Ballett und Theater, Bootsfahrten und Stechspiele waren die Regel, nicht zu vergessen die Jagd, der zumindest Franz völlig verfallen war. Oftmals kam er, seine Gesundheit mißachtend, ausgepumpt nach stundenlanger Hatz zurück und mußte sich Marias liebevolle Vorwürfe gefallen lassen.

„Franz, mon cher, du wirst dir wieder das Fieber holen. Versprich mir, besser auf dich zu achten." Franz versprach es und folgte doch wieder dem Horn, das zur Jagd auf den Hirsch blies. Aber auch Maria schien unersättlich in immer neuem Zeitvertreib. In ihrer Neigung zur Farbe Weiß schwelgte sie bei einem Gartenfest, zu dem jeder Geladene in weißer Kleidung erscheinen mußte, Herren wie Damen. Aber nicht nur das. Maria hatte alle Beete mit ausschließlich weißblühenden Blumen bepflanzen lassen, weiße Schwäne glitten über einen weiß glitzernden See, auf weißem Kies ein weißes Zelt, über dem Eingang eine Königskrone, schlohweiß und geschmückt mit blitzenden Diamanten. Die Tanzenden wogten weiß in weiß, alles war voll des Lobes über den originellen Einfall. Nur der Dauphin stand abseits, an eine marmorweiße Statue gelehnt, sein Wams weiß, silbern bestickt, die engen Strümpfe weiß bis zum Oberschenkel, die gebauschten Pumphosen weißer Brokat. Doch über seinen Augen lag Dunkel, ein Dunkel stiller, unfaßbarer Verzweiflung.

„Was ist dir, Franz?" rief Maria besorgt und legte fast mütterlich einen Arm um seine Schulter. „Was ist dir?"

„Ach, Maria, ich möchte nicht König werden . . . niemals!"

„Aber, Franz! Wie kommst du darauf? Gerade jetzt?"

„Ich weiß nicht . . ." Er hob hilflos die Hände. „Diese Krone dort . . . so nahe . . . sie blendet mich . . ."

Wie es den Sohn in den Wald zog, um dem Wild nachzustellen, zog es den Vater auf den Turnierplatz, um mit eingelegter Lanze den ritterlichen Gegner zu berennen. Heinrich konnte nicht genug bekommen von diesem eigentlich schon im Abklingen befindlichen Sport. So nahm er gern jede Gelegenheit wahr, ein solch mittelalterliches Turnier auf das Festprogramm zu setzen. Die Hochzeit seiner Tochter Elisabeth im Sommer 1559 war eine solche Gelegenheit. Man wollte sie an Spanien verschachern, wo der mächtige Philipp das katholische Gegengewicht zum aufstrebenden England bildete. Seit Wochen schon hatte Maria die Tränen ihrer kleinen Schwägerin zu trocknen.

„Er ist alt", jammerte Elisabeth. Ihr schauderte bei dem Gedanken, einen Mann von zweiunddreißig Jahren heiraten zu müssen. Das war wahrhaftig alt, wenn man selber gerade vierzehn Jahre zählte und, wie wohl in der Familie üblich, noch sehr unreif war. Elisabeth war keineswegs gewillt, vom Paradies ihrer Kindheit Abschied zu nehmen.

„Ich will überhaupt nicht heiraten", erklärte sie.

Maria zeigte größtes Verständnis für die Freundin, zumal sie selbst das seltene Glück gehabt, daß Wahl und Neigung zusammengefallen waren.

„Es wird nicht so schlimm werden", suchte sie zu trösten, „wenigstens wirst du Königin im reichsten Land dieser Erde."

Der Trost konnte wenig helfen. Am 15. Juni 1559 traf der Herzog von Alba in Paris ein, seinen Herrn, den König von Spanien, zu vertreten, und am 21. Juni trat er per procura mit Elisabeth Valois vor den Altar. König Heinrich aber hatte seinen Vorwand für ein prächtiges Turnier.

Sein Lieblingspferd, ein prächtiger Rappe, wurde ihm zugeführt. Sein Name war *Le Malheureux.* Ein böses Omen? Wie auch immer – Heinrich, in Eisen gekleidet, stieg in den Sattel. Von der Tribüne schauten aufmerksam die Königin, Prinzen und Prinzessinnen und Maria Stuart zu.

Der König grüßt, tritt an, die Lanze gesenkt und wirft den Herzog von Savoyen aus dem Sattel. Sein nächster

Gegner ist der Herzog von Guise, Marias Onkel. Er muß der Lanze des Königs weichen. Lord Montgomery heißt sein nächster Gegner. Heinrich rennt gegen ihn an, der Lord hält sich unentschieden.

„Ein letzter Gang", fordert Heinrich.

„Es ist genug, Majestät, ich gebe mich geschlagen."

„Nicht doch, lieber Lord, eine letzte Lanze noch."

Auch Katharina auf der Tribüne hebt einhaltend die Hand.

„Es ist genug, Liebster, Ihr seid Sieger des Tages."

„Nein, nein", lacht Heinrich, „eine Lanze noch gegen Mongomery! Das laß' ich mir nicht nehmen!"

Was bleibt dem Lord übrig? Er tritt an und rennt wider den König. Die Wucht seines Anritts ist groß, seine Lanze trifft den Panzer des Königs und zersplittert. Ein Splitter dringt dem König ins Auge, ein zweiter tief in den Hals. Heinrich gleitet bewußtlos vom Pferd. Ein Schrei auf der Tribüne wie auch in der Zuschauermenge. Man trägt den König fort, das Gesicht vor den Blicken Neugieriger bedeckt.

Tag und Nacht sitzt die Königin an seinem Lager, betet um sein Leben. Nur noch einmal erlangt er das Bewußtsein zurück, sieht eindringlich seinen Sohn an und flüstert mit beschwörender Stimme:

„Die Kirche . . . allem voran leg' ich sie dir ans Herz . . . dann aber auch das Volk . . ." Weiter reicht seine Kraft nicht. Er stirbt am 10. Juli 1559.

Der neue König von Frankreich heißt Franz II.

Drei Kronen

Der König ist tot, es lebe der König. Er lebt, geht auf die Jagd, aber das Regieren überläßt er seiner Mutter, Katharina von Medici. Sie ist es, die über die Grenzen blickt und wahrnimmt, was in der Welt geschieht. Überall herrscht Aufstand gegen Rosenkranz und Meßopfer. Auf Englands Thron sitzt, wenn auch umstritten, jetzt Elisabeth. Sie schürt den Aufstand, wo sie kann, vor allem in Schottland, wo ihr Verbündeter John Knox heißt, ein fanatisch der Bibel ergebener Geistlicher. Gegen beide hat Maria von Guise, Regentin für ihre Tochter Maria, einen schweren Stand. Wie stets, wenn es um die Religion geht, fließt Blut, viel Blut.

Aber auch in Frankreich mucken die Gegner der Heiligen Messe auf. Sie nennen sich Calvinisten nach Calvin, ihrem Begründer, eigentlich ein Franzose, aber in Genf lebend und wirkend. Seine Ideen einer neuen Kirchenordnung verbreiten sich rasch von der Schweiz aus, also von den Eidgenossen, wie man sie nennt. Da das Wort ‚Eidgenossen' der französischen Zunge aber nicht liegt, wird mit der Zeit die Bezeichnung ‚Hugenotten' daraus. Katharina geht streng gegen sie vor, und als sie in ihren Reihen eine Verschwörung gegen das Leben des Königs aufdeckt, müssen zweiundfünfzig von ihnen auf schaurige Weise ihr Leben lassen. Sie werden an den Zinnen des Schlosses von Amboise aufgehängt.

Franz und Maria schenkten all dem kaum Aufmerksamkeit. Nun die Krone zu tragen, bedeutete ihnen eine erweiterte Form des alten Spiels. Die Menschen zollten ihnen, wo immer sie sich zeigten, jubelnd Beifall. Wer sollte sie nicht lieben, diese wunderschöne junge Königin, diesen blassen, geheimnisvollen jungen König? Man bot ihnen rauschende Empfänge und eine Festlichkeit nach der anderen. Franz sann weniger darüber nach, wie der Frieden zwischen den Konfessionen wohl zu erhalten sei, als darüber, ob der Griff seines Degens jeweils zur Farbe seines Gewandes paßte. Auch Maria genoß mehr den Glanz ihrer doppelten, wenn nicht gar dreifachen Krone, als daß sie deren Last empfunden hätte. Die Unbekümmertheit, ja Oberflächlichkeit, trotz ihres hohen Amtes war den beiden jedoch kaum vorzuwerfen. Nicht nur, daß sie mit ihren fünfzehn und sechzehn Jahren blutjung waren, sie waren auch das Ergebnis einer übermäßig behüteten Kindheit und Erziehung. Franz vor allem war seiner schlechten Gesundheit wegen von Beginn an eine ständige Furcht um sein Leben eingeimpft. All zu große mütterliche Sorge umhüllte ihn wie eine undurchdringliche Wolkenwand. Nichts – außer dem Selbstverständnis seines Standes – bereitete ihn vor auf die Rolle, die er nun viel zu früh zu spielen hatte. Seine neue Macht begriff er zuerst einmal darin, sich von den Einschränkungen aus Umsicht und Vorsicht freizumachen.

Das Paar behielt das bisher gewohnte Wanderleben von Schloß zu Schloß bei, eine bemerkenswerte Mehrbelastung des Budgets bei immerhin vierzig Millionen Livres Schulden in der Staatskasse, die Heinrich II. hinterlassen hatte. Die Namen der Schlösser wechselten also zwischen Blois und Orléans, Varteuil und Châtelherault, je nachdem wo der bessere Hirsch stand oder ein starker Eber gesichtet worden war. Und immer wurde ein Tag mit Musik und Tanz, sowie Tafeleien an kunstvoll gedecktem Tisch beendet. Da fehlte es nicht an Porzellan und Silber, an feinstem Damast, Blumenzier und Lichterspiel, an Bediensteten, fast so kostbar gekleidet wie ihre Herren. Da wandelte man auf blütenbestreuten Wegen, umrundete zierliche Fischteiche, trieb Neckereien zwischen Taxushecken. Da lauschte man Viola, Laute und Flöte, schmiedete Verse im Wettbewerb und zitierte die alten Lateiner und Griechen. Sorglos ging es zu, unbeschwert vom Lauf der Welt. Doch zwei Dinge traten ein, die alles ändern sollten.

„Botschaft für Ihre Majestät, die Königin!“ meldete ein reitender Bote, der offensichtlich sein Pferd abgehetzt hatte. „Persönlich zu übergeben“, setzte er hinzu, da ein

Lakai ihm das Schreiben abnehmen wollte. Er wurde dann zwar nicht zur Königin, wohl aber zur Königinwitwe vorgelassen. Noch außer Atem vom heftigen Ritt beugte er das Knie und übergab das gewichtige Schreiben.

Katharina von Medici nahm es entgegen und traf Anstalten, es zu öffnen.

„Für Ihre Majestät“, wagte der Bote nochmals zu betonen, aber schon war das Siegel erbrochen und der Bogen entfaltet. Dem Boten wurde unwillig bedeutet, sich zu entfernen.

„Verschwinde! Man sorgt für dich in der Küche!“

Kaum hatte die Königinmutter den Inhalt überflogen, schien sie unschlüssig, was damit zu tun sei. Tatsächlich zögerte sie volle zehn Tage, es der wahren Adressatin, nämlich Maria, auszuhändigen. Zu vermuten ist, daß weniger Schonung sie dazu veranlaßte als die Überlegung, welcher Schluß aus der Botschaft zu ziehen sei. Seit Maria Königin von Frankreich geworden und Katharina sich vom Thron, wenn auch nicht von den Regierungsgeschäften, hatte zurückziehen müssen, war eine gewisse Spannung zwischen die beiden Frauen getreten. Noch immer gingen sie miteinander um wie Mutter und Tochter, aber zumindest von Katharinas Seite mit dem Wunsch, die andere irgendwie loszuwerden, um selbst wieder ins erste Glied eintreten zu können. Das Schreiben schien dazu eine Möglichkeit zu bieten. Endlich, am zehnten Tag, wurde es der Königin zugestellt.

Nicht Lady Fleming, die längst nicht mehr um Maria weilte, sondern Madame de Parois, die an deren Stelle erste Erzieherin und Betreuerin, jetzt erste Hofdame war, betrat mit ernster Miene Marias Privatgemach.

„Nun, liebste Parois, was macht Ihr für ein Gesicht an diesem schönen Sonnentage?“ rief Maria ausgelassen. Tatsächlich war es schon mehr als ein Sonnentag. Die erste schwüle Hitze des Sommers 1560 begann sich auszubreiten, und so war es angenehm, daß Schloß Chenonceaux wie eine Brücke in den Cher hineingebaut war, so daß die Kühle des Flusses sich auf die Räume übertrug.

Diane de Poitiers bewohnte diese Räume bis zum Tod ihres Gönners im letzten Jahr, und so war Chenonceaux das erste, das die rachsüchtige Katharina von der Nebenbuhlerin zurückverlangte. Nun jagte Franz II. in den Wäldern rings um das Schloß.

„Habt Ihr etwa schlechte Nachricht für mich?" forschte Maria jetzt, da sich die Miene der Hofdame nicht aufhellen wollte.

„Nun ja . . ." zögerte die Parois und versetzte die Königin damit in hellen Alarm.

„Was ist?" rief Maria scharf, „gebt her!" Sie griff nach dem Schreiben, das die Parois ihr entgegenhielt. Daß es bereits erbrochen war, verwunderte Maria nicht. Es gab keine Nachricht, kein Dokument, dessen Inhalt nicht zuerst ihrer Schwiegermutter zur Kenntnis gekommen wäre, und Maria hatte sich damit abgefunden. Ein kurzer Blick auf das Blatt genügte. Blässe und Röte wechselten in Marias Gesicht. Ein trockenes Schluchzen stieg in ihr auf.

„Meine Mutter . . . meine arme Mutter!"

Maria von Guise, die tapfere Regentin im Namen der Stuarts, Verteidigerin katholischen Glaubens im fast gänzlich protestantischen Land, war am 11. Juni 1560 an Wassersucht und Erschöpfung verstorben. Für Maria war sie wie ein fernes Bild, lange schon verblaßt und nun erloschen. In Frankreich war sie die Tochter seiner mächtigsten Familie, der Guisen. Ihr Tod wurde allseits betrauert. In Schottland allerdings erhob sich schadenfroh die giftige Stimme von John Knox:

„Sie trug die Krone wie eine alte Kuh, der man einen Sattel aufgelegt hat!"

Katharina von Medici hatte recht gehabt, bei Maria eine tiefgreifende Reaktion auf den Tod ihrer Mutter zu erwarten. Es war, als erwache das erste Mal die Stuart in ihr. Sie begann, sich für Politik zu interessieren, sich für ihr schottisches Reich im hohen Norden verantwortlich zu fühlen.

„Mein armes Schottland, ein Schiff ohne Führung auf hoher See", seufzte sie sorgenvoll. Ihr war die Vorstellung eingeimpft, daß ein Land einzig vom rechtlich gekrönten Haupt angeführt werden könne, andernfalls steuerlos untergehen müsse. Damit sollte sie unrecht behalten. Die schottischen Lords, zumindest die Protestanten unter ihnen, in der sogenannten ‚Congregation' zusammengefaßt, halfen sich tatkräftig selbst. Nach dem bisherigen Kräftespiel – ‚Engländer raus – Franzosen rein' und dann wieder ‚Franzosen raus – Engländer rein', – komplimentierten sie auch Letztere erfolgreich aus dem Land, und zwar mittels eines in Edinburgh ausgehandelten Vertrages. Da ihre Selbsthilfe nicht etwa einer Revolution gleichkommen sollte, schickte man nach Frankreich um die Unterschrift der Königin. Ende September wurde Maria der Besuch Sir James Sandilands gemeldet. Sie empfing den Wortführer der ‚Congregation' recht unwillig. Der heikelste Punkt des Edinburgher Vertrages lag ihr bereits vor, nämlich der grundsätzliche Verzicht auf englisches Thronrecht.

„Dieser Vertrag ist unter meiner Würde", herrschte sie ihn an, „niemals werde ich ihn ratifizieren!"

Das war kein guter Auftakt zu einer Unterredung, die sie über weitere Schritte ihrer Lords in Kenntnis setzen sollte.

„Das Parlament ist zusammengetreten . . ." setzte Sandilands eben an, als Maria ihn unterbrach.

„Ich habe das Parlament nicht zusammengerufen, Sir James, und wie Ihr wohl wißt, hat nur der Monarch oder sein Vertreter ein Recht dazu!"

„Die Congregation hat sich dieses Recht genommen, Majestät", kam die Antwort höflich, aber bestimmt. Schweigend starrte einer zum anderen, die hochgewachsene junge Königin, der knorrige alte Lord. Herkommen stand gegen Neuerung. Noch wollte keiner nachgeben. Aber was das von den Lords einberufene Parlament zu Edinburgh tatsächlich beantragt und beschlossen hatte, ging weit über Marias Befürchtungen hinaus. Die protestantische Lehre war Staatsreligion, das Lesen der Heiligen Messe gesetzlich verboten. Ein Verstoß konnte mit dem Tod bestraft werden.

Maria war sprachlos. Daß der Geist des Aufruhrs in ihrem Land soweit gediehen war, hatte sie nicht geahnt. Das Bewußtsein dreier Kronen im Rücken reckte sie sich zu ihrer überdurchschnittlichen Größe auf und ließ den Tatsachen verspätet einen kraftlosen Tadel folgen:

„Meine Untertanen in Schottland haben in keiner Hinsicht ihre Pflicht erfüllt, haben in nichts ihre Schuldigkeit getan!“ Ihr strafender Blick auf den Abgesandten blieb ohne Wirkung. So fügte sie in klagendem Ton ihrer Rüge noch eine Drohung hinzu: „Sie nennen mich ihre Königin, aber sie achten mich nicht als solche. Man wird sie lehren müssen, sich über ihre Schuldigkeit klar zu werden.“

Lord Sandilands blieb nichts übrig, als sich unverrichteter Dinge zurückzuziehen. Der Vertrag von Edinburgh sollte niemals unterzeichnet werden. Marias unverbrüchlicher Überzeugung monarchischer Stärke aber wurde alsbald ein neuer Stoß versetzt.

Unzufrieden mit dem Jagdertrag der Wälder um Chenonceaux wechselte der König im Herbst nach Orléans über. Das Wetter war unterdessen stürmisch geworden, gelegentlich recht kalt, beides nicht immer angenehm für die Begleitung des passionierten Jägers. Doch Franz ließ es sich nicht verdrießen und zeigte zuweilen hartnäckige Ausdauer, wenn es um ein besonders schönes Stück Jagdwild ging. Rücksicht auf seine ohnehin anfällige Gesundheit kannte er dabei nicht. Am 16. November 1560 herrschte besonders schlechtes Wetter. Doch unverdrossen rüstete der König zu einem Jagdausflug.

„Nicht heute, Franz“, bat Maria inständig und deutete auf das unfreundliche Bild vor den hohen Fenstern des Schlosses, wo prasselnder Regen mit Graupelschauern wechselte. „Bleib heut daheim, Franz. Du holst dir eine

Erkältung und mußt wieder tagelang das Bett hüten!" Wie oft hatte sie so schon ihre Stimme erhoben, aber Franz lachte nur.

„Ein Eber ist gesichtet worden, wie ich noch keinen je hatte!" rief er und ließ ins Horn blasen. Der Tag schien nicht enden zu wollen. Es dunkelte längst, als schwankende Lichter am Waldrand die Rückkehr der Jagdgesellschaft ankündeten. Der König, taumelnd vor Müdigkeit, klagte sofort über Ohrenschmerzen. Am nächsten Morgen während der Messe wurde er ohnmächtig. Als man ihn aus der Kapelle trug, entdeckte man ein großes Geschwür hinter seinem Ohr. Katharina und Maria wachten Tag und Nacht an seinem Bett und berieten mit den Ärzten, was zu tun sei. Sie rieten zu einer Mischung aus Eigelb, Rosenöl und Terpentin, die man ihm ins Ohr träufeln solle. Aber das Fieber stieg, und Franz fand nur ab und zu ins Bewußtsein zurück. Die Entzündung des Ohres griff auf den Gehirnlappen über, die Schmerzen wurden unerträglich.

„Wir sollten schneiden, Eure Majestäten", schlugen die Ärzte vor, „dem Abszeß einen Ausgang verschaffen."

„Ihr meint den Schädel öffnen?"

„Wir halten es für die einzige . . . und letzte Möglichkeit."

„Hat jemals ein Mensch so etwas überstanden?" forschte Katharina mißtrauisch.

„Nun, man weiß von Fällen . . ."

„Und wie wollt Ihr den Schädel wieder schließen?" wollte nun auch Maria genaue Auskunft.

„Da gibt es Möglichkeiten . . . Elfenbein einsetzen oder ein Stück Schafsdarm . . ."

Königin und Königinmutter wechselten einen Blick seltenen Einverständnisses.

„Ihr rührt meinen Sohn nicht an", entschied die eine.

„Es ist gegen die Würde des Königs", protestierte die andere.

Franz II. starb unter großen Qualen am 5. Dezember 1560.

Katharina hatte einen Sohn verloren, Maria aber ihren besten Freund und Kameraden, den einzigen Menschen, der ihr, seit sie denken konnte, ganz und gar vertraut war. Und sie hatte die Krone Frankreichs verloren, die strahlendste der drei Kronen.

Saßen aber zu diesem Zeitpunkt die beiden anderen Kronen fest auf ihrem Haupt? Nun, da Maria sich politischen Aspekten zugewandt, gab es Stimmen, die dringend zu einem Ausgleich mit dem protestantischen Übergewicht auf der Insel rieten. Unter dem Einfluß dieser Stimmen ließ Maria die Königin von England durch deren Botschafter wissen:

„Meine gute Schwester, die Königin, mag sicher sein, daß sie in mir, die ich ihre Cousine bin, eine bessere Nachbarin haben wird als in der rebellischen Congregation meiner Lords."

Diese Worte kamen, wenn sie denn Wirkung haben sollten, einer Versicherung gleich, Maria habe ihren Anspruch auf die englische Krone fallengelassen.

Und wie stand es um ihre eigentliche, die schottische Krone? Waren ihre Lords wirklich Rebellen? Wollten sie die Monarchie abschaffen oder sich nur von Rom lossagen? Wie konnte Maria ihnen die Herrschaft einer Stuart wieder schmackhaft machen? Darüber nachzudenken gab ihr ein grausamer Brauch jener Tage reichlich Gelegenheit.

Vierzig Tage Finsternis

Wie eine Königin um ihren verstorbenen Gemahl zu trauern hatte, war im sechzehnten Jahrhundert genau festgelegt. Sie hatte vierzig Tage in dessen Sterbezimmer zuzubringen, und zwar bei fast völliger Dunkelheit. Die Fenster verhangen, waren Tag und Nacht kaum voneinander zu unterscheiden. Nur eine Kerze war erlaubt und bei deren Schein endlose Gebete und karge Mahlzeiten. Wenigstens war Maria vergönnt, ihre Lieblingsfarbe Weiß zu tragen, denn diese war ja die Trauerfarbe der Königinnen. Auch ohne diesen makabren Brauch wäre ihre Trauer um Franz II. aufrichtig gewesen, denn sein Tod war ihr ein tiefgreifender Verlust. Schlimm genug, noch vor dem achtzehnten Geburtstag Witwe geworden zu sein, warf ihre Zukunft ja nichts als Fragezeichen auf.

Die Hälfte der finsteren Trauerzeit verbrachte Maria nur von Hofdamen umgeben, dann aber war ihr gelegentlicher Besuch gestattet. Als erstes besuchte sie der neue König von Frankreich, Franz' jüngerer Bruder Charles, gerade eben zehn Jahre alt. Ohne jedes Zeremoniell kam Seine Majestät Karl IX. hereingestürmt und verhielt mitten im Zimmer ruckartig seinen Schritt.

„Puh . . . ist es hier dunkel! Wie hast du das nur so lange ausgehalten, Maria?" Zögernd machte er aus, in welcher Ecke des abgedunkelten Raumes seine Schwägerin saß, aber schon kam diese ihm entgegen, und beide lagen sich in den Armen.

„Ah, mon petit Charles, wie froh bin ich, dich zu sehen!"

Die Freude überkam Maria so heftig, daß sie in Tränen ausbrach.

„Weine nicht, Maria, bitte weine nicht, sonst fang' ich auch noch damit an. Es ist schon traurig genug, daß François tot ist . . . aber weißt du . . ." Sein rundliches Gesicht wechselte zu kindlicher Begeisterung. „Aber weißt du, es ist herrlich, König zu sein! Niemand darf mir etwas verbieten außer Mama! Und sie verbietet mir nichts. Sie hat mir eine Rüstung machen lassen aus purem Gold! Und lauter neue Kleider, rot, blau, silber, eines schöner als das andere! Maria, wenn du erst hier heraus darfst, laß ich dir auch Kleider machen. Für jeden Tag ein neues!" Unwillkürlich mußte Maria lachen.

„Du vergißt, liebster Charles, daß ich nicht mehr Königin bin." Nur einen Moment schien Karl IX. von Frankreich zu grübeln, dann kam ihm die rettende Idee.

„Weißt du was, Maria? Du heiratest einfach mich! Dann bist du wieder Königin! Und außerdem ..." Er senkte den Kopf, das Dunkel verbarg seine Züge. „... außerdem Maria, bist du mir sowieso der liebste Mensch auf der Erde ... glaub mir ..."

Maria war von Herzen gerührt. Dieses Kind, dem alle Macht gegeben, das Prunk und Pracht im Auftreten liebte, machte ihr unbesonnen den einzigen Vorschlag, der sie von aller Sorge befreit und in ihren alten Stand zurückversetzt hätte. Aber niemals, auch das wußte Maria in diesem Augenblick, würde Katharina von Medici, die sich dem wachsenden Einfluß der Familie Guise widersetzte, einem solchen Plan zustimmen.

„Ich weiß nicht, mon cher ..." sagte sie.

Noch einmal schlang Charles seine Arme um die Schwägerin. Tränen schimmerten jetzt auch in seinen Augen.

„Bleibe wenigstens in Frankreich", beschwor er sie, „geh nicht nach Schottland! Nur in Frankreich kannst du glücklich sein!"

'Geh nicht nach Schottland', klang es bedrohlich in Maria nach, der kleine König aber war schon wieder heiter gestimmt.

„Ich muß gehen, der Hofschneider wartet auf mich. Mama hat mir ein neues grünes Wams bestellt, mit Goldfäden bestickt und in den Schultern hoch gepolstert!"

Er reckte sein Gesicht zu Maria empor, die sich tief herabbeugen mußte, um Karl IX. auf den Mund zu küssen. Vergnügt lief Seine Majestät aus dem Raum.

Ein Besucher wurde Maria als Lord James, Mitglied des schottischen Staatsrates gemeldet. Sofort zeigte sich Ärger auf ihrer Stirn. Diesen Staatsrat hatten die Lords der Congregation ohne ihr Zutun gebildet und ihn mit der provisorischen Regierung Schottlands beauftragt. In Marias Augen war das eine ebenso eigenmächtige wie unnötige Handlung. Was immer ein solches Gremium anregen oder beschließen würde, konnte nicht mit ihrer

Genehmigung rechnen. Sie allein war die Königin, neben ihr gab es keine Stimme. Ein jeder Monarch ihres Jahrhunderts hätte so gedacht und gefühlt.

„Hat dieser Lord auch einen Nachnamen?" fragte sie unwillig. Noch ehe ihr jemand darüber Auskunft geben konnte, war der Mann vorgetreten. Gegen den hellen Türrahmen gewahrte Maria seine hochgewachsene Gestalt, seine stolze Haltung, konnte der Dunkelheit wegen aber nicht mehr ausmachen.

„Ich heiße Stuart", hörte sie ihn sagen.

„Stuart? Das ist auch mein Name! Aber es gibt etliche, die so heißen."

„Nicht viele, die sich Euer Majestät so nah verwandt nennen dürfen wie ich", war die selbstbewußte Antwort.

Maria hielt sich eine Hand vor die Stirn, um gegen das blendende Licht, das zur Tür hereinfiel, besser sehen zu können.

„Und Euer Vorname ist James, Mylord?"

„So ist es, Euer Majestät. Ich bin James Stuart . . . Euer Bruder."

„Mein Bruder James . . ." Daher also war ihr die Stimme vertraut.

Da tauchten wieder die alten Burgmauern auf, hoch über den Klippen, jauchzendes Kinderlachen, zahlreich die Tischrunde, Becherklirren, Hundegebell . . .

„Es ist so viele Jahre her . . . Maria . . ." suchte er ihrer Erinnerung nachzuhelfen.

„Nicht Maria", widersprach sie, „Ihr habt mich stets Mary genannt. Und ich durfte auf Euren Schultern reiten."

„Ihr wolltet nie zu Bett, wenn ich Euch nicht in den Schlaf wiegte . . ."

„Ach, James . . ."

Da er nähergetreten war, fiel jetzt das Licht der Kerze auf sein Gesicht, und Maria erkannte die altgewohnten, wenn auch reifer gewordenen, ein wenig strengen Züge. James Stuart, von einer anderen Mutter geboren, war ihr von den fünf illegitimen Brüdern, die mit im königlichen

Haushalt lebten, stets der liebste gewesen. Ihn jetzt wiederzusehen, erfüllte sie mit großer Freude. Sie bot ihm die Wange zum Kuß, und eine Spanne von zwölf Jahren schien überbrückt, ja ausgelöscht.

„Jetzt sagt mir, James", forderte sie ihn munter auf, „was der Grund Eures Besuches ist. Kamt Ihr, die Königinwitwe im lichtlosen Trauerkerker zu trösten, oder bringt Ihr neues Licht in die mich umgebende Finsternis?"

„Mehr als das, Majestät!" Lord James wählte die offizielle Anrede, da er Offizielles zu sagen hatte. „Schottland braucht seine Königin! Schottland bittet Euch, zurückzukehren."

Marias Blick traf ihn mit einigem Zweifel.

„Ihr wollt sagen, Schottland ruft seine katholische Königin zurück?"

James Stuart räusperte sich und setzte erneut zu sprechen an.

„Es ist wahr, daß die Mehrzahl von uns Rom abgeschworen hat, daß Schottland jetzt ein protestantisches Land ist. Jedoch nach wie vor monarchisch gesinnt liegt uns an einer Königin nach Elisabeths Muster . . ."

„Ihr wollt, daß ich abschwöre?" fuhr Maria auf, „niemals!"

James hatte unklugerweise zwei neuralgische Punkte zugleich angerührt. Maria zuzumuten, sie würde auf die Messe verzichten, kam einer Beleidigung gleich, Königin Elisabeth als religiöse Richtlinie zu erwähnen nicht weniger. Die Einflüsterungen Heinrichs II., Maria habe einen Anspruch, an Elisabeths Stelle zu sitzen, waren niemals wirklich verstummt. Lord James hingegen hatte das beste Verhältnis zur Tudor-Königin, floß doch seit Jahren eine fette Rente aus Londoner Kassen in seine Tasche, um der Sache Calvins im schottischen Hochland zum Durchbruch zu helfen. Im Bemühen, sein falsches Vorgehen bei der Schwester zu korrigieren, handelte er jetzt zwar auf eigene Faust, rechnete aber sicher mit der Rükkendeckung durch den Staatsrat.

„Nein, nein, abschwören sollt Ihr nicht! Ihr könnt für Euch und in Euren Gemächern jederzeit die heilige Messe feiern ..."

„Ihr habt das Allerheiligste mit der Todesstrafe belegt", warf Maria heftig ein.

„Nicht für Euer Majestät", beeilte sich James zu versichern, „eine Sondergenehmigung für Euer Majestät wäre kein Problem."

„Für mich und meinen Hofstaat?"

„Für Euch und Euren Hofstaat", wiederholte er sein Versprechen, zu dem er noch keine Rückendeckung durch den Staatsrat hatte.

„Die Regierungsgewalt läge wieder ganz in meiner Hand?" wollte Maria gleich weiter geklärt haben.

„Die Regierungsgewalt läge wieder ganz in Euer Majestät Händen, allerdings .. „

„Allerdings was?"

„Ihr seid jetzt eine Fremde in Eurem Land ... vieles wird Euch nicht mehr vertraut sein ..."

Marias realer Sinn räumte diesen Umstand sofort ein.

„Da mögt Ihr recht haben ..." Sie überlegte einen Augenblick, faßte dann ihren Bruder fest ins Auge. „Könntet Ihr mir nicht beistehen, James? Ihr habt ohnehin seit dem Tod meiner Mutter die Geschicke des Landes geleitet ..."

Da war ein plötzlicher Schatten über Stuarts Zügen. Welcher Gedanke mochte ihn gestreift haben? Vielleicht der, daß sein Vater, Jakob V., der auch Marias Vater war, seine Mutter, die ehrbare Margaret Erskine, hätte heiraten sollen, damit er, James, jetzt rechtmäßig König wäre und nicht aus dem zweiten Glied agieren müßte? War es dieser Gedanke gewesen, der sein Gesicht kurz überschattete, so war er anscheinend ebenso schnell verflogen. James' Blick begegnete dem seiner Schwester mit großer Festigkeit.

„Wenn Euer Majestät es wünschen, werde ich mich gern beratend Euer Majestät zur Verfügung stellen."

Maria klatschte in die Hände wie ein Kind.

„Ihr wollt mir helfen, James?“ freute sie sich.

„Ich will Euch dienen“, verbesserte er. Sein Mund lächelte, aber seine Augen waren sehr ernst. Maria, erleichtert, weil so plötzlich sich das Tor zur nahen Zukunft geöffnet hatte, wollte sogleich ihre Dankbarkeit zeigen.

„Wie werd' ich's Euch entlohnen können? fragte sie ganz direkt.

„Oh“, machte Lord James, und fast zu schnell kam sein Vorschlag. „da wäre hoch im Norden die Grafschaft Moray zur Zeit ohne männlichen Erben . . . „

Sofort nahm Maria den Vorschlag auf.

„Ausgezeichnet, James! Ich gebe Euch hiermit diese Grafschaft zu Lehen und ernenne Euch zu meinem königlichen Berater.“

Ein Bund war geschlossen zwischen Bruder und Schwester. James Stuart verließ die Trauerkammer von Orléans als Lord Moray.

Heimkehr

Ebenso wie dreizehn Jahre zuvor, als Eduard VI., das schwindsüchtige Kind, die Küsten seines Reiches streng bewachen ließ, lief im Jahr 1561 jedermann Gefahr, von den Galeeren Ihrer Majestät Elisabeth I. aufgebracht zu werden, wenn er die Gestade Englands ohne besondere Genehmigung passierte.

Da Maria Stuart nun entschlossen war, in ihre schottische Heimat zurückzukehren, richtete sie Anfang Juli ein Gesuch an Elisabeth, englische Gewässer unangefochten befahren zu dürfen. Bereits am 20. dieses Monats stellte sie ungeduldig den englischen Botschafter, Nicholas Throckmorton, zur Rede:

„Was ist mit meinem Geleitschein? Ist er immer noch nicht eingetroffen?“

„Noch nicht . . .“ wand sich dieser verlegen, „Ihre Majestät meinte . . .“

„Was meinte Ihre Majestät?“ Erwartungsvoll zog Maria die zart geschwungenen Brauen empor.

„Der Vertrag von Edinburgh“, entschloß sich Throckmorton auf den Punkt zu kommen, „Eure Majestät geruhten noch nicht, den Vertrag zu unterschreiben . . .“

„Was hat dieser Vertrag mit meinem Geleit zu tun, Sir Nicholas?“ unterbrach sie den Botschafter abrupt.

„Euer Majestät Unterschrift und damit Annahme der Bedingungen des Vertrages würde meine Königin geneigt machen, Euch freies Geleit durch englische Gewässer zu gewähren.“

Maria kostete es offensichtlich Mühe, Throckmorton nicht wieder ins Wort zu fallen. Jetzt holte sie Luft zu einer ebenso ausführlichen Antwort.

„Niemals werde ich ein Dokument unterzeichnen, das meinen Verzicht auf den englischen Thron fordert!“ Da war er wieder, der Keim allen Übels, beharrliche Einflüsterung Heinrichs II., der das Kind Maria so liebenswürdig in Frankreich aufgenommen, es gelobt und geliebt, ihm einen Teil der Wärme gegeben hatte, die der Fünfjährigen so bitter fehlte. Sein Wort dröhnte ihr noch immer im Ohr: Du bist die wahre Königin von England! Diesen Anspruch aufzugeben, schien Maria wie Verrat am Schwiegervater, diesem treuherzig väterlichen Beschützer ihrer Kindheit. Trotz aus Treue verdüsterte so ihr im Grunde klarsichtiges politisches Kalkül. Aber auch unbändiger Stolz, der Stolz der Stuarts, war ihr zeitweise im Wege, und so fuhr sie hocherhobenen Kopfes fort: „Und was mein Geleit anbetrifft, Sir Nicholas, ich benötige ebensowenig die Bewilligung Eurer Gebieterin für meine Reise, wie sie die meine für ihre Reisen benötigt, und kann auch ohne ihre Erlaubnis in mein Königreich zurückkehren.“ Damit kehrte sie Throckmorton den Rücken, ein wenig zu schroff für die schwache Position, in der sie sich befand.

Es war die Jugend ihrer achtzehn Jahre, die sie so unbesonnen auftreten ließ. In Wahrheit lag die Zukunft noch immer verhüllt und rätselhaft vor ihr. Würde das Bündnis mit dem Bruder stark genug sein, ihr den Weg zu angestammter Herrschaft zu bahnen?

Der Abschied nahte. Zwischen den beiden Königswitwen spielte er sich mit einem weinenden und einem lachenden Auge ab.

„Ihr wart mir stets eine gute Mutter", versicherte Maria Stuart glaubhaft unter Tränen.

„Und du, mein Kind, warst mir stets eine liebevolle Tochter", kam es von Katharina Medici nicht weniger glaubhaft. Und doch wußten beide, daß für ein Nebeneinander am französischen Hof kein Platz mehr war. Katharina machte das besonders deutlich, indem sie Maria eine Liste der Kronjuwelen unter die Nase hielt.

„Du wirst dich von ihnen trennen müssen, meine Liebe, sie werden eine nächste Königin schmücken, sobald wir für Charles eine passende Verbindung gefunden haben." Jedoch im Nehmen und Geben ausgewogen fügte sie hinzu: „Eine Witwenrente steht dir natürlich zu, eine sehr erhebliche sogar." Mittellos würde Maria Frankreich also nicht verlassen, sondern immer noch als reiche Frau.

Als nächstes sagte sie den Guise Lebewohl, den Onkeln, den Vettern, der Großmutter. Plötzlich fühlte Maria ihr Herz auf das heftigste bewegt.

„Großmutter, ach Großmutter . . ."

Die Herzogin aber blieb erstaunlich kühl. Auch sie sah keinen Sinn mehr im Verbleib der Enkelin. Dem Machtzuwachs der Familie konnte sie als Königinwitwe nicht mehr nützen. Von den Guise fallengelassen zu werden, war die bisher bitterste Erfahrung in Marias jungem Leben. Ihr blieb nur noch der Blick nach vorn. Nun galt es, ein Gefolge für die schottische Königin zusammenzustellen. War sie mit einem paar Dutzend ungehobelter Herren aus dem Hochland, einer Schar kindlicher Gespielen vor dreizehn Jahren nach Frankreich gekommen, die man sehr bald aus ihrer Nähe fortkomplimentiert hatte, so meldeten sich jetzt unzählige Damen und Herren, die Maria liebgewonnen und ungeachtet der Fremde ihr weiterhin dienen wollten. Nur ein paar Namen seien genannt: Pierre de Chatelard, ein junger Edelmann aus dem Dauphiné, der es liebte, seinen Gefühlen in Reimen Ausdruck zu verleihen; René d'Elbeuf, ein Verwandter seitens der Guise; Pierre de Bourdeille, der die Einkünfte der Abtei Brantôme geerbt und sich seither auch Brantôme nannte. Aus seiner unermüdlichen Feder ist uns ein genaues Bild seiner Zeit überliefert. An Damen sind jene schottischer Herkunft zu nennen, die damals bei Ankunft in Frankreich sogleich von ihrer Herrin getrennt wurden und seither die Erziehung der Dominikanerinnen von Poissy genossen: Beaton, Fleming, Livingston und Seton, die alle vier den Vornamen Mary trugen, wie ja auch Maria daheim genannt wurde.

Alles in allem wählte die Königin sechzig Personen zu ihrer Begleitung aus. Die Organisation der gesamten Reise, was die Wahl der Schiffe, deren Ausrüstung und größtmögliche Sicherheit anbelangte, lag in den Händen des Großadmirals der schottischen Flotte, eines gewissen Grafen Bothwell. Angeblich hatte dieser schon früher einmal an einem Empfang der Königin von Frankreich teilgenommen, Maria hatte ihm aber keinerlei Beachtung geschenkt. Auch jetzt war er ihr nicht mehr als ein Rädchen im Getriebe.

Am 14. August 1561 lagen im Hafen von Calais vier Schiffe für die Heimfahrt Maria Stuarts bereit. Zwei stolze Galeonen sollten die Reisegesellschaft, zwei Begleitboote das Gepäck und die Pferde aufnehmen. Das Wetter zeigte sich von der schlechtesten Seite, so daß man die Abreise auf den 15. August verschob. Maria ließ Throckmorton noch ein letztes Mal nach dem Verbleib eines Geleitbriefs der englischen Königin nachfragen, bekam aber wieder nur eine an unannehmbare Bedingungen geknüpfte, also abschlägige Antwort.

„Monsieur l'ambassadeur", ließ sie ihn nun wissen, „wenn meine Vorbereitungen zur Reise nicht schon so weit gediehen wären, würde ich mich vielleicht noch ein wenig gedulden. Nun aber bin ich entschlossen zu segeln und kann nur noch auf günstige Winde hoffen. Sollte ich durch ein Unglück in England landen müssen, so bin ich der Gnade oder Ungnade meiner königlichen Schwester ausgeliefert. Darüber bin ich mir im Klaren. Es soll geschehen, wie Gott will."

Maria setzte alles auf eine Karte. Sie konnte sich nicht vorstellen, daß Elisabeth ihr, im Falle eintretender Seenot, nicht helfen würde. Ähnliches suchte Throckmorton wohl seiner Herrin zu vermitteln, die lau den Befehl gab, einen Passierschein für die Königin Schottlands auszustellen. Er traf in Frankreich ein, als Maria bereits auf hoher See war.

Doch noch lagen die Schiffe im Hafen von Calais. Den zweiten Tag verhielt sich das Wetter kaum besser als am ersten, hoben sich die Wellen unter peitschenden Böen, zerrte der Wind wütend am Tuch anstatt es mit freundlicher Brise zu füllen. Ein Fischerboot im Hafen wagte zu viel und setzte Segel, wurde mit aller Macht gegen die Kaimauer geworfen, kenterte, und vor den Augen der königlichen Reisegesellschaft ertrank hilferufend die ganze Besatzung.

„Welch ein Vorzeichen für unsere Fahrt!" rief Maria und bekreuzigte sich. Noch tat es die Mehrzahl des Gefolges ihr nach, noch waren sie in einem katholischen Land.

Am Nachmittag hatte die Natur ein Einsehen. Die kleine Flotte konnte Anker lichten, langsam den Hafen verlassen und die Nase nach Norden in den Wind heben. Sechshundert Seemeilen durch rauhes Gewässer lagen vor ihnen.

Aus Brantômes Feder wissen wir: Noch bis erste Sterne am Himmel blinkten und wieder im grauenden Morgenlicht, da die Küste noch schwach zu sehen war, stand die Königin, mit der Hand die Augen beschattend, am Heck des Schiffes und weinte still vor sich hin.

„Adieu France! Adieu France!" soll sie gerufen haben und lange noch: „Adieu ma chère France . . . ich werde dich niemals wiedersehen!"

Vier Tage pflügten die Schiffe tapfer durch die rauhe Nordsee. Vorsichtig hielt man sich von der englischen Küste fern. Daß der Schutzbrief, der ihnen auch in Küstennähe Sicherheit versprach, derweilen in Paris lag, das konnte niemand an Bord wissen. Das Wetter wurde nicht besser. Wind und Regen peitschten die kleine Flotte von Wellenberg zu Wellental, den Menschen zur Qual und Probe ihrer Standhaftigkeit. Selbst Maria haderte diesmal mit dem Wettergott.

„Wozu reisen wir sommers, wenn es stürmt wie im Herbst", klagte sie erzürnt.

In der Nacht zum fünften Tag bog man in den Firth of Forth ein. Kein Stern erhellte den Himmel, der Morgen war noch weit. Obwohl nun nicht mehr auf offener See, war die Küste beidseits so nebelverhangen, daß man nichts sah als weiße, sich träge wälzende Schwaden. Was mochte sich dahinter verbergen? Welch neues Stück würde hinter diesem Vorhang über die Bühne gehen? Waren sie Akteure oder Publikum?

„Man erwartet uns, man hat uns längst gesichtet", tröstete Maria ihre durchnäßte wie ängstliche Begleitung und schob eigenen Zweifel beherzt beiseite. Mein Volk wird am Ufer stehen, machte sie sich in Gedanken Mut, es harrt seiner Königin, die endlich heimkehrt. Sie werden singen und beten und ich mit ihnen und Gott danken für das heilige Band, das uns von nun an aneinander halten soll. Doch noch war da nichts von einem heiligen Band zu erkennen, nur Nebel und erstes trübes Morgenlicht, so schwach, daß man die Hand vor Augen nicht sah. Die wenigen Schiffslampen erhellten schwankend nicht mehr als die hölzerne Brüstung, an die sich ratlos die Mannschaft klammerte.

„Wo sind wir?" herrschte Maria den Schiffsführer an.

„Nun ja . . . Leith kann nicht weit sein . . . der Hafen von Edinburgh . . ."

Plötzlich änderte der Wettergott seine Meinung. Wind und Regen hörten auf, die Segel hingen schlaff und feucht in den Rahen. Gleichzeitig riß der Nebel auf, erschrekkend nah sah man schon die Kaimauer und matt das Positionslicht der Einfahrt. Lautlos, mit letzter Fahrt, glitt die Galeone der Königin in das Hafenbecken von Leith, hinter ihr die zweite Galeone und ein Begleitschiff. Das vierte Schiff fehlte.

Kein Mensch war zu sehen. Ein paar Lagerschuppen lichtlos im Hintergrund, leises Schwappen von Wasser gegen Polder und Pier, ein erster Möwenschrei. Man ließ einen Steg herab, endlich faßte der Fuß wieder festen Boden. Nichts geschah. Frierend umstand die Zahl der Gelandeten ihre Königin. Dann plötzlich eiliger Schritt und eine heisere Stimme:

„Mein Gott, wir sind zu spät gekommen!"

Drei Männer tauchten aus dem Dunkel auf und überquerten laufend den Hafenplatz. Noch waren ihre Gesichter nicht auszumachen. Der erste verhielt ohne Zögern vor Maria und beugte das Knie. Er schien die Königin zu kennen. Und die Königin kannte ihn, wie sich sofort zeigte.

„James!" hörte man sie rufen, „oh, James! Ich danke Gott für Euren Anblick! In welcher Wüste sind wir gelandet!"

„In keiner Wüste, Majestät. Zum Glück sicher und wohlbehalten an Eurem Ziel, aber einen Tag zu früh. Wir glaubten, Euch nicht vor morgen zu sichten . . ."

„Nun ja, Poseidon hat es wohl zu gut mit uns gemeint", suchte Maria sich munter zu geben. Da ihr Bruder die Dinge in die Hand nahm, mußte der Alptraum sich in Wohlgefallen auflösen. Da war sie sich ganz sicher. „Nun, mein lieber Earl of Moray", lachte sie, „wo ist die Karosse?"

„Karosse . . .?"

„Nun ja, lieber Bruder, die für meinen Einzug in Edinburgh."

„Nun, ich . . . wir"

„Keine Karosse? Oh, das macht nichts! So halte ich denn meinen Einzug hoch zu Roß! Wo sind meine Pferde?"

„Eure Pferde, Majestät? Das Schiff, das Eure Pferde geladen hat, ist überfällig."

„Ist überfällig?" Maria blickte um sich, als müsse sie die Anzahl der mit ihr eingetroffenen Schiffe überprüfen. Tatsächlich waren es drei und fehlte das Packschiff mit der Hälfte ihrer Ausrüstung und den ihr liebgewordenen Tieren aus dem königlichen Marstall. Also dann auch kein feierlicher Einzug auf Pferdesrücken? Sollte die Königin von Schottland etwas zu Fuß in ihre Hauptstadt einziehen, müde und durchnäßt wie sie war?

Ein zweiter Mann trat vor und vergaß vor Aufregung das Knie zu beugen.

„Ein Quartier ist bereitet, hier in Leith bei einem Kaufmann, Majestät . . ." Morgenlicht, jetzt hell genug, fiel auf ein schmales Gesicht, das Maria bekannt vorkam. Dennoch fragte sie mit einem Anflug von Ungeduld:

„Euer Name, Sir . . . ?"

„Erskine, meine Königin, John Erskine . . . zu Euren Diensten, Majestät!"

Sofort erhellte sich Marias Gesicht.

„O ja, Ihr wart in Frankreich! Mit Eurem Vater, dem Grafen von Mar. Er handelte meinen Ehevertrag mit der französischen Krone aus."

„Majestät erinnern sich . . . ?"

Nicht nur an die glücklichen Zeiten erinnerte sie sich, sondern schloß blitzschnell auf ferne verwandtschaftliche Bande.

„Ihr seid über dessen Mutter ein Vetter meines Bruders, nicht wahr?" Dann aber kam sie wieder auf das Nächstliegende. „Was redet Ihr von einem Quartier? Ich denke, Schloß Holyrood erwartet mich!"

„Noch nicht ganz, Majestät, wie gesagt . . ."

James Stuart unterbrach den etwas servilen Erskine.

„Morgen, meine Schwester, morgen ist Holyrood für Euch bereit. Heute nehmt vorlieb mit Bett und Kammer beim Kaufmann Andrew Lamb hier am Ort. Euer persönliches Gepäck wird von Bord geholt, und ich werde für Pferde sorgen." Er klang sehr bestimmt, ein Mann, der die Dinge in die Hand nimmt. „Derweilen darf ich Euer Majestät noch William Maitland vorstellen, den Laird von Lethington.“ Er wies auf den dritten Mann, der bis jetzt bescheiden im Hintergrund gewartet hatte. Maitland trat vor und beugte das Knie.

„Majestät . . .“

„Maitland?“ überlegte Maria kurz. „O ja, Ihr seid . . . nein, Ihr wart der Staatssekretär meiner Mutter. Ich hoffe, auch ich darf auf Ihre Dienste rechnen.“

„Soweit es in meinen schwachen Kräften steht . . .“

Milchig matt war unterdessen die Sonne aufgegangen und beschien die Szene, die so gar nichts von einem strahlenden Empfang einer Königin hatte. Ein Tag der Ruhe und Besinnung im Hause eines Kaufmanns, wenn auch nicht gerade zwischen Heringsfässern, sondern in sauberer Kammer und beim Mahl am blanken Tisch, tat dann recht gut. Den vier Marys befahl Maria, aus Kisten und Kasten hervorzuholen, was einer Königin anstand. So war sie am anderen Morgen, der sich weit freundlicher zeigte, gerüstet in silberblauem Kleid mit Brokatärmeln, schaumig weißem Rüschenkragen, einem goldgelben Mantel darüber, die eckige Witwenhaube auf dem nur wenig nachgedunkelten Blondhaar.

Was Lord James dann an Pferden anbrachte, war allerdings keine stolze Kavalkade, sondern zwei Dutzend zusammengeborgter Ackergäule. Maria blieb nichts anderes übrig, als gute Miene zu machen, und zum Glück waren es nur zwei Meilen bis Edinburgh, die sie auf dem breiten Rücken einer struppigen Mähre hinter sich bringen mußte. Dann aber geschah das Wunder. Die Straßen Edinburghs waren dicht gefüllt mit jubelnden Menschen, genau wie Maria erhofft hatte. Hochrufe hallten wider in den engen Gassen, Frauen winkten und weinten, Männer küßten ihren Steigbügel, Kinder warfen Blumen vor die Hufe ihres Pferdes.

„Willkommen“, riefen sie, „willkommen!“

„Seht nur, welch stolze Haltung sie hat“, lobten die einen, und andere baten: „Gott segne ihr bezauberndes Gesicht.“

„Endlich wieder eine wahre Stuart!" meinten viele, und manche waren entzückt:

„Wie schön sie ist! Wie schön ist unsere Königin!"

Und sie war schön, wie sie in ihre Stadt einzog, blühend jung, von natürlichem Stolz, wenn auch elend beritten. Aber Gegensätze, so fühlte Maria schon am zweiten Tag ihrer Heimkehr, würden von nun an ihr Dasein ausmachen. Sie zu überbrücken, war sie gekommen, ihnen standzuhalten, mußte sie erst lernen.

Holyrood

Der Name Holyrood, eigentlich Holy Rood, bedeutet so viel wie Heiliges Kreuz und ist der Name der benachbarten Abtei aus dem zwölften Jahrhundert. Hier soll der Legende nach der Hirsch mit dem brennenden Kreuz zwischen dem Geweih gesehen worden sein. Das Schloß selbst, ursprünglich nur ein spröder Bau, diente dem Kloster als Gästehaus, in dem die schottischen Könige zu Jagdausflügen übernachteten. Erst Marias Vater, durch ihre Mutter in französischem Geschmack geschult, machte durch Anbauten und Umbauten einen Renaissance-Palast daraus. Von den Engländern bei kriegerischen Einfällen mehrfach gebrandschatzt und nur notdürftig wieder aufgebaut, stand das Schloß lange Zeit unbewohnt.

Dennoch hatte Maria sich ausdrücklich Holyrood als Domizil ausgebeten und nicht die Festung oberhalb Edinburgh. Dort im alten Gemäuer hätte sie noch weniger Komfort erwartet und zudem die bittere Erinnerung an ihre Mutter, die hier ihre letzten Jahre fast als Gefangene zubrachte. Nach dem triumphalen Empfang durch die Bevölkerung war Maria mit Recht enttäuscht von dem, was Holyrood ihr bot. Im sogenannten Nordwest-Turm sollte sie ein paar übereinanderliegende Zimmer beziehen, alle sehr klein und nur durch eine schmale Stiege verbunden. Ihr Bruder war zwar bemüht gewesen, die Räume, Schlafzimmer, Wohnzimmer, Bibliothek und eine Kapelle, neu zu möblieren, aber das Resultat war sehr dürftig ausgefallen.

„Zum Glück habe ich einiges aus Frankreich mitgebracht, das noch von den Schiffen entladen wird", tröstete sie sich und wurde diesmal nicht enttäuscht. Bett, Kommode, Truhe wurden herangeschleppt und nicht nur das, auch das zweite Begleitschiff war eingetroffen und all die edlen Pferde französischer Zucht wohlbehalten in die Stallungen des Schlosses geführt. Rechtschaffen müde wollte Maria sich den ersten Abend schlafen legen, als sich draußen ein ihren Ohren greulicher Lärm erhob. Maria trat an ein offenes Fenster und blickte in den weiten, aber recht vernachlässigten Park. Zwischen wuchernden Hecken und ausgedorrten Rabatten waren ringsum Freudenfeuer entzündet, die fahlen Gesichter einer andächtig singenden Menschenmenge sahen zu ihr herauf. Sie hatten einen frommen Psalm angestimmt, der Marias Ohren dennoch beleidigte, hörten sich die Töne doch wie Ziegenmeckern und Schafsblöken in einem an.

„Was um Gottes willen ist denn das?" rief sie und fuhr vom Fenster zurück.

Die vier Marys hinter ihr lachten hell auf.

„Haben Majestät etwa den Dudelsack vergessen?" kicherten sie, „das musikalische Heiligtum der Schotten?"

„Den Dudelsack! Ja richtig. Ich vergaß ihn nicht", stimmte die Königin in das Kichern mit ein, „nur seinen scheußlichen Klang, den vergaß ich." Und, sich erinnernd, wie das schottische Volk diese Art von Musikinstrumentierung hochhielt, trat sie erneut ans offene Fenster. Sich überwindend lauschte sie den mißtönenden Klängen, bis der Psalm ein schleppendes Ende fand und statt seiner Hochrufe zu ihr emporbrandeten.

„Es lebe unsere Königin! Es lebe Maria aus dem Hause der Stuart!"

„Ich danke euch", setzte Maria an, „ich danke euch für eure Darbietung und würde mich freuen, wenn ihr sie manchen Abend wiederholt." Die Lüge kam ihr aus dem Herzen. Gute Absicht zu verletzen, war ihrem Wesen fern.

Die Huld, mit der die Königin das ihr gebrachte Ständchen aufgenommen, machte alsbald in der Stadt die Runde. Sogar John Knox, Puritaner reinsten Wassers und Gründer der ‚Kirk', der neuen schottischen Kirche, erkannte mit leisem Zweifel in der Stimme an:

„So, so wenigstens ein frommer Psalm scheint nach ihrem Geschmack . . ."

Vom ersten Tage an rüstete sich Maria, wieder eine königliche Hofhaltung zu führen. Holyrood, nur einen Steinwurf vor den Toren Edinburghs gelegen, war abgesehen von den engen Räumen des Wohnturms, eigentlich ein sehr weitläufiges Gebäude. In seinen drei Flügeln fand sich reichlich Platz, das aus Frankreich überkommene Gefolge unterzubringen. Seine Anzahl reduzierte sich ohnehin sehr schnell durch den einen oder anderen, der sich mit den schottischen Verhältnissen, vor allem dem düster feuchten Klima, nicht abfinden konnte. So war es bald nur noch ein recht kleiner Kreis, der um seine Königin geschart französischen Lebensstil beizubehalten suchte. Man trieb Spiele, musizierte, wandelte auf von Unkraut überwucherten Parkwegen, soweit Regen und Nebel es zuließen. Man spielte Karten und verbrachte den Abend beim Tanz. Man ließ sich schmecken, was der mitgebrachte französische Koch auf den Tisch zauberte, sofern er die benötigten Zutaten auf schottischem Markt fand.

Aber auch dem Ernst einer solchen Hofhaltung war von Beginn an Rechnung zu tragen. Im Mittelteil des Schlosses befanden sich große, wenn auch noch leerstehende Säle, die sich für Empfänge und Audienzen geradezu anboten. Eine Art Thronsessel mit einem wappenwie kronengeschmückten Baldachin darüber, war schnell errichtet. Dem Empfang offizieller Besucher stand nichts mehr im Wege.

„Sir Thomas Randolph, Botschafter Ihrer Majestät, der Königin von England!" wurde Maria als erster gemeldet.

„Welch eine Ehre, Herr Botschafter, Sie hier zu begrüßen“, eröffnete sie, bemüht, jeden auch nur einigermaßen günstigen Wind aus südlicher Nachbarschaft wahrzunehmen.

Randolph, offensichtlich beeindruckt von dem, was sich seinen Augen bot, verbeugte sich tiefer, als es seine Absicht gewesen. Maria, trotz des Witwenhäubchens festlich angetan in einem graugrünen Kleid mit tief angesetzter Taille, das ihre schlanke Linie betonte, verkörperte sorglose Jugend ebenso wie weibliche Anmut und selbstbewußten Stolz.

„Majestät . . .“ begann er, mußte sich aber erst räuspern, ehe er weitersprechen konnte. „Meine Königin schickt Euch schwesterliche Grüße und bedauert sehr das Mißverständnis . . .“

„Ein Mißverständnis?“ Maria zog fragend die Brauen hoch.

„Nun ja, der Geleitbrief zu Euer Majestät Sicherheit wurde selbstverständlich sofort ausgefertigt und nach Frankreich übermittelt . . .“

„Ich wartete länger als einen Monat darauf“, wurde er unwillig unterbrochen, fuhr jedoch seinerseits zu sprechen fort:

„Nach wie vor ist meiner Königin daran gelegen, daß Eure Majestät endlich den Vertrag, hier in Edinburgh geschlossen, unterzeichnen mögen!“

Da war die Katze aus dem Sack. Der Vertrag bedeutete eindeutig Marias Verzicht auf die englische Krone, und dem zuzustimmen, tönten ihr noch zu deutlich die verführerischen Worte Heinrichs II. im Ohr: Du allein bist Englands Königin, denn Elisabeth, von ihrem Vater enterbt, ist zudem ihrer Geburt nach nur ein Bastard! Weit davon entfernt, ihren Ärger zu zeigen, lächelte Maria auf das liebenswürdigste.

„Gut, Sir Thomas, daß Ihr diesen Punkt erwähnt. Nun, da ich wieder zu Hause bin, werde ich ihn alsbald mit meinen Ratgebern erörtern. Übermittelt meiner königlichen Schwester auch meine Grüße und habt eine angenehme Heimreise." Sir Thomas Randolf, Abgesandter der englischen Krone, war entlassen.

Als nächstes fand sich Lord für Lord der schottische Adel ein, der heimgekehrten Königin seine Aufwartung zu machen. Die einen taten es nur murrend und widerwillig, andere voller Hoffnung und Zuversicht auf bessere Zeiten, andere wieder nur aus Neugier auf die Tochter Jakobs V., dem sie vor neunzehn Jahren gedient oder Trotz geboten hatten. So oder so kamen sie alle, die Donalds, die Argylls, Arran, Gordon, Glencairn und wie sie alle hießen. Einzeln, von Lord James seiner Schwester vorgestellt, traten sie vor, rauhe Gesellen in ihren Kilts, bärtig und urwüchsig, aus naher Umgebung, aus südlichem Grenzgebiet, dem inselreichen Westen oder dem nördlichen Hochland. Maria wirkte gegen sie fast unwirklich in ihrer französischen Eleganz, und sie und ihre Damen hatten beim anschließenden Festbankett manches auszustehen, worauf sie nicht gefaßt waren. Da langte ein Lord wohl schon einmal mit den Fingern zu, sei es in die fettige Sauce oder auch ans Mieder einer der vier Marys.

„Wie ist meine Mutter bloß mit dieser Schar fertig geworden?" flüsterte Maria zwischen Nachtisch und Käse ihrem Bruder zu. James lachte.

„Fertig geworden? Ach Maria . . . Majestät! Da hat sie manches Mal ein Auge zudrücken müssen, einzig mit dem Ziel, Euch Euer Königreich zu erhalten. Aber vergeßt nicht, es sind auch manche unter ihnen, die in Frankreich gelebt und höfisches Leben genossen haben. Ich werde Euch einmal den Grafen von Bothwell vorstellen."

„Bothwell?" Den Namen hatte Maria doch schon einmal gehört. Daß er die kleine Flotte zu ihrer Heimreise ausgerüstet und organisiert hatte, war ihr schon wieder entfallen.

Der schottische Adel, Lord oder Laird, war in der Regel bei sich zu Hause in wehrhafter Burg seit Hunderten von Jahren Haupt seines Clans, nicht gewohnt und gewillt, sich irgendjemandem zu unterwerfen, nicht König, nicht Königin. Und doch, wer in diesen ersten Tagen in der großen Halle von Holyrood zu Tische saß und zur französischen Pastete schottischen Whisky die Kehle hinunterlaufen ließ, war versucht, sich Charme und Autorität der Maria Stuart unterzuordnen. Ein großer Erfolg der heimgekehrten Königin.

Die Zerreißprobe kam dann von ganz anderer Seite.

Der erste Sonntag, den Maria auf schottischem Boden verbrachte, war der 24. August 1561.

Aufgrund der Abmachung mit ihrem Bruder, daß sie samt ihrem Gefolge trotz des im Lande geltenden Verbots in ihrer Privatkapelle die Heilige Messe lesen lassen dürfe, hatte Maria einen der Räume im Wohnturm dazu herrichten lassen. Diesen ersten Sonntag also war man zur Feier der Hostie dort versammelt, während genau zur gleichen Stunde John Knox im nahegelegenen St. Giles von der Kanzel herab haßerfüllt seine Zuhörer in Atem hielt:

„Jetzt kehren sie zurück, die Papisten, wie der Hund zum Erbrochenen und zünden ihren Weihrauch an. Aber ich sage Euch: Eine einzige Meßfeier auf diesem Boden ist mehr zu fürchten als die Landung von Zehntausenden fremder Soldaten!"

In Schloß Holyrood ging es dagegen still zu. Schweigend erwartete man den Beichtvater der Königin, der das Priesteramt versah. Dieser hatte bereits das Meßgewand angetan und wollte soeben mit der geweihten Kerze in der Hand die Kapelle betreten, als im Treppenhaus ein gewaltiger Lärm losbrach.

„Tod dem Priester!" hörte man rufen und „Tod dem Götzendiener!" Deutlich war der Schritt vieler Stiefel auszumachen und ein Handgemenge vor der Tür, dazu kläglicher Hilferuf des Priesters:

„Nicht die Kerze! Sie ist geweiht!" Ganz offenbar war sie ihm bereits entrissen und trampelten die Stiefel, deren Tritt man vernommen, hohnlachend darauf herum.

„Ihr beleidigt Gott mit eurem Zauberkram!" schrie jemand aufgebracht, „das dulden wir nicht in unserem Land!"

„Und seht den Flitter, den er trägt!" rief ein anderer, „Gold und Silber! Wo bleibt deine Demut, Priester?"

„Brecht die Tür auf! Wir machen ein Ende!" rief nun alles durcheinander, und die Tür ächzte, da offensichtlich starke Schultern sich dagegen warfen. Im ersten Schrekken hatte jemand den Riegel von innen zugeschoben. Drinnen die kleine Gemeinde, starr vor Angst, hob laut zu beten an.

„O Herr, mein Gott, in Dich setzen wir unser Vertrauen, errette uns vor denen, die uns verfolgen . . ." lautete das Gebet, begleitet vom Klicken der Rosenkränze. Was würde jetzt geschehen? Es war nicht zu leugnen: Das, wozu sie sich hier in diesem Raum versammelt hatten, stand hierorts unter Todesstrafe. Würde das Wort der Königin, eben erst als Gast in dieses Land zurückgekehrt, stark genug sein, sie vor den Konsequenzen ihres Tuns und ihrer Überzeugung zu schützen?

Selbst Maria, von der Autorität eines Königswortes durchdrungen, fühlte Furcht aufsteigen, was geschürter Haß hier und jetzt wohl bewirken würde. Lange konnte die Tür trotz des vorgeschobenen Riegels nicht mehr standhalten. Sie erhob sich von den Knien, auf denen sie betend Beistand erfleht hatte, um nun hochaufgerichtet dem Pöbel entgegenzutreten. Nur Augenblicke noch und sie würden hereinstürmen, den Altar verwüsten, das

Allerheiligste schänden, wie sie es vor Jahren auf John Knox Geheiß im ganzen Land getan hatten. Und wer konnte sagen, zu was ihr aufgestauter Zorn gegen alles Katholische sie noch reizen würde? Eine Frau, und sei sie auch ihre Königin, würde ihnen wohl kaum Einhalt gebieten können. Maria atmete tief durch, auf alles gefaßt, was der anhaltende Lärm draußen sie befürchten ließ.

„Die Tür! Brecht sie auf!" wiederholten sie und: „Tod den Papisten!" Dann plötzlich gebieterisch den Tumult übertönend:

„Genug jetzt! Zurück mit euch!"

Maria erkannte die Stimme sofort.

„James . . ." entfuhr es ihr, „dem Himmel sei Dank. Ihr kommt im rechten Augenblick."

„Niemand legt mehr Hand an diese Tür", fuhr Morays Stimme fort, „Wer ist euer Herr? In wessen Namen randaliert ihr hier?"

Jetzt war es totenstill im Turm. Die Antwort auf Morays Frage kam vom Fuß der Treppe.

„In meinem Namen sind die Leute hier. Und sie randalieren nicht, sie verteidigen das Recht zur Ehre Gottes! Wir wurden endlich von der Meßfeier befreit und lassen es nicht zu daß erneut Abgötterei in unserem Königreich betrieben wird!"

Während dieser Rede machte man ehrfürchtig einem Mann Platz, der Stufe für Stufe die Treppe heraufkam. Ihn kleidete ein Kilt im Tartan-Muster seines Clans, dazu trug er den Sporran, die fellbesetzte Tasche, und lässig das long-plaid über der Schulter.

„Ah, Ihr seid es, Lord Lindsay", begrüßte James ihn wenig begeistert. „Ruft Eure Leute ab, Lindsay! Ich bürge für die Königin. Sie hat meine ausdrückliche Erlaubnis, in ihren Privatgemächern die Messe zu hören."

„Eure Erlaubnis, Moray? Wer hat Euch ermächtigt?"

„Nur so kehrte die rechtmäßige Königin in ihr Land zurück, und . . ."

„Der Teufel soll . . ." unterdrückte Lindsay knapp einen Fluch.

„. . . und im Austausch wird sie einen Erlaß unterzeichnen, der in Schottland den Protestantismus als Staatsreligion garantiert."

Irgendwie einigten sich endlich die Männer, der Treppenturm von Schloß Holyrood leerte sich, die Meßfeier an diesem ersten Sonntag konnte endlich beginnen. Dem Priester allerdings zitterten die Finger, als er zur Wandlung die Hostie emporhob.

Der Erlaß, den Maria Stuart am nächsten Tag tatsächlich unterschrieb, lautete: *Bis zur offiziellen Einberufung des Ständerates durch Ihre Majestät soll bei Todesstrafe niemand etwas an den religiösen Gesetzen ändern, wie sie zum Zeitpunkt der Heimkehr Ihrer Majestät gegolten haben.* Ehe sie allerdings unterschrieb, setzte Maria noch hinzu: *Ebenfalls unter Todesstrafe habe aber niemand Ihre Majestät oder jemanden, der mit ihr aus Frankreich gekommen sei, an der Ausübung ihrer Religion zu hindern.*

„Das wäre ja noch schöner", murmelte sie, eine solche Unbotmäßigkeit meiner Untertanen nochmals zuzulassen!" Dann klappte sie mit einem Ruck die Mappe zu, in der das Dokument lag.

Ein Weiberfeind

John Knox, siebenundvierzig Jahre alt, war, obwohl ohne jeden offiziellen Status, zweifelsohne Führer und Sieger der kirchlichen Revolution in Schottland. Als solcher bezeichnete Maria Stuart ihn hellsichtig als den gefährlichsten Mann in ihrem Königreich. Die negative Einschätzung beruhte allerdings auf Gegenseitigkeit. In einem Traktat unter dem Namen ‚*Erster Trompetenstoß gegen Weiberherrschaft*' richtete er ganz generell den Bannstrahl gegen weiblichen Thronanspruch. *Frauen, jene haltlosen, sündhaften, unduldsamen, schwächlichen und törichten Geschöpfe,* hieß es da, *zu Herrscherinnen zu machen, bedeutet die Vernichtung von Ordnung, Billigkeit und Recht.* Kaum aber war Maria im Lande und wurde ihr etwas kultivierter Lebensstil offenbar, urteilte Knox verbissen:

„Sie pflegt Bräuche, die mehr einem Bordell ähneln als dem Anstand ehrbarer Frauen."

Kaum ausgesprochen erreichten diese Worte auch Marias Ohr.

„Diesen Mann will ich sehen", beschloß sie.

„Majestät sollten bedenken . . ." suchte Maitland einzuwenden, den Maria seit ihrer Landung gern zu Rate zog.

„Was sollte ich bedenken, lieber Maitland?" Waren die hoch geschwungenen Brauen der Königin auch nur eine Spur zusammengezogen, sollte man lieber davon absehen, ihr mit einem noch so gut gemeinten Einwand zu kommen. Maitland wagte es dennoch.

„Nun, John Knox ist weder von Stand noch im entferntesten höfischen Umgang gewohnt. Zudem ist er ein . . . wie soll ich mich ausdrücken . . . ein sehr eigensinniger Herr . . ." Maitland zuckte hilflos mit den Schultern.

„Er und ich", faßte Maria unbeirrt zusammen, „wir sind wie brennende Gegenpole. Das schafft Spannung. Wir sollten sehen, einander näherzukommen und somit die Spannung zu mildern."

Das klang äußerst vernünftig. Maitland, obwohl immer noch skeptisch, sparte sich weitere Einwände. John Knox wurde nach Holyrood eingeladen.

Am 4. September 1561 machte er sich auf den kurzen Weg von dort, wo zwischen High Street und Canongate sein kleines winkliges Haus stand, und ließ sich bei der Königin melden.

Maria hatte als einzigen Kompromiß ein schlichtes schwarzes Kleid gewählt, trug das Witwenhäubchen tief in die Stirn gezogen. Ihr Bruder James hatte darauf bestanden, der Unterredung beizuwohnen.

„Um Gottes willen, Maria, er ist ein Habicht, der sich auf das Lamm stürzen wird! Wenn ich Euch schon nicht beistehen kann, so laßt mich wenigstens das Schauspiel genießen!"

Hinter seinem Sarkasmus stand klar die Sorge um seine Schwester. Wie recht er hatte, trat allzu bald zutage.

John Knox, in einen weiten Umhang gehüllt, mit struppigem, wallendem Bart, den Kopf in eine enge schwarze Kappe gezwängt, wirkte düster und abweisend. Maria fiel bei seinem Anblick sogleich ein, wie man ihn im Volk nannte: den Freudentöter.

Wenn vielleicht nicht wie Habicht und Lamm, aber sicher wie Ziegenbock und Taube bezogen sie gegeneinander Position. Maria machte den ersten Zug.

„Ihr habt durch Euer aufrührerisches Wort dafür gesorgt, daß meine Meßfeier gestört wurde. Ich möchte Euch dafür zur Ordnung rufen, Master Knox!"

Lord James, neben dem Stuhl seiner Schwester stehend, zog hörbar die Luft ein. Maria hatte nicht den richtigen Ton getroffen. Die Quittung kam sogleich. Knox fixierte sie mit stechenden Augen.

„Madame, wenn es ein aufrührerischer Akt ist, sich dem Götzendienst zu widersetzen und das Volk aufzufordern, Gott nach seinem Wort zu verehren, dann bin ich ein Aufrührer!" Hatte Maria ihn, so gut sie es unterdessen beherrschte, auf schottisch angesprochen, so kam Knox' Antwort in fließendem Französisch. Das hatte er auf französischen Sträflingsgaleeren gelernt, zu deren Dienst er als Anführer der Revolution von 1547 verurteilt worden war. Im gleichen fehlerfreien Französisch fuhr er fort: „Zudem haben Untertanen in meinen Augen das Recht, sich den Fürsten entgegenzustellen, wenn diese gegen das göttliche Gebot regieren."

Maria, verwirrt, nicht den ungebildeten Bauern vor sich zu haben, den sie erwartet hatte, hob den Kopf.

„Soll das heißen, daß meine Untertanen von nun an nicht mehr mir, sondern Euch zu gehorchen haben?"

„Ich sagte, Gottes Gebot steht über allem."

„Auch ich achte Gottes Gebot, wenn auch Eure Kirche nicht die meine ist, Master Knox. Für mich ist die wahre Kirche immer noch die römische."

Knox, als stünde er auf der Kanzel von St. Giles, wies mit ausgestrecktem Arm in eine imaginäre Ferne, seine Stimme drohte.

„Euer Glaube kann aus der großen Hure Rom keine unbefleckte Braut Jesu machen!" wetterte er. „Ich bete für Eure Majestät, daß es Gott gefallen möge, Euch aus der Knechtschaft der Dunkelheit und des Irrtums zu befreien, in der Ihr lebt, da man Euch die wahre Lehre nicht gebracht hat . . ."

„Master Knox", wollte Maria ihn unterbrechen, aber Knox, an endlos langes, feuriges Predigen gewohnt, war nicht zu bremsen.

„. . . Fürstlichkeiten taugen eher, musikalischen Darbietungen zu lauschen, sich im Tanze zu drehen und sich zu üppigen Gastmählern niederzulassen, denn dem Wort Gottes zu lauschen . . ."

„Master Knox!" Noch eben ihren Zorn zurückhaltend, hob Maria die Stimme. „Ihr vergreift Euch im Ton Eurer Königin gegenüber! Bedenkt, wer Ihr seid!"

„Ich bedenke es, Majestät! Ich bin weder Graf noch Lord oder Baron, Gott hat mich dennoch, so verworfen ich in Euren Augen erscheinen mag, zu einem nützlichen Glied Eures Staates geschaffen. Wenn Ihr das erkennt, werdet Ihr begreifen, daß die Offenheit meiner Sprache keineswegs beleidigend ist."

Maria hatte längst erkannt, daß das Gespräch zu ihrem Entsetzen andere Wege nahm, als es ihre Absicht gewesen. Wo sie huldvoll Annäherung hatte anbieten wollen, suchte der unbeugsame Puritaner die Klingen zu kreuzen. Auch James erkannte das sich anbahnende Desaster. Als er aufblickte, sah er zu seinem Schrecken Tränen in den Augen seiner Schwester. Sofort griff er ein. Er packte den Prediger am Ärmel seines Umhangs.

„Die Königin wünscht sich jetzt zurückzuziehen . . ."

Knox holte aus, um noch etwas zu sagen, aber begriff dann doch, daß er für dieses Mal entlassen war. Nur unwillig ließ er sich von James zur Tür geleiten. Draußen dann konnte er sich nicht enthalten, diesem noch zuzuzischen:

„Eines sag' ich Euch, Mylord, wenn in dieser Frau nicht ein hoffärtiger Geist und ein gegen Gott verhärtetes Herz steckt, dann weiß ich nicht . . ."

James ließ ihn stehen, um zu seiner Schwester zurückzueilen.

„Maria . . .!"

Sie hob ihm das tränenüberströmte Gesicht entgegen.

„Ach , James . . . welch ein schrecklicher alter Mann war das", schluchzte sie zutiefst gekränkt.

„Ja, er ist hart geworden, dieser Knox mit seinem unbarmherzigen Gott. Aber Euch soll das nicht kränken . . ." James beugte sich zu Maria nieder und legte eine Hand gegen ihre Wange. Mit einem Mal war sie nicht mehr die Königin, sondern das Kind, das er damals auf seinen Schultern hatte reiten lassen.

„Ach, Maria, weint nicht mehr . . . ich bitte Euch, weint nicht mehr . . ." Seine Worte waren von einer Zärtlichkeit, die er lange gegen niemanden gespürt und die ebenso Maria lange von niemandem mehr erfahren hatte. Für einen kostbaren Augenblick waren sie Bruder und Schwester ohne die Trübung ungleicher Geburt und unterschiedlichen Ranges. Doch Schwäche zu zeigen, hatte das Leben Maria niemals erlaubt. Nicht als die Mutter das Kind in fremde Lande schickte, nicht als Franz in seiner Schwäche ihren Beistand brauchte, und schon gar nicht, als sie in dieses rauhe Land im Norden zurückkehrte.

„Von Gottes Liebe ist nicht viel zu spüren", kam Maria wieder auf den Anlaß ihrer Tränen zu sprechen, „und vor allem haßt er die Frauen."

Lord James, zufrieden, daß sie nicht mehr weinte, erlaubte sich ein süffisantes Lächeln.

„Nun, mag sein, daß er sie gar nicht so sehr haßt, die Frauen, und daß gerade das seine Anfechtung ist."

„Ihr meint, er sei ein Mann wie jeder andere?" Der Gedanke ließ Maria in ein befreiendes Lachen ausbrechen, in das James mit einstimmte.

Im übrigen sollte James Stuart recht behalten. Nur drei Jahre später heiratete John Knox eine sehr viel jüngere Frau, die ausgerechnet den Namen Stuart trug.

Stationen einer fernen Zeit

„Ich möchte mein Königreich besser kennenlernen", verkündete Maria noch im gleichen September 1561, „ich werde eine Rundreise unternehmen, zuerst nach Linlightgow, wo ich geboren bin!" Begeistert von ihrem Plan klatschte sie in die Hände. „Die nächste Station soll Stirling sein. Was man mir nicht alles von dieser Stadt erzählt hat. William Wallace, den sie Braveheart nannten, hat dort die Engländer geschlagen. Und den Palast will ich sehen, den mein Vater gebaut hat." Sie warf einen Blick auf eine Skizze, die von ungeschickter Hand den mittleren Teil Schottlands zeigte. „Von Stirling sollten wir uns nach Norden wenden. Ich möchte Perth sehen. Immerhin war es ja mal unsere Hauptstadt. Und St. Andrews werdet Ihr mir zeigen, James, es ist ja schließlich Eure Domäne."

„Wie Euer Majestät befehlen", grinste Graf Moray verlegen. Allzu gut waren seine Erinnerungen an diese ehemalige Bischofsstadt nicht. Nach Plünderungen und Bildersturm durch die Protestanten war er es, der sich von der Congregation die Einkünfte des Bistums überschreiben ließ. Maria überging die Peinlichkeit ihrer Bemerkung.

„Einen Abstecher nach Falkland Castle möchte ich noch machen, dem Schloß meiner Mutter . . .", auf ihre Züge legte sich ein flüchtiger Schatten, „. . . der Ort, an dem mein Vater starb", endete Maria mit Entschlossenheit.

Wer die Königin auf einer solchen Reise begleiten wollte, mußte schon ein guter Reiter sein. Maria saß nicht nur von Jugend an elegant und sicher zu Pferde, sie konnte auch Stunden im Sattel bleiben, ohne zu ermüden. Dennoch fanden sich fünfzig Bewerber, unter ihnen die Mehrzahl ihrer französischen Höflinge, sowie etliche schottische Adlige, die es sich zu hoher Ehre anrechneten, der Königin ihr Land zu zeigen. Zwei der vier Marys wollte Maria um sich haben, nämlich Seton und Livingston, und natürlich ihren Bruder James. So war es denn eine bunte und fröhliche Kavalkade, die sich am frühen Morgen eines selten sonnigen Septembertages dem weißen Zelter der Königin anschloß. Maria schlug sofort ein scharfes Tempo an, so daß man die ersten achtzehn Meilen bis zum Mittag geschafft hatte.

Schon von fern war der graue Koloss von Schloß Linlithgow im Mittagsdunst auszumachen.

„Oh, es ist viel größer, als ich mir vorgestellt!" rief Maria im Näherkommen. Und richtig maßen zwei Flügel des steinernen Vierecks fünf Stockwerke in der Höhe und war die anschließende Kapelle eher eine Kathedrale zu nennen. „Zeigt mir den Raum, in dem ich zur Welt kam", forderte die Schwester den Bruder auf, sobald man in den düsteren Burgfried eingeritten war, und schien dann eher enttäuscht vom bescheidenen Kämmerchen, in dem sie vor nicht ganz neunzehn Jahren das Licht der Welt erblickte.

In Windeseile hatte es sich herumgesprochen, daß die Königin Linlithgow einen Besuch abstattete. Von allen Seiten strömten die Menschen herbei: Herren von ihren Gütern, Hirten von ihren Herden, Bauern von ihren Feldern, brachten Geschenke wie Schinken vom Schaf, Gesponnenes aus seiner Wolle und die köstlichste Gabe Schottlands, das golden fließende, malzhaltige Gerstengetränk, den Whisky.

Maria, hoch oben auf der obersten Stufe der großen Freitreppe, begrüßte einen jeden, gleich welchen Standes, freundlich und dankbar, unermüdlich in ihrer Geduld.

„Willkommen ihr Herren, herbei ihr Leute", rief sie, „nennt mir eure Sorgen, euren Kummer! Niemand soll abgewiesen sein, wo immer ich Rat erteilen, Abhilfe leisten kann!" Ihre winkende Hand schien Segen zu erteilen. „Der Herrgott erbarme sich eurer, sei es in Purpur und Gold oder im einfachen Schwarz."

Damit bezog sie beide ein, die eigene prunkende Glaubenswelt wie das wachsende Feld dürrer Lebensfreude, die den Protestanten Gesetz war.

Wer gekommen war, um pflichtgemäß seiner Königin zu huldigen oder wen einfach Neugier getrieben hatte, keiner ging fort ohne den Eindruck liebenswerter Natürlichkeit, jugendlichen Liebreizes und Volkesnähe trotz stolzen Standesbewußtseins, kurz ohne eine neue begeisterte Liebe mit sich zu nehmen.

Am nächsten Tag brach man früh auf, folgte weiter dem Firth of Forth nach Westen bis dorthin, wo er nur noch ein schmaler Fluß und, auf der Höhe von Stirling, sogar von einer steinernen Brücke überspannt war. Stirling Castle, Edinburgh nicht unähnlich, thront auf einem mächtigen Felsen, der sich zweihundertfünfzig Fuß hoch unmittelbar aus flachem Grün erhebt. Seine Mauern, so grau wie der Fels und steil aufragend, umgaben die Wohngebäude wie ein wehrhafter Kragen. Die Burg von Stirling galt zu Beginn des sechzehnten Jahrhunderts als absolut uneinnehmbar. Und das war auch der Grund, warum Maria von Guise auf Rat der Lords ihre Tochter von Linlithgow hatte hierherbringen lassen. Hier krönte man das neun Monate alte Kind zur Königin von Schottland, hier lebte es vier Jahre lang in Frieden, bis auch Stirling vor dem ständig drohenden Zugriff durch England nicht mehr sicher schien. Dann setzte jene Odyssee von Burg zu Burg ein, die über das friedliche Kloster von Inchmahome führte, wo die Enten sich im Schilf des Sees vergnügten, und im finsteren Schloß Dumbarton endete. Hier erwartete man die fremden Galeonen, die das Kind in Frankreichs Obhut bringen sollten. Die steilen

Mauern von Dumbarton waren es auch, die Maria noch lange in ihren Träumen nachhingen und sie aus längst behütetem Schlaf hatten aufschrecken lassen. Anders aber Stirling! Hier waren die vornehmen Räume im Stil der Renaissance von Kinderlachen erfüllt gewesen, dem Klang trippelnder Kinderfüße, denen Marias wie denen ihrer vier Marys, die damals schon um sie waren, ebenso wie dem festen Schritt der älteren, nicht ebenbürtigen Brüder, die die Schwester ohne jeden Neid auf ihre Geburt neckten und liebten. Zu ihnen gehörte auch James Stuart, jetzt Earl of Moray, dessen Blick erwartungsvoll die neben ihm reitende Schwester streifte, da die kleine Reiterschar sich dem Fuße der Festung näherte. Wann würde der Flügelschlag ferner Erinnerung ihr schönes Profil berühren, würden Bilder wie Blitze ihr Auge erhellen? Noch blieben die Züge der Reiterin an seiner Seite ruhig und ohne Ausdruck irgendwelchen Erkennens.

Maria ritt allen voran in den weiten Burghof ein, knapp hinter ihr James und die beiden Marys, Seton und Livingston. Diener eilten herbei, griffen nach dem Zügel des Zelters, wollten ihrer Königin aus dem Sattel helfen. Maria wehrte es ihnen mit freundlichem Zuruf.

„Dank, ihr Leute, Dank. Noch bin ich weder alt noch gebrechlich!"

Und schon hatte sie das Bein über das Sattelhorn geschwungen und war zur Erde geglitten. Scheinbar wie in Trance betrat sie die lichten hohen Räume des Schlosses, durchschritt Saal für Saal, lautlos gefolgt von James und den Marys. Im vierten oder fünften Raum blieb Maria stehen, hob den Blick gegen die holzgetäfelte Decke. In Kassetten eingeteilt, rankten sich dort oben im Halbrelief Figuren, Gestalten, Getier, grinsend, geifernd mit offenen Mäulern, sprungbereit wie es schien, und doch eingefangen im Geviert sprießender Blätter und Blüten.

„Das habe ich schon einmal gesehen", sagte Maria scheinbar ruhig, „ich hatte stets Sorge, sie würden sich auf mich herabstürzen . . ." Trotz ihrer versonnenen Ruhe spürte man etwas von der Angst, die das Kind erfüllt hatte, wenn es hinaufblickend hier gestanden und den Absichten der hölzernen Gesellen gelauscht hatte. „Ja", fuhr Maria wie erlöst lebhafter werdend fort, „ja, ich erinnere mich ..." Sie trat an eines der hohen, bleigefaßten Fenster. „... von hier nach Norden beginnt das schottische Hochland, pflegte meine Mutter zu sagen, und ich fühlte etwas wie Schauer beim Anblick der rostroten Heide, der fernen Hügel ..." Erinnerung, bittersüß, durchzittert von warmherzigem Weh, hatte Maria erfaßt. „James", seufzte sie, „ach James ..." Sie streckte ihre Hand nach dem Bruder aus, und er erfaßte sie, selbst vom Augenblick verzaubert.

Eine Tür öffnete sich, Menschen drangen in den Raum, ein Diener meldete mit blecherner Stimme:

„Majestät, eine Abordnung der Stadt wünscht Euer Majestät ihre Aufwartung zu machen!"

Der Augenblick war verflogen. Er sollte sich zwischen den Geschwistern nie mehr einstellen.

Nur zwei Tage blieb man in Stirling. Bereits am dritten Tag brach die königliche Kavalkade wieder auf und nahm ihren Weg in nordöstliche Richtung. Der Herbst, der in diesem Land anscheinend ohne Übergang dem Frühjahr folgt, sandte schon wieder erste Nebel aus , die sich träge im Tal lagerten. Hügelan dann, bei weiter Sicht über erste Ausläufer der Highlands, leuchtete die Natur ihnen in kräftigen Farben entgegen.

Maria ritt voraus, hinter ihr die beiden Marys, Lord James hielt sich ein Stück zurück. Plötzlich hörte man ihn barsch und ärgerlich, so laut, daß es noch den Hufschlag der Pferde übertönte.

„Niemals!" rief er, „dafür gebe ich nicht meine Stimme."

Die Antwort kam ebenso ärgerlich.

„Man sollte es den Menschen selbst überlassen, ob sie die Messe hören wollen oder nicht. Es gibt noch genug heimliche Katholiken im Lande. Nicht alle konnte man zwingen, zu konvertieren."

Das war Lord Huntly. George Gordon, Graf von Huntly, ein behäbiger Mittfünfziger mit rotem Gesicht, war Maria schon von Frankreich her bekannt. Sie hatte ihn eben zum Mitglied ihres neuen Rats ernannt. Seine Feindschaft zu James Stuart war nicht gerade neu und beruhte darauf, daß die Grafschaft Moray früher einmal den Gordons gehört hatte. Der Streit zwischen ihm und James wurde immer lauter, unannehmbar für die Ohren einer Königin. Maria parierte ihr Pferd durch und riß den Zelter auf der Hinterhand herum.

„Messieurs!“ Sie hatte die Gewohnheit beibehalten, innerhalb ihres Hofes ausschließlich Französisch zu sprechen. „Messieurs, darf ich erfahren, was Eure Gemüter so erhitzt, daß Ihr Euch in Gegenwart Eurer Königin derart hinreissen laßt?“

„Huntly behauptet, er könne Euch bewegen, die Meßfeier wieder freizugeben“, begehrte James mit kaum versteckter Schuldzuweisung auf. „Das wäre gegen die Abmachung mit Eurer Majestät.“

„Ich habe nur von bestimmten Gemeinden gesprochen“, hielt Huntly dagegen, „in denen die Mehrzahl nach der wahren Hostie schmachtet.“

Maria hob beschwichtigend die Hand im ziegenledernen Handschuh. Laute Dispute, die noch dazu ihre Stellungnahme forderten, brachten sie in Verlegenheit. Ihnen Einhalt zu gebieten, war nach Marias Ansicht Männersache. Und seufzend gestand sie sich ein, daß ein Mann an ihrer Seite, klug und stark genug, die Dinge energisch in die Hand zu nehmen, sehr nach ihrem Geschmack wäre. Franz, dem sie von ganzem Herzen nachtrauerte, war ein solcher Mann natürlich nicht gewesen, aber damals war sie ja auch nicht regierende Königin über ein solch zwiespältiges Land. Sich jetzt schon wieder einen Ehemann zu suchen, fühlte sie sich noch nicht reif.

„Ach“, wiederholte Maria in Gedanken ihren Seufzer, „ich dachte, James sei der Richtige, mir den Rücken freizuhalten . . .“ Ein Bruder statt eines Ehemannes, das wäre die ideale Lösung, so meinte sie. Aber James vertrat, wie es schien, wortstark einen eigenen Standpunkt. Ob ihn das zu ihrem eingeschworenen Werkzeug machte, erschien Maria plötzlich zweifelhaft. Sie nahm die Zügel wieder auf und ritt weiter, aber das Vorgefallene hatte ihre Nerven angegriffen. Die Sorge um ihre Zukunft und die Schwäche ihrer Position schienen auf einmal Gestalt angenommen zu haben. Gesenkten Blicks nahm Maria die rauhe Schönheit der Landschaft, das Auf und Ab bewaldeter Höhen und die weichen Linien grüner Matten, gar nicht mehr wahr. Als dann in der Ferne die Türme von Perth auftauchten, geschah das Unglaubliche: die Königin von Schottland sank ohnmächtig aus dem Sattel.

Im Hause des Bürgermeisters von Perth erholte sich Maria schnell von ihrem nervlichen Zusammenbruch. Die Stadt feierte sowohl ihr Kommen als auch ihre rasche Genesung mit turbulenten Festlichkeiten, die nicht nur der Königin, sondern insgeheim der Katholikin galten. Perth war vor etwas mehr als zwei Jahren das erste Opfer der protestantischen Revolution gewesen, seine Kirchen waren geschändet, Priester verjagt, wenn nicht getötet, und die Bevölkerung mit den Tatsachen einer neuen, kargen und strengen Gottesverehrung konfrontiert worden. Wo hier Maria durch die Straßen ritt und der Jubel aufbrandete, fühlte Huntly stille Genugtuung. James aber kaute noch immer an dem Verweis, den er hatte einstecken müssen. Mürrisch folgte er anderntags seiner königlichen Schwester nach Dundee, wo ihr wieder ein fürstlicher Empfang bereitet wurde. Weiter ging es nach St. Andrews. Maria suchte die Kathedrale auf und gedachte dort ihrer Eltern.

„Hier sind sie getraut worden, meine Mutter und mein Vater", flüsterte sie ehrfürchtig an den kahlen und kargen Resten des einstmals so prächtigen Altars, „hier haben sie sich das Ja-Wort gegeben . . . erinnert Ihr Euch noch, James? Ihr müßt dabei gewesen sein damals . . ." Aber sie sprach ins Leere, James war nicht an ihrer Seite. Er, der dem Titel nach hier in St. Andrews der eigentliche Hausherr war, hielt sich lieber zurück. Sein Recht, sich neben Stuart und Moray auch Prior von St. Andrews nennen zu dürfen, basierte auf der Ermordung des letzten Bischofs daselbst und war James heute, in Gesellschaft seiner katholischen Schwester, eher peinlich. Schon gar nicht aber wollte er zum Zeugen angerufen werden, daß sein Vater hier an diesem Altar sich anstatt mit seiner Mutter mit einer anderen Frau vermählt hatte. Für die Zeit, die Maria an dieser vorletzten Station ihrer Reise weilte, blieb der Earl of Moray unsichtbar.

Etwas anderes ist aber von St. Andrews noch zu erzählen. Etwa hundert Jahre zurück trieb ein Hirte seine Schafe über das dürre Grasland der Ostküste. Zum Zeitvertreib schlug er mit dem gekrümmten Ende seines Schäferstabes nach kleinen Steinchen. Als eines dieser Steinchen rein zufällig in ein Kaninchenloch kullerte, versuchte er, das Spiel zu wiederholen, und Golf war geboren. Seitdem gewann dieser Sport derart an Zulauf, daß bereits Marias Ur-Urgroßvater, Jakob II., seinen Soldaten das Golfspiel bei Strafe verbieten mußte. Sie hatten keine Lust mehr, sich mit dem Bogen zu üben, sie wollten nur noch den Ball von Grün zu Grün schlagen. So wagte denn auch Maria Stuart ein paar Schläge auf dem Rasen St. Andrews und war von Stund an ihr Leben lang eine begeisterte Golferin.

Noch einmal blieb die Reisegruppe der Königin über Nacht in hastig vorbereitetem Quartier, und zwar in Falkland. Falkland Palace, ein altes Jagdschloß der Stuarts, hat eine Besonderheit aufzuweisen: Wer es, wie sonst bei Schlössern und Burgen üblich, auf hohem Felsen oder in weiter Ebene sucht, umgeben von Wald oder Park, der findet es nicht. Es liegt nämlich mitten im Ort. Zwar versprechen zwei mächtige Türme ein wehrhaftes Gebäude oder gar eine Festung, aber hinter dem Torhaus verbirgt sich eigentlich ein eher bescheidenes Familienheim. Bei den Stuarts gerade deshalb so beliebt, zog sich Jakob V. hierher zurück, nachdem er die Schlacht von Solway Moss verloren hatte und den eigenen Tod nahen fühlte. Auch in Falkland Palace legte Maria eine Gedenkstunde ein, und diesmal war Lord James an ihrer Seite, denn Jakob V. war auch sein Vater.

Am 29. September ritt die Kavalkade wieder in Holyrood ein. Die Rundreise war beendet.

Ein Mann für eine Königin

Eine Frau, so sie eine Krone auf ihrem Haupt trägt und auf einem Thron sitzt, sollte heiraten, und wenn auch nur um die dynastische Erbfolge zu sichern. Maria Stuart sollte heiraten, das war die einmütige Meinung des schottischen Volkes wie auch sämtlicher Königshöfe Europas. Letztere wetteiferten mit Vorschlägen und Angeboten für das verwitwete königliche Ehebett. Zuerst bot König Philipp II. von Spanien seinen Sohn, Don Carlos, für die Rolle des Prinzgemahls an.

„Man sagt von ihm, er sei nicht richtig im Kopf", mutmaßte Maria und lehnte ihn ab.

Die Könige von Dänemark und Schweden erboten sich, die Königin von Schottland zum Altar zu führen, doch für beide hegte Maria keinerlei Interesse.

Ihre beiden französischen Schwager bewarben sich: König Karl, der ihr ja während der Trauerzeit schon einen Antrag gemacht hatte, und dessen Bruder Heinrich, der ihm später auf den Thron folgen sollte.

„Ach, das sind ja noch Kinder", tat Maria sie ab, auf den Altersunterschied von acht und neun Jahren anspielend, „ich hab' beiden geholfen, die Hosen zuzuknöpfen."

Dann trat der Erzherzog von Österreich in den Kreis der Bewerber, holte sich aber ebenfalls einen Korb. Ihn hätte sie nehmen sollen, die Königin eines so kleinen Landes wie Schottland, denn an seiner Seite wäre sie Kaiserin geworden und Herrin über ein Reich, in dem ‚die Sonne nicht untergeht'.

Auch aus den Reihen der eigenen Lords versuchte es der eine oder andere, von ihnen sei nur der Graf von Arran genannt. Doch ihn abzulehnen, tat Maria recht. Die Eifersüchteleien unter den Clans wären, kaum eingedämmt, wieder hell aufgelodert.

Natürlich gab es während dieser Brautschau auch die seltsamsten Auswüchse und Verirrungen.

So schickte die Königin von England einen Kandidaten ins Rennen, der nach Alter, Stand und Aussehen sicherlich in Frage kam. Lord Robert Dudley, Graf von Leicester, Ende zwanzig, von schlankem, hohem Wuchs, was bei Marias Größe von Wichtigkeit war, trug sich stets modisch, verfügte über Witz und Bildung, und er war immerhin der Sohn des Herzogs von Northumberland. Aber dennoch erweckte seine Kandidatur nicht nur bei Maria Hohngelächter.

„Sie bietet mir ihren abgelegten Galan an", höhnte Maria, „alle Welt weiß, daß sie zusammen ins Bett gehen, wenn sie daraus auch als Bruder und Schwester wieder herauskommen!"

Man munkelte wohl zu Recht, denn die vielgerühmte Jungfräulichkeit, die Elisabeth I. mit so viel Stolz zur Schau trug, war offenbar nichts anderes als ein physischer Defekt, der sie gar nicht befähigte, einem Mann gänzlich anzugehören. Rätselhaft bleibt, warum sie sich nicht scheute, dies Geheimnis preiszugeben, indem sie ausgerechnet den Partner ihrer nächtlichen Versuche Maria als Ehegatten anbot.

Dann gab es auch Anwärter auf die Hand der Königin, deren Bemühungen ins Reich der Groteske gehören, so tragisch sie auch endeten. Der junge Chatelard, der mit Maria aus Frankreich gekommen war, hatte in seinem Herzen wohl Verliebtheit im Übermaß angesammelt, besaß aber als Gegengewicht nicht die gleiche Menge Verstand in seinem Kopf. Sein Verseschmieden mag Maria gefallen haben, darüber hinaus hatte sie ihn aber nicht ermutigt. Eines Abends jedoch – ihre Damen hatten sie gerade ausgekleidet und ihr eine gute Nachtruhe gewünscht – hörte Maria ein Geräusch in ihrem Schlafgemach. Schon wollte sie um Hilfe rufen, als Chatelard unter ihrem Bett hervorkroch und Seufzer über Seufzer ausstieß.

„Was in aller Welt soll dies werden, Monsieur?" lachte Maria, für einen Scherz eigentlich immer zu haben. „Neue Verse etwa? Die könnt Ihr mir doch am Tag vortragen!"

„Keine Verse, der Platz an Eurer Seite", flüsterte Chatelard an ihrem Lager kniend, „Ihr könnt Euch mir nicht mehr verwehren, denn Eure Ehre ist in meiner Hand . . ."

Maria, den armen Tropf zu schonen, rief lediglich ihre Damen und ließ ihn kurzerhand hinauswerfen. Soweit so gut. Aber statt froh darüber, so glimpflich davongekommen zu sein, wiederholte Chatelard das Spiel wenige Wochen später. Diesmal fühlte Maria, eben eingeschlafen, seine Arme um ihren Hals und wieder seine Worte:

„Ihr könnt Euch mir nicht verwehren . . . Ihr und ich auf ewig . . ."

„Chatelard!" rief Maria ihn bei Namen, und zwar in berechtigtem Ärger so laut, daß diesmal nicht nur ihre Damen gelaufen kamen, sondern auch gleich die Wache. Nun war der Fall offiziell. Chatelard wurde angeklagt und verurteilt. Kurz bevor er seinen Kopf auf den Block legte, soll er noch gerufen haben:

„Leb wohl, du schönste und grausamste Fürstin dieser Welt!"

Schön war Maria ohne Zweifel, die ‚schönste der Welt' mag seiner Verblendung zuzuschreiben sein. Grausam aber war Maria keinesfalls. Jede Art von Grausamkeit war ihr verhaßt, ließ sie sie nur zu, wo die Gesetze ihrer Zeit sie unumstößlich vorschrieben. So beispielsweise das Todesurteil durch Enthauptung wegen Majestätsbeleidigung, dem Chatelard zum Opfer fiel. Er hatte seine Chance gehabt, eine Chance, die eher für Marias Güte sprach.

Ein letztes makabres Beispiel gab es für eine ebenso ungehörige wie freche Bewerbung um die Hand der Königin.

John Gordon, jüngster Sohn des Grafen von Huntly, jenes Huntly, mit dem Lord James während des Ritts nach Perth gestritten hatte, ließ es sich einfallen, öffentlich zu behaupten, er habe nicht nur ein Liebesverhältnis mit der Königin, sondern sie gedenke auch, ihn zu heiraten.

„Das könnt ihr nicht auf Euch sitzen lassen, Maria!" empörte sich Lord James zugleich als Bruder und als Untertan. „Ihr müßt John Gordon vor den Geheimen Rat zitieren, damit er sich rechtfertige."

Eine entsprechende Order erging, aber wer nicht erschien, war John Gordon. Der Vater versteckte ihn auf einer seiner Burgen bei Aberdeen.

„Ich werde eine Strafexpedition ausrüsten", beschloß Lord James, „und werde ihn zurückholen!"

„Eine Strafexpedition? In die Highlands? Bis hinauf nach Aberdeen?" Das erschien Maria romantisch. „Nehmt mich mit, James", bat sie spontan, „laßt mich mit Euch reiten!"

„Aber Majestät! Das ist kein Unternehmen für eine Frau", wehrte James ab und traf damit genau den neuralgischen Punkt. Wenn Maria je etwas bedauerte, so die Tatsache, kein Mann zu sein, nicht wie ein solcher ins Feld ziehen zu können, die Nächte unter freiem Himmel zu verbringen, mit Helm und Schwert auf Wache zu stehen. Den Bruder umzustimmen, schienen ihr allerdings ihre äußerst weiblichen Gaben wirksamer.

„Ich bitte Euch, James . . . ich werde Euch auch keine Last sein . . ."

Bereits zwei Tage später ritten sie nebeneinander nach Norden, James bedenklich, Maria so fröhlich wie selten. Sie konnte ihrem Pferd nicht die Zügel schießen lassen, wie sie es an diesem herrlichen Sommermorgen gern getan hätte, denn hinter ihnen marschierte eine Hundertschaft: Bogenschützen und Pikeniere unter dem Kommando des Earl of Moray. Seltsam genug ritt da eine katholische Königin neben ihrem protestantischen Bruder mit einer protestantischen Armee, um einen katholischen Untertan zu bestrafen. Aber diesmal ging es ja nicht

James Stewart, Earl of Moray

um Religion, sondern wieder einmal um das damals schlimmste Vergehen der Majestätsbeleidigung.

Die Landschaft wurde immer rauher, die Schroffheit der Berge schien gemildert durch überall saftigen Grasbewuchs.

„Ist es noch weit?“ fragte Maria, als die Sonne sich endlich zu neigen begann. Lord James brauste fast auf.

„Ich habe Euch gewarnt! Es wird über Eure Kräfte gehen!“ Er war voller Sorge. Maria aber lachte.

„Keine Angst, Bruder, ich dachte mehr an die Soldaten. Sie marschieren seit dem frühen Morgen.“ Damit hatte sie recht. Weder Armbrust noch Pike waren leicht, das Schuhwerk oft nicht dem steinigen Pfad angepaßt, und mancher von ihnen, ob im Dienst ergraut oder noch ohne Barthaar, taumelte müde dahin. Diese Frau, fuhr es James durch den Kopf, immer denkt sie zuerst an andere! Fast beschämt ließ er den Blick kreisen, und als er eine baumbestandene Senke entdeckte, wies er mit dem Arm in diese Richtung.

„Wir machen Rast, dort drüben ...“

„Fein“, quittierte Maria, „es sieht mir ganz nach einem guten Nachtlager aus.“ Diesmal waren es die beiden Marys, für die sie sich freute. Weder Beaton noch Livingston hatten Marias robustes Naturell, aber ganz ohne weibliche Begleitung hätte sie dies Abenteuer denn doch nicht gewagt.

Die Reiter saßen ab, die Leute schwärmten aus, Zweige und Dornengestrüpp zu sammeln, binnen kurzem brannten Lagerfeuer, drehten sich Hammel am Spieß, hoben die Männer ein Lied an. Das war so richtig die Stimmung, wie Maria sie sich herbeigesehnt hatte. Langsam senkte sich eine samtweiche Nacht über das Lager, Lord James hüllte seine Schwester in rauhe Decken, und als er sich über sie beugte, sie vollends zuzudecken, überkam ihn wieder diese seltsame Rührung aus ferner Zeit, da er dem ungestümen, lebensfrohen Kind Beschützer gewesen.

„Gute Nacht, Maria“, sagte er leise.

„Gute Nacht, James“, antwortete sie, nun doch todmüde.

In Aberdeen Castle war es ihnen dann doch recht angenehm, mal wieder ein Dach über dem Kopf zu haben, ein Mahl an gedecktem Tisch einzunehmen und auch – es war unterdessen September – sich des Abends an einem prasselnden Kaminfeuer zu wärmen. Von John Gordon auch hier keine Spur. Aber ganz unerwartet ließ sich seine Mutter, Lady Huntly, bei Maria melden.

„Mein Sohn hat unbedacht gehandelt, Majestät, rechnet ihm seine Großmäuligkeit nicht zu hoch an“, bat sie, „er ist doch noch ein Junge . . .“

„Ein Junge, Lady Huntly?“ Maria runzelte die sonst so glatte Stirn. „Immerhin fühlt sich dieser Junge Manns genug, eine Liebesnacht mit mir zu erdichten!“

Lady Huntly, die neun Gordon-Söhnen das Leben geschenkt hatte, andererseits, wie viele der großen Familien, mit den Stuarts verwandt war, dachte im Grunde königstreu.

„Nun, Majestät, wenn Ihr denn weiter nach ihm sucht . . . sein Vater sagt, die Highlands gehören den Gordons, und keinen Fußtritt eines Königs haben sie je darin geduldet . . .“

Das klang ganz nach offener Konfrontation mit der Krone, ja mehr nach Rebellion. Warnungen königstreuer Clans trafen mit einem Mal von allen Seiten ein.

„Huntly hat tausend Mann zusammengezogen!“ meldete Graf Hepburn, und Lord Ogilvie wußte:

„Er lauert in den Hügeln von Badenoch und will Euch überfallen!“

Der eine oder andere Nordland-Baron schickte der Königin Bewaffnete, der Fraser-Clan sogar zweitausend Mann, darunter einhundertzwanzig Arkebusiers. Maria wurde die Sache jetzt unheimlich, gern wäre sie ins friedliche Holyrood zurückgekehrt zu Spiel und Tanz, das harte Regieren wieder ihrem Bruder überlassend. Aber genau dieser entschied jetzt:

„Wir reiten nach Inverness. Von dort werden wir sie ausräuchern, diese Gordon-Brut!"

So weit in den Norden ihres Landes war Maria noch nicht vorgedrungen. Wie sehr hätte sie die eigenartige Schönheit der verwunschenen Wälder genossen, bemooste Felsformationen im Wechsel mit kahlen, rostroten Bergkuppen und dann plötzlich, sich weitend, die Meeresbucht des Moray Firth, dessen Name ihr Bruder jetzt trug. Aber das Wetter war umgeschlagen. Es regnete in Strömen und war bitterkalt. Maria ritt frierend die letzten Meilen unter einem wollenen Cape, das, vor Nässe steif geworden, ihr auf die Schultern drückte. Zum Glück war es nicht mehr weit bis Inverness Castle, einer Burg im Besitz der Krone, allerdings unter der Obhut eines Verwalters, einem von vielen, die die Krone beschäftigte. Lord James sandte einen Vorreiter ab.

„Meldet die Ankunft der Königin und man soll alles zu ihrem Empfang vorbereiten", wies er ihn an und dann zu Maria „Dort werdet Ihr Euch ausruhen können, trocken und warm, und bei einem guten Stück Hirschkeule!" Selbst in sicherer Erwartung eines Schlucks hier gebrauten Whiskys rieb er sich zufrieden die Hände. Die Nacht brach plötzlich und schwarz herein, der Regen trommelte monoton aufs Blätterdach des letzten Waldstücks. Zum Glück sah man schon die Burgmauern durch die Baumstämme, allerdings weder Licht noch Lampe, auch keine Pechfackel unterm Torhaus.

„Seltsam . . ." Lord James schüttelte den Kopf, daß das Wasser aus seiner Hutkrempe platschte. Aber da hörte man den Vorreiter in gestrecktem Galopp zurückkommen. Er parierte sein Pferd so knapp durch, daß er seinen Herrn bald umgerannt hätte.

„Man will uns nicht einlassen!" japste er. Nicht der Ritt, sondern Empörung schien ihm den Atem zu nehmen.

„Wer will uns nicht einlassen?" fragte Maria, die unter ihrem Cape nur halb gehört hatte.

„Der Verwalter, Majestät, der Kastellan! Er sagt, er müsse erst den Sheriff von Inverness um Erlaubnis fragen."

„Und wie heißt der Kastellan?" fragte James mit plötzlichem Verdacht.

„Gordon, Mylord, Alexander Gordon."

„Und wer ist Sheriff von Inverness?"

„Lord Huntly, Mylord."

James und Maria wechselten einen raschen Blick. Sie hatten zweieinhalbtausend Mann hinter sich. Diesen neuerlichen Affront der Gordon-Sippe brauchten sie sich nicht bieten zu lassen. Entschlossen ritt man an und suchte in der Dunkelheit den Weg unter den Bäumen hervor bis dicht ans Burgtor. War es nun Mitleid mit den völlig durchnäßten Damen, Furcht vor der bedrohlichen Menge Soldaten oder hatte Lord Huntly zum Einlenken geraten, jedenfalls fanden die Schutzsuchenden das Tor offen und die Brücke herabgelassen.

Das Konto der Gordons aber blieb doppelt belastet, zur Majestätsbeleidigung war Ungehorsam gegen die Krone getreten.

Alexander Gordon wurde noch in der Nacht gehängt.

Wenige Tage darauf stellte sich Lord Huntly, aufs äußerste gereizt, den Truppen des Earl of Moray. Es kam regelrecht zu einer Schlacht der Breitschwerter, wie man sie im Norden verwendet, gegen die Piken, wie sie eher im Süden eingesetzt werden.

Maria, Zeugin aus sicherer Entfernung, hörte das erste Mal in ihrem Leben den Klang der Schwerter und Schreie kämpfender Männer, und plötzlich sah sie Huntly im Sattel taumeln. Ohne Feindberührung sank er zu Boden und war tot. Er war einem Herzschlag erlegen. Seinen Sohn John Gordon nahm Moray gefangen und führte ihn der Königin vor.

„Auf die Knie mit dir", zischte er ihm zu, „auf die Knie vor deiner Königin!

Der junge Gordon aber dachte nicht daran, Reue oder gar Unterwürfigkeit zu zeigen. Aufrecht stand er da, den hübschen Kopf mit dem roten Haarschopf trotzig gesenkt.

„Mein Gott, ich wußte nicht, daß er so jung ist . . .“ flüsterte Maria ihren Marys zu, „am liebsten würde ich ihn laufen lassen . . .“ Aber als Königin war sie dem Gesetz verpflichtet, und dieses traf auch sie sehr hart, denn es schrieb vor, daß sie bei der Exekution anwesend zu sein habe. So war Maria zugegen, als Sir John Gordon am 2. November 1562 hingerichtet wurde. Eine gnädige Ohnmacht bewahrte sie davor, zu sehen, wie sein Kopf in den Sand rollte.

Das Milchgesicht

Die Kette der Bewerber um die Hand der Maria Stuart schien abgerissen. Den Kupplern auf internationaler Ebene waren wohl die Ideen ausgegangen. Maria, die treu das Gedenken an Franz II. pflegte, war im Grunde froh darüber.

„So hab' ich endlich meine Ruhe“, triumphierte sie und gab sich sorglos dem Hofleben zu Holyrood hin, während ihr Bruder entschied, was gut für Schottland war. Auch er atmete auf, daß noch kein königlicher Gatte ihm seinen Posten streitig machte.

Da war es noch einmal Elisabeth von England, die einen letzten Versuch machte, einen Kandidaten ins Rennen zu schicken.

Eine Seitenlinie der Stuarts trug seit vier Generationen den Titel der Grafen von Lennox. Der letzte Lennox floh vor der protestantischen Revolution nach England und lebte seither dort. Sein englisch geborener Sohn, Henry Stuart, erhielt den Titel eines Lord Darnley. In London aufgewachsen, war er gewohnt, Hofluft zu schnuppern, und bewegte sich geschickt auf jedem Parkett.

„Geht, Lennox", hatte Königin Elisabeth gesagt, „macht Euren Frieden mit Schottland und nehmt Euren Sohn mit, ihn der Königin zu vermählen! Vielleicht gefällt ihr ja das Milchgesicht . . ."

Ihr Lachen hatte Lennox nicht gerade schmeichelhaft in den Ohren geklungen. Elisabeth liebte eine kräftige Ausdrucksweise. Auch Bohnenstange hatte sie Darnley schon genannt und gemeint, daß er wegen seiner Körperlänge gut zu Maria passe, von der man ja sage, daß sie sehr großgewachsen sei für eine Frau.

Lennox gehorchte und kehrte nach Schottland zurück. Seinen Sohn wollte er nachholen, sobald die Dinge sich günstig anließen.

Wo im Sommer Ginster und Rhododendron noch die kargste Landschaft freundlich schmücken, ist es im Winter schwer, dem Auge außer Grau in Grau viel Farbiges zu bieten. Allein den Jäger schert es nicht, zumal wenn Hirsch und Reh im Morgenlicht sich ohne Vorsicht seiner Flinte bieten.

Maria Stuart, nicht zuletzt im Gedenken an Franz II., pflegte gern und häufig der Jagd, vor allem in den wilden und einsamen Gefilden nördlich des Firth of Forth. Im Februar 1564 weilte sie zu diesem Zweck auf Schloß Wemyss als Gast des dortigen Lairds. Solche Jagdausflüge zogen sich oft über den ganzen Tag hin, so auch am siebzehnten des Monats. Der Himmel war wolkenverhangen, das Wetter hielt sich aber bis zum späten Nachmittag. Dann aber schlug es, wie hierzulande üblich, ganz unerwartet um. Ein flacher Wind trieb erste Schneeflokken vor sich her, und der Himmel schien einen großen Vorrat von ihnen in der nächsten Minute ausschütten zu wollen, wenn nicht gar seine Schleusen zu öffnen und Blitz und Donner zu schicken. Maria drängte ihr Pferd nahe an das des Lairds und hob ihre Stimme gegen den Wind an.

„Mit Eurer Erlaubnis reit' ich voraus, Mylord, ich fürchte um meine Halskrause." Weder brauchte sie die Erlaubnis des Lairds noch war es ihr um die kunstvoll gestärkte Halskrause zu tun. Maria, in allem sonst so mutig, war bei Gewitter schlicht ein Hasenfuß. Der Laird, ganz Kavalier, nahm seine Zügel auf, um seinen Gast zu geleiten, aber Maria hob abwehrend die Hand. „Nein, nein, allein bin ich schneller und komme noch trocken unter Dach!" So rasch, wie sie dann ihren Schimmel in Galopp versetzte und im Dunkel der Heide verschwand, schien sie ihre Worte tatsächlich wahrmachen zu wollen. Die Mähne ihres Pferdes blähte sich im Wind, doch der Himmel hielt sich rücksichtsvoll zurück, bis Maria Wemyss erreichte. Stockfinster war es, als sie in den Schloßhof einritt, an dem auch die Stallungen lagen. Gewohnt, immer und überall von Bediensteten erwartet und in Empfang genommen zu werden, war sie einen Augenblick erstaunt, den Hof ohne eine Menschenseele anzutreffen, zudem nur sehr ungenügend von einer einzigen Lampe beleuchtet. Niemand hatte sie erwartet, ein einzelner Hufschlag war nicht das, was den Leuten die Rückkehr der Jagdgesellschaft angezeigt hätte. Den Umgang mit Pferden von Kind an gewohnt, war Maria jedoch nicht in Verlegenheit. Sie saß ab, streifte dem Schimmel die Zügel über den Kopf, führte ihn in den Stall, nahm ihm fachgerecht Sattel und Zaumzeug ab und schüttete ihm eine Handvoll Körner in den Trog. Das Tier schnaubte ängstlich, da draußen der erste Blitz den Himmel kreuzte.

„Keine Bange, mein Alter", tröstete Maria und fuhr ihm mit der Hand über die Kruppe, „du bleibst nicht lang allein . . ." Kaum gesagt, hörte sie einen weiteren Reiter auf den Hof sprengen. War der Laird ihr in Sorge doch nachgekommen? Neugierig, den Eimer, mit dem sie die Körner geschöpft, noch über dem Arm, trat sie aus dem Stall. Der Reiter war ihr fremd. Er machte keine Anstalten, abzusitzen oder den Hut abzunehmen.

„He, du!" rief er zu ihr herüber, „ist dies Gemäuer hier Schloß Wemyss? Und stimmt es, daß die Königin hier ist?"

Das klang hell und herrisch, aber nicht unfreundlich. Maria war sofort klar, daß der Fremde sie für einen Stallburschen hielt, denn mehr als eine großgewachsene Gestalt, die eben aus dem Stall kam, konnte er bei dem schwachen Licht nicht sehen. Und wie stets für einen Scherz aufgelegt, senkte sie ihre Stimme eine Oktave tiefer.

„Jawohl, Sir, Euer Gnaden, dies ist das vermeintliche Schloß, und die Königin weilt in der Tat derzeit hier zur Jagd."

„Hm", machte der Fremde und schien einen Moment unsicher dem Klang ihrer Worte nachzuhorchen. Hatte er Verdacht geschöpft oder blieb es bei seiner irrtümlichen Annahme, jedenfalls schwang er sich aus dem Sattel.

„Hier, versorg mein Pferd! Reib es trocken und gib ihm Hafer!" Und nach vergeblichem Griff in seine Tasche „ Ich will es dir später lohnen . . ."

Dem Scherz weiter folgend, nahm Maria auch das fremde Pferd am Zügel und führte es in den Stall. Jetzt hatte der Himmel keine Geduld mehr, unter Donnergrollen entlud er Schnee und Regen in einem.

Maria lief so schnell sie konnte über den Hof, erreichte das Schloß völlig durchnäßt. Die Halskrause war verdorben. Von dem Fremden war nichts zu sehen.

Sobald die Damen und Herren der Jagdgesellschaft trokken und umgekleidet waren, sollte der Abend im großen Saal von Wemyss bei feierlicher Tafel und verschwenderisch aufgetragenem Mahl enden. Maria erschien in blauem Taft mit Silberstickerei, eine frische Krause aufrecht stehend um den Hals, Perlen im eingeflochtenen Haar. Ihr blasser Teint schimmerte rosig vom Wiederschein hunderter Kerzen und der prasselnden Glut aus mannshohem Kamin.

„Ich war besorgt um Euer Majestät", gestand der Laird zur Begrüßung, „seid Ihr auch wohlbehalten heimgekehrt?"

„Ihr könnt beruhigt sein, Mylord, wohlbehalten . . ." Und da sie sofort das neue Gesicht unter den Herren bemerkte: „. . . wohlbehalten und äußerst belustigt zudem!"

Etwas irritiert blickte der Laird um sich, besann sich dann aber seiner Pflicht.

„Darf ich Euer Majestät einen Gast vorstellen, der sich erst heute abend bei uns eingefunden hat: Lord Henry Darnley."

„Darnley . . ." wiederholte Maria matt. Natürlich hatte sie vernommen, daß Elisabeth ihr nochmals einen Prätendenten schicken wolle, aber sie hatte es so satt – dies Schachern um ihr Ehebett. Fast mutig wagte sie einen zweiten Blick auf den Kandidaten. In der Tat war die Bohnenstange mit dem Milchgesicht ein außerordentlich hübscher junger Mann von neunzehn Jahren.

An Größe überragte er Maria um einen halben Kopf. Sein bartloses Gesicht mit der kurzen, geraden Nase und dem ovalen Kinn, von goldblonden Locken gekrönt, wirkte auf den ersten Blick anziehend. Ein zweiter Blick hätte einem kritischen Betrachter etwas Faunartiges in seiner Erscheinung verraten. Das wurde von einem schräggestellten, ockerfarbenen Augenpaar und zwei spitzen Ohren hervorgerufen und vermittelte einen Eindruck, über den auch der volle, sinnliche Mund nicht hinwegtäuschen konnte.

Diesen zweiten Blick aber tat Maria an diesem Abend nicht. Sie war entzückt von dem, was sie sah, und ließ den unerwarteten Anblick willig auf sich wirken. Ein Mann nach meinem Geschmack, dachte sie, jung und schön anzusehen! So wollte sie sich das Diktat der Wahl eines Prinzgemahls schon gefallen lassen. Doch eine letzte Prüfung sollte er noch bestehen, der Kandidat von Englands Gnaden, nämlich die, ob er Humor besaß, ein Gut, das für Maria stets ausschlaggebend war.

„O ja, Darnley", kam es langgedehnt und dann wie zupackend: „Ihr schuldet mir noch meinen Lohn, Herr . . ."

Keine Sekunde Zögerns bei Lord Darnley.

„Majestät, ich werde ein Leben lang bemüht sein, diese Schuld an Euch abzutragen“, kam es in tiefem Ernst. Darnley schlug betont ehrerbietig die Augen nieder und verbeugte sich tief vor der Königin von Schottland. Doch als er sich wieder aufrichtete, entdeckte er ein verdächtiges Zucken um die Mundwinkel Ihrer Majestät. Und dann geschah, was den Umstehenden ewig ein Rätsel bleiben sollte: Zwei junge Menschen, die das Schicksal eben erst zusammengeführt, brachen gemeinsam in helles Gelächter aus. Sie lachten über ein Mißverständnis, das ihr Geheimnis bleiben sollte, und ihr Lachen war der Beginn einer ebenso heftigen wie leidenschaftlichen Liebe.

Maria drängte jetzt auf Heirat. Zu lange hatte sie in der Trauer um Franz von Valois gelebt und die Einsamkeit ihrer jugendlichen zweiundzwanzig Jahre nicht geachtet. Nun wollte sie nicht länger warten.

Die Königshöfe anderer Länder hatten sie zur Verbindung mit einem passenden Ehegemahl gedrängt. Nun gut, sie hatte ihre Wahl getroffen. Alle sollten es erfahren: Ihrem Vetter Henry Stuart, Lord Darnley, dem Sohn Lord Lennox', wollte sie ihre Hand zum Ehebund reichen.

Die Königshöfe dieser Länder reagierten auf Marias Wahl höchst unterschiedlich. Spanien hielt sich bedeckt, Frankreich bezeichnete den Auserwählten als einen *gentil huteaudeau,* einen netten Nichtsnutz. Elisabeth von England aber bewies das erste Mal ihren typischen Wankelmut. Kaum daß sie vom durchschlagenden Erfolg ihres Kandidaten erfuhr, wurde sie fuchsteufelswild.

„Ich werde diesem Darnley und seinem Vater wegen Hochverrats den Prozeß machen!“ drohte sie und machte einen Teil ihrer Drohung wahr, indem sie die noch in London weilende Mutter Darnleys, Lady Lennox, in den Tower werfen ließ.

Maria, die von diesem unbegreiflichen Meinungswechsel erfuhr, schrieb Elisabeth einen Brief.

Meine gute Schwester, die Königin, ist mit meiner Wahl unzufrieden. Das finde ich seltsam, ist es doch kein Jahr her, daß sie mich hat wissen lassen, sie werde es billigen, wenn ich einen ihrer Untertanen heirate.

Dieser Brief blieb ohne Antwort.

Aber auch innerhalb Schottlands gab es ein unüberhörbares Echo. Darnley, obwohl katholisch, besuchte demonstrativ die protestantische ‚Kirk'. So schien von ihm keine Gefahr auszugehen. Was man aber fürchtete, waren die bereits angedeuteten Bemühungen seines Vaters Lennox, Schottland wieder der katholischen Religion zuzuführen. John Knox stand daher der geplanten Heirat zwiespältig gegenüber. Ganz anders Lord James, der eindeutig um seine führende Rolle an der Seite seiner Schwester fürchtete. Ein Gespräch am achten Mai zwischen den Geschwistern gewann derart an Lautstärke, daß Fetzen davon durch die stabile Eichentür der königlichen Wohnräume drangen.

„Ihr laßt Euch vom Äußeren dieses windigen Burschen blenden", warf James der Königin vor, und ihre Antwort kam schneidend.

„Frei heraus, er gefällt mir, dieser Darnley! Und das ist es, was Euch nicht paßt, James."

„Mir paßt nicht, daß er den Ehrgeiz seines Vaters mit ins Land bringt, ganz zu schweigen vom eigenen Dünkel, der ihn verzehrt."

„Ihr seid eifersüchtig, James. Einen Blinden, einen Buckligen, einen Aussätzigen gar hättet Ihr mir vergönnt, wenn er nur Euren Plänen nicht zuwider ist."

„Ach, Maria, den besten gönnt' ich Euch von allen Männern dieser Erde, wenn er nur redlich wär im Innersten!"

„Ich dachte, James, Ihr liebtet mich ein wenig, und mein Glück läg' Euch am Herzen . . ."

„Ich möchte Euch glücklich sehen – ebenso wie Schottland. Jedoch ich seh' es nicht – nicht mit diesem Mann."

Das erste Mal endete ihr Zwiegespräch in Streit und Tränen.

Darnley spielte derweilen mustergültig die Rolle des vorsichtig Werbenden. Täglich sprach er in Holyrood vor, war Gast zu Tische, charmanter Gesellschafter und brillanter Unterhalter des ganzen Hofes. Maria gegenüber war er von zarter Zurückhaltung im Wechsel mit kühnen Vorstößen.

„Sollte es der Himmel gut mit mir meinen und Euer Majestät Wahl fiele auf mich Unwürdigen, so wäre ich der glücklichste Mann auf Erden." Derlei Worte waren meist von verschämten Küssen begleitet, die sich streng im Rahmen chevaleresker Galanterie hielten. Darnley achtete auch stets darauf, mit Maria nicht allein zu sein. Er konnte sich gedulden, der Sieg war ihm sicher, das wußte er. Nun allein von kühler Berechnung zu sprechen, wäre falsch. Wo Maria für den jungen Henry bereits mehr als zärtliches Interesse zeigte, war er fasziniert von ihrer mädchenhaften Schönheit, die von Tag zu Tag zu reifen und aufzublühen schien. Man hatte Darnley nach Schottland geschickt, eine politische Ehe einzugehen. Dazu hätte es seiner rein sachlichen Mitwirkung bedurft, nicht mehr. Aber die Ausstrahlung dieser Maria Stuart, ihr erhabener Stolz, ihre natürliche Freundlichkeit und immer wieder ihr sprühender Humor hatten längst auch sein Herz erobert. So ließ er denn nach Art der Pfauen all seine Gaben vor ihr glänzen, die die Natur ihm mitgegeben hatte. Stets überaus elegant gekleidet, erwies er sich als vorzüglicher Tänzer, beschlagen in Kunst und Literatur, war Maria als Reiter ebenbürtig und maß sich mit ihr in allen Sportarten. Nichts von dem, was Lord James befürchtete, war diesem Mann nachzusagen.

Maria setzte die Hochzeit auf den neunundzwanzigsten Juli fest.

Strohfeuer

Bevor Maria dann Lord Darnley endgültig ihre Hand zum Bunde reichte, meinte sie der Welt noch einmal ausdrücklich einen Beweis ihres freien und unumschränkten eigenen Willens geben zu müssen. Sie verlieh Henry Stuart, Lord Darnley, den offiziellen Titel eines Königs von Schottland. War diese Entscheidung aber wirklich Frucht ihres eigenen, freien Willens? Sie liebte Darnley und sehnte die Gemeinschaft mit ihm herbei. Wie groß war da die Versuchung für ihn, seinen Wunsch zu dem ihren zu machen, und den Rahmen seines Ehrgeizes sichtbar ein Stück weiter abzustecken.

Die warmen Juliabende sahen das Paar schon einmal eng umschlungen über die Parkwege von Holyrood wandeln, wenn auch Damen und Herren des Hofes in gebührendem Abstand folgten. Da war dann eine Bank im geschnittenen Buchsbaum halb versteckt, und Darnley drückte sanft die Braut, wie er sie wohl nennen durfte, darauf nieder. Er selbst setzte sich ihr zur Seite.

„Maria“, hauchte er mit dem Recht des Bräutigams ihren Namen, „Maria, Liebste . . . wann endlich gehören wir einander an . . . ich will nicht länger warten . . .“ Sein Mund war jetzt dicht an ihrem Ohr. Maria spürte seine Nähe wie einen heißen Strom, wie ein weites Meer, in das hineinzustürzen sie kaum an sich halten konnte.

„Bald, Liebster, bald . . . vier Tage noch . . .“

„Und vier Nächte . . .“ seufzte er und dann vorwurfsvoll: „Und ich weiß nicht einmal, ob Ihr mich wahrhaftig liebt . . .?“

„Aber natürlich liebe ich Euch, Henry, ich hab es Euch so oft schon eingestanden!“

„Eingestanden“, schnaubte er, „das klingt wie Schuld, die man eingesteht! Das ist nichts! Einen Beweis gebt mir . . . nur einen einzigen . . .“

„Einen Beweis? Aber ich habe Euch . . .“ Maria, völlig irritiert, gedachte all der Titel und Geschenke, die sie ihm bereits hatte zukommen lassen: Graf von Ross, Herzog von Albany – samt den dazugehörigen Ländereien, er aber fuhr mit einer wegwischenden Handbewegung fort:

„Ach, all das! Nein, Maria, wenn Ihr mich wirklich liebt . . .“ Jetzt war sein hübsches Gesicht dicht über ihr, sie konnte seinen Atem trinken. „Maria! Laßt mich König sein. König an Eurer Seite.“

Maria erschrak, ein kurzer Schwindel erfaßte sie. Was würde James dazu sagen? Was ihr Parlament? Was die Königin von England und all die anderen . . .?

„Ihr seid die Königin“, hörte sie Darnley heiser, „Ihr allein habt zu bestimmen.“

Er hatte recht. Sie war die Königin. Sie allein hatte zu bestimmen. Das war der Impuls, der ihr von klein auf eingegeben war. Ihm zu folgen war ihr innerstes Gesetz.

„König an meiner Seite, Henry, das sollt Ihr sein. Morgen lasse ich es verkünden.“

Der erste Kuß seiner Lippen auf den ihren besiegelte den Pakt.

In aller Herrgottsfrühe des neunundzwanzigsten Juli 1565 wurde das Paar in der königlichen Kapelle von Holyrood zusammengegeben. Ein langer Tag mit Tanz und Schmaus lag vor ihnen, doch so sehr beide das Feiern liebten, erwarteten sie heute ungeduldig den Abend. Erst mußten sie lange Reihen von Gratulanten über sich ergehen lassen, Ansprachen anhören, allegorische Szenerien bewundern, Abordnungen empfangen, Silbermünzen ins Volk werfen. Bei all dem blickte Maria in wachsender Besorgnis von Gesicht zu Gesicht, vergeblich den einen erwartend, der sich ihr heute noch nicht gezeigt hatte: Lord James.

„Was ist mit ihm? Ist meinem Bruder etwas geschehen?“ forschte sie nervös bei ihren Hofleuten, und nach ratlosem Kopfschütteln kam endlich messerscharf die Antwort:

„Der Earl of Moray, Majestät, ist gestern abgereist.“

„Abgereist? Wohin? Wieso?“ Und unter plötzlich aufsteigenden Tränen: „Ich verstehe nicht . . .“

Was war daran nicht zu verstehen? James Stuart hatte die Konsequenz gezogen aus seiner Mißbilligung dieser Heirat. Daß er damit seiner Schwester eine unerwartet schmerzende Wunde, sowohl in ihrem Stolz als auch in ihrem Herzen, beibrachte, das nahm er wohl in Kauf.

„Tröstet Euch, Liebste, Ihr habt jetzt mich stattdessen“, kam es liebevoll, jedoch mit leise triumphierendem Unterton von Darnley. Stattdessen! Das war es. Beide hatte sie wohl nicht haben können, den Bruder und den Gatten. Nun gut, dann wollte sie den Gatten. Trotzig wie ein Kind verschloß sie sich jeder Einsicht. Der Bruder hatte sie verraten, von nun an war er ihr Feind.

Irgendwie ging der glanzvolle Tag zu Ende. Maria, von ihren Marys entkleidet und zur Nacht geschmückt, erwartete Darnley im hauchdünnen Spitzenhemd, mit Rosenwasser besprengt, das füllige Haar offen um die bloßen Schultern gebreitet. Sie hörte seinen Schritt die Stufen des Turmes herauf, beschwingt und jugendlich, dann flog die Tür auf, und er stand vor ihrem Lager, das von nun an ihr gemeinsames sein sollte.

„Maria . . .“ Noch außer Atem von der steilen Treppe stürzte er nieder. „Maria, meine Königin, meine Frau . . .“ Die Weihe des Augenblicks erfüllte ihn mit aller Wahrhaftigkeit. Maria streckte die Arme nach ihm aus und wurde Teil seines Wünschens und Willens.

Irgendwann, eine Ewigkeit später, dämmerte ein neuer Morgen herauf.

„Henry . . .“ flüsterte Maria und lauschte auf ein Echo aus aufgetürmten Kissen. Wie wohl war ihr, ihm so nahe zu erwachen. „Henry . . .“

„Hier bin ich, Euer Majestät untertänigster Diener“, lachte er und richtete sich auf. Dann aber wurde sein Blick ernst und prüfend. „Was ich Euch fragen wollte . . .“

„Nun, Liebster, fragt.“

„Ihr wart doch schon einmal verheiratet . . .“

„Aber natürlich war ich das, das wißt Ihr doch."

„Nun ja . . ." Darnley dachte zurück an die Ereignisse der Nacht. „Hat der König von Frankreich Euch nicht geliebt, Maria?"

„O doch", lachte sie, „wir hatten uns von Herzen lieb, teilten Freud und Leid miteinander, allerdings . . ." Sie zögerte, während rosigstes Rot ihre Wangen färbte. „Allerdings . . ."

Darnley ließ sich mit einem Seufzer in die Kissen zurückfallen. Er hatte es nicht glauben wollen, aber er hatte tatsächlich eine Jungfrau geheiratet.

Von dem, was Maria in der letzten Nacht so neu gekostet, konnte sie in den folgenden Nächten nicht genug bekommen. Aber nicht allein ihr soeben erwachter Körper war in Liebe und Leidenschaft entbrannt, sie hatte Darnley in aller Aufrichtigkeit ihr ganzes Herz geschenkt. Und wie stand es um ihn? Von Hause aus über alle Maßen verwöhnt und seiner hübschen Larve wegen stets Liebling der Damen war ihm ein tiefer gehendes Gefühl der Zuneigung bisher fremd. Mit Staunen genoß er die Wärme und Aufrichtigkeit, die Maria ihm im Übermaß schenkte. Aber wie leichtsinnig ging er mit diesem kostbaren Gut um! Statt sich ihrer Liebe würdig zu erweisen, mußte er seinem Charakter nach immer wieder erproben, wieviel die Brücke trug. So war die Antwort auf Marias zärtliches Verlangen immer öfter Kälte und Launenhaftigkeit.

„Ständig redet Ihr von Liebe", maulte er dann, „aber wenn ich mir von Euch das Geringste wünsche, so ist es Euch ohne Bedeutung . . ."

„Ohne Bedeutung?" fragte Maria dann fassungslos, „jeden Eurer Wünsche hab' ich mit Freuden erfüllt, Henry." Und mit einem Hauch von Ungeduld: „Was ist es denn jetzt schon wieder, was Ihr wünscht, mein Herr Gemahl?"

„Ach, Maria . . ." nahm er in schmelzendem Ton Anlauf, um gleich darauf zu bekennen, was seiner Meinung

Maria Stuart, zusammen mit Lord Darnley, ihrem zweiten Gatten
Kupferstich von Elstruk, 17. Jh.

nach seine Gunst ihr wieder einmal wert sein sollte. „Einen Harnisch hätt' ich so gern, einen wie ich in Eurer Rüstkammer sah . . . golden und aufs feinste ziseliert . . ."

Wohl mochte sie den Kopf geschüttelt haben, die junge Stuart, über den eitlen und unreifen Jungen, aber wie hätte sie seinen Wünschen widerstehen können, wenn sie doch mit den heißesten Küssen belohnt wurde?

Was Maria dann eher erschreckte, war, daß sie Darnley gelegentlich bei rüdem Verhalten Untergebenen gegenüber ertappte.

„Was fällt dir ein, du Schafskopf!“ hörte sie ihn einmal schelten und, da sie unbemerkt das Zimmer betrat, sah sie seinen Kammerdiener am Boden liegen, die Hände schützend über dem Kopf, Darnleys Fußtritten ausgesetzt.

„Um Himmels willen, Henry, was hat der Mann Euch getan?“

„Getan?“ schrie Darnley und trat noch einmal kräftig zu, „das eben ist es! Nichts getan hat er! Meinen Rock sollt' er bürsten, und ich find' ihn noch staubig, wie ich ihn gestern auszog . . .“

„Aber Henry . . .“ suchte Maria zu beruhigen, während sie dem Diener winkte, sich zu entfernen, „es war weit nach Mitternacht, Henry, daß Ihr den Rock abgelegt und obendrein achtlos in die Ecke schleudertet! Wie soll er jetzt am frühen Morgen schon gebürstet sein?“ Das war ganz die Stimme einer tadelnden Mutter und stimmte Darnley nicht gerade gefügig.

„Ich bin der Herr“, schrie er, „ich habe zu befehlen!“

„Wenn Ihr Herr sein wollt, so lernt zuerst mit Dienstleuten gütig umzugehen“, belehrte Maria ihn zu Recht und senkte damit verborgenen Unmut tief in seine gespaltene Seele.

Wie die Sonne unvermutet hinter Wolken hervorkommt, so war es wieder der strahlend betörende junge Mann, der sie zärtlich in die Arme schloß und das Geschehene vergessen machte. Vorläufig noch.

Darnleys Verstand riet ihm, in der Öffentlichkeit ein gutes Einvernehmen zu demonstrieren. Wer also in den Tagen nach der Hochzeit Audienz bei Hof erhielt, erlebte ein Königspaar, das Hand in Hand beieinander saß und verliebte Blicke tauschte. Lag ein Fall zur Entscheidung an, der Maria altgewohnte Routine war, so wandte sie sich jetzt wie Hilfe heischend an ihren Gemahl.

„Was ist Eure Meinung, Henry, mein Liebster, wie wollen wir in dieser Sache verfahren?“

Darnley, froh nicht wirkliche Kompetenz beweisen zu müssen, war es völlig gleichgültig, so daß er der Königin gern überließ, was ihn als König überforderte.

„Ganz wie Ihr denkt, meine Gemahlin, Eure Großmut wird schon das Rechte tun."

Kein Zweifel, er war ihr Meister im Bett, aber im Licht des Tages spielte er nur die zweite Geige. Die Diskrepanz daraus wurmte Darnley und machte ihn zunehmend ungeduldiger. War ein solcher Tag wieder einmal zu Ende gegangen, brauchte er das eine oder andere Glas mehr, um seiner Meisterrolle gerecht zu werden. Dem Wein folgte Whisky und davon mehr und mehr. Bald schmeckten die Küsse, die die beiden noch eng zusammenhielten, abgestanden. Was an Gefühl zwischen ihnen einmal so hoch aufgelodert war, brannte nun schnell aus und brach, Funken schlagend, zu Asche zusammen.

Das Blindekuh-Spiel

Auch die ersten Aktivitäten ihrer Regierung täuschten noch das Bild eines einigen Königspaares vor. Gespenstisch wiederholten sich die Ereignisse von vor drei Jahren. Wie sie seinerzeit John Gordon gegolten, galten sie jetzt James Stuart, Earl of Moray. Ausgerechnet dieser hatte sich damals als guter Lehrer erwiesen und Maria als seine gelehrige Schülerin. Jetzt ließ sie ihn vor den Geheimen Rat zitieren, so wie er damals geraten hatte, John Gordon zu zitieren. James Stuart erschien selbstverständlich nicht vor dem Rat.

„Ich werde eine Strafexpedition ausrüsten", sagte Maria, „und werde ihn zurückholen!" Sie benutzte die gleichen Worte wie ihr Bruder vor drei Jahren.

„O ja", freute sich König Henry, „wir werden es ihm zeigen, diesem Moray!"

Die Strafexpedition auszurüsten, war dann Marias Sache, denn Henry, obwohl er in goldenem Brustharnisch stolz an ihrer Seite ritt, hatte von derlei kriegerischen Dingen keine Ahnung. Maria aber besann sich der Lehren ihres Bruders.

James, der dem Zerwürfnis mit seiner Schwester ein religiöses Mäntelchen umgehangen hatte, nämlich die Bewahrung der Glaubenseinheit in Schottland, hatte eine Handvoll protestantischer Lords um sich gesammelt, die mit ihm eines Sinnes waren. Darunter zählten Namen wie Argyll, Boyd, Rothes, Ochiltree, Kircaldy of the Grange und sogar der Herzog von Châtellerault aus dem Clan der Hamiltons, allesamt reich, unabhängig und den Papisten gram.

Maria rechnete sich aus, daß sie eine Streitmacht von etwa zwölfhundert Mann gegen sich haben würde.

„Wir sollten wenigstens zweitausend Mann zusammenbekommen", überlegte sie, „was meint Ihr, Henry?"

Darnley aber hatte wichtigere Probleme zu lösen.

„Lege ich nun das grüne Wams zum goldenen Harnisch an oder paßt besser das dunkelrote mit dem Pelzbesatz . . . ?"

Noch überhörte Maria seine Abschweifungen.

Königstreu erwiesen sich in diesem Konflikt Graf Atholl, Graf Morton, zum Clan der Douglas gehörend, und die Familien der vier Marys: Seton, Beaton, Fleming und Livingston. Einen weiteren treuen Anhänger gewann die Königin noch durch einen gerechten Gnadenakt. Dem letzten Gordon-Sohn, der mit dem Aufstand damals nichts zu tun hatte, wurden alle Rechte seines Vaters zuerkannt, also auch der Titel eines Earl of Huntly.

Der Aufruf zur Fahne brachte dann binnen vierzehn Tagen mühelos fünftausend Mann zusammen, ein immerhin beruhigender Auftakt.

Ende August waren alle Vorbereitungen getroffen. Die Garderobenfrage regelte Maria für sich weit weniger aufwendig als ihr Gemahl. Sie trug zwar auch einen leichten Harnisch, aber verdeckt unter einem hochgeschlossenen scharlachfarbenen Kleid, wie sie es zur Jagd zu tragen pflegte, allerdings steckten diesmal zwei schußbereite Pistolen in ihrem Gürtel.

Alles stand zum Abmarsch bereit, die Vorhut führte Graf Morton, Maria ritt mit Darnley in der Mitte des Zuges, die Nachhut hatte sie dem Grafen Lennox, ihrem Schwiegervater, anvertraut. Mit klingendem Spiel verließen sie Edinburgh aus dem westlichen Tor, Burg und Stadt in den verläßlichen Händen Erskines zurücklassend. So begann das seltsamste Blindekuh-Spiel zweier feindlicher Heerhaufen, das man in der Geschichte kennt.

Maria ritt nach Westen, wo sie Moray nahe Ayr an der schottischen Westküste vermutete. Derweilen ritt Moray, der seine Mannen aus Argylls Beständen hatte verdoppeln können, nach Osten, um Maria an ihrem allergischsten Punkt zu packen: Edinburgh. General Zufall mußte seine Hände im Spiel gehabt haben, daß Tausende von Bewaffneten zu Pferd und zu Fuß aneinander vorbeimarschieren konnten, ohne voneinander Kenntnis zu haben. Immerhin gibt es Kundschafter, Bevölkerung, die um Verpflegung angegangen wird, sonstige Spuren, die ein solcher Durchmarsch hinterläßt, aber nichts wies darauf hin. Unbeschadet erreichte Maria Ayr und fand das Nest leer, während zur selben Stunde Moray sich in Edinburgh durch Erskines Kanonen einen blutige Nase holte. Das gleiche Spiel dann, als beide Parteien sich auf den Rückweg machten, Moray nach West, Maria nach Ost, jetzt obendrein durch Unwetter und Nebelschwaden voneinander getrennt. Auf der Höhe von Stirling wurde der Regen so stark, daß die Wasser herunterkamen wie zu Noahs Zeiten. Ein Flußlauf, der auf dem Hinweg den Pferden kaum die Hufe benetzt hatte, war binnen Stunden zu einem reißenden Strom geworden. Unschlüssig, wie er nun zu überqueren sei, gebot Graf Morton dem Ganzen Halt.

„Was ist, was gibt es?“ rief die Königin und drängte ihr Pferd nach vorn.

„Seht selbst, Majestät! Da ist kein Durchkommen!“

„Wir müssen hinüber, Morton, in Stirling finden wir trockenes Quartier."

„Zu Pferd mag's gelingen", erlaubte sich Morton einzuwenden, „aber das Fußvolk, Majestät, was ist mit dem Fußvolk?"

„Spannt ein Seil! Aber rasch, es beginnt schon zu dunkeln!" Maria mußte schreien, um gegen Wind und Wetter gehört zu werden. Ein Seil war schnell herbei. „Gut so! Gebt mir das Ende, ich reite voraus!"

Damit gab sie ihrem Schimmel die Sporen, und gehorsam sprang das Tier mitten in die Gischt. Darnley trieb fluchend und jammernd seinen hochbeinigen Wallach ebenfalls in die Fluten, weitere Reiter folgten. Man spannte das Seil. Die ersten Männer klammerten sich daran und wagten sich ins Wasser. Maria hörte tausendfach Rufe, dann einzelne Schreie, der Rest war wirbelndes Wasser, brodelnde Flut. Zu sehen war nichts mehr. Die Nacht hatte sich wie ein zerzauster Vogel über der Szene niedergelassen. Mehrere Stunden dauerte es, bis jedermann das andere Ufer erreicht hatte. Nicht jedermann. Fünfzehn Mann waren ertrunken.

Das Wetter besserte sich auch im September kaum. Die Jagd nach Moray und seinen Rebellen ging weiter. Hatte Maria der Feldzug von vor drei Jahren als Abenteuer gegolten, so war ihr die Lust jetzt längst vergangen. Einen frierenden, nörgelnden Darnley zur Seite, suchte sie zwar die Stimmung noch hochzuhalten, aber Sinn und Zweck der Aktion schwanden mehr und mehr aus ihrem Blickwinkel.

Plötzlich hieß es, Moray habe seine Leute nach Süden geführt. Er sei in Dumfries, wo er auf englische Unterstützung warte, die er kniefällig bei Königin Elisabeth erbeten hätte.

Maria zögerte, ihre erschöpften Truppen so weit nach Süden zu führen. Es war Oktober, und die Dinge waren eben dabei, ihr zu entgleiten. Da kam Hilfe von zwei Seiten. Das eine war wieder Elisabeths Wankelmut, die gern Ja und Nein in einem sagte. Sie schickte Moray viertausend Pfund, eine enttäuschend kleine Summe für sechs Wochen Sold, die er seinen Leuten noch zu bezahlen hatte. Ein Begleitbrief machte dann jede Hoffnung auf weitere Hilfe von ihrer Seite zunichte.

Ich denke nicht daran, die Rebellion gegen eine angestammte Herrscherin zu unterstützen!

Die zweite Hilfe kam von einem Mann, der, selbst erst aus Verbannung heimgekehrt, die Nähe des Throns nicht gesucht hatte. Aus persönlichem Haß gegen die Congregation, mit der er noch ein Hühnchen zu rupfen hatte, griff er die Rebellen mit starken Kräften an und blieb ihnen beharrlich auf den Fersen, bis Moray, gehetzt und geschunden, aufgab. Er und seine Lords flohen am 8. Oktober über die Grenze und baten die englische Königin um Asyl. Der Name des Deus ex machina, der damit die Strafexpedition zu Marias Gunsten entschied, war James Hepburn, Graf von Bothwell.

Rizzio

Seit Oktober fühlte Maria Stuart sich schwanger. Spontan wünschte sie, dieses Glück mit dem noch immer geliebten Menschen zu teilen. „Henry", wollte sie sagen, „Henry, Liebster, wir werden Schottland einen Erben schenken!" Aber sie zögerte. Wie würde Darnley nach dieser Nachricht sein Verhalten ihr gegenüber, dieses Wechselbad von ungestümer Leidenschaft und Kälte, ändern? Doch verräterische Anzeichen wie Ohnmacht und Übelkeit taten das Ihre, ihren Zustand zu verraten.

„Na, seht Ihr", triumphierte Darnley, „ein guter Hengst hat es noch jeder Stute besorgt!"

Maria, zutiefst schockiert, wandte sich ab. Daß ihre Ehe sich kontinuierlich zu einem Fiasko entwickelte, machte sie traurig. Ganz anders Darnley. In der Gewißheit, die Königin von Schottland geschwängert zu haben, sah er sich auf dem Zenit seines Lebens. War er selbst vielleicht auch nur König von Marias Gnaden, so sagte er sich, sein Sohn würde einmal König von Geburt sein. Der Gedanke beseligte ihn und machte ihn leichtsinnig. Er suchte Händel unter den Hofleuten, um seine Übermacht auszukosten, und brachte die Damen des Hofes durch mehr oder weniger plumpe Zweideutigkeiten in Verlegenheit. Beliebt machte er sich nicht, schon gar nicht, wenn er in Verkleidung durch die Kneipen Edinburghs zog, Schulden machte und die Huren von seiner doch nun erprobten Manneskraft überzeugte.

Und doch gab es auch um Darnley eine Gruppe, die ihm anhing, eine Handvoll Lords, die auf zwei Schultern trugen. Man war königstreu, aber aus einem Kind wurde eines Tages einmal ein König, und wer weiß, ob nicht der Vater, beizeiten umschmeichelt, dann von Nutzen war, dem unmündigen Thron nahezukommen. Da ließ sich in der Schenke manch ebenso Verkleideter in wallendem Mantel neben Darnley nieder und bestellte dem Kumpan Runde um Runde, bis dieser handfeste Unterstützung benötigte, den Weg zurück ins Schloß zu finden.

Maria verbrachte ihre Abende immer öfter allein, vielmehr in der Gesellschaft ihrer vier Marys. Sie fühlte sich einsam.

„Ach, wenn doch wenigstens James hier wäre“, seufzte sie oftmals von Herzen, „ich vermisse ihn so sehr!“ Aber James war im englischen Asyl, protégiert von Königin Elisabeth. Das machte den Sieg über ihn zum doppelten Verlust.

Die sonntägliche Messe war Maria von jeher selbstverständlich, das innige, um Hilfe flehende Gebet aber wurde ihr in letzter Zeit immer mehr zum Bedürfnis. Man sah sie kniend, das Gesicht in den Händen verborgen, in ihrer Kapelle, ganz dem ungebrochenen Glauben ihrer Kindertage hingegeben.

„Hergott im Himmel, weise mir den Weg, den ich zu gehen habe . . .“

Und wenn dann der Gesang ihrer kleinen Gemeinde einsetzte, jener wenigen, die mit ihr von Frankreich gekommen waren, dann ging ihr das Herz auf. Jede Stimme dieses Chores kannte sie, die dunklen, die hellen, die Bässe ihrer Herren, den jubelnden Sopran ihrer Damen. Doch eine Stimme heute war ihr fremd, ein kräftiger Tenor, der sich schwellend über allen erhob und den Lobgesang mit sich fortriß.

„Wer singt dort?" flüsterte die Königin, der nächsten der Marys zugewandt.

„Ein Italiener, Majestät", gab Mary Beaton Auskunft.

„Ein Italiener?" Das würde schon einmal die außerordentliche Qualität seiner Stimme erklären.

„Wie ist sein Name? Wie kommt er hierher?"

„David Rizzio, Majestät . . ." Auch die Beaton flüsterte, um den noch anhaltenden Gesang nicht zu stören. „Er ist der Sekretär des Conte di Moretta."

„Des Botschafters von Savoyen?" staunte Maria, „aber der ist längst wieder abgereist . . . hat er ihn hier vergessen?"

Unwillkürlich kicherten beide, Königin wie Hofdame.

„Nein, nein . . . Darnley, ich meine König Henry hat um ihn gebeten. Er führt ihn herum wie einen Tanzbären am Nasenring."

„So, so . . ." quittierte Maria widerwillig und dann in gewohntem Befehlston: „Er soll sich bei mir melden, dieser Rizzio! Ich will ihn kennenlernen."

David Rizzio veränderte Marias Leben von Grund auf. Die Person, die sich sogleich nach der Messe bei ihr hatte melden lassen, schien in nichts geeignet, auch nur einen zweiten Blick darauf zu verschwenden: ein kleines, vornüber gebücktes Männlein in viel zu bunter Kleidung, rot die bauschigen Pumphosen, enge gelbe Strümpfe und ein grellgrünes Wams. Er hatte schiefe Schultern, kurzes, schwarzes Haar, dazu ein runzliges Gesicht mit einem schwammigen Mund. Wenn etwas an ihm dennoch einen zweiten Blick lohnte, so waren es seine dunkel schimmernden Augen, die zwar hohe Intelligenz, eben jetzt aber erbärmliche Furcht verrieten.

„Majestät haben befohlen . . .“

„Ihr habt sehr schön gesungen, Signore . . .“ Seltsamerweise zögerte Maria, ihn als Untergebenen anzureden. „Eure Andacht läßt nicht vermuten, daß Ihr gern die Vergnügungen Seiner Majestät teilt . . .“

Maria hatte ins Schwarze getroffen. Der kleine Mann fiel vor ihr auf die Knie und brach in Tränen aus. Schluchzend beantwortete er Frage um Frage, und so vervollständigte sich das Bild. David Rizzio war aus Pancalieri in Piemont, wo er vor zweiunddreißig Jahren als Sohn eines Musikers geboren wurde. Am Hof von Turin als Sekretär des Erzbischofs genoß er eine gediegene Ausbildung, vor allem in Sprachen. Der Übergang in piemontesische Dienste erfolgte dann ähnlich unfreiwillig wie der in die Dienste des schottischen Königs Henry. All das hatte Rizzio, noch immer kniend, in bestem Französisch vorgetragen.

„Schreibt Ihr diese Sprache ebenso gut, wie Ihr sie sprecht?“ wollte Maria wissen, und da er bescheiden nickte: „Steht auf und faßt Mut, Signore! Ihr könnt ab jetzt für meine französische Korrespondenz sorgen.“

„Meine allerhöchste Herrin . . .!“ stammelte Rizzio dankend.

Darnley allerdings gab sich nicht so schnell geschlagen.

„Ich soll Euch meinen Gefährten überlassen, Maria? Graf Moretta hat ihn mir zum Geschenk gemacht und nicht Euch!“ Das kam trotzig und gekränkt wie von einem Kind, dem man ein Spielzeug weggenommen hat. Passend dazu schlug Maria einen strengen Ton an.

„Rizzio ist ein freier Mann und überdies zu schade, um von Euch durch die Kaschemmen geschleppt zu werden.“

„Er ist mein Freund . . .“ versuchte Henry es nochmals.

„Euer Freund?“ Fast hätte Maria laut gelacht. „Die Stellen sind noch blau und grün, wo Euer Stiefel ihn getroffen hat! Ihr seid der Freundschaft nicht fähig, Henry, und Gefährten habt Ihr, wie ich höre, genug, Speichellecker, die mit Euch des Nachts durch dunkle Gassen ziehen!“

„Nun gut“, versuchte Darnley es mit Spott, „ich wünsch' Euch Glück mit dem buckligen Kerlchen! Man sagt den Italienern ja Wunderkräfte unter der Bettdecke nach.“ Er brach unter Gelächter ab, Maria aber sagte nichts mehr.

Maria Stuart führte eine weitläufige Korrespondenz mit allen europäischen Höfen wie auch mit dem Vatikan, und zwar ausschließlich in französischer Sprache. Alle diese Briefe verfaßte und formulierte von nun an David Rizzio. Das gab ihm einen intimen Einblick in sämtliche Aspekte und Verwicklungen europäischer Politik und damit eine gewisse Macht, hier und da mit einem Wörtchen, einer Silbe Einfluß zu nehmen. Ein herrisches Wort milderte er ab, wenn er daraus Konflikte entstehen sah, aus einer höflichen Bitte machte er schon einmal eine Forderung. Maria gebot dieser Entwicklung nicht Einhalt, baute im Gegenteil ganz und gar auf Rizzios Redlichkeit und Diskretion. Seine Kompetenzen übertrafen bald die eines Sekretärs. Wer bei der Königin Einlaß begehrte, mußte an Rizzio vorbei.

„Zur Stunde bedauert Ihre Majestät unendlich . . . aber fragt morgen noch einmal nach.“ So schob er des öfteren den Riegel vor, aber ein Louisdor in seine Tasche konnte seine Meinung auch sehr schnell ändern.

Rizzio war bald kein armer Mann mehr. Längst war er besser gekleidet, nicht mehr bunt wie ein Hofnarr. Sein Gewand war schlichter geworden, aber es blitzte daran schon mal eine goldene Schnalle oder eine rubinbesetzte Agraffe.

Unter den Hofleuen regte sich unterdrückter Neid, und die schottischen Lords beider Konfessionen begannen, den neuen Sekretär zu hassen. Der beste Weg, gegen ihn vorzugehen, schien ihnen, Darnleys Eifersucht zu wecken. Dazu gab Maria ihnen – in aller Unschuld – genügend Ansatzpunkte. War die Arbeit der Korrespondenz getan, verließ der Sekretär keineswegs immer gleich die königlichen Gemächer, sondern blieb gewöhnlich zu Gesang und Lautenspiel, das er ebenso gut beherrschte wie die französische Sprache. Auch in der Poesie war er bewandert, der kleine Kerl, und rührte die Königin durch manch dramatisch vorgetragene Ballade. Dabei hörte sie nicht auf den Schlag der Uhr, und manches Mal wurde es unversehens Mitternacht, ehe Rizzio sich devot und katzbuckelnd von seiner Gönnerin verabschiedete.

Auf der Basis ihrer Sehnsucht nach einem verständnisvollen Menschen und seinem geradezu virtuosen Einfühlungsvermögen war zwischen Maria und David Rizzio tatsächlich ein tiefes Vertrauensverhältnis gewachsen. Wer aber zwischen den beiden auch nur die geringste Ungebührlichkeit vermutete, war damit auf dem Holzweg. Wenn Maria des Abends die Marys schon zu Bett geschickt, Rizzio aber noch bei ihr weilte, hätte jederzeit jemand eintreten können und die Königin nicht anders gefunden als im Hausgewand auf der Ottomane, da ihr Zustand ja immerhin schon beschwerlich wurde, und Rizzio zu ihren Füßen die Laute schlagend.

Und doch sollte dies alles nicht Darnleys Eifersucht bewirken, der seine Frau, wenn auch störrisch und aufbegehrend, noch immer liebte?

„Ihr verbringt halbe Nächte mit diesem Wicht“, warf er ihr vor, mußte sich aber den Gegenschlag einstecken.

„Ich fülle lediglich die einsamen Stunden, die Ihr derweilen in der Schenke zubringt!“

Die Dinge spitzten sich zu.

Der 9. März war ein kalter, unfreundlicher Tag. Es hatte geschneit, aber ein böser Wind ließ die Flocken nicht zur Ruhe kommen, sondern trieb sie in Wirbeln vor sich her. Frost knackte im Gehölz und drang durch die dicksten Mauern. Jegliche Hoffnung auf nahenden Frühling schien geschwunden, nur ein prasselndes, wärmendes Kaminfeuer konnte die menschliche Seele noch erfreuen. An solchen Tagen liebte Maria es, sich in das kleine Stübchen zurückzuziehen, das im Wohnturm gleich hinter ihrem Schlafgemach lag und durch eine schmale Wendeltreppe mit den darunter liegenden Räumlichkeiten verbunden war. Man konnte es besser beheizen als die großen Prunkräume, zudem vermittelte es eine behagliche Geborgenheit. Heute ließ die Königin sogar das Abendessen hier servieren, obwohl sie Gäste zu Tische hatte, neben den unvermeidlichen Marys die Gräfin Argyll, eine illegitime Stuart, Lord Erskine, der ihr so tapfer die Edinburgher Festung gehalten hatte, und einen jungen Pagen adliger Herkunft namens Antony Standen. Und ganz selbstverständlich war Rizzio anwesend. Er trug sich leger, fast einem Hausherrn gleich, über einem Wams aus Atlasseide einen pelzverbrämten Schlafrock aus Damast und leuchtendrote Pantoffeln. Kalte Speisen waren aufgetragen, so daß weitere Dienerschaft nicht mehr benötigt wurde. Man langte zu, aß und trank, die Stimmung war gelöst und familiär.

„Rizzio, mein Lieber, Ihr müßt heut den Mundschenk machen", forderte Maria ihn auf, „schenkt uns nach, sobald die Gläser leer sind."

Rizzio kam ihrem Wunsch nach und reichte auch Braten und Früchte herum. Da hörte man Schritte auf der Treppe, die durch keine Tür abgeschlossen war. Alle horchten auf.

„Ach, es ist Darnley", sagte Maria, die den Schritt kannte. Ihn hatte sie zwar nicht erwartet, aber daß er formlos bei ihnen erschien, war nicht weiter verwunderlich. Er war ihr Gatte, und seine Räume lagen genau am Fuße der Wendeltreppe.

„Kommt, Henry, setzt Euch zu uns", forderte Maria ihn auf, wie es sich gehörte, und jedermann rückte ein wenig zusammen, um dem König und Gemahl Platz zu machen. Der blieb einen Moment unschlüssig stehen, schien aber gegen seine Gewohnheit stocknüchtern zu sein.

„Ach Maria . . ." begann er, als wolle er weiteres sagen, schwieg dann aber, setzte sich nieder und griff zum Glas. „Ach, der Teufel hol's", sagte er noch und trank das Glas in einem Zuge aus. Eben wollte die angeregte Unterhaltung der Runde wieder aufleben, als man wieder Schritte auf der Treppe hörte, diesmal laut und heftig, klirrend wie in vollem Eisen. Helme tauchten auf, die Gräfin tat einen Schrei, Rizzio sprang von seinem Sitz, Erskine warf die Gabel hin, nur Darnley aß in Ruhe weiter. Dann war ganz plötzlich das Stübchen voller Männer, einer trat vor, in voller Rüstung, aber Maria erkannte ihn doch.

„Was tut Ihr hier, Lord Ruthven, in so ungebührlichem Auftritt?“ Und sogleich an Darnley gewandt: „Was soll das? Gebt Aufklärung, Henry.“

Darnley hob wie hilflos die Schultern und stopfte sich noch einen Bissen in den Mund.

„Ich weiß nicht . . . Ruthven, sprecht Ihr . . .“

„Nun, ich höre Mylord!“

„Ich bin gekommen“, schrie Ruthven grußlos, „um diesen Feigling dort, Euren Sekretär, aus Eurem Zimmer zu werfen, wo er sich viel zu lang schon aufgehalten!“

Rizzio, der begriff, daß es um ihn ging, flüchtete sich zu Maria, kniete bei ihr nieder und barg seinen Kopf in ihrem Schoß.

„Helft mir, grundgütiger Gott, Madonna, helft mir!“ schluchzte er laut.

„Ruhig, mon ami, ganz ruhig“, beschwichtigte Maria, „es kann Euch nichts geschehen. Ihr steht unter meinem Schutz.“ So sicher schien sie ihrer Worte, aber schon blitzten Dolche auf, einer, zwei, drei, drangen Rizzio in den Rücken, und da er sich röchelnd aufbäumte, in Brust und Kehle. Alles ging rasend schnell. Blut war überall, auf Tisch und Bank, tränkte Kleid und Mieder der Königin. Schreie jetzt auch von den Marys und von Erskine ein sinnloser Versuch, sich dazwischen zu werfen. Die Eindringlinge stachen weiter auf Rizzio ein, der keinen Laut mehr von sich gab. Und da man den Leichnam jetzt packte und von Marias Schoß zog, suchte auch sie sich schwerfällig zu erheben, wollte den Männern nach, die Rizzio zur Treppe schleiften, aber Darnleys Arm hielt sie fest.

„Nicht doch, Liebste“, sagte er so sanft wie ein Täuberich, „das ist nichts für Euch . . .“

Maria, geekelt von seiner Heuchelei, suchte sich seinem Griff zu entwinden.

„Nehmt Eure Hand von mir. Ich sag’ mich von Euch los! Ihr seid von heute an nicht mehr mein Ehemann!“ Sicher waren ihre Worte in diesem Augenblick nicht gut überlegt, aber von glasklarer Hellsicht und eisernem Entschluß.

„Aber, aber, meine Liebe“, turtelte Darnley indessen unbeirrt fort. „So schnell werdet Ihr mich nicht los! Erst einmal bringt Ihr meinen Sohn, den Thronfolger, zur Welt, dann können wir über eine Scheidung sprechen, wie die Kirk sie ja zum Glück erlaubt. Doch zuvor, mein Schatz, werdet Ihr natürlich auf Thron und Krone verzichten und beides mir überlassen, dem König Henry von Euren Gnaden . . .“ Und plötzlich erschütterte sein Gelächter den kleinen Raum, höhnisch und heiser, und klang noch nach, da Maria schon zur Treppe geeilt und die blutüberschwemmten Stufen hinabgestiegen war. Unten fand sie den Körper Rizzios am Boden liegen wie eine weggeworfene Puppe, die Glieder gekrümmt und zerschlagen, aus sechsundfünfzig Wunden blutend, wie man später sie genau gezählt. Beim Anblick seiner toten Augen, die gebrochen noch von Furcht und Schrecken sprachen, verließ nun auch Maria die Kraft. Wieder umfaßten sie stützende Arme, diesmal die ihrer Marys.

„Kommt Herrin . . . kommt Maria . . . kommt fort von hier! Es ist genug. Ihr müßt an Euer Kind denken!“ Vierfach geleitet brachten sie ihre Königin fort von Blut und Tod, von Verrat und Gemetzel.

Um ein Haar in der Falle

Hinter dem Mord an Rizzio stand mehr als nur die Beseitigung des übermächtig gewordenen Sekretärs der Königin. Es war der wohlüberlegte Aufstand einer Großzahl der schottischen Lords, die auf Seiten der Congregation standen und die Zunahme katholischer Kräfte fürchteten. Was, wenn diese unter dem Einfluß des Italieners, der so fromm in der Messe sang, wieder ans Ruder kamen und man am Ende protestantisch konfiszierte Güter wieder herausgeben mußte? Bereits die Vertreibung Morays hatte ihnen wie ein Startschuß in den Ohren geklungen, waren doch viele von ihnen mit ihm geflohen und mußten um ihren Besitz fürchten. Da kam ihnen die Entfremdung der königlichen Eheleute eben recht, sich hinter dem zwar katholischen, aber doch eitlen und schwachen Darnley zusammenzuschließen, ihn als Schutzschild nutzend, um loszuschlagen. Daß der erste Schlag so grausam gegen einen Wehrlosen, noch dazu im Beisein einer hochschwangeren Frau, ihrer Königin, stattfand, sprach nicht für die Lords.

Maria, noch wie betäubt nach dem Mordanschlag vom 9. März, überlegte, wie sie nun zu handeln habe. Es stand zu befürchten, daß auch ihr Leben in Gefahr war, sobald sie Schottland den Erben geboren hatte. Wer war noch auf ihrer Seite, so fragte sich Maria, wen konnte sie für sich als Bundesgenossen gewinnen? Und sie gab sich die erstaunliche Antwort: Darnley.

Darnley war der schwächste Punkt des Gegners, nur bei ihm konnte sie ansetzen. Im Herzen voller Abscheu, aber entschlossen, sich zu retten, machte Maria sich ans Werk.

Darnley unterdessen ging ebenfalls mit sich zu Rate. War er in allem nicht doch ein wenig zu weit gegangen? Liebte er Maria nicht immer noch mit jener hündisch naiven Liebe? Die harten Worte, mit denen sie sich von ihm lossagte, hatten ihm unerwartet weh getan. Maria war in all den Wirren dieses Lebens seine Zuflucht, sein

Halt gewesen! Und sie erwartete sein Kind, seinen Sohn! Ein spontaner Impuls führte ihn die Stufen der Wendeltreppe hinauf, die von Rizzios Blut getränkt waren. Zaghaft klopfte er an die Tür zum Schlafzimmer seiner Frau.

„Bitte ..." flüsterte er, ohne die Stimme zu heben, „bitte, Maria ... bitte ..." Die Klinke zu drücken, wagte er nicht, er war sicher, der Schlüssel innen versperrte das Schloß. „Maria ... ich bereue! Maria, es war nicht recht von mir ... ich schwöre, ich wußte von nichts. Nicht das mit Rizzio. Sie haben gesagt, ich solle ihr König sein! Maria, ich wollte nicht ..." Seine Nerven drohten zu reißen. Er wollte sich ausliefern, sich ihrem Urteil unterwerfen, wenn sie ihn nur einließ, er wieder ihren Körper berühren dürfte! „Maria ... ich ... "

Die Tür schwang weit auf. Maria stand da, in ein weites, loses Gespinst weißer Seide gehüllt, ihr Leib üppig und schwer, ihr Gesicht aber, diese ebenmäßigen Züge, die hohe Stirn, das fast ins Bernstein gehende Goldbraun ihrer Augen, zeigte keinerlei Verstimmung oder Zorn. Er war willkommen, er durfte eintreten. Eine Last fiel von ihm ab.

Es war dann nicht weiter schwer, Darnley vor Augen zu führen, daß auch er gefährdet sei, sobald das Kind geboren und der Congregation als ein legitimer, leicht zu leitender Herrscher heranwachsen würde. Was brauchte sie dann noch seinen launenhaften, wankelmütigen Vater, den alle längst verachteten? Nein, auch ihn würden sie fallen lassen, ebenso wie ihre Königin.

„Wir werden Edinburgh verlassen und irgendwo fern um uns versammeln, was wir noch an Getreuen im Lande haben", schloß Maria zuversichtlich.

„Edinburgh verlassen?" überlegte Darnley, besser informiert. „Das wird nicht so einfach gehen. Sie bewachen das Schloß und betrachten Euch als ihre Gefangene."

Damit hatte Maria gerechnet. Aber noch wußten die Gegner ja nicht, daß Darnley die Seite gewechselt hatte.

„Euer Befehl gilt, Henry, Ihr seid der König." Kaum vernehmbar schwang Ironie in Marias Worten. „Wartet drei Tage, dann bestellt Ihr für Euch samt Begleitung Pferde zur Jagd. Aufbruch vor Tagesbeginn. Man weiß, daß Ihr es so zu halten pflegt."

Darnley war entzückt. Er würde seine eigene Frau entführen, das war ein Spiel nach seinem Geschmack. Daß er gehorchte, wo er zu befehlen glaubte, bemerkte er nicht,

„Aber bis dahin", warnte Maria noch, „verratet Euch nicht! Noch seid Ihr einer der Ihren, ein Verschwörer gegen Maria Stuart."

In einem zweiten Bundesgenossen, den sie glaubte, ganz einfach durch Vergebung gewinnen zu können, irrte Maria. Der Earl of Moray, der die Verschwörung der Lords von England aus angestiftet und gelenkt hatte, überquerte umgehend nach dem Mord an Rizzio die Grenze zur Heimat und ließ sich am 11. März bei seiner Schwester melden.

„Moray hier?" staunte Maria, ehe sie den Besucher eintreten ließ.

Wie weit er mit den Lords gemeinsame Sache machte, wußte sie nicht, aber sein Kommen in diesem Augenblick konnte nur bedeuten, daß er ihr zu Hilfe eilte. Mit James an ihrer Seite wäre sie gerettet, und es bedurfte der heimlichen Flucht mit Darnley nicht.

„Ich lasse Seine Lordschaft bitten . . ." Noch zögernd sah sie ihm entgegen, der hohen stattlichen Gestalt, dem gravitätischen Schritt und Gehabe von Würde und Rechtschaffenheit, das sie so sehr vermißt hatte.

„James . . ." rief sie dann und stürzte auf ihn zu, „oh, James, ich bin froh, Euch zu sehen! Wenn Ihr hier gewesen wärt, all dies Schreckliche wäre nicht passiert . . ." Schluchzen mischte sich in ihre Worte, die Freude drohte sie zu übermannen. Und einen Augenblick schien es, daß auch er, von Rührung ergriffen, die Schwester in seine Arme ziehen würde.

„Maria . . . Majestät . . . !" Aber dann ging sichtbar ein Ruck durch ihn, wurde seine Stimme förmlich und kalt. „Ich möchte in Euer Majestät keine falschen Hoffnungen wecken ... mein Kommen dient allein der Unterstützung der protestantischen Sache in Schottland ..."

„Aber, James", unterbrach Maria entsetzt, „Ihr habt doch wohl mit dem Mord an Rizzio nichts zu tun?"

„Was diesen Mord angeht, Majestät ... so war ich ja nicht einmal im Lande ..." endete Moray salomonisch. Maria schien zufrieden, wollte den Bruder noch einmal als Bruder begrüßen. Aber Moray war noch nicht fertig. Jetzt ging er mit ihr ins Gericht. „Ich habe Euch die Meßfeier erlaubt, obwohl sie nach unseren Gesetzen verboten ist. Ihr suchtet Euch gegen meinen Rat einen katholischen Ehemann, einen Schwachkopf dazu. Ihr protegiertet einen katholischen Sekretär. Ihr schriebt Briefe an den Vatikan, in denen Ihr dem Papst die Rückkehr Schottlands zum katholischen Glauben zusichertet!"

„Was tat ich?" unterbrach Maria, außer sich über eine Strafpredigt, wie sie sich noch niemand ihr gegenüber erlaubt hatte. „Ich sprach Pius V. meinen Glückwunsch zur Inthronisierung aus und versicherte ihn meiner ganz persönlichen Treue zur wahren Kirche."

„Dann habt Ihr nicht genau gelesen, was Euer Sekretär tatsächlich schrieb. Gleichwie das corpus delicti trägt Eure Unterschrift."

Maria wurde das Eisen zu heiß. Das Gespräch mußte unbedingt abgebrochen werden. Sie griff sich mit einer Geste des Schmerzes an den Leib.

„Was habt Ihr?" fragte Moray sofort besorgt.

„O bitte, ruft meine Dienerinnen, es sind die Wehen ..."

Ganz Mann geriet James sofort in Panik. Auf seinen Ruf füllte sich das Zimmer sogleich mit Marias Damen, den Kammerfrauen und der Wehmutter. Moray aber hielt es für ratsam, sich schleunigst zu entfernen. Er verbeugte sich formvollendet und suchte rückwärtsschreitend, wie es sich gehört, die Tür zu erreichen.

„Euer ergebener Diener, Madame ..."

Maria machte sich energisch von all den helfenden Händen frei und blickte Moray nach.

„Ergebener Diener . . ." wiederholte sie enttäuscht, „seid lieber mein Bruder . . ." Aber da war Moray schon gegangen. Nun blieb ihr nur noch Darnley.

Die Wehen hatten nicht eingesetzt. Für den 12. März vor Morgengrauen war alles für des Königs Jagdausflug gerüstet. Die Wachen an den Toren Holyroods standen zwar unter Befehl der Verschworenen, aber sie nahmen keinen Anstoß, daß ihr König zur Jagd ritt. Auch nicht daran, daß Lord Erskine und der Page Standen ihn begleiteten und sich des Pagen weiter Mantel, über die Kruppe seines Pferdes gebreitet, seltsam bauschte und wölbte. Daß sich darunter die Königin verbarg, hochschwanger, auf einem Sitzkissen reitend, das allerdings ahnten sie nicht.

„Wo reiten wir hin?" fragte Darnley, sobald sie außer Sicht waren.

„Wir reiten nach Dunbar", entschied Maria und schlug den Mantel zurück. „Es scheint mir der sicherste Platz."

Man ritt die ganze Strecke in einem Galopp durch, für eine Schwangere im sechsten Monat eine unerhörte Leistung.

Dunbar Castle, auf zwei ins Meer hineinragende Felskegel gebaut, vom Land aus nur auf schmalem Steg zu erreichen, galt zu Recht als uneinnehmbar. Es war im Besitz der Krone unter dem Kommando eines Schloßhauptmanns ganz ähnlich wie Inverness, und wieder war auch der Herr Schloßhauptmann nicht anwesend, als seine Königin bei ihm Zuflucht suchte.

Die Sonne stieg eben matt über den Horizont, als die sogenannte Jagdgesellschaft in den Burghof einritt. Die Herren waren in größter Sorge um die Königin, sogar Darnley erkundigte sich fast zärtlich:

„Du mußt völlig erschöpft sein, Liebste, du solltest sogleich ruhen."

Maria Stuart

Doch Maria glitt von ihrem Sitzkissen herab, lief in die Burgküche und gab den wenig majestätischen Befehl:

„Lauft in den Hühnerstall und seht, was die Hennen gelegt haben!“ Dann briet sie eigenhändig für sich und die Herren Spiegeleier zum Frühstück.

Sofort begann Maria wieder, Briefe in aller Herren Länder zu schreiben, diesmal ohne Sekretär, um überall zu klagen, was ihr passiert war.

Einige meiner Untertanen haben deutlich bewiesen, schrieb sie an Elisabeth von England, *was für Menschen sie sind . . . kaum hatten sie meinen treuesten Diener niedergemacht, hielten sie mich verräterisch als ihre Gefangene!* Aber auch in die unmittelbare Umgebung sandte sie Botschaft aus, diejenigen zu sammeln, die noch königstreu zu ihr standen.

Und von allen Seiten kamen sie, die Crawford, Sutherland, Atholl, Huntly oder schickten ihre Bewaffneten zu Hunderten, zu Tausenden. Auch der Name Bothwell fiel wieder

Maria gönnte sich nur die nötigste Ruhe, sammelte so viele Leute um sich, wie sie nur konnte, und machte sich am 18. März schon wieder auf den Weg, ihre Hauptstadt Edinburgh zurückzugewinnen.

Die Verschwörer indessen waren völlig verunsichert. Ihr bestes Pferd, das sie vor ihren Karren gespannt hatten, Darnley, war aus der Deichsel getreten. Und ihr Anstifter, Moray, wusch sich die Hände in Unschuld, war er doch zur Zeit des Mordes gar nicht in Schottland gewesen. So fand denn Maria, als sie zur Rache entschlossen mit achttausend Mann in Edinburgh eintraf, nur Freund, keinen Feind mehr vor. Die Lords waren geflohen, nach England oder auf eine ihrer entlegenen Burgen im Norden. Einzig Moray war geblieben und bereitete seiner Schwester einen Empfang, als sei niemals eine Zwistigkeit zwischen ihnen gewesen.

Bothwell

Maria war bester Stimmung. Wieder einmal fühlte sie sich ganz Herrin der Lage, war aber auch jenen dankbar, die ihr dazu verholfen hatten. Sie wollte ein Fest feiern. Moray, der sich wie in alten Zeiten ungezwungen bei Hof bewegte, sollte es gestalten, keinen offiziellen Empfang, sondern Schmaus und Tanz, sofern das für Maria in ihrem Zustand noch in Frage kam. Alle sollten kommen, die ihr wohlgesinnt waren. Alle sollten sich bei diesem Fest versöhnen, vor allem jene, die gegen Moray gesonnen waren und nun staunten, daß er wieder in ihrer Gunst stand.

Maria nahm am Kopf der langen Tafel Platz und erwartete ihre Gäste. Sie trug ein fließendes Zobelcape über Schultern und keulenartig geschwungenen Ärmeln eines rostroten brokatenen Kleides, das ihren wahren Leibesumfang verbarg. Im Haar einen Kranz von Perlen, ein erwartungsvolles Lächeln um die Lippen, schien ihre Schönheit in diesen letzten Wochen vor der Geburt noch einmal voll erblüht.

Darnley zu ihrer Linken zeigte sich eher mürrisch. Von seinem Barett wippten die schönsten Reiherfedern, die man sich nur denken konnte. Mag sein, daß er grübelte, ob er mit seiner Umkehr nicht zwischen zwei Stühlen zu sitzen gekommen war. Die Versprechungen auf die alleinige Königsmacht hatte er sich verscherzt und spielte nun neben Maria wieder nur die zweite Geige. Darnley winkte einem Diener und ließ sich seinen Becher das dritte Mal voll Wein schenken.

„Bitte, Henry, trinkt nicht so viel“, mahnte Maria so nachsichtig wie inständig.

Zur Antwort trank Darnley den vollen Becher in einem Zug aus und setzte ihn krachend auf der Tischplatte ab.

„Wie Euer allergnädigste Majestät befehlen . . .“ höhnte er und ließ einen lauten Rülpser folgen.

„Bitte Henry . . . dies eine Mal bitte ich Euch, stört nicht dieses Fest!“ Entschlossen, sich nicht die Stimmung verderben zu lassen, wandte sie sich an Moray zu ihrer Rechten.

„James, Ihr habt mir seit langem versprochen, Lord Bothwell an den Hof zu bringen. Ist er heute wohl unter den Gästen?"

„Ich denke schon, Majestät . . ." Moray sah sich unschlüssig um.

„O ja, soeben betritt er den Saal!"

„Dann eilt, James, ihn mir zu präsentieren. Ich hab' ihm vielfältig Dank zu sagen und ich will sehen, daß ihr euch die Hand gebt." Das war viel verlangt angesichts der Tatsache, daß Bothwell Moray vor kaum einem halben Jahr aus dem Land gejagt hatte. Aber Moray erhob sich bereitwillig, suchend den Saal zu durchqueren. Maria ließ sich unterdessen eine Pastete von Fasan und Pilzen schmecken. Plötzlich fiel ein Schatten auf ihren Teller, und sie hob den Kopf. Was sie sah, war ein weit auseinander stehendes Augenpaar von dunklem Braun, ein eher rundes als schmales Gesicht mit derben Zügen, hohen Backenknochen, einer kräftigen Nase und einem kurzen Bart über Lippen, die dem Eindruck brutaler Männlichkeit auf unerwartete Weise widersprachen. Ganz gegen ihren Willen fühlte Maria sich von seiner ganzen Erscheinung wie in Bann geschlagen. Scheinbar aus weiter Ferne hörte sie die sonore Stimme ihres Bruders.

„Ich erlaube mir, Euer Majestät in persona vorzustellen James Hepburn, Earl of Bothwell, halten zu Gnaden . . ."

„So, so . . ." Maria mußte sich räuspern, um weiterzusprechen. „Ihr also seid Bothwell . . . Ihr habt Euch rar gemacht bei Hofe."

Bothwell verbeugte sich knapp. Der Ausdruck seiner Augen sagte: Mehr hab' ich nicht nötig!

„Meine Anwesenheit, so schien mir, konnte Euer Majestät weniger dienlich sein als meine Aktivitäten."

Das war Selbstbewußtsein ohne Anmaßung. Maria hielt sich an ein paar nichtssagende Floskeln, während sie weiter versuchte, sich ein Bild zu machen. Ein wenig stämmig, jedoch groß gewachsen mochte er Maria kaum eine Handbreit überragen. Seine Kleidung war betont einfach gehalten, ein ledernes Wams mit schlichter Krause, nur die gepolsterte Hose mit Golddruck versehen. Sein Alter wäre allein nach dem athletischen Äußeren schwer zu schätzen, aber Maria wußte, daß Bothwell als Großadmiral schon in Diensten ihrer Mutter stand, somit also zumindest die Dreißig überschritten haben mußte.

Wer selbst knapp dreiundzwanzig Jahre zählte, dem war das ein würdiges Alter. Ferner wußte Maria, daß Bothwell im Süden des Landes, dem ständig gefährdeten Grenzgebiet, begütert und beheimatet war. Man sagte, er herrsche dort wie ein König, und das Volk hänge ihm mit dem letzten Blutstropfen an. Vielleicht war dieser Bothwell trotz der in Frankreich verbrachten Jahre nicht der Mann des Parketts und der zierlichen Konversation, aber auch keineswegs simple Muskelkraft ohne Verstand. Man sagte ihm nach, seine Schlösser enthielten beachtliche Bibliotheken und seiner Feder entstamme manch ein Sonette reinster Harmonie und das in gepflegtem Französisch.

Maria spürte dem Reiz der Gegensätze nach, die diesen Mann ausmachten und schien innerlich noch unentschieden, wie sie sie aufnehmen sollte, gleichgültig jedenfalls nicht, soviel war sicher.

Darnley becherte unterdessen weiter, obwohl das Mahl noch nicht einmal ganz aufgetragen war. Auf einen Wink der Königin hin weigerten sich die Diener, seinen Becher nachzufüllen, was aber erst recht Darnleys Zorn hervorrief.

„Schenkt ein, ihr Hunde!" rief er und versetzte einem von ihnen einen Hieb mit der Faust.

„Henry", mischte Maria, ihre Gedanken von Bothwell losreißend, sich ein, „Ihr habt genug getrunken!"

Weinselig wechselte Darnleys Stimmung ins Gegenteil.

„Seid nicht böse auf Euren lieben Henry", winselte er und umschlang ungeschickt mit beiden Armen Marias Nacken, „komm, komm, meine einzige Liebste, gib mir einen Kuß . . ." Maria wich vor seinem Atem zurück. Dadurch aufs neue gereizt, zerrte Darnley an ihrem Cape und bog ihren Kopf zurück. „Einen Kuß sag' ich! Jetzt sofort! Ich, Euer Gemahl gebietet es!"

Was folgte, geschah so schnell, daß niemand es recht begriff: Mit einem Hechtsprung war Bothwell über den Tisch gesetzt, hatte Darnley von hinten gepackt und hielt dessen Arme, die eben noch Maria umschlungen hielten, mit eisernem Griff im Rücken. Augenblicklich erhob sich Moray von seinem Sitz und, Bothwell einen anerkennenden Blick zuwerfend, sagte er eisig, aber für alle hörbar:

„Madame, ich fürchte, Seine Majestät, König Henry wünscht sich mit Eurer Erlaubnis zurückzuziehen!"

Diener übernahmen Darnley, der sich nicht mehr wehrte, und führten ihn aus dem Saal. Maria tat einen tiefen, erleichterten Atemzug.

„Meine Herren", wandte sie sich an Moray und Bothwell zugleich „meinen Dank. Indessen wollen wir die Pflicht unseren Gästen gegenüber nicht vergessen. Die Musikanten sollen aufspielen."

Obwohl sie sich nicht, wie Maria es gewünscht, die Hand gereicht hatten, waren Moray und Bothwell in diesem einen Moment einer Meinung. Der beleidigten Würde einer Dame beizuspringen, war beiden selbstverständlich. Darüber hinaus blieben ihre Standpunkte politisch wie persönlich unvereinbar. Der eine suchte die Regierungsmacht und glaubte, sie legitim nur über die Schwester zu erlangen, der andere gewahrte soeben, daß der Begriff Monarchie, dem er aus Überzeugung anhing, in Wahrheit eine Frau aus Fleisch und Blut war – und eine wunderschöne obendrein.

Der Abend gelang zum fröhlichen Fest der Versöhnung so vieler unterschiedlicher Kräfte. Maria wurde wieder zum gemeinsamen Nenner. Sie war es zufrieden. Moray regierte wie ehedem, sie aber würde dem Land einen

Thronfolger schenken, und das schon in wenigen Wochen.

„Graf Bothwell, Mylord . . ." sagte sie zum Abschied und reichte ihm die Hand zum Kuß, „ich ernenne Euch von nun an zum Mitglied meines Kronrats! Waltet Eures Amtes und bleibt mir gewogen."

Diesmal verbeugte sich Bothwell um zwei Zoll tiefer. Moray aber warf ihm einen säuerlichen Blick zu und wandte sich abrupt ab.

Das Wochenbett

Im sechzehnten Jahrhundert war es üblich, daß eine Dame sich die letzten Tage vor ihrer Niederkunft nicht mehr in der Öffentlichkeit zeigte. Auch die Königin beschloß, sich rechtzeitig vor der Geburt zurückzuziehen. Aber wohin? Es sollte ein sicherer Ort sein, als den Holyrood sich nicht gerade erwiesen hatte. Eine wehrhafte Burg ohne jeden Wohnkomfort kam ebenfalls nicht in Frage, und in abgeschiedener Einsamkeit sollte der Thronfolger Schottlands auch nicht geboren werden. Die Festung Edinburgh, hoch über der Stadt, bot sich an, unzugänglich für ungebetene Gäste, aber mitten in der Hauptstadt. Allerdings waren die inneren Räumlichkeiten, Höfe, Säle, Korridore, selbst im Sommer zugig und feucht, nicht gerade wohnlich zu nennen, wovon Maria von Guise ein Lied hatte singen können. So wählte Maria denn auch das kleinste Kämmerchen, keine drei Meter im Quadrat, zu ihrer Wochenstube, um sicherzugehen, daß ein loderndes Kaminfeuer jeden Winkel wärmte, wenn der Juni, wie in Schottland keine Seltenheit, kühl und regnerisch ausfallen sollte. Das Zimmerchen wurde mit blauem Taft ausgeschlagen, das Bett dazu passend in blauem Samt, alles geschmückt und verziert für die Ankunft des Prinzen – niemals zweifelte irgendjemand, es könne kein Prinz, sondern eine Prinzessin sein. Die Hebamme und ihre Helferinnen konnten einem leid tun, wie sie in dieser Enge ihrer Pflicht nachkommen sollten.

Pünktlich am 17. Juni setzten die Wehen ein. Zwei volle Tage litt Maria Höllenqualen. In der schlimmsten Stunde, da die Schmerzen sie zu zerreißen drohten, schrie sie auf:

„Wäre ich doch nie in meinem Leben verheiratet gewesen!“

Endlich am 19. Juni, vormittags gegen elf Uhr, war es soweit: Die Amme, Madame Reres, legte das Kind der Mutter in die Arme, nackt, wie Gott es geschaffen, damit sie das Geschlecht sehen konnte: ein Prinz.

„James Charles ...“ begrüßte Maria ihren Sohn feierlich, jedoch völlig ermattet, „du wirst einmal König von Schottland und auch von England sein!“ Ihre Worte, wenn sie sich auch bewahrheiten sollten, waren weniger prophetisch als entschlossen, denn Maria hing insgeheim noch immer dem fadenscheinigen Recht auf Englands Thron an.

Als erster Gratulant wurde Darnley in die Kammer gelassen. Er trat zögernd ein, verbeugte sich linkisch gegen das Bett der Wöchnerin und warf dann einen Blick in die Wiege, wo James Charles in blauer Seide ruhte.

„Mein Sohn ...“ stammelte er, doch was mit Sicherheit ein Ausruf der Rührung war, klang Maria als Frage in den Ohren. Auch sie wußte ja von dem bösen Gerücht, nicht Darnley, sondern Rizzio habe sie geschwängert. Wie eine Warnung klang daher ihre etwas spöttische Zusicherung:

„Er ist so sehr Euer Sohn, daß ich fürchte, es wird ihm später einmal zum Schaden gereichen!“

Unter den nächsten Besuchern der Wochenstube war James Melville. Er gehörte zu jenen Getreuen der Krone, die schon unter Maria von Guise dienten. Er galt als feinsinnig und war bekannt für sein diplomatisches Geschick im Umgang mit schwierigen Menschen.

„Melville, mein Guter“, begrüßte die Wöchnerin ihn und winkte ihm, näher zu kommen, „Ihr reitet nach England, Melville, der Königin von der Geburt zu berichten! Pferde stehen für Euch bereit ..." Erschöpft wollte sie sich in die Kissen zurückgleiten lassen, als ihr das Wichtigste noch einfiel: „Und, Melville, bittet die Königin zu Gevatter! Sie soll ihre Hand über meinen Sohn halten, wenn mir etwas zustößt ..."

Tatsächlich schaffte Melville die Strecke bis Greenwich in knapp vier Tagen und traf dort Elisabeth inmitten eines großen Festes mit Hunderten von Gästen an. Wie er später berichtete, wurde er sofort vorgelassen, und kaum hatte er seine Botschaft leise der Königin vorgetragen, ließ diese sich in einen Sessel fallen und rief laut, daß jedermann sie hören konnte:

„Die Königin von Schottland hat soeben einem gesunden Sohn das Leben geschenkt, ich aber bin nur ein verdorrter Ast."

Die Bitte, dem Neugeborenen Pate zu stehen, nahm Elisabeth huldvoll auf, zog einen Brillantring vom Finger und übergab ihn Melville.

„Diesen Ring bringt Eurer Königin mit der Versicherung meiner Freundschaft und meines Schutzes." Auch davon war die Rede, wie Melville berichtete, daß Elisabeth auf ein baldiges Treffen mit ihrer guten Schwester hoffe, damit sie sich endlich von Angesicht zu Angesicht kennenlernen sollten. Alles deutete darauf hin, daß die Beziehungen zwischen den beiden Königinnen nicht inniger sein könnten.

Zurück nach Edinburgh. Maria erholte sich nur langsam. Nicht nur das Wochenbett, viel mehr noch Darnleys Betragen hatten ihre Kräfte bis auf den Grund aufgezehrt. Neuerdings spielte er die Rolle des Gekränkten im Wechsel mit der eines ungezogenen, launischen Kindes. Gewalttätig zu Untergebenen, auffahrend zu Gleichgestellten machte er sich immer unbeliebter, suchte Händel, wo er nur konnte, und witterte allerorten Unrecht, das ihm geschehe. Sich darüber zu beklagen, kam er dann zu Maria gelaufen.

„Ich bin doch der König", jammerte er, „Ihr müßt dafür sorgen, daß man mich als solchen achtet!"

„Achtung ist etwas", suchte Maria vergeblich zu erklären, „das ein jeder nur sich selbst verschaffen kann."

Kaum war der Juli vergangen und Maria einigermaßen wieder hergestellt, forderte Darnley seine ehelichen Rechte ein.

„Immer habt Ihr einen anderen Grund, mich nicht in Euer Bett zu lassen, obwohl ich Euer Mann bin und mich nach Eurer Liebe verzehre!" Diese Liebe, die weder Rücksicht noch Verständnis kannte, sich stattdessen in Schenken und Bordellen der Stadt austobte, erfüllte Maria längst mit Abscheu, und sie sann darauf, sich ihr zumindest noch eine gute Weile zu entziehen. Und sie fand einen geheimen Platz, der ihr diesen Aufschub gewähren sollte.

Stromschnellen

Zwischen Moor und Heide, von Birken und Fichten umstanden, lag einsam am Nordufer des Firth of Forth das Landgut Alloa im Besitz der Familie Erskine. Hier wollte Maria sich ein paar Tage in Ruhe erholen. Um kein Aufhebens zu machen, nahm sie nur die nötigste Dienerschaft mit sich. Von den vier Marys waren mittlerweile drei verheiratet, und eine – Mary Seton – hatte um einen längeren Urlaub gebeten, um ihre Eltern zu besuchen. So wählte Maria Gräfin Huntly zu ihrer Begleitung, die Mutter des begnadigten Huntly, und die Gräfin Argyll – beide Damen waren ihr zu vertrauten Freundinnen geworden – ferner den kleinen Pagen Antony Standen und – mehr zufällig – Lord Bothwell. Dieser erhielt den Auftrag, ein Schiff bereitzustellen und die Fahrt zu Wasser vorzubereiten, denn so weit wollte Maria noch nicht wieder reiten. In Alloa eingetroffen, sollte Bothwell sich sofort wieder zur Rückfahrt einschiffen, aber einer Laune folgend, forderte Maria ihn auf, zu bleiben.

„Das Haus ist groß genug", meinte sie und scherzhaft fügte sie an: „Einen weiteren männlichen Schutz können wir sehr gut gebrauchen."

Was steckte dahinter? Wohl kaum eine besondere Absicht, außer der, sich einen unterhaltsamen Gesellschafter zu sichern. Ereignisse im voraus zu berechnen, war ganz und gar nicht Marias Art. Sie entschied Situationen spontan und einzig nach gefühlsmäßiger Eingebung, weit davon entfernt, irgendwelche Folgen zu bedenken. Bothwell also blieb in Alloa.

Der August zeigte sich freundlich und beständig. Die Natur, satt und prall, war auf dem Punkt, ihre Früchte mit den Menschen zu teilen, reifes Korn wartete auf die Sichel, Beeren winkten rot aus dem Gebüsch, die Mägde pflückten ihre Schürzen voll Äpfel, Knechte wagten sich ans wilde Bienenvolk, ihnen die goldenen Honigwaben zu entreißen. Der junge Standen schoß Moorhühner für die Küche und warf die Angel aus, wo die Stromschnellen des Firth of Forth, hier nur ein schmaler Fluß, sich gurgelnd im Kreise drehten. Alles wuchs im Überfluß. Der Tisch war immer reich gedeckt, oftmals draußen im Schatten alter Bäume beim Gurren wilder Tauben, im Frieden einer vergessenen kleinen Welt.

Hier erholte Maria sich schnell. Das ländliche Leben, die Fürsorge ihrer gräflichen Damen, der fröhliche Übermut des kleinen Pagen und nicht zuletzt Bothwells zurückhaltende Anwesenheit, all das genoß sie und fühlte die innere Kraft von Tag zu Tag wieder wachsen.

„Laß mir ein Pferd satteln", gebot sie Standen alsbald, „ich will ausreiten."

„Die Pferde hier sind recht roh, nur wenig geritten . . . ich müßte eines von der Weide einfangen . . ." Der Page war offensichtlich besorgt.

„Dann lauf, Antony! Ich habe bisher noch jedes Pferd bezwungen."

Normalerweise wäre der Junge dem Befehl seiner Königin blind gefolgt, aber jetzt sah er sich hilfesuchend nach einem Bundesgenossen für sein Zögern um. Die Pferde, die einzig hier zur Verfügung standen, hatten monatelang weder einen Stall gesehen noch einen Sattel getragen. Andererseits war Maria, wie er wohl wußte, eben noch zu schwach gewesen, eine Feder vom Boden aufzuheben.

„Nun lauf schon", drängte Maria den Pagen, „ich erwarte dich in einer halben Stunde mit einem gesattelten Pferd. Und pünktlich, hörst du!" Im Bewußtsein, ihre Autorität wiederhergestellt zu haben, stieg sie die Freitreppe zum Haus hinan.

„Ihr werdet nicht reiten!" erscholl da eine gebieterische Stimme über den Hof. Maria glaubte ihren Ohren nicht zu trauen. Widerspruch nicht gewohnt, wandte sie sich auf der obersten Stufe abrupt um. Unten an der Treppe stand Bothwell. Warum wurde sie nicht zornig über seinen Einspruch? Nicht einmal Ärger verspürte sie, allenfalls Staunen über sich selbst. Jedem anderen, der ihr in diesem Ton eine Anweisung erteilt hätte, wäre ein empfindlicher Verweis, wenn nicht Schlimmeres sicher gewesen. Dieser Mann aber, der breitbeinig am Fuße der Treppe stand und ruhig zu ihr aufsah, vermittelte ihr vielmehr ein Gefühl der Geborgenheit. Er würde das Rechte tun und das ohne unterwürfige Katzbuckelei. Darauf vertraute sie.

„Nun, Bothwell . . . ?" fragte Maria fast sanft.

„Der Junge hat recht, Madame, die Pferde sind keinen Reiter mehr gewohnt, gehorchen keinem Zügel, Ihr aber, Madame, seid noch geschwächt. Ich werde eines der Pferde für Euch zurichten, dann mögt Ihr morgen reiten."

„Wenn ihr meint . . ."

„Bis morgen also: Und ich reite mit Euch. Dort draußen hat es Bär und Wolf und manches mehr . . ."

„Bis morgen also . . ." Wie betäubt trat Maria ins Haus. Die Kühle der steinernen Wohnhalle empfing sie, nur wenig Licht drang durch hohe, efeubewachsene Fenster, ein paar Sonnenkringel spielten zu ihren Füßen. Was war mit ihr geschehen? Sie glaubte am Rande eines Gewässers zu stehen, das sie geheimnisvoll anlockte. War es ein ruhiger See? Oder war es der Fluß unten mit seinen reißenden Stromschnellen? Sie sollte auf der Hut sein, vor trügerischer Tiefe ebenso wie vor den wirbelnden Wassern.

Zwei Pferde standen bereit, ein hochbeiniger Falbe und ein etwas stumpfnasiger Schecke, sauber, aber einfach gesattelt und gezäumt. Beide kauten, offenbar in ihr Schicksal ergeben, gehorsam am Gebiß. Bothwell wartete schon, tippte zur Begrüßung an sein braun samtenes Barett.

„Wir konnten keinen Damensattel finden", bedauerte er kurz angebunden.

„Das macht nichts. Ich bin beide Reitweisen gewohnt", räumte Maria verbindlich ein, „In Frankreich führte Katharina von Medici den Damensattel ein, weil eine Dame nicht mit gespreizten Beinen reitet", unwillkürlich gedachte sie der Schwiegermutter, die längst so kränklich war, daß sie nur noch mit der Kutsche fuhr, „aber die schottischen Männer hier, allen voran Knox, dieser Streiter für Zucht und Moral, empören sich, daß man ein Stück meiner Wade sähe, wenn ich im Damensitz reite." Sie lachte vergnügt auf. Und tatsächlich verriet auch das Gesicht Bothwells, daß der Konflikt ihn amüsierte.

Sie ritten an, zuerst in ruhigem Schritt, wählten den Weg am Fluß entlang, der sie fleißig plätschernd begleitete, das Wasser grün und klar, hier und da schaumig aufgerührt, wo Fels oder Untiefe seinen Lauf hemmten. Maria, den weiten geschlitzten Reitrock geteilt und züchtig über je ein Bein gebreitet, drückte die Schenkel an und gab ein Stück Zügel frei. Gehorsam trabte der Schekke an, ebenso der Falbe unter Bothwell.

„Ihr habt Wunder gewirkt an den Tieren", lobte Maria, „sie haben die Freiheit der Weide ganz vergessen . . ."

„. . . und sich der Reiterhand erinnert, die sie einmal gelehrt hat.“

„Ihr hattet sicher viel Mühe, Mylord, aber Ihr seid ja bekannt für unbeugsamen Willen und eine harte Hand.“

„Eine harte Hand, Madame? Die hätte bei Pferden wenig geholfen. Gefühl und Liebe zur Kreatur, das ist der einzige Weg.“

„Liebe und Gefühl? Das ist nicht, was man Euch nachsagt, Mylord!“

Sie hatte ihn herausgefordert, ganz nach Frauenart, nicht aber nach Art einer Königin. Und sie wußte es. Unwillig gab sie ihrem Schecken den Sporn und ritt ein Stück voraus. Doch Bothwell war sofort wieder an ihrer Seite.

„Was immer man mir nachsagt, Majestät, es hat Eurer Mutter selig geholfen, die südlichen Grenzmarken zu befrieden und zu bewachen! Da waren meine Unbeugsamkeit und meine harte Hand manches Mal gefragt und willkommen.“

Sie ritten eine ganze Weile schweigsam nebeneinander her.

„Wagen wir einen kleinen Galopp, Majestät?“ fragte Bothwell. Das war seine Herausforderung. Und sie nahm sie an.

„Gern. Dort den Hügel hinan!“

Der Hügel, dicht bestanden von Heidekraut in voller Blüte und steiler als gedacht, war dann ein gutes Stück Arbeit für die Pferdehufe. Aber auch Maria, noch nicht wieder ganz bei Kräften, beugte sich keuchend über den Hals des Schecken.

„Ihr seid wohlauf, Madame?“ fragte Bothwell schuldbewußt. Keine Frage, er hatte ihr zu viel zugemutet. „Bitte, Majestät, Ihr müßt ein wenig ruhen. Dort die Birkengruppe bietet Euch Schutz.“ Schon war er aus dem Sattel gesprungen und an ihr Pferd getreten. Er hob die Arme, bereit, ihr beim Absitzen behilflich zu sein. Maria, nach Atem ringend, blickte auf ihn nieder, mitten in diese dunklen, braunen Augen, in denen jetzt kleine goldene

Lichter tanzten. Langsam zog sie das rechte Bein aus dem Bügel und schwang es über die Kruppe des Pferdes. Plötzlich fühlte sie den Wunsch, sich in diese ausgebreiteten Arme gleiten zu lassen, ihre Kraft und ihren Schutz zu fühlen, sich an diese Brust zu lehnen, sich ihm ganz zu überlassen. Aber dann war es nur seine behandschuhte Hand, die sie auffing und stützte, bis sie mit beiden Füßen festen Grund gefaßt. Maria schämte sich ihres Wunsches und wandte das Gesicht zu Boden.

„Seid Ihr wirklich wohlauf, Madame?" kam nochmals seine Frage. Und da sie nicht Antwort gab, wagte er, sie zu berühren und sacht ihren Kopf anzuheben.

„Madame . . . Maria . . . ? Sein Gesicht war dem ihren ganz nah.

Er wird mich küssen, dachte Maria mit unverhofftem Jubel, ja sicher wird er mich küssen! Aber er küßte sie nicht. Er ließ sie los und trat einen Schritt zurück.

„Verzeiht, ich fürchtete schon . . ."

„Was fürchtetet Ihr?"

„Nun, Ihr seid noch schonungsbedürftig. Ich hätte nicht zulassen dürfen, daß Ihr schon reitet! Und überhaupt . . ."

„Ihr wart besorgt um mich?"

„Ja." Das kam schon wieder bärbeißig.

Maria gönnte sich ein paar Minuten der Ruhe. Bothwell sah nach den Pferden, hielt sich fern. Der Heimritt gestaltete sich dann recht wortkarg, jeder von ihnen hing seinen Gedanken nach.

Er hat mich nicht geküßt, überlegte Maria, sicher ist es besser so. Ich bin eine verheiratete Frau, eine Königin obendrein. Was aber war dann der Grund, daß sie sich bitter enttäuscht und grenzenlos einsam fühlte, den ganzen Weg entlang, den sie doch Seite an Seite mit ihm ritt, zurück in das romantische Landgut Alloa am wirbelnden, schäumenden Firth of Forth?

Mein Gott, dachte Bothwell, ich liebe diese Frau, seit ich sie das erste Mal sah. Damals in Frankreich als Braut des Franz von Valois ritt sie an mir vorbei, so wie sie jetzt neben mir reitet, und ist mir so fern wie eh und je. Sie ahnt nicht, daß ihr mein Herz so lange schon gehört, und soll es auch nicht erfahren, soweit meine Ehre und mein Stolz es gebieten. Erringe ich nicht ihre Liebe und bin ihr nur Kurzweil und Zeitvertreib, will ich lieber weiter darben und mich nach ihr verzehren ...

In plötzlichem Zorn gab er dem Falben die Sporen, und zugleich riß seine Faust am Zügel, so daß das Tier, nicht wissend, was es soll, kerzengerade stieg. Bothwell, sicher im Sattel, beruhigte es sofort.

„Hohoo, ruhig, ruhig mein Alter ... ist schon gut, mein Braver ..."

Maria wunderte sich wieder, wie sanft und zärtlich er klingen konnte.

Das Landgut, efeuumrankt und turmbewehrt, lag schon wieder in Sicht, als beide, Maria und Bothwell, eine gewisse Unruhe um Haus und Hof zu spüren glaubten.

„Ich weiß nicht, Majestät ..." begann Bothwell unsicher, „wir sollten uns beeilen ..." Sie trabten an und erreichten binnen kurzem das Hoftor. Die Unruhe teilte sich ihnen noch spürbarer mit.

Antony Standen wartete schon sichtlich nervös.

„Der König, Majestät, König Henry ist gekommen!" rief er und nahm die Pferde ab.

„Euer Gemahl ist wie von Sinnen", warnte ebenfalls Gräfin Huntly, „er glaubt, Ihr habt Euch vor ihm versteckt, Majestät."

Und schon hörte man Darnley rufen:

„Maria, verflucht sei sie! Maria!" Und sobald er ihrer ansichtig wurde, bellte er: „Und in Herrengesellschaft, sieh einmal an." Hatte er den weiten Ritt vielleicht noch nüchtern unternommen, so hatte er unterdessen jedenfalls den Weg in den Weinkeller gefunden. „In aller Heimlichkeit macht Ihr Euch davon", ging es in voller Lautstärke weiter, „einer läufigen Hündin gleich treibt es Euch fort!" Darnley, auf den Stufen der Freitreppe, nicht mehr ganz sicher auf den Beinen, schwang mit einer Hand eine

Weinflasche, mit der anderen holte er aus, als wolle er nach Maria schlagen. Aber der Schlag ging fehl, Darnley taumelte, Maria griff nach ihm, ihn zu stützen.

„Faß mich nicht an, Hure!" schrie Darnley außer sich vor Wut, und wie oft bei Trunkenen schlug seine Stimmung um ins Weinerliche. „Euren Ehemann laßt Ihr allein zurück, den Vater Eures Kindes . . ."

Eine solche Szene zog unweigerlich Neugierige an. Die Pferdeknechte ließen den Striegel fallen und gafften, der Melker kam aus dem Kuhstall, der Schweinehirt ließ die Säue, der Gänsejunge seine schnatternde Herde, auch die Dienerschaft aus Haus und Küche kam herbei, starrte mit offenem Mund. Der König schalt seine Königin, nicht viel anders als der Bauer sein Weib. Sowas bekam man nicht alle Tage zu sehen.

„Henry, ich bitte Euch. Wir stellen uns zur Schau."

Maria drängte Darnley ins Haus, aber seine Stimme, jammernd und schimpfend im Wechsel, drang weiter nach draußen. In der Halle standen ratlos versammelt Bothwell, die Gräfinnen und Antony. Bothwell wollte versuchen, Darnley handgreiflich wieder zur Räson zu bringen, aber Maria winkte ab.

„Dank Euch, Mylord. Ich will es noch einmal in Güte versuchen."

Sie nahm Darnley an die Hand und führte ihn ins Obergeschoß, wo ihre Zimmer lagen. Die Lauschenden unten hörten eine gute Stunde noch Verwünschungen, Flüche, Hohnlachen, dazwischen Marias leise Stimme begütigend, beschwichtigend, am Ende tränenerstickt.

„Wir müssen hinauf", begehrte Bothwell schließlich auf, „Ihre Majestät braucht unseren Beistand!"

Die Huntly und die Argyll wechselten einen Blick.

„Zügelt Euch, Mylord, nur noch wenige Minuten. Glaubt uns, sie ruft, wenn sie Beistand braucht", beruhigte Lady Huntly, und Lady Argyll fügte hinzu:

„Seit wir in Diensten Ihrer Majestät sind, gehören derlei Szenen zum Tagesablauf."

„Es ist entwürdigend!" entrüstete sich Bothwell.

„Da habt Ihr recht, Mylord, das ist es.“

In diesem Augenblick wurde oben eine Tür aufgerissen, und eine letzte Drohung erscholl, ehe Darnley die Treppe hinab und zum Haus hinausstürzte.

„Eins merkt Euch, Madame, mich werdet Ihr niemals wiedersehen!“

Draußen verlangte Darnley nach seinem Pferd, ließ sich in den Sattel helfen, grapschte fahrig nach dem Zügel und galoppierte davon.

„Was meint Ihr, wie weit wird er wohl kommen?“ rätselte Lady Huntly.

„Von mir aus bis in die Hölle“, brummte Bothwell.

Von oben, aus der offenen Tür, hörte man jetzt heftiges Schluchzen. Schon war Bothwell an der Treppe, beide Damen folgten ihm. Oben fanden sie eine bitterlich weinende Maria. Sie saß zusammengekrümmt auf einem Schemel in der Ecke des Zimmers.

„Diesmal wurde ich seines Auftritts nicht Herr“, schluchzte sie, „er will Schottland verlassen, sagt er, will im Ausland von Hof zu Hof ziehen, Klage über mich führen, in England, in Frankreich, Spanien gar. Will nicht zurückkehren, es sei denn an der Spitze einer Heeresmacht, um mich auszuräuchern, wie er sagt . . .“ Die Nerven verließen Maria zunehmend, sie schüttelte sich wie im Krampf und weinte wie ein Kind. Bothwell, unfähig weiter an sich zu halten, kniete bei ihr nieder.

„Bitte Majestät . . . bitte Maria . . .“

„Oh, Bothwell, es war schrecklich, so schlimm wie noch nie . . .“ Und plötzlich lag sie an seiner Brust, so wie sie es kurz zuvor sich ersehnt hatte, sein Arm hielt sie, und seine Hand fuhr tröstend über ihr Haar.

„Maria . . . Liebste . . .“ Er konnte nicht weiter an sich halten. Zu lange hatte er ihre Nähe gemieden, um sich nicht zu verraten, jetzt war es ihm nicht mehr möglich. „Maria, meine Maria . . . weine nur, weine! Ich bin ja bei dir . . .“ Er küßte ihre Stirn, ihre tränennasse Wange, ihren Mund. Maria, seinen Trost schlürfend wie rettende Medizin, schluchzte noch einmal auf und schlang dann beide Arme um seinen Hals. Endlich, dachte sie, endlich . . .

Lady Huntley, noch immer an der Tür, begriff, wovon sie ungebeten Zeuge wurde: Hier brachen Dämme, bahnten sich Fluten ihren Weg, die niemand mehr aufhalten konnte. Sie faßte Lady Argyll am Arm und zog sie mit sich fort.

„Kommt, meine Liebe, hier haben wir nichts mehr verloren."

„Das arme Kind", sagte Lady Argyll, „das Leben hat ihr noch nicht viel Glück beschert."

Die Damen zogen leise die Tür hinter sich zu. Von ihnen sollte die Welt kein Wort darüber erfahren, was sich heute auf dem Landgut Alloa ereignete.

Bedrängnis

Auch sonst sollte die Welt nichts davon erfahren, daß Bothwell und Maria Stuart ein Paar geworden waren.

Wer die Königin, zurück in Edinburgh, verändert fand, fröhlicher, fraulicher, leuchtender, der schob es auf die Mutterschaft. Sie zeigte sich häufig in der Öffentlichkeit, nahm an den Sitzungen des Staatsrates teil, wenn auch schweigsam und mit einer Handarbeit im Schoß.

Bothwell seinerseits hielt sich außer zu offiziellen Anlässen weitgehend zurück. Da mag zwischen beiden ein Blick gewechselt worden sein in Erinnerung an die süßesten Stunden ihres Lebens und der Gewißheit, von nun an zusammenzugehören. Kein Signal dieser Art aber drang nach außen, denn Maria hatte auf ihren Ruf zu achten, sie war eine verheiratete Frau. Und doch war sie es, die sich um ein Haar verriet.

Das Grenzgebiet im Süden Schottlands zu England hin war ein sehr wildes Land und das in jeder Hinsicht. Die Ausläufer der Cheviot Hills verloren sich in unübersichtlichen Torfmooren, wo Banden und Banditen sicheren

Unterschlupf fanden. Sie lebten von räuberischen Überfällen bis weit nach England hinein und von Viehdiebstahl auf den Weiden und Almen der Landbarone. Dem Einhalt zu gebieten, war Bothwells Aufgabe, und zwar sowohl als königlicher Statthalter der Grenzdistrikte wie auch als Landbesitzer weiter Strecken im Süden. In letzter Zeit waren die Verhältnisse dort unten so schlimm geworden, daß sogar Beschwerden Königin Elisabeths aus London eintrafen, ihre ‚liebe Schwester' Maria möge doch für mehr Sicherheit in der Region Sorge tragen. Maria setzte einen Gerichtstag in dem Städtchen Jedburgh an, nur fünfzehn Meilen von der Grenze entfernt, dem sie selbst vorstehen wollte. Das bedeutete etliche Wochen Abwesenheit von Edinburgh. Über eine erneute Trennung von ihrem Sohn machte Maria sich keine Sorgen, der befand sich nach wie vor in der Obhut des Earl of Mar, jenes John Erskine, dem sie so großes Vertrauen schenkte, ferner seiner Amme, Madame Reres. Allerdings ordnete Maria vor ihrer Abreise den Umzug des gesamten Hofstaates des kleinen Prinzen nach Stirling an, da sie selbst als Kind in Stirling aufgewachsen war und die ganze Anlage für moderner und zweckmäßiger hielt als das alte Kastell von Edinburgh.

Über eine Trennung von Bothwell aber machte sich Maria sehr wohl Gedanken. Ihn einfach mit in den vorgesehenen Kreis ihrer Begleitung zu befehlen, gab es keinen einsichtigen Grund. Ihn aber im Rahmen seiner angestammten Obliegenheiten abzukommandieren, das machte Sinn.

„Ihr begebt Euch in die Grenzmarken, Lord Bothwell, und seht zu, dieses Gesindel aufzustöbern", wies sie ihn im Beisein ihres Rates an, „und wessen Ihr habhaft werden könnt, führt Ihr mir in Jedburgh vor, damit ich ihn aburteile."

„Und das möglichst durch den Strick", mischte sich Moray ein, der seiner Schwester bei Gericht zur Hand gehen würde, „damit endlich ein abschreckendes Beispiel gegeben wird!"

Maria, grundsätzlich seiner Meinung, winkte dennoch ab. Sie lehnte die Todesstrafe ab, und Urteile dieser Art, die ihre Unterschrift trugen, waren noch sehr vereinzelt.

„Wir dürfen nie vergessen, daß oft Armut der Anfang dieser Diebereien ist", gab sie zu bedenken, wurde jedoch von den Herren der Schöpfung fast einhellig überstimmt.

„Was immer der Ausgangspunkt sein mag, Majestät, so machen diese Leute vor nichts mehr halt", war Maitland, ältestes Ratsmitglied, der Ansicht, und Bothwell aufgrund langjähriger Erfahrung dort unten im Süden warnte:

„Wir haben es mit ganzen Clans zu tun, wohlausgerüstet und bewaffnet wie eine Armee. John Elliot of Park ist der Schlimmste unter ihnen, das Blut an seinen Händen kommt gar nicht mehr zum Trocknen."

„Man sagt, auch Ihr hieltet Eure Leute wohlausgerüstet und bewaffnet einer Armee gleich, Lord Bothwell?" warf Maria mit verschmitztem Lächeln ein, da man sich derlei tatsächlich von Bothwells Territorien, seinen Erblanden, erzählte. Maria, die nicht nur von seiner geradezu sprichwörtlichen Körperkraft wußte, sondern auch seinen persönlichen Mut gegenüber jeder Art von Herausforderungen kannte, machte sich keinen Augenblick Sorgen um Bothwells Sicherheit. Er würde mit seinen Leuten in die Berge reiten, einen Räuberhauptmann nach dem anderen fangen und diese in Ketten, kaum daß sie selbst in Jedburgh angekommen, ihr zuführen, und dann würden sie gemeinsam zu Gericht sitzen, er an ihrer Seite, seinen Triumph auskostend.

Aber alles kam anders.

Das Quartier der Königin in Jedburgh war das sogenannte ‚befestigte Haus' mitten in der Hauptstraße, ihr reichliches Gefolge, darunter Maitland und Moray, wurde in der Nachbarschaft untergebracht. Auf einem provisorisch mit Fahnentuch ausgekleideten Thronsessel im

Unterstock des Hauses hielt Maria Stuart Gericht. Ein paar nichtige Fälle, Streitigkeiten, zu denen die Anwesenheit einer Königin nicht nötig gewesen wäre, hatte sie bereits absolviert, als draußen vor der Tür Stimmen laut wurden.

„Wer seid Ihr?" war die Frage der Wache auszumachen.

„Laßt mich durch. Ich habe Botschaft für Ihre Majestät, die Königin, persönlich zu überbringen."

So schnell war die Wache nicht zu überzeugen.

„Woher kommt Ihr?"

„Hermitage Castle. Das war ein weiter Ritt, Mann, laßt mich also endlich durch!"

Hermitage Castle war der südlichste Besitz der Bothwells.

Drinnen im Gerichtsraum wurde man hellhörig. Auch Maria begriff, in wessen Auftrag der Bote Einlaß begehrte. Ein Wink von ihr und er wurde eingelassen. Spuren an seiner Kleidung zeugten vom schnellen und weiten Ritt. Er durchquerte den Saal und näherte sich dem Thron ohne Beachtung gebührender Distanz. Seine Botschaft sollte nur das Ohr der Königin erreichen.

„Seine Lordschaft wird nicht kommen. Seine Lordschaft ist schwer verwundet."

Ehe Maria etwas sagen konnte, trat Moray hinzu.

„Was ist geschehen? Sprecht."

„Wir stellten die Leute von John Elliot of Park! Es kam zum Handgemenge. Schon wollten sie uns entkommen, da stellte Seine Lordschaft John Elliot zum Zweikampf. Es ging eine ganze Weile so, bis Seine Lordschaft über einen Stein stolperte. Elliot stieß sein Schwert in den hilflos Liegenden. Ob er seine Wunden überlebt . . . ? Ich weiß es nicht . . ."

„Habt Dank. Tretet ab", verabschiedete Moray den Boten. Maria hatte noch immer nichts gesagt, jetzt hob sie den Kopf und sah ihren Bruder an.

„Er wird sterben, James, ich weiß es . . . Bothwell wird sterben . . ."

Auch James sah sie an. Er brauchte in ihren Zügen nicht lange zu forschen, ihr Geheimnis lag offen zu Tage. Hatte sie auch leise gesprochen, so waren ihre Worte doch ein qualvoller Angstschrei. Seine Schwester liebte also diesen Bothwell, diesen ungestümen Draufgänger, Ehrenmann ohne Zweifel, und dennoch zwielichtige Gestalt. Und wer weiß, ob sie ihm nicht bereits mehr gewährte, als ihr Ruf und ihr Stand es zuließen? Moray beschloß für sich, alles zu tun, daß nur er allein und kein weiterer ihr Geheimnis teilte.

„Maria, ich bitte Euch . . . bewahrt kühlen Kopf. Bothwell wird genesen. Sobald wir unsere Geschäfte hier in Jedburgh beendet haben, reiten wir auf dem Rückweg bei ihm vorbei und werden ihn wohlauf finden. Ihr werdet sehen . . ."

„Wir reiten jetzt", fiel Maria entschlossen ihm ins Wort, „noch diese Stunde brechen wir auf."

Moray sah ihre fest aufeinander gepressten Lippen, ihre schmal gewordenen Augen. Er wußte, er mußte alles auf eine Karte setzen.

„Majestät", begann er fast sanft mit dennoch drohendem Unterton, „der Earl of Bothwell ist Euer treuer Untertan wie viele andere auch, ein wertvoller Ratgeber, mutiger Beschützer Eures Landes, zuverlässiger Verteidiger Eurer Rechte, aber nicht ein Deut mehr. Ihr werdet nicht überhastet an sein Lager eilen, Ihr werdet Haltung bewahren und zu gegebener Zeit wird Eure Majestät geruhen, Seiner Lordschaft einen Krankenbesuch zu machen."

Maria hatte verstanden. James wollte Schlimmes verhüten. Noch immer lagen ihre Blicke ineinander, aber Marias Züge entspannten sich langsam.

„Ach, James . . ." sagte sie nur und legte eine Hand auf die breite Spitzenmanschette seines brokatenen Ärmels, „bringt mich jetzt hinauf in mein Gemach, ich bitte Euch . . ."

Fünf Tage wartete Maria ab. Ein zweiter Bote hatte gemeldet, daß Bothwell am Leben, aber noch immer schwer mitgenommen sei. Endlich fand sich Moray bereit, Maria auf einem Ritt nach Hermitage Castle zu begleiten, ebenso ein Trupp Soldaten zu ihrer Bewachung und ein wegekundiger Führer. Dreißig Meilen bis nah an die englische Grenze lagen vor ihnen, dichter Wald, unwegsames Moor und streunendes Räubergesindel überall.

„Wir werden in Hermitage kein Unterkommen finden, also gleichen Tags zurückreiten müssen", gab Moray zu bedenken.

Hermitage, ein Kastell aus dem dreizehnten Jahrhundert, imposant und uneinnehmbar, war gewiß nicht zu gastlicher Aufnahme einer Dame gedacht. Abweisend in seiner quadratischen Form gab es nur glatte Mauern, Schießscharten statt Fenster, Räume und Säle, finster und feucht, nicht zum Verweilen einladend.

Aber wer hochschwanger auf der Kruppe eines Pferdes meilenweit einen nächtlichen Ritt durchhält, dem machen auch sechzig Meilen an einem Tag nichts aus.

„Gut, wir werden früh aufbrechen", quittierte Maria lediglich.

An einem klaren, schon fast frostigen Oktobertag des Jahres 1566, genaugenommen dem achtzehnten, brach der kleine Trupp frühmorgens auf. Der Wegekundige voraus, ein Halbdutzend Soldaten nach ihm, dann die Königin und Moray, ein paar wenige Damen und Herren ihr zur Seite. Unübersichtliches Gelände, schmaler Pfad zwischen wankendem Boden, trügerisch, gefahrvoll, nur im Vertrauen auf eine gesicherte Führung zu bewältigen. Endlich freies Feld, offenes Grün, weite Sicht, und dort Hermitage die Festung der Hepburns, Grafen von Bothwell.

Man schien Maria erwartet zu haben. Von grimmigen Kerlen, die Hellebarde geschultert, wurde sie über Höfe und Gänge, durch Flure und Stiegen bis zu einer trübseligen Kammer geleitet, darin ein einziges Bett. Erst als ihre Augen sich an das Zwielicht gewöhnt hatten, nahm sie die Umrisse eines Menschen unter Laken und Decken wahr.

„Bothwell . . . Mylord . . . ?“ fragte sie vorsichtig, und erst als zögernd Bewegung in die Laken kam, wagte sie, näher an das Bett zu treten. Dann sah sie sein Gesicht. Es schien ganz klein geworden, von Schmerzen zusammengezogen.

„Bothwell . . . Liebster . . .“ Nicht nur ihre Stimme, ihre Tränen verrieten sie, vor allem die Geste, mit der sie sich zu ihm niederbeugte, sprach von einer solchen Pein des Herzens, daß niemand mehr zweifeln konnte, daß hier eine liebende Frau um einen über alles geliebten Mann bangt. Doch Bothwell hob wie abwehrend eine Hand. „Euer Majestät haben die Güte . . .“ Das Sprechen fiel ihm schwer, aber die Absicht lag klar zu Tage. Er mahnte zur Vorsicht.

Doch Maria war nicht zurückzuhalten. Sie war nicht als Königin gekommen. Sie war bereit, alle Schranken zu durchbrechen.

„Nicht doch, Liebster, wir sind allein, Ihr und ich . . . unser Geheimnis bleibt gewahrt, glaubt mir . . .“ Sie neigte ihr Gesicht dem seinen zu, wollte es küssen, doch abermals las sie in Bothwells Augen Abwehr und Mahnung zur Vorsicht. Sein Blick schien an ihr vorbei ins Dunkel des Raumes zu deuten. Maria, seinem Blick folgend, wandte sich um. Hinter ihr stand Moray.

„James!“ rief sie unwillig, „Ihr seid nicht mein Schatten, daß Ihr mir überall folgen müßt!“

„Ich folge Euch, damit Ihr diesen Euren Schatten mit Namen nennen könnt, wenn es einmal heißt, die Königin von Schottland habe Lord Bothwell ohne Zeugen in seinem Schlafgemach besucht.“

Maria sah sofort ein, daß sie ihrem Bruder keinerlei Vorwurf machen durfte. Er hatte zu ihrem Schutz, wenn auch gegen ihren Wunsch, gehandelt. Umso mehr fühlte sie die Ohnmacht ihrer Gefühle. Sie war Gefangene ihrer ureigensten Überzeugung, nämlich mit allen Fasern Königin zu sein. Doch wie gerne wäre sie dies eine Mal nur Frau gewesen! Dann hätte sie diesen Mann in den blutgetränkten Laken pflegen und umsorgen können, ohne ihre Liebe für ihn vor irgendjemandem zu verstecken. Aber das durfte sie nicht. Sie war Königin und sie wollte es auch sein! So richtete sie sich denn auf und gab ihrer Stimme Festigkeit.

„Lord Bothwell, ich werde Euch von Jedburgh eine Sänfte schicken, die Euch abholt, damit Ihr in bessere Pflege gelangt."

„Ich bin Eurer Majestät zu Dank verpflichtet", antwortete Bothwell mit ebenso viel Festigkeit, „aber was ein echter Mann ist, der reist zu Pferd und nicht in einer Sänfte . . ."

„Ihr werdet mir gehorchen, Mylord", schloß Maria den Disput, während ihre Finger noch einmal zärtlich über seine Wange glitten, „reiten könnt Ihr wieder, nachdem der Wundarzt in Jedburgh das Seine getan hat!"

Maria brauchte all ihre Kraft, sich vom Bett des Kranken abzuwenden und Moray mit einem kurzen Lächeln Dank zu sagen.

„Ich bin bereit, James, reiten wir nach Jedburgh zurück."

Sie verließ die Kammer, ohne sich noch einmal umzusehen, aber das Bild der blassen, blutleeren Züge Bothwells nahm sie mit sich.

Sie erreichten Jedburgh erst wieder in stockfinsterer Nacht. Maria glitt erschöpft vom Pferd, Schwindel erfaßte sie, ihre Nerven versagten jeden weiteren Dienst. Man brachte sie zu Bett, aber kaum hatte Lady Argyll eine Decke über sie gebreitet, wurde Maria von heftigen Fieberschauern gepackt.

„Es war alles zu viel für Euer Majestät, der weite Ritt und dann . . ."

Die Lady sprach nicht aus, was ihrer Meinung nach außer der körperlichen Anstrengung die Königin zusätzlich belastet haben mochte, aber sie vermutete richtig, daß es nicht allein der weite Ritt gewesen war.

Gleich am anderen Morgen gab Maria den Befehl, eine Sänfte nach Hermitage zu senden, aber der Arzt, Doktor

Arnault, hatte in den nächsten Tagen weit mehr mit ihr zu tun als mit den Wunden des Earl of Bothwell. Maria wurde schwerkrank. Sie zeigte alle Anzeichen eines akuten Magengeschwürs wie Krämpfe, Ohnmachten, Erbrechen, also jener Krankheit, an der seelische Ursachen sehr wohl ihren Anteil haben. Um den Kreislauf stabil zu halten, verordnete Doktor Arnault stramme Wickel vom Hals bis an die Füße. Davon aber viel eher gebremst, pulsierte ihr Blut kaum mehr, und die Kranke versank immer von neuem in tiefe Ohnmachten. Tatsächlich rechnete man mit dem Schlimmsten, und Maria gab in einem wachen Augenblick bereits Anweisungen für den Fall ihres Ablebens.

„Gebt keine Gewalt in die Hände von Darnley", ermahnte sie ihren Bruder, „er würde sie nur mißbrauchen!"

Während der zehn Tage, die Maria so mit dem Tod rang, lag Bothwell mit ihr unter ein und demselben Dach, ohne daß die beiden sich sahen. Selbst eine Nachricht von Stockwerk zu Stockwerk zu senden, getrauten die Liebenden sich nicht, da nun außer den Damen Argyll und Huntly auch Moray ihr Geheimnis erraten hatte.

Am elften Tag ihrer Krankheit spie Maria eine große Menge schwarzen Blutes. Das Magengeschwür war offensichtlich durchgebrochen. Von da an trat eine rasche Besserung ein und kehrten ihre Kräfte allmählich zurück.

Hatte sich jedermann während ihrer schweren Krankheit um die Königin gesorgt, waren die Menschen nach Jedburgh geströmt, um sich nach ihrem Befinden zu erkundigen, so hatte einer darunter jedenfalls gefehlt: ihr Mann. Was war mit Darnley, ihrem Gatten? Hatte er seine Drohung, ins Ausland zu gehen, wahrgemacht? Nein. Bereits in Glasgow holte ihn das Machtwort seines Vaters ein, der ihn immerhin auf den Thron von Schottland gebracht und der ihm nun wohl mit erhobenem Finger seine Pflichten und Verfehlungen vor Augen hielt.

„Dein Verhalten ist wahrlich nicht das eines Monarchen", schalt Graf Lennox, „du treibst dich herum, suchst

Streit mit jedwedem, anstatt an der Seite deiner Königin ein gottgefälliges Leben zu führen!"

Lennox, der erste, der in der Öffentlichkeit seinen Sohn mit ‚Majestät' anredete, kanzelte ihn jetzt ab wie einen dummen Jungen. Und das tat für den Augenblick auch Wirkung. Darnley reiste nach Jedburgh, erreichte es allerdings erst, als der Hof schon fast wieder im Aufbruch war.

„Maria, meine Maria . . ." stammelte er unter Tränen, nachdem er ohne jede Anmeldung das Krankenzimmer gestürmt. „Ach, Maria, ich wußte ja nicht . . ."

Maria, noch recht blaß, saß in einem Sessel, und erschrak fast vor der Heftigkeit, mit der Darnley vor ihr niederkniete und seinen hübschen blonden Kopf in ihren Schoß wühlte. Diese weich fallenden Locken, die sie einst so geliebt und gern ihre Finger darin vergraben hatte, jetzt berührte sie sie nicht einmal.

„Was soll das heißen, Henry, wenn Ihr was gewußt hättet?"

„Daß Ihr krank wart, Maria, meine Liebste, ich wäre sofort zu Euch geeilt, aber ich . . ." Er wollte eben seine Ahnungslosigkeit nochmals als Entschuldigung anführen, als Maria seinen Kopf von ihrem Schoß stieß und ihre Stimme einen höhnischen Unterton annahm.

„Ganz Schottland, dessen König Ihr sein wollt, wußte von meiner Krankheit und bangte um mich, nur Ihr nicht! In welcher Schänke habt Ihr die Zeit verschlafen, während ich mit dem Tode rang? Und jetzt kommt Ihr, da ich dem Leben zurückgegeben, und wollt den liebenden Ehegatten spielen?"

„Maria . . ." schluchzte Darnley jetzt, „ich bitte Euch um Vergebung! Von ganzem Herzen bitt' ich Euch . . ."

„Ich wußte gar nicht, daß Ihr ein Herz habt, nicht seit Euer Dolch in Rizzios armem Körper steckte. Aber was die Verzeihung anbelangt . . ." Maria schien zu überlegen. Noch stand die Taufe des kleinen James Charles aus. Sie war entschlossen, diese Taufe zu einem großen, überwältigenden Fest zu machen, und die Anwesenheit des

Vaters war dabei von großer Wichtigkeit. Maria beschloß, einzulenken.

„Also gut, Euch sei verziehen, Henry. Vergessen wir die Vergangenheit. Doch muß ich Euch ernstlich ermahnen . . .“

Darnley ließ sie nicht ausreden. Überglücklich, so leicht davongekommen zu sein, schoß er sogleich wieder übers Ziel hinaus, umarmte Maria und preßte voller Inbrunst seine Lippen auf ihren Mund.

Entsetzt wehrte Maria ihn ab. Das war nicht die Art Versöhnung, zu der sie sich bereitgefunden hatte. Nach allem, was geschehen, wäre ihr eine körperliche Annäherung Darnleys von äußerster Pein gewesen. Der Kuß eben jetzt bewies es ihr aufs deutlichste.

„Nicht, Henry, nicht . . .“ stammelte sie, zu Atem kommend.

„Aber, Maria, meine Liebste“, triumphierte er stattdessen, „Ihr und ich, wir werden wieder glücklich sein, glücklicher als je zuvor . . .“

„Ihr vergeßt, daß ich noch sehr krank bin, Henry, Ihr werdet Euch, was das betrifft, noch eine Weile gedulden müssen.“

Die Ausrede der Krankheit kam ihr gerade recht, doch gestand sie sich insgeheim ein, wie wenig diese wohl gegolten, wenn Bothwell den Weg zu ihr herauf gefunden und sie zu küssen begehrt hätte.

„Hört zu, Henry“, versuchte Maria, eine annehmbare Regelung zu treffen, „überlaßt mich noch ein wenig der Ruhe, die ich bitter nötig habe. Reitet voraus nach Edinburgh. Ich folge Euch in kurzem nach. Dann soll alles seine Ordnung finden.“

Darnley, hinter ihren Worten keinerlei Falle witternd, war zufrieden. Sein Abschied fiel etwas weniger stürmisch aus, aber ein Stein war ihm doch vom Herzen: Er konnte seinem Vater melden, alles sei zum besten. Erleichtert, der Krankenstube zu entfliehen, warf er sich auf sein Pferd und jagte nach Norden. In Edinburgh würde ihm die Zeit kurz, da war er sich sicher.

Maria blieb erschöpft zurück. Ach, dachte sie und fühlte Tränen der Schwäche aufsteigen, ach Bothwell, Liebster, wenn es doch deine Lippen gewesen wären ... Dann nahm der Strom der Tränen unaufhaltsam seinen Lauf.

Skandal beim Fest der Taufe

Es wurde Ende Oktober, bis nicht nur Maria reisefähig war, sondern auch Bothwell sich dem Hof zur Rückkehr nach Edinburgh anschließen konnte. Er saß, wie es sich nach seiner Vorstellung für einen Mann gehörte, wieder im Sattel, Maria aber, die noch der Schonung bedurfte, reiste in einem Kutschwagen. So brachen sie mit allem Gefolge nach Norden auf, aber Holyrood war nicht ihr Ziel.

„Dort weckt jeder Winkel Erinnerungen an den armen Rizzio", hatte sie beizeiten abgewehrt und Schloß Craigmillar, eine ursprünglich zur Verteidigung Edinburghs gebaute Anlage, drei Meilen südlich der Stadt, für ihren weiteren Aufenthalt herrichten lassen. Dazu gehörte vor allem das Beheizen der mannshohen Kamine mit riesigen Buchenscheiten, denn als der lange Zug an Reitern und Kutschen Anfang November das neue Domizil erreichte, heulte bereits eisiger Herbststurm um die zehn Fuß dicken Mauern der Burg und trieb erste Schneeflocken vor sich her. Craigmillar, nach außen trutzig und abweisend, zeigte sich innen recht behaglich. Hier wollte Maria überlegen, was als nächstes in Angriff zu nehmen sei. Das war selbstverständlich erst einmal die Taufe des kleinen Prinzen, die bereits viel zu lange aufgeschoben war. Zwar hatte Maria ihren Sohn seit Wochen nicht zu Gesicht bekommen, aber die Mutterliebe einer Königin wurde an den Höfen früherer Jahrhunderte nicht nach der Nähe zum Kind gemessen. Viel wichtiger war, für seine Sicherheit sowie eine angemessene Erziehung zu sorgen, vor allem aber in jeder Hinsicht die Festigung seiner königlichen Position zu berücksichtigen. Daher sollte die Taufzeremonie mit allem nur denkbaren Aufwand durchgeführt werden.

„Die Welt soll aufhorchen, wenn mein Sohn über das Taufbecken gehalten wird", schwor Maria, „denn er ist der künftige König von Schottland!"

Aber leider waren wieder einmal die Kassen der Krone leer. Maria beschloß, eine Sondersteuer von zwölftausend Pfund zu erheben, und den damaligen Gepflogenheiten entsprechend murrte niemand dagegen. Darüber hinaus gewährte die Stadt Edinburgh einen erheblichen Kredit und das, obwohl die Taufe nach katholischem Ritus vorgenommen werden sollte. Maria gab Unsummen aus, um ihre Lords eigens für das Fest einzukleiden, Moray ganz und gar in Grün, den jungen Argyll in Rot und Bothwell in Blau. Dann gab es eine geheimnisvolle Panne, zu der die Geschichte die Aufklärung schuldig bleibt. Selbstverständlich wünschte auch Darnley entsprechend prächtig aufzutreten, und suchte zu diesem Zweck einen Schneider in Edinburgh auf.

„Macht mir ein Gewand von weißem Samt, über und über mit Juwelen besetzt."

„Majestät mögen mir verzeihen, aber ich bin bereits vollkommen mit Aufträgen ausgelastet und kann Euer Majestät daher nicht dienen", war die Antwort.

Darnley wandte sich an einen zweiten Schneider, der sich ebenso verhielt, dann an einen dritten, vierten und so weiter. Sämtliche Schneider Edinburghs weigerten sich, König Henry einzukleiden, so daß dieser suchen mußte, was sich in seinen Truhen einigermaßen Passendes fand. Maria steckte keinesfalls hinter dieser Intrige, denn ihr war an Darnleys Rolle als Taufvater besonders gelegen. Der Welt sollte erneut jeder Zweifel an der Legitimität des Täuflings genommen werden. Wahrscheinlich aber ist, daß Darnley bei den Lords längst derart unbeliebt war, daß diese die Schneider der Stadt schlicht bestochen hatten.

Maria ließ Einladungen an die Paten hinausgehen, wenn auch mit deren persönlichem Erscheinen nicht zu rechnen war: König Karl von Frankreich, Königin Elisabeth von England und der Herzog von Savoyen. Alle diese Herrschaften nahmen die Ehre der Patenschaft an und sandten ihre Vertreter mit reichen Geschenken, darunter ein Taufbecken aus purem Gold von Elisabeth.

Am 12. Dezember 1566 versammelten sich alle Beteiligten in Stirling Castle, wo der Kronprinz völlig ahnungslos in seiner Wiege schlief. Auch Darnley fand sich pünktlich ein. Maria begrüßte ihn mit aller Freundlichkeit, bot ihm vor aller Augen die Wange zum Kuß.

„Henry", sagte sie betont feierlich, „unser Sohn wird nun durch das Heilige Sakrament der Taufe in die Gemeinschaft der Christen aufgenommen, die Erbsünde von ihm genommen. Laßt es auch uns zum Fest der Versöhnung werden!"

Darnley aber begann sofort, Maria in zänkischem Ton Vorwürfe zu machen.

„Wie konntet Ihr die Königin von England zur Gevatterin bitten."

„Aber Henry, gerade ihre Freundschaft suche ich. Wir sind Nachbarn, und im Grenzland ist genug Blut geflossen."

„Ihr seid scheinheilig, Maria, weiß ich doch, daß Ihr es Euch am liebsten selbst auf dem englischen Thron bequem machen wollt!" Sein Ton war von einer Unverschämtheit, die es Maria schwer machte, ruhig zu bleiben.

„Es stimmt, daß ich mein Erbrecht auf den Thron von England niemals aufgeben werde, aber das heißt nicht, daß ich Elisabeth von ihm herabstoßen will!"

„Ihr haßt einander wie zwei heiße Hündinnen", zischte König Henry so nahe an Marias Gesicht, daß sie den Whisky in seinem Atem riechen konnte.

„Elisabeth hat mir ihren Freundschaftsring geschickt, und ich will alles tun, mich dieser Freundschaft würdig zu zeigen."

Darnley, unfähig, sich diesem Argument zu entziehen, setzte den Hobel an anderer Stelle an.

„Sie hält meine Mutter noch immer als Gefangene im Tower", schnaubte er, und diesmal war seine Erbitterung berechtigt. Nun mußte ein langjähriger Aufenthalt im Tower, demjenigen der Lady Lennox vergleichbar, nicht unbedingt einer düsteren Kerkerhaft ähneln. Für derlei Anlässe gab es recht angenehme, fast wohnliche Behausungen im weit angelegten Areal des Tower of London. Dennoch war es wünschenswert, daß Marias Schwiegermutter möglichst bald wieder auf freien Fuß gesetzt würde.

„In diesem Punkt stimme ich völlig mit Euch überein", lenkte Maria sofort bereitwillig ein, "aber glaubt mir, mein lieber Henry, auch um der Freiheit Eurer Mutter willen brauchen wir die Freundschaft Ihrer Majestät und sollten durch nichts ihren Unwillen hervorrufen."

Plötzlich verlor Darnley das Interesse am streitbaren Disputieren und war wieder nur der maulende kleine Junge.

„Und übrigens . . . ich habe ja nichts anzuziehen für dieses Tauffest!"

Maria, die von der Weigerung der Edinburgher Schneider schon gehört hatte, mußte unwillkürlich lächeln.

„Kommt, Henry", forderte sie ihn auf und faßte ihn am Ellenbogen, „laßt uns gemeinsam meine Schatullen durchsehen. Ein Dutzend Edelsteine und Broschen an Euer Wams genäht, dazu die schönsten meiner Federn an Euren Hut, sollt Ihr die Vornehmsten meiner Lords ausstechen."

Darnley, fürs erste getröstet, ließ sich fortführen.

Bis zum 17. Dezember waren sämtliche Vorbereitungen für das große Fest getroffen, Festessen, Maskenspiel und Feuerwerk waren bereit, eröffnet wurde der Tag mit der Heiligen Handlung selbst. Was es an katholischen Bischöfen in Schottland noch gab, war geladen, die Messe zu zelebrieren und die Taufe vorzunehmen. Die Türen

Der junge James VI., Sohn von Maria Stuart und Lord Darnley

zur Hauskapelle von Stirling Castle standen weit auf, als der Comte de Brienne, Vertreter des Königs von Frankreich, den Täufling auf seinen Armen feierlich zum Altar trug, und die Türen blieben offen, denn draußen standen die Protestanten, alle jene Mitglieder des Hofes, die der Kirk angehörten und denen per Gesetz die Teilnahme an katholischen Riten verboten war. Draußen aber stand auch der englische Abgesandte, Lord Bedford, der sich seinem Glauben getreu ebenfalls geweigert hatte, die Kapelle zu betreten, und das, obwohl die Bischöfe drinnen um jenes goldene Taufbecken versammelt standen, das seine Herrin, die Königin von England, geschickt hatte.

Als nächstes betrat Königin Maria die Kapelle. Welch zauberhafter Anblick, die noch so junge Herrscherin in einem silber gerüschten Kleid, angetan mit den schottischen Kronjuwelen, die Krone Schottlands auf dem Haupt. Ihre hohe Gestalt gab ihr etwas ganz besonders Majestätisches, wie sie dort hocherhobenen Kopfes dem Altar zuschritt. Der Stolz der Mutter, harmonisch vereint mit der selbstverständlichen Würde ihres Ranges, die lieblichen Züge der Jugend überstrahlt von der Ehrfurcht der Stunde, alles zusammen ein vollkommenes Bild. Und doch stimmte etwas nicht. An ihrer Seite hätte Darnley schreiten sollen, von ihm aber war nichts zu sehen. Fragende Blicke der Geistlichkeit, ob sie denn die Handlung hinauszögern, auf den König warten sollten? Das Befragen Umstehender im Flüsterton, die aber allesamt nur mit den Achseln zuckten. Ein Wink der Königin zu Moray an der Tür:

„Wißt Ihr, James, wo der König bleibt?"

Und Moray, mit mühsam unterdrücktem Fluch:

„Der Teufel weiß, welche Niedertracht dahintersteckt. Ich werde nachsehen gehen, Majestät."

Peinliches Umherstehen, umflutet von Orgelmusik und leisem Greinen des Säuglings, jetzt auf den Armen Lady Argylls, stellvertretend für Bedford. Endlich kam Moray zurück, mit leerer Miene und gleichfalls Achselzucken. Maria, jeden Muskel ihres schönen Gesichts unter Kontrolle, bat mit einem Lächeln die geistlichen Herren, die Heilige Taufe ihres Sohnes zu vollziehen.

Den anschließenden Tanz im großen Saal von Stirling Castle sollte planmäßig der König mit der Königin eröffnen, doch Darnley ließ sich auch weiterhin nicht blicken. So trat Moray auf Maria zu und verbeugte sich um einen Zoll tiefer als gewohnt.

„Würden Majestät mir die außerordentliche Ehre antun . . . ach verdammt, Maria, was hat dieser Mensch Euch da nur wieder für einen Streich gespielt."

„Was habt Ihr denn herausgefunden, James, was hat Henry gesagt? Ist er krank?"

Bruder und Schwester schritten die ersten Figuren des Tanzes.

„Seine Tür ist verrammelt. Von drinnen hört man nur höhnisches Lachen. Er triumphiert über Euch, wie er meint, aber ich denke, nun ist er einmal zu weit gegangen."

Moray klang ebenso verbittert wie entschlossen, und Maria überkam Furcht, was dieser Tag noch bringen würde.

Das weitere Programm des Festes verlief reibungslos, die Speisen schmeckten köstlich, Masken tanzten bis in die Nacht, und der Himmel erstrahlte von Myriaden platzender Lichter. Prinz Jakob von Schottland schlief längst wieder den nun sündenfreien Schlaf eines Mitglieds christlicher Gemeinde, aber sein Vater, Henry Darnley, König von Schottland, hatte sich nicht ein einziges Mal blicken lassen. Nicht nur Moray und sämtliche Lords mit ihm, sondern auch Maria waren der Meinung, daß nun das Maß voll sei.

Der Pakt der Lords

Zurück in Craigmillar Castle, nahe dem knisternden Kaminfeuer, versammeln sich die Königin und der engste Kreis ihrer beratenden Lords. Man rückt eng zusammen, behält Pelze an, läßt Mützen auf dem Kopf, denn draußen liegt winterlicher Schnee, und drinnen ist es kaum wärmer. Da sitzen sie: Moray, Maitland, Huntly, Argyll, Bothwell, Morton und unter ihnen ein neues Gesicht, Lord James of Balfour, den Maria zum Kastellan von Edinburgh ernannte, nachdem der Earl of Mar mit dem Kronprinzen nach Stirling übersiedelt war. Vor jedem steht ein Glas dampfenden Ales, um die Kälte zu vertreiben. Die Mienen der Lords sind erregt, grübelnd, fragend, kämpferisch. Es geht um Darnley. Die meisten von ihnen sind immer noch unversöhnlich gestimmt, da er während der Affäre Rizzio auf zwei Schultern getragen und sie letzten Endes verraten hatte. Jetzt aber geht es um seine Ehe mit der Königin von Schottland.

„Ihr könnt den Dingen nicht einfach seinen Lauf lassen, Majestät!“ meldet sich kühn als erster Lord Huntly, der jüngste unter ihnen. Maria, zutiefst verletzt über die neuerliche Konfrontation ihres Gatten, rätselt noch immer an deren Ursprung.

„Was in aller Welt war es diesmal, das ihn wieder den Gekränkten spielen ließ?“

Moray, der Darnley die Order Ihrer Majestät, Stirling zu räumen, hinterbracht hatte, gibt einen diesbezüglichen Hinweis.

„Angeblich hat Lord Bedford im Auftrag seiner Königin ihm die Anrede ‚Majestät‘ verweigert.“

„Und deswegen ein solcher Affront gegen mich, gegen den Prinzen, seinen Sohn, letztendlich gegen alles, wofür er eben diesen Titel beansprucht? Wie konnte er mir das nur antun?“

„Dummheit und Eitelkeit blockieren ihm das Hirn“, konnte Maitland sich nicht enthalten, halblaut zu äußern.

Balfour und Morton wechselten einen Blick des Einverständnisses.

„König Henry hat sein Recht als Monarch wie als Vater verwirkt, so meinen wir!"

„Der Himmel möge ihn strafen", murmelte Argyll, und Bothwell hielt unterm Tisch die Faust geballt.

„Ich wünschte, man könnte es von Mann zu Mann mit ihm austragen. Unser aller Blut steht für die Ehre der Königin."

„Keine Gewalt, Bothwell", mahnte Moray mit sanfter Vorsicht, „keine Gewalt! Wir müssen den Rechtsweg gehen . . ."

„Ihr denkt an Scheidung?"

„Scheidung . . . ?" warf zögernd Maria ein, „wir sind beide katholisch, Darnley und ich."

„Man könnte sich an den Papst wenden", überlegte Balfour in kirchlichen wie in juristischen Belangen bewandert, „aber das dauert . . ."

„Das würde einzig bedeuten", spann Maria den Faden weiter, „Annullierung unserer Ehe, und das wiederum Gefährdung der legalen Geburt meines Sohnes! Nein, wir müssen einen anderen Weg finden . . ."

„Eine Auslandsreise", warf schüchtern wieder Argyll ein, „allerdings weiter als nach England oder Frankreich, wohin er selbst ja schon zu reisen plante . . ."

„Soweit reicht der Globus nicht, weder nach Nord, nach Süd, West oder Ost, daß Darnley nicht erneut Unheil anrichtet", schnaubte Bothwell und schlug die noch immer geballte Faust auf den Tisch.

„Ich stimme Euer Majestät zu, mischt sich jetzt wieder Maitland ein, „es sollten ganz andere Wege beschritten werden!" Etwas an seinem Ton, obwohl besonnen und überlegt, warnte Maria.

„Es darf nichts geschehen, meine Herren", sagt sie und betont jede Silbe, „absolut nichts, was meiner Ehre zur Last fallen könnte!"

„Keinesfalls, Majestät, keinesfalls", versichert Maitland augenblicklich, „jede Maßnahme, die wir beschließen, muß vom Parlament gebilligt werden. Dafür stehe ich ein."

Endlich meldet sich Morton zu Wort, jener, den Maria nach dem Mord an Rizzio erst verurteilt, dann begnadigt hatte, und der daher nun zu ihren treuesten Anhängern zählte.

„Majestät sollten den Kopf nicht länger belasten. Wozu sind wir, die schottischen Lords, anderes da, als unsere Königin von der Unbill dieser untragbaren Last zu befreien? Vertraut auf uns, die wir uns Euer Majestät Freunde nennen dürfen, und rechnet mit unserer Treue und Ergebenheit als Euer Majestät ergebenste Diener . . ."

Das waren schwülstige Worte. Maria, müde vom Tag und auch schon beim zweiten Glas heißem Ale, war taub gegen gewisse Zwischentöne. Hatte nicht Morton schon einmal gelobt, sie von Unbill zu befreien, und war deswegen Rizzios blutiger Leichnam ihr auf den Schoß gesunken? Das alles schien jetzt so weit fort. Es ging um Darnley, und ihn zu ertragen, hatte sie keine Kraft mehr. Zum Glück gab es ja Freunde, auf deren Treue und Ergebenheit sie sich nur allzu gern verlassen wollte. Sie würden einen Weg finden, der rechtliche Maitland, der energische Bothwell und Moray, ihr Bruder. Sie vertraute ihnen. Aber jetzt war sie nichts als müde.

„Ich danke Euch, meine Herren Lords, und lege mein Schicksal für heute in Eure Hände. Ich ziehe mich zurück, um mich zur Ruhe zu begeben. Morgen ist ein neuer Tag, dann sehen wir weiter . . ."

Maria erhob sich, mit ihr sämtliche Herren. Auf einen Wink hin geleiteten ihre Damen die Königin aus dem Saal. Die Herren nahmen erneut Platz, Diener schenkten Ale nach, Pfeifen wurden angezündet. Bothwell war der erste, der wieder das Wort ergriff.

„Papier und Feder", forderte er energisch, „wir schließen einen Pakt!" Und kaum war das Gewünschte gebracht, begann er nun nicht mehr auf französisch: „Dear friends, ich denke, wir sind uns einig darüber, daß die Königin, unser aller Herrin, von diesem Schmarotzer

Darnley befreit werden muß." Ringsum anerkennendes Gemurmel, so daß Bothwell, fortfahrend, das Gesagte in seiner großen, präzisen Handschrift zu Papier brachte. Da war die Rede vom Zusammenhalt der Lords, von der Schmach die auch sie von Darnley erfahren, und der Notwendigkeit, sich seiner zu entledigen zum Wohle des Landes. Ferner betonte das Papier, auch einen letzten Ausweg nicht zu scheuen, das Gesetz zu seinem Zweck biegsam auszulegen, um einzig das gewünschte Ziel zu erreichen: Darnley mußte weg. Das Wort ‚Mord' stand nicht in den Zeilen. Es niederzuschreiben, hätte sich Bothwell nicht nur gesträubt, sondern zudem Zweifel gehegt, ob alle, die um den Tisch saßen, den Pakt – auf englisch den ‚Bond' – mit ihrer Unterschrift bekräftigt hätten.

So aber zeichnete jeder Anwesende das Papier ab. Klar und deutlich war nacheinander zu lesen:

James Douglas Graf von Morton, George Gordon, Graf von Huntly, Archibald Campbell, Graf von Argyll, James Balfour of Pittendreich, James Hepburn, Graf von Bothwell, nach einigem Zögern auch *James Stuart, Graf von Moray,* und schlicht: *William Maitland.*

Nachdem Bothwell weitere Stimmen für den Pakt gesammelt, fügten sich später noch an: *Andrew Graf von Ochiltree,* ein Vetter Bothwells, *Robert Graf von Boyd, George Graf von Seton* und endlich sogar *Patrick Graf von Ruthwen,* der Hauptschuldige an Rizzios Tod, dem Darnleys Kehrtwendung am meisten geschadet hatte. Sie alle waren zum einen bereit, sich Marias persönlicher Nöte anzunehmen, zum anderen aber, und das weit mehr, ihrem glühenden Haß gegen Darnley ein Ventil zu geben. Darnley hatte im Laufe der Zeit nicht nur jeden von ihnen beleidigt oder Streit mit ihm vom Zaun gebrochen, er hatte vor allem mehrmals sein Mäntelchen nach dem Wind gehängt, ob er nun mit ihnen den Mord an Rizzio geplant oder glaubte, über Marias Liebe die Macht wiedererlangen zu können. Der Krankheitsfall von Jedburgh hatte die Lords obendrein gewarnt, weder als König noch als

Regenten für seinen Sohn wollten sie Darnley auf Schottlands Thron sehen. So hatten sie denn einhellig alle unterschrieben, welche von ihnen mit Tinte und welche mit dem eigenen Herzblut, das mußte die Zukunft weisen.

Der Königin kam die Urkunde gar nicht erst zu Gesicht. Man ließ sie wissen, die Lords stünden geschlossen hinter ihr, sie von der Bindung an Darnley zu befreien. Eine Verhandlung mit dem Papst, die Ehe wegen allzu naher Verwandtschaft zu lösen, wurde erwähnt, die Legalität der Geburt ihres Sohnes vorausgesetzt, oder eine Scheidung nach den Gesetzen der Kirk. Jedenfalls aber sollte, so hatte man Maria eingehend versichert, nichts Ungesetzliches oder Verbrecherisches geschehen.

„Ich wünsche nicht, daß ihm irgendetwas geschieht, wodurch er Schaden erleiden könnte", hatte Maria betont, und Maitland war vorgetreten, die Königin zu beruhigen:

„Das Beste wäre, Euer Gnaden können sich entschließen, die Sache ganz von uns besorgen zu lassen . . ."

Und als Maria einen fragenden Blick zuerst auf Bothwell, dann auf Moray richtete, nickte ersterer ihr beruhigend zu, und letzterer, im Grunde peinlichst dem Gesetz und seiner Moral verschrieben, machte es soeben mit seinem Gewissen aus, dies eine Mal, wie man sagt, durch die Finger zu sehen.

„Euer Majestät können ganz beruhigt sein", sagte er und lächelte seiner Schwester zu.

Maria war beruhigt. Ihre Vertrauten, ihre Ratgeber, ihr Geliebter hatten ihr alle Verantwortung von den Schultern genommen. So glaubte sie wenigstens. Aber das Schicksal sollte sie ihr mit verdoppeltem Gewicht wieder auferlegen, ein Gewicht, das zu tragen ihre Kraft nicht reichte.

Reise nach Glasgow

Lord Darnley hatte Stirling Castle ebenfalls gleich nach der Taufe verlassen. Unsicher, wohin er sich wenden sollte, und vor der Wahl zwischen Vorwürfen der Königin und denen von seinem Vater, hatte er sich für Glasgow entschieden, den heimatlichen Gefilden der Familie Lennox.

„Du hast sehr töricht gehandelt", tadelte der Vater wie vorausgesehen, „anstatt die Lords auf deine Seite zu bringen, treibst du sie dazu, sich als Beschützer deiner Frau aufzuspielen. Mach sie dir zu Freunden. Du bist der König und hast einen Sohn! Dann geht es vielleicht eines Tages auch ohne Maria."

Wie süßes Gift träufelte Lennox die Versuchung in das Ohr seines Sohnes, aber so richtig tat es nicht seine Wirkung. Darnley liebte Macht und die Möglichkeit, anderen Menschen Befehle zu erteilen, er wollte geehrt und honoriert werden, die Bewunderung schöner Frauen genießen, Mittelpunkt einer Horde ergebener Saufkumpane sein, aber nicht Verantwortung tragen und an einen festen Pflichtenkreis gebunden sein. Und ohne Maria, so sehr sie ihn auch zu gekränktem Widerstand herausforderte, ohne Maria wollte er schon gar nicht sein. Nein, das Gift wirkte nicht in seiner Seele, aber die Dummheit verführte ihn, über die Gedanken des Grafen Lennox in den Kneipen und Schenken Glasgows zu schwatzen.

„Ich brauche keine Königin, sagt mein Vater, ich bin selbst ein König. Und mein Sohn wird auch einer sein."

„So, so", meinte der Wirt einer Kaschemme und setzte einen Krug schäumenden Bieres vor Darnley hin, „und was gedenkt Ihr also mit der Königin zu tun?"

„Das weiß ich nicht, das wird mein Vater richten . . ." war die Antwort aus aufsteigendem Nebel, der sich über sein Hirn legte, und typisch für Trunkenheit schlug seine Prahlerei in Tränen um.

„Ach, Maria", greinte er, „meine schöne, liebe Maria ..." Und schwer ließ er seinen Kopf auf die Tischplatte sinken.

Im Januar wird Darnley krank. Er zeigt alle Symptome der Syphilis, hohes Fieber, stechendes Kopfweh, Schmerzen in allen Gliedern. Er fühlt sich abgeschlagen und kann das Bett nicht mehr verlassen. Pusteln und Knötchen bilden sich auf seiner Haut, platzen auf wie Geschwüre.

Die Nachricht von Darnleys Krankheit erreicht Maria Mitte Januar in Craigmillar, als sie in fröhlicher Runde bei Tische sitzt.

„Ich muß sofort zu ihm", ruft sie und springt unwillkürlich von ihrem Sitz auf.

„Aber Majestät ... ?" war mehrstimmig raunendes Erstaunen zu hören.

„Haben Majestät denn vergessen ... ?" Mußte man die Königin erst daran erinnern, daß sie sich vor wenigen Wochen fest zur Trennung von Darnley entschlossen hatte?

„Noch bin ich mit ihm verheiratet! Eine Frau gehört an das Krankenbett ihres Mannes!"

Moray legte die Gabel, die er nach italienischem Muster gern zum Essen benutzte, an den Tellerrand und sah seine Schwester tadelnd an.

„Soweit ich weiß, dachte umgekehrt Darnley nicht im Traum daran, an Eurem Bett zu sitzen, als Ihr auf den Tod lagt."

„Das ist etwas anderes", wich Maria aus, nahm aber wenigstens wieder am Tisch Platz.

„Bedenkt sein Verhalten bei der Taufe", suchte nun Maitland Marias Gedächtnis aufzufrischen, „ich kann die Tränen nicht zählen, die Eure Majestät darum vergossen haben."

„Da mögt Ihr recht haben, Maitland, aber ich bin nicht gewillt, Böses mit Bösem zu vergelten. Darnley ist mein Mann. Ich fahre zu ihm."

Was war geschehen? Hatte Maria tatsächlich vergessen, wie sehr sie unter Darnley gelitten und daß sie dabei war, einen Ausweg aus der Ehe mit ihm zu suchen? War sie es nun, die den Lords in den Rücken fiel? Nein, keineswegs. Es war einfach so, daß Marias Auffassung von der Ehe so hoch angesiedelt war, daß sie in einem echten Gefühlsaufwand deren Erfordernissen nachzukommen suchte. Zu ihrer Vorstellung einer Ehefrau gehörte, ihrem fiebernden Mann fürsorglich die Stirn zu kühlen und um seine Genesung zu beten. So überzeugt war Maria von dieser ihrer Pflicht, daß sie sich in die erste Zeit ihrer Ehe versetzt sah, die Erinnerung an zärtliche Verliebtheit ihr die Hoffnung vorgaukelte, es könne davon doch noch etwas zu retten sein oder erneut zum Leben erweckt werden. Nein, sie mußte nach Glasgow. Ihr Herz war beseelt von diesem Wunsch.

„Gleich morgen breche ich auf", verkündete sie in einem Ton, der Widerspruch kaum mehr zuließ. Und dennoch erhoben sich weiterhin Stimmen, die genau das versuchten.

„Der Papst wird keinen Grund zu einer Annullierung Eurer Ehe sehen, wenn Ihr Euch so willig zeigt, an das Lager Eures Gatten zu eilen."

„Auch der Kirk gegenüber gehen uns damit die Argumente aus."

„Majestät könnten sich bei dem Kranken anstecken!"

„Es ist mitten im Winter, die Straßen sind kaum passierbar."

Dann eine Stimme scheinbar aus dem Gegenlager:

„Wenn Ihre Majestät es so wünscht, soll sie nach Glasgow reisen. Aus gutem Herzen kommt auch immer eine gute Entscheidung. Und über ein solches Herz verfügt Ihre Gnaden in vollem Maße." Das kam von Bothwell. Alle sahen zu ihm hin und fanden ihn zufrieden an einem Stück Hirschkeule kauend. „Und wenn Euer Majestät es wünschen", fügte Bothwell hinzu und wischte bedächtig seine Finger am Tischtuch ab, „werde ich zur Verfügung stehen, Euer Majestät zu begleiten."

„Ich danke Euch, Bothwell, aber ich reise diesmal nur mit kleiner Bedeckung.“

„Das ist sehr zu loben, Majestät, zumal Euer Majestät sicherlich auch sogleich zurückkehren werden . . .“

„Zurückkehren . . . sogleich . . . ?“ Über die Dauer ihres Aufenthaltes in Glasgow hatte Maria noch nicht nachgedacht.

„Nun“, meinte Bothwell leichthin, „Glasgow ist weit entfernt von Edinburgh, und Majestät werden in Edinburgh gebraucht. Eine Pflege des Kranken hier auf Craigmillar oder Holyrood wäre weit sinnvoller und besser mit Euer Majestät Obliegenheiten zu vereinbaren.“

„Ihr habt recht, Bothwell!“ Maria war sofort von seinem Einwand überzeugt. „Ich werde eine Sänfte mitführen und Darnley mit hierher zurücknehmen.“

Bothwell war zufrieden. Die Reise nach Glasgow an sich paßte gut in seine Pläne, die Welt sollte die königliche Ehe im Lichte nahender Versöhnung und Einigkeit sehen. Andererseits durfte Darnley, was immer die Lords über ihn beschließen würden, sich nicht allzu fern von Edinburgh, und schon gar nicht nahe der Machtbefugnisse seines Vaters aufhalten. Längst war Bothwell, der seine Horcher überall hatte, zu Ohren gekommen, was dem Grafen Lennox im Kopf herumspukte.

Am 20. Januar war Maria reisebereit. Sie selbst wollte ihren Zelter reiten, der sie mühelos auch über schneeverwehte Straßen tragen würde, die mitgeführte Sänfte hatte an langer, durchgehender Deichsel zwei Tragepferde, eins davor, eins dahinter, die allerdings, zumal wenn ein Kranker darin lag, nur Schritt gehen konnten. Begleitung und Bedeckung machten diesmal kaum ein Dutzend Reiter aus.

Maria verließ eben ihre Räume, um aufzubrechen, nahm die steinernen Stufen einer Wendeltreppe, die direkt zum Burgtor führte. Ihr pelzgefütterter Reitrock schleifte von Stufe zu Stufe hinter ihr her, unten angekommen nahm sie den Saum auf und warf ihn sich über den Arm. Und da stand Bothwell. Entschlossen trat er ihr in den Weg.

„Auf ein Wort, Majestät . . ." Er sah sich prüfend um, und da er niemanden gewahrte, der ihn hören konnte, rief er sie bei Namen.

„Maria . . . ehe Ihr aufbrecht . . . hört mich an."

„Ach, Bothwell... daß ich Euch noch sehe... allein..." In Marias Augen flammte unversehens Freude auf. „Auch ich muß Euch etwas sagen, aber sprecht zuerst Ihr."

Bothwell, plötzlich von Gefühlen übermannt, die strikt zu unterdrücken er sich so sehr vorgenommen hatte, packte sie am Arm.

„Maria, reist nicht nach Glasgow, ich bitte Euch."

„Nicht nach Glasgow?"

„Nicht zu Darnley."

„Nicht zu Darnley? Aber Ihr habt selbst mir zugeredet."

„Ja, ja, weil einzig Ihr Darnley überreden könnt, Euch hierher zu folgen . . ."

„So sagtet Ihr, und darum reise ich und führe eine Sänfte mit."

„Und werdet Euch mit ihm versöhnen?" Jetzt war es heraus. Die Erfordernisse eines Vorgehens gegen Darnley, welcher Natur sie auch sein mögen, hatten Bothwell die Reise gutheißen lassen, sein Männerstolz aber lehnte sich auf gegen die Möglichkeit, Maria, die er selbst ja erst halb gewonnen, an Darnley wieder zu verlieren. Und zu seinem größten Erstaunen lachte Maria ihm frei und fröhlich ins Gesicht.

„Bothwell", lächte sie und faßte ihrerseits seinen Arm, „Ihr seid eifersüchtig. Kein schöneres Abschiedswort könnt Ihr mir geben, als daß Ihr mich einem anderen nicht mehr gönnt . . . nicht seit Ihr und ich . . . ? Ist es so?" Bothwell wollte sprechen, erklären, sich verteidigen, aber Maria ließ ihn nicht zu Wort kommen. Das Lachen war einem beschwörenden Ernst ihrer bernsteinfarbenen Augen gewichen. „Ich fühle doch wie Ihr, genau wie Ihr, wißt Ihr das nicht?"

„Oh, Maria, so werdet Ihr Eure Ehe also nicht wieder aufnehmen?"

„Nein, Bothwell, sicher nicht, ich will nur meine Pflicht tun. Darnley ist mein Mann. Er ist krank. Ich muß mich um ihn kümmern."

Das Gewitter, das sich in Bothwells harten Zügen zusammengebraut hatte, entspannte sich langsam. Er sah sie mit dem Ausdruck größter Zärtlichkeit an und fuhr langsam mit seiner breiten Hand über ihr Haar.

„Dann ist alles gut", sagte er leise, „dann ist alles gut." Doch plötzlich kam noch einmal helle Wachsamkeit in seinen Blick zurück. „Aber Vorsicht, Maria, Glasgow ist ein gefährlicher Ort." Und da jetzt Schritte zu hören waren, vermutlich Diener, die die Königin geleiten wollten, setzte er hastig hinzu: „Es ist Graf Lennox, Euer Schwiegervater, der den Ort für Euch gefährlich macht!"

Maria, halb schon dem Tor zugewandt, wo ihre Begleitung bereits aufgesessen auf sie wartete, hob fragend die schmalen Brauen.

„Mein Schwiegervater? Was wißt Ihr von ihm?"

„Nichts Gutes, Majestät, er plant Verrat!" In aller Eile berichtete Bothwell, was er wußte, in Wahrheit kaum mehr als Gerücht und Gerede. „Nehmt Euch in Acht, Majestät, traut niemandem und kehrt heim, so schnell Ihr könnt."

„Das werde ich, mein Lieber, das werde ich . . . und seid bedankt für Eure Warnung." Die Pelzmütze tief in die Stirn gezogen, wärmendes Pelzwerk um die Schultern, ließ sie sich in den Sattel helfen, winkte noch einmal zurück und ritt an. Schnee knirschte unter den Hufen ihres Zelters.

Den ganzen Ritt von Craigmillar nach Glasgow quälte Maria sich mit Fragen: Wie würde Darnley auf ihr Kommen reagieren? Würde er sich bereit finden, mit ihr zurückzukehren? Oder würde er weiter die Rolle des Gekränkten spielen? Sich böswillig und widerspenstig zeigen wie in letzter Zeit so oft? Unmöglich, die Stimmung dieses labilen, leichtfertigen Jungen vorab zu erahnen. So war Maria denn auf alles gefaßt, als sie am 22. Januar das Schloß von Glasgow betrat. Sie wurde sofort zu dem Kranken geführt, der in einem prächtigen Pfostenbett auf seidenen Kissen ruhte, das Gesicht mit einer schwarzen Halbmaske bedeckt.

„Maria?“ rief er ungläubig, da er nur durch die Schlitze der Maske sehen konnte, und dann voller Freude nochmals: „Maria! Ihr seid zu mir gekommen, Maria, eigens zu mir?“ Spontan streckte er beide Arme nach ihr aus, aber Maria hielt sich außer Reichweite.

„Ihr tragt eine Maske, Henry? Ist Euer Gesicht so stark befallen, daß Ihr es nicht zeigen mögt?“

„Euch mag ich's zeigen, Ihr seid meine Frau und habt mir Liebe geschworen in gesunden wie in kranken Tagen!“ Mit einem Ruck riß er die Maske herunter. In seinem breiten Grinsen war schon wieder ein Teufel versteckt, denn es schien ihm Freude zu machen, Maria seine mit Geschwüren bedeckte Wange hinzuhalten. „Wollt Ihr sie nicht küssen, Liebste? Man küßt doch seinen Mann zum Willkommen oder nicht?“

„Henry“, begann Maria, um Fassung ringend, „ich bin aus Sorge um Euch gekommen und will Frieden schließen. So benehmt Euch wie ein Gentleman, dies eine Mal, ich bitt' Euch!“

Ganz plötzlich begann Darnley zu schluchzen. Er schien aufrichtige Tränen zu weinen, die ihm über die von Eiter zerfressenen Wangen liefen.

„Verzeiht mir, Maria, verzeiht mir . . .“ schluchzte er, „Ich hab' mich so nach Euch gesehnt, und nun, da Ihr vor mir steht, fällt mir nichts anderes ein, als Euch zu beleidigen . . . ach, Maria . . .“

Er verbarg sein Gesicht in den Kissen und überließ sich hemmungslos seinem Stimmungsumschwung.

Maria beugte sich über ihn und legte ihre Hände auf seine bebenden Schultern.

„Beruhigt Euch, Henry“, tröstete sie mütterlich, „ich will Euch ja gut sein, nur macht Ihr mir's nicht leicht . . .“

Darnley hob den Kopf und schnell getröstet, wie es nur Kinder sind, wischte er sich mit dem Laken über die Augen.

„Ach, Maria, kann nicht wieder alles so sein wie früher? Ihr und ich? Ich weiß, meinem Vater wäre es nicht recht, wenn ich mich mit Euch versöhne. Er sagt, ich kann auch König sein – ohne Euch. Er sagt, Ihr seid nur eine Frau, und hochmütig wärt Ihr obendrein . . . aber ich liebe Euch immer noch und will Euch, hier in meinem Bett will ich Euch . . . meine liebe, meine schöne einzige Maria . . .“ Er konnte die Flut seiner Worte nicht mehr zurückhalten, grapschte nach den Falten ihres Kleides und klammerte sich greinend und bettelnd darin fest. Maria hatte sich erhoben und blickte mit Schaudern auf den sich Windenden, der eben erneut von seinen Tränen fortgeschwemmt wurde. Aber sie wußte jetzt Bescheid. Bothwell hatte mit seiner Warnung recht gehabt. Lennox plante etwas gegen sie, die Königin. Darnley an ihrer Seite zu wissen, bot ihr jetzt eher Schutz.

„Hört mir zu, Henry“, unterbrach Maria die tränenreiche Beichte, „Ihr kehrt mit mir zurück. Ich werde Euch gesundpflegen und für Euch sorgen. Wir nehmen in Craigmillar Wohnung . . .“

„Nein, nicht Craigmillar!“ kam scharf der Einwurf von Darnley.

„Nun gut, wenn nicht Craigmillar, dann eben Holyrood . . .“

„Auch nicht Holyrood! Ich hab' ein Haus ganz nahebei, nur ein Steinwurf von Holyrood, klein, aber wohnlich, ein trautes Heim für Euch und mich!“

„Wie in aller Welt, Henry, kommt Ihr zu einem Haus?“

„Mein Vater hat es gemietet“, kam stolz die Auskunft.

„Euer Vater? Und von wem hat er das Haus gemietet?“

„Von Lord James Balfour.“

„James Balfour?“

„Ja. Er überließ es uns zu einem guten Preis.“

Plötzlich war Maria voller Argwohn. Lennox hatte ein Haus gemietet, lange bevor sie die Absicht hatte, Darnley nach Edinburgh zu holen. Ein Haus für sie und Henry, obwohl er offenbar gegen sie insistierte. Und wie kam James Balfour ins Spiel, den eben erst die Lords in ihr Vertrauen zogen? Maria kam sich vor wie auf schwankendem Boden. Sie mußte Bothwell davon erzählen. Und Moray. Und zwar so schnell wie möglich.

Am 1. Februar 1567 war Maria Stuart zurück in Edinburgh, mit ihr, liegend ausgestreckt in der Sänfte, Darnley. Maria brachte ihren Patienten in dem kleinen gemieteten Haus unter, das man Kirk o'Field nannte nach den Ruinen eine Kirche, die ganz in der Nähe stand. Sie ließ ihn in der Obhut ihres Leibarztes, sowie eines Subjekts namens Thomas Crawford, einer Mischung aus unterwürfiger Kreatur und rüpelhaftem Kumpan, der in Diensten der Familie Lennox stand. Maria selbst eilte nach Craigmillar weiter, wo sowohl der gesamte Hof als auch die beratenden Herren ihrer ungeduldig harrten.

„Bittet sofort Lord Moray zu mir", wies sie einen der Hofleute an, die ihr aus dem Sattel halfen, „ich habe dringend mit ihm zu sprechen."

„Vergebung, Majestät, aber Seine Lordschaft ist abgereist."

„Abgereist? Dann soll Lord Bothwell zu mir kommen! Aber rasch."

„Lord Bothwell ist ebenfalls abgereist, Majestät, beide Herren haben sich auf ihre Güter begeben."

„So, so, beide Herren . . ." Maria, selten von Zorn übermannt, röteten sich die Wangen vor Ärger. „Maitland soll zu mir kommen. Sofort!" Mit jemandem mußte sie über ihre Reise nach Glasgow und jene krausen Andeutungen aus Darnleys Mund sprechen. Dann sollte es eben Maitland sein.

Das Rätsel von Kirk O'Field

Noch immer verärgert über die Abreise ihrer beiden vertrautesten Ratgeber, beschloß die Königin, in Craigmillar ihre Zelte abzubrechen.

„In Holyrood bin ich näher an diesem seltsamen Haus, das sich Darnley nun einmal in den Kopf gesetzt hat, und kann mich besser um seine Pflege kümmern."

Wenn man sich erinnert, daß ja auch Franz von Valois die meiste Zeit ihrer gemeinsamen Jugend und Ehe Marias aufopfernder Krankenpflege bedurfte, kann man darin sicherlich eine generelle Erklärung für ihre eheliche Pflichtauffassung finden, unabhängig von dem Wunsch, die Verbindung mit ihm zu lösen. Also kehrte der ganze Hof mit Sack und Pack nach Holyrood zurück. Maria suchte tapfer, die Gespenster der Erinnerung zu bannen und zog wieder in die getäfelten Stuben im Wohnturm ein.

Nach ihrer Ankunft begab sich Maria als erstes nach Kirk O'Field hinüber. Das zweistöckige Haus lag abgeschieden in einem großen Garten mit Obstbäumen, aber noch innerhalb der Stadtmauern von Edinburgh. Durch eine niedere Pforte in der Mauer führte ein schmaler Wiesenpfad direkt nach Holyrood, ohne daß man die von Soldaten bewachten Stadttore passieren mußte.

Diesen Weg benutzte auch Maria, um nach Darnley zu sehen. Sie ging allein, es war ja nicht weit. Ein scharfer Wind hatte allen Schnee fortgeblasen, aber es war kalt an diesem 9. Februar 1567. Hier und da blakten die ersten Lichter der Stadt in den frühen Abend. Auch zwei Fenster im Erdgeschoß des Hauses Kirk O'Field waren beleuchtet und schienen Maria vertraulich zuzublinzeln. An der Haustür begegnete ihr der Arzt, Doktor Arnault, von ihr beauftragt, sich des königlichen Kranken anzunehmen. Doktor Arnault wollte soeben das Haus verlassen und schlug den Kragen seines Umhangs hoch, aber seine Miene verriet nichts Gutes.

„Nun Doktor, wie geht es unserem Patienten?" sprach Maria ihn an.

„Wenn Euer Majestät die Krankheit meinen", brummelte Arnault und zog den Hut, „so kann man mit dem Patienten zufrieden sein, aber sonst . . ."

„Aber sonst . . .?" Maria brauchte nicht länger zu rätseln, was den Doktor so ärgerlich stimmte. Grölende Stimmen, vereinzelt Lachsalven und das Jaulen eines Hundes drangen aus dem Haus.

„Vielleicht sollten Majestät doch besser nicht . . ." versuchte der Doktor, die Königin zurückzuhalten, aber Maria drehte entschlossen den Knauf der Haustür und trat ein. Hinter einem schmalen Windfang lag ein einziger großer Raum. Die rechte Seite wurde von einem mannshohen Kamin eingenommen, in dem ein Stoß brennender Buchenscheite eine fast erstickende Hitze verbreitete. An der linken Wand stand ein riesiges Bett auf Löwenpranken, ein grüner Samtvorhang war um das Kopfende drapiert. Dort lag Darnley, die seidene Maske über dem Gesicht, ganz offenbar krank, aber umgeben von einem Halbdutzend seiner Saufkumpane, allen voran Diener Crawford. Zwei von Darnleys Jagdhunden teilten das Bett mit ihm, es roch nach Bier und Schweiß, entsprechend ließ die Reinlichkeit zu wünschen übrig.

„Seht her!" brüllte Darnley, kaum daß er Maria bemerkte, „seht her, meine Königin kommt! Welche Ehre, welche Freude für den siechen Gatten!" Er erstickte fast vor Lachen. „Tretet ein, meine Schöne, ich bin begierig, Euch zu umarmen, wie es das Recht gebeut!" Seine Ironie verletzte Maria fast noch mehr als das unwürdige Bild, das er bot.

„Ihr seid krank, Ihr solltet nicht trinken", rügte sie trotz der Aussichtslosigkeit der Rüge.

„Ihr seid besorgt um mich, meine Königin?" tat Darnley äußerst erstaunt und brach erneut in Lachen aus. Und plötzlich wurde er böse. „Macht, daß ihr rauskommt!" schrie er die Kumpane an, „und du, Crawford, nimm die Hunde raus! Aber schnell!" Kaum hatten Männer und

Hunde hastig und einander drängelnd durch eine hintere Tür den Raum verlassen, wandte Darnley sich im gleichen Ton wieder an Maria. „Kommt gefälligst näher, Madame, und seht mich an. Dieses Gesicht hat Euch einmal sehr gefallen." Damit riß er die Maske herunter. Stirn und Wangen waren mit kaum verheilten Schwären übersät. Voller Abscheu verharrte Maria unbeweglich unterm Türrahmen. Am liebsten hätte sie kehrtgemacht und wäre geflohen, hinaus in die frische, kalte Nachtluft. Aber sie war gekommen, sich als mustergültige Gattin zu zeigen, einmal wie es sich ihrer Überzeugung nach gehörte, zum anderen aber hatte sie seit kurzem einen gewichtigeren Grund. Sie war schwanger. Die Wochen des Aufenthaltes in Craigmillar, während denen Bothwell ihr täglich nahe gewesen, hatten gegen alle beidseitige Willensstärke hin und wieder eine schwache Stunde beinhaltet. Daß diese nicht ohne Folgen geblieben, darüber war Maria sich seit wenigen Tagen sicher. Das Kind einer Königin aber durfte kein Kind der Liebe sein. Es brauchte einen Vater und einen Namen, und zwar den des Königs. Daher war sie gekommen, sich mit Darnley zu versöhnen. Allerdings mußte sie sich dazu dreifach überwinden, das Versprechen brechen , das Bothwell ihr beim Abschied abgenommen, den Abscheu gegen Darnleys Zustand bezwingen und sich ihm ohne Liebe geben. Maria war entschlossen, diesen Weg zu gehen. Also machte sie, scheinbar seinem Befehl gehorchend, einen Schritt ins Zimmer, einen weiteren nahe ans Bett. Doch der Anblick, der sich ihr bot, nun aus allernächster Nähe, lud nicht gerade zu einem Schäferstündchen ein. Darnley, Marias Willfährigkeit bemerkend, streckte sehnsüchtig beide Arme nach ihr aus, seine Finger verkrallten sich im Ärmel ihres Kleides und suchten sie näher zu sich heranzuziehen.

„Vergebt mir, Maria", bettelte er, „vergebt mein unbeständig Wesen, die Beleidigungen, die ich Euch zugefügt, vergebt Hohn und Hurerei und manchen Becher, den ich zuviel geleert . . . aber seid wieder meine Maria, meine Frau ..." Voll Selbstmitleid und weit davon entfernt, nüchtern zu sein, fing er wieder zu weinen an. Ein Rinnsal von Tränen und Speichel tropfte ihm vom Kinn, sein Atem schlug ihr entgegen wie Höllendunst. „Kommt, so kommt doch ..." stöhnte er. Maria spürte unübersteigbar eine Wand von Widerstand in sich aufsteigen.

„Nein!" glaubte sie zu schreien, „nein, ich kann es nicht!" Aber kein Laut war zu hören. Sie richtete sich steif auf und schluckte an ihrem Ekel. Aber als sie dann sprach, klang es warm und mütterlich.

„Der Doktor sagt, Ihr dürft keinerlei Anstrengung haben, Henry! Werdet erst einmal gesund, dann wird alles wieder gut ..."

„Auch zwischen Euch und mir?" fragte er begierig, „ich meine so, wie es früher war ... ?"

„Ja, Henry, so wie es früher war!" Maria strich ihm übers blonde Haar, das sich so hübsch über den Schläfen lockte. Die Zärtlichkeit der Geste kam ihr aus ehrlichem Herzen. „Ihr müßt jetzt ruhen, Henry. Ich komme morgen wieder, nach Euch zu sehen."

„Und Ihr bleibt dann bei mir? Ich meine über Nacht?" Nur den Bruchteil einer Sekunde Zögern auf Marias Seite, dann frank und frei die Zusage.

„Ja, Henry, dann bleibe ich bei Euch ... über Nacht. Bis morgen also. Gehabt Euch wohl." Noch einmal strich sie ihm übers Haar, und er drückte ihre Hand an seine Lippen. Dann verließ Maria eiligst das Haus. Draußen war es unterdessen wirklich kalt und frisch und vollkommen dunkel. Maria war allein. Nur sehr selten befand sich die Königin von Schottland allein und ohne Begleitung, noch dazu des Nachts, draußen auf einsamer Straße. Maria war sich des Leichtsinns der Situation bewußt. Sie hätte Darnleys Diener bitten sollen, sie heimzugeleiten. Aber die würden längst irgendwo ihren Rausch ausschlafen. Nein, auch eine Königin konnte einmal einen einsamen Wiesenweg zur Nachtzeit allein bewältigen. Es regnete leicht, Maria zog ihr Pelzcape dichter um die Schultern und mußte sich im Gehen gegen den Wind stemmen. Sie hatte keine Furcht, aber es war ungewohnt, so allein zu gehen. Doch wenige Minuten nur, und die Lichter von Holyrood schimmerten in greifbarer Nähe. Auch dort hatte sie nicht das Haupttor zu passieren, sondern bot eine Nebenpforte geheimen Einlaß. Marias Schritt hallte unnatürlich laut über das Pflaster, die Wache beim Wohnturm fuhr aus tiefem Schlaf.

„Majestät? Wir glaubten, Majestät blieben über Nacht . . . ?“ Die Dienerschaft schien Gleiches geglaubt zu haben, niemand ließ sich blicken. Maria stieg die Treppe hinauf. Erinnerung überfiel sie, genau wie befürchtet. Hier hatten sie Rizzios blutigen Leichnam hinuntergestoßen, war sein Blut noch lange auf den Stufen zu sehen. Maria durchquerte den kleinen Wohnraum, wo Rizzio vergeblich in ihrem Schoß Schutz gesucht. Im Vorraum zu Marias Schlafgemach, wo immer eine ihrer Damen zu nächtigen pflegte, raffte sich Lady Argyll aus Morpheus' Armen hoch, im Nachtgewand und die Frisur aufgelöst.

„Majestät? Wir glaubten, Majestät blieben über Nacht . . . ?“ rief sie, genau wie die Wache.

„Nein, meine Liebe, ich blieb nicht über Nacht, wie Ihr seht!“ Maria, müde und durchfroren, bedrückt von den Eindrücken, die sie in Kirk O'Field gewonnen, wollte nur noch ihre Ruhe. „Ich bin müde, Mylady, helft mir zu Bette.“

Lady Argyll eilte zur Tür des königlichen Schlafgemachs, griff, wie es sich gehörte, nach der Klinke, schien aber aus irgendeinem Grund nicht sogleich öffnen zu wollen.

„Majestät . . .“

„Was ist noch, Mylady, ich bin wirklich müde . . . laßt uns morgen sprechen . . . bitte . . .“

„Vergebung, Majestät, aber da ist Besuch . . .“

„Besuch? In meinem Schlafzimmer?“ Das schien doch recht ungewöhnlich, und alles in allem am Ende ihrer Kraft, reagierte Maria mit Ungeduld. „Tretet zurück,

Mylady, ich will wohl sehen, wer nachts in meinem Zimmer ..." Schon hatte sie selbst die Klinke gedrückt, die Tür aufgestoßen, und war eingetreten.

Mitten im Raum hob sich vom schwachen Licht des Kaminfeuers die schwarze Silhouette eines Mannes ab.

„Bothwell! Oh, Bothwell ..." Maria sank in die Arme des einen Menschen, den sie am wenigsten hier erwartet, aber am meisten herbeigesehnt hatte.

„Ihr zittert ja, meine Liebste", rief Bothwell voller Sorge und umschlang sie fest. Dann aber murmelte er voller Zärtlichkeit an ihrem Ohr: „Ihr seid nicht bei ihm geblieben. Ihr seid zurückgekehrt ..."

„Ja, Bothwell, ich konnte es nicht ... ich bin zurückgekehrt ..."

„Dann wird alles gut, Liebste, alles wird gut!" Jetzt klang seine Stimme sicher und siegreich wie in hellem Triumph.

Vier Stunden später zerreißt eine gigantische Explosion die Stille der Nacht. Die Erde scheint zu beben, Wände zittern, Fenster klirren, eine Scheibe zerspringt. Vierzig Kanonen gleichzeitig abgeschossen könnten nicht lauter sein. Binnen Sekunden ist das ganze Schloß wach, Diener rennen hin und her, Mägde kreischen, Damen und Herren des Hofes, mangelhaft bekleidet stehen ratlos in Fluren und Korridoren. Einer fragt den anderen:

„Was war das? Was ist geschehen?"

Mit der gleichen Frage auf den Lippen fährt auch die Königin im Bett auf.

„Was, mein Gott, war das? Wache! Mylady! Was, all ihr Heiligen, ist geschehen?"

Sie ist allein. Bothwell hat sie längst verlassen, um im Südflügel sein eigenes Bett aufzusuchen. Heimlich hat er sich davongeschlichen, die Königin nicht zu kompromittieren. So hat auch niemand ihn auf seinem nächtlichen Weg durchs Schloß gesehen. Jetzt aber stürzt er wie alle anderen aus seinem Zimmer, nur eine Hose überm Nachtkleid, keine Stiefel an den Füßen.

„Das kam von Kirk O'Field her", ruft er und befiehlt einem der Türsteher: „Rasch! Schickt Knechte hinüber, nachsehen, was geschehen ist!"

„Kirk O'Field?" zweifelte einer der Höflinge, die Nachtmütze noch auf dem Kopf, „wie kommt Ihr darauf, Mylord?"

„Nun, es klang genau wie aus dieser Richtung", entgegnete Bothwell hastig. „Ich werde mich ankleiden und selbst hinübergehen. Jemand gehe zur Königin, sie zu beruhigen!" Er schien alles in der Hand zu haben, wirkte wie immer bestimmt und sicher, vielleicht ein wenig zu sicher.

Derweilen liefen nicht nur Diener und Knechte los, Ort und Ursache der Explosion zu erforschen und gegebenenfalls im Schloß zu melden, sondern der halbe Hof war auf den Beinen oder warf sich auf ein eiligst herbeigeführtes Pferd, die stärkste Triebfeder des Menschen zu befriedigen, die Neugier. Auch von der Stadt her, wo man den Knall vielleicht noch lauter vernommen, eilten Leute herbei, Fackeln und Lampen schwenkend, ohne Ordnung, den angerichteten Schaden besichtigend, soweit zu nächtlicher Stunde überhaupt möglich. Dann folgte ein erster Bericht ausgesandter Späher:

„Kirk O'Field gibt es nicht mehr! Das Haus ist völlig zerstört, ein Steinhaufen, dem Erdboden gleich! Wer sich dort aufhielt, hat sein Leben verloren, so sicher er es vom Herrgott empfing!"

Gleichlautend erreichte die Botschaft auch Königin Maria. Noch ungläubig suchte sie den Sinn der Worte zu erfassen.

„Kirk O'Field dem Erdboden gleich? Aber ich war eben noch dort. Das Haus stand fest und sicher. Was ist geschehen?"

„Eine gewaltige Explosion, Majestät. Es müssen Unmengen von Sprengstoff im Keller gelagert worden sein."
„Sprengstoff im Keller? Wie soll der dort hingelangt sein? Und wann?"

Das Zimmer der Königin hatte sich unterdessen gefüllt mit aufgeregt Fragenden, ungläubig Zuhörenden und jenen, die sich aufgrund der Nachricht einfach um Maria sorgten. Jedermann war klar, daß Darnley in jenem Haus gelebt, also unter den Trümmern begraben liegen mußte, und mehr noch, daß die Königin geplant hatte, ebenfalls die Nacht in Kirk O'Field zu verbringen. Sie hatte durch ihre Sinnesänderung nur um Haaresbreite ihr Leben gerettet. Wie hypnotisiert war Maria an eines der schmalen Turmfenster getreten und starrte in die noch immer dunkle Nacht hinaus. Und dann kam die Frage, die kommen mußte.

„Der König? Henry? Ist er . . . ?"

Jegliches Stimmengewirr in ihrem Rücken erlosch. Niemand wagte, Antwort zu geben. Plötzlich stand Bothwell in der Tür. Jedermann machte ehrfürchtig Platz, als er mit wenigen Schritten den Raum durchmaß.

„Der König, Madame . . ." begann er mit leiser Stimme, die anstelle von Bedauern schlecht verhohlenen Triumph barg, „. . . wir haben ihn noch nicht gefunden, aber wer immer sich in diesem Hause aufhielt, muß den Tod gefunden haben. Ich werde einen Suchtrupp zusammenstellen lassen. Sobald es hell wird, werden wir Stein für Stein aufheben und nach Seiner Majestät suchen. Solange sollten Euer Majestät sich gedulden und im Gebet Beistand suchen."

Maria wandte sich nicht um. Sie wußte, wer zu ihr sprach, und sie klammerte sich im tosenden Durcheinander ihrer Gefühle an diese Stimme hinter ihr, die wie Fanfarenklang den einzigen Weg in die Zukunft zu weisen schien, eine Zukunft ohne Darnley, eine Zukunft mit Bothwell. Und dennoch war sie weit davon entfernt, ihrerseits so etwas wie Genugtuung zu empfinden. Rohe Gewalt, gleich ob sie nun ihr, der Königin, oder ihm, Darnley, gegolten, hatte ein Leben ausgelöscht. Dieses Recht gestand sie nur Gott oder einem Regenten von Seinen Gnaden zu. Alles andere war Aufruhr und Rebellion und widerlief den Grundfesten der Weltanschauung einer Königin aus dem Hause Stuart. So kam es Maria aus tiefstem, ehrlichem Herzen, als sie jetzt sich umwandte und mit Blick ins wettergebräunte Gesicht des Earl of Bothwell einen Schwur tat.

„Wer immer diesen Anschlag ausgeführt oder auch nur angezettelt, ich werde ihn finden und seiner gerechten Strafe zuführen, so wahr ich Maria, Königin von Schottland bin!“

Justitia wird zumeist mit verbundenen Augen dargestellt, um ihre Gerechtigkeit ‚ohn Ansehen der Person‘ zu symbolisieren. Aber kann nicht auch die Liebe den Blick trüben und sich wie eine dunkle Binde über die Augen legen? Dann mag das Urteil fehlgehen, aber die Seele bleibt frei von Schuld.

Fragen ohne Antwort

König Henry, Lord of Darnley, lag nicht unter den Trümmern des Hauses von Kirk O'Field begraben, aber er war tot. Man fand ihn im Garten hinter dem Haus friedlich liegen, nur mit dem Nachthemd bekleidet und ohne eine Blessur, die von der Explosion herstammen könnte. Jemand hatte ihn erwürgt. Und damit war eine weitere Frage in der langen Kette von Fragen aufgeworfen, auf die die Geschichte nur Vermutungen, keine Antworten kennt:

Wer hat Darnley durch Erwürgen getötet? Geschah es vor der Explosion, und hat man ihn dann in den Garten hinausgetragen? Oder konnte er der Explosion entfliehen, und hat jemand die ursprüngliche Absicht, ihn zu töten, im nachhinein ausgeführt? Wem galt der Anschlag überhaupt? Galt er der Königin, da sie ja des Nachts zu bleiben gedachte, während für die Rettung Darnleys offensichtlich gesorgt war? Dann wäre der Täter im Kreise Lennox zu suchen. Oder galt der Anschlag Darnley, da jemand Marias nächtliche Heimkehr beobachtet und abgewartet hatte? Dann war der Täter unter den Lords zu suchen, die versprochen hatten, Maria von Darnley zu befreien. Wie konnte der Anschlag überhaupt durchgeführt werden? War der Sprengstoff bereits im Haus, als Lennox das Haus von Balfour mietete? Dann hätte Balfour den Lords in die Hand gearbeitet. Oder mietete Lennox das Haus, um es seinerseits mit Sprengstoff füllen zu lassen?

All diesen Fragen nachzugehen, beauftragte die Königin umgehend ihren Geheimen Rat und setzte zweitausend Pfund in Silber sowie eine jährliche Rente demjenigen aus, der die Urheber und Komplizen des Attentats von Kirk O'Field benennen könne. Der Geheime Rat allerdings, verquickt in unterschiedlichste Interessen, nahm seine Arbeit nur schleppend auf.

Maria suchte derweilen – wie immer wieder an Knotenpunkten ihres Lebens – sich in zahllosen Briefen international, wenn nicht gerade zu rechtfertigen, so doch wenigstens darzustellen.

An Katharina von Medici, Königinmutter von Frankreich, schrieb sie bereits einen Tag nach Darnleys Tod: *Dies ist ein so schreckliches und so seltsames Ereignis, daß ich glaube, es hat nie zuvor und in keinem Land etwas Derartiges gegeben. Man weiß nicht, wer es getan hat und auf welche Weise, aber ich zweifle nicht, daß die gründlichen Nachforschungen meines Rates alles ans Licht bringen werden, und dann soll das Verbrechen mit einer Härte bestraft werden, die künftigen Zeiten als Beispiel dienen mag.*

Im Text ganz ähnlich ging ein Brief an Elisabeth von England ab und fand von dieser ein umgehendes Echo: *Madame, meine Ohren sind ganz betäubt, ich kann mich vor Empörung kaum fassen, und mein Herz ist so entsetzt von der Nachricht über den abscheulichen Mord an Eurem Gatten, daß ich kaum die Feder zu führen vermag. Madame, ich wäre nicht Eure treue Cousine und liebende Freundin, wenn es mir wichtiger wäre, Euch zu schmeicheln, als daß ich mich mühte, Eure Ehre zu bewahren! Drum laßt mich Euch sagen, was die Leute über Euch reden! Man sagt, Ihr würdet, wo es darum geht, das*

Verbrechen zu sühnen, durch die Finger sehen und jene schonen, die Euch mit diesem Mord einen Dienst erwiesen haben. Das war hart. So fügt sie denn abschwächend hinzu: *Um alles Gold der Welt wünsche ich, daß dieser Gedanke nicht in meinem Herzen wohne!*

Maria, erneut eine königliche Witwe, hatte nun wieder vierzig Tage Trauerzeit einzuhalten. Zu Trauerkleidung und Aufenthalt in abgedunkelten Räumen zeigte sie sich bereit, wollte die Zeit allerdings nicht in Holyrood verbringen. Für den Fall, daß das Attentat doch ihrer Person galt, konnte der Täter hier allzu leicht versuchen, seine Tat zu wiederholen. Alles in allem durfte es auch gern ein etwas erfreulicherer Ort sein als Holyrood, das nun doppelt von bösen Eindrücken überschattet war. Maria wählte Schloß Seton für die Zeit ihrer offiziellen Trauer, einen herrlichen Landsitz inmitten von Gärten, keine zehn Meilen von Edinburgh entfernt. Lord Seton, ihr Gastgeber, Vater der letzten der vier Marys, gehörte zum Kreis der stets königstreuen Lords, somit auch zu jenen, die ihre Königin nicht ungern von Darnley befreit sahen. George Seton, so nobel wie wohlhabend, brachte Maria in einer ganzen Flucht von Räumen unter, die durch vorschriftsmäßig zugezogene Vorhänge nicht wesentlich an Komfort verloren. Ein paar prächtige Kerzenleuchter waren schon mal erlaubt, und gegen einen gelegentlichen Spaziergang draußen im ersten Frühlingsahnen hatte auch niemand etwas einzuwenden. Vor allem aber nahm man es nicht genau mit der einsamen Zurückgezogenheit, wie sie einer Witwe vorgeschrieben war. Ein Besucher gab dem nächsten die Klinke in die Hand. Da wurde Maria die Aufwartung gemeldet von Argyll, Morton, Huntly und wie sie alle hießen! Maitland suchte die Königin in seiner Eigenschaft als Staatssekretär auf, Moray meldete sich bei der Schwester zurück, sichtlich betroffen über die Ereignisse von Kirk O'Field, und Bothwell war fast täglicher Besuch auf Schloß Seton. All die Herren suchten Maria nicht zu trösten, sondern knüpften unbefangen am Hofleben an, wie es sich in Holyrood gestaltet hatte. Bereits am vierten Tag der Trauerzeit hörte man von einem Wettstreit im Bogenschießen, den Maria haushoch gegen ihre Lords gewonnen habe. Das Schönste aber war das Wiedersehen mit Mary Seton, der einzigen des Kleeblatts, die noch keinen Ehemann gefunden hatte.

„Jetzt bist du wieder mein, liebste Mary", schloß Maria nach tränenreicher Umarmung und schwor, die Wiedergewonnene nie mehr von ihrer Seite zu lassen.

„Eures Schwurs bedarf es nicht, Madame", entgegnete Mary gleichfalls unter Tränen, „denn ich werde meinerseits nie mehr von der Seite Eurer Majestät weichen!"

Mary Seton sollte es wahrmachen. In guten wie in schlechten Tagen, und deren sollte es mehr als genug geben, verließ sie nie mehr ihre königliche Herrin und Freundin.

Frivol oder leichtfertig beging Königin Maria die Trauerzeit um Darnley keineswegs. In Stunden der Besinnung erinnerte sie sich des ersten Glücks in ihrer Ehe, durchlebte die Unbeschwertheit erster Liebe, die sie für ihn gefühlt und die in Rauch aufging, als sie seinen windigen Charakter, seine Grausamkeit, wo er sie an Schwächeren auslassen konnte, seinen Wankelmut und seine hohle Eitelkeit erkannte. Nichts war geblieben als hündische Unterwerfung, solange sie die Augen offenhielt, und Verrat, sobald sie den Rücken wandte. Und doch hätte sie ihm alles andere gewünscht als jenes Ende, das er nun gefunden hatte.

„Weißt du, Mary, er war aus weichem Holz geschnitzt, aber vielleicht ..." sinnierte Maria oftmals mit der Freundin, „vielleicht war es auch das Elternhaus, das ihm keine Chance gab. Die Mutter, voller Ehrgeiz, der Vater, der ihn gängelte ... Übrigens Lennox ... der macht mir Sorgen ... wenn der nicht doch noch zu einem Schlag ansetzt. Er war zu tief enttäuscht in seiner Hoffnung!"

Mary war eine gute Zuhörerin. Manches konnte Maria sich von der Seele reden, das ihr im Kopf umging. Warum mußte Darnley sterben? Wer trug zu seinem Tode bei? Traf die Lords eine Schuld, die in Craigmillar die Köpfe zusammengesteckt und sich heiß geredet, wie man sich seiner entledigen könne? Mußte sie, Maria, einem von ihnen mißtrauen? Oder mehreren? Morton oder Maitland? Huntly oder Argyll? Oder Moray gar, wenn er auch zur Tatzeit abwesend war? Am Ende sogar . . . Bothwell, der pünktlich in jener Nacht . . . ? Fragen über Fragen, auf die nicht nur die Geschichte, sondern auch ihre eigene Zeit, das sechzehnte Jahrhundert, niemals schlüssig Antwort fand.

Bothwell vor Gericht

Matthew Graf Lennox holte tatsächlich zum nächsten Schlag aus. Er beschuldigte Bothwell des Mordes an seinem Sohn, dem König von Schottland, und klagte ihn in aller Form der Tat an. Maria blieb nichts anderes übrig, als auf die Anklage zu reagieren. Doch zuvor nahm sie den Beschuldigten unter vier Augen beiseite.

„Was soll ich tun, Bothwell? Wie kann ich Euch vor einem Prozeß bewahren? Bitte sagt mir, ob ihr ihn zu fürchten habt oder . . ."

Bothwell lachte und zog, einen Arm um sie legend, Maria nahe zu sich.

„Ich habe nichts zu fürchten, meine Königin, nichts außer Eurem Zorn."

Halb und halb beruhigt, wollte Maria nun aber doch Klarheit.

„Sagt mir, Liebster, was werdet Ihr antworten, wenn man Euch befragt?" Sie sah ängstlich zu ihm auf, der sie fest in seinem Arm hielt. Er las grenzenlose Liebe in ihrem Gesicht, aber auch Entschlossenheit, der Wahrheit ins Auge zu sehen. So setzte sie alles auf eine Karte: „Schuldig oder nicht schuldig, Lord Bothwell?"

Er lachte noch immer.

„Nicht schuldig, Euer Majestät, nicht schuldig im Sinne der Anklage!"

„Ihr habt Darnley nicht getötet?"

„Ich habe Darnley nicht getötet."

„Und Ihr habt nichts mit seinem Tod zu tun?"

Plötzlich wurde er ernst, seine Stimme klang fast schneidend.

„Nichts, außer ihn leidenschaftlich herbeigewünscht!" Ganz plötzlich ließ er sie los. „Wenn Majestät jetzt die Güte haben wollen, alle nötigen Schritte zu unternehmen, damit dem Grafen Lennox Genugtuung widerfährt. Ich habe als ein Mann von Adel das Recht, nur vor einem Gremium Adliger verhört zu werden. Diesem will ich Rede und Antwort stehen. Euer Majestät müssen sich derweilen gedulden und mit meinem Wort vorlieb nehmen." Er trat hastig einen Schritt zurück. In seinen weit auseinanderstehenden braunen Augen blitzte es, als zöge sogleich ein Unwetter herauf. Maria wurde von Furcht erfaßt. Alles wollte sie, nur diesen Mann nicht verlieren, der einzig ihr Halt und Leben bedeutete, den sie mit allen Fasern ihres Herzens begehrte.

„Ach, Bothwell, nehmt es mir nicht übel. Ich mußte Euch fragen. Ich hege keinen Zweifel an Euch, nicht einen einzigen Augenblick. Ihr würdet niemals etwas tun, mich zu betrüben, das weiß ich . . . ach, Bothwell . . ." Sie streckte ihre Hände nach ihm aus und, da er wieder einen Schritt auf sie zutat, warf sie sich ihm an die Brust. „Bothwell", schluchzte sie, „ich stehe zu Euch, gleich wie es ausgeht . . . Ihr wißt doch, ich liebe Euch . . ."

Ja, das wußte er. Und darauf baute er. Nicht, daß er sie nicht auch liebte. Noch niemals hatte er eine Frau so sehr geschätzt und geachtet, aber sie stand weit über ihm. Sie war die Königin, und der Platz an ihrer Seite war soeben frei geworden. Ihn einzunehmen begehrte er noch mehr als ihr edles, zartes Gesicht, ihren beflügelten Geist, ihren schlanken, geschmeidigen Leib. Langsam senkte er seinen Mund auf ihre Lippen und hielt sie fest in einem langen Kuß. Er fühlte, daß sie sich ihm ganz und gar ergab.

„Beruft das Adelsgericht ein, Madame! Ich werde mich ihm stellen."

Die Verhandlung Lennox gegen Bothwell vor dem Adelsgericht wurde auf den 12. April 1567 festgesetzt. Die Königin kehrte rechtzeitig nach Holyrood zurück und harrte der Dinge, die da kommen sollten. Bothwell erschien in prächtigem Aufzug, über einem gepolsterten Wams von hellblauer Seide ein Schulterkragen aus dunklem Leder, darüber eine steife, blütenweiße Halskrause. Seine Beine steckten in eng anliegenden roten Strümpfen, die unter einer ebenfalls gepolsterten sogenannten ‚Kürbishose' hervorsahen. Auf dem Kopf trug er den eben aufkommenden hohen, spitzen Hut, reichlich mit schwungvollen Federn besetzt, den er devot zog, als er auf seinem prächtig herausgeputzten Rappen unter den Fenstern von Holyrood zum Gerichtsgebäude ritt.

Sein Gefolge, Diener und Knappen, reich gekleidet und wohl beritten, war auffällig gering. Kein Wunder, da er seine persönliche Streitkraft aus dem Süden des Landes, viertausend Infanteristen und zweitausend Arkebusiere, rund um die Stadt hatte aufmarschieren und in Hab-Acht gehen lassen. Nein, ein Risiko ging er nicht ein, der Earl of Bothwell.

Wer dann zur Verhandlung nicht erschien, war Graf Lennox. Ob er es angesichts der Vorkehrungen, die Bothwell getroffen, mit der Angst bekommen oder ob er tatsächlich krank war, wie er behauptete, das Gericht beschloß jedenfalls, ohne ihn zu fungieren. Das Richterkollegium setzte sich aus fünf adligen Grundherren zusammen, im Range etwa Bothwells gleich, so daß man gewissermaßen ‚unter sich' war. Die Namen waren Lindsay, Mac Gill, Balnaves, Cassillis unter dem Vorsitz Lord Argylls, zum königlichen Rat gehörend.

Bothwell trat vor das Gericht, seine Haltung stolz, aber nicht herablassend. Er entblößte das Haupt vor den Richtern.

„Seid Ihr bereit, Euer Lordschaft?"

James Hepburn, Earl of Bothwell

„Ich bin bereit, Hohes Gericht!"

Die Anklage wurde verlesen, aber sie klang etwas dünn. Zwar wurde er des Mordes an Darnley beschuldigt, aber das nur auf Zeugenstimmen, die ihn in jener Nacht mit einer Zündschnur in den Händen nahe des Hauses Kirk O'Field gesehen haben wollten.

„Es war stockdunkel in jener Nacht", warf der Beklagte ein. Die Richter nickten bestätigend. „Im übrigen kam Lord Darnley nicht durch die Explosion ums Leben", warf Bothwell nochmals ein, „und im Garten oder sonst in seiner Nähe hat man mich nicht gesehen."

Wieder nickten die Richter. Die Anklage wurde weiter verlesen. Und da hieß es: ... *besagter Mordfall am 9. Februar* ... Nochmals unterbrach Bothwell,

„Am 9. Februar, meine Herren, fand kein Mord statt. Der König, Lord Darnley, kam am 10. Februar zu Tode."

Die Herren beugten sich über das Schriftstück. Tatsächlich. Da stand deutlich *9. Februar,* und es hätte 10. Februar heißen müssen. Erregtes Murmeln unter den Richtern.

„Die Anklage enthält einen Formfehler", stellte Argyll erleichtert fest, der ebenso wie sein Kollegium den Druck verspürte, eine Verhandlung unter der unausgesprochenen Bedrohung von sechstausend Bewaffneten in den Straßen von Edinburgh durchführen zu müssen. „Die Anklage ist somit hinfällig. Wir sprechen den Beklagten von jeder ihm hierin vorgeworfenen Schuld frei."

Bothwell verbeugte sich formvollendet und setzte mit weit ausholendem Schwung seinen Hut wieder auf den Kopf. In seinen Mundwinkeln zuckte es verdächtig. Die Farce war zu Ende, aber nein, es folgte ihr ein zweiter Akt.

„Darf ich mir erlauben, die Herren zur Feier des Abschlusses gleich hier nebenan in Ainslies Taverne zu einem kleinen Imbiß einzuladen?"

Die Herren entschieden angesichts der besetzten Stadt, daß es gut sei, Bothwells Einladung anzunehmen. Außerdem waren sie hungrig. Weitere Geladene aus einflußreichem Adel und Klerus, alles in allem achtundzwanzig Personen, schlossen sich an.

Aus dem kleinen Imbiß wurde die üppigste Bewirtung, die man sich nur denken kann. Der Gaumen wurde verwöhnt, der Magen bis zum Übermaß gefüllt, Ströme von Wein und Whisky flossen durch die Kehle hinunter. Bothwell zeigte sich in liebenswürdigster Laune, wandte sich an jeden einzelnen von ihnen mit einem Kompliment. Die Stimmung war auf ihrem Höhepunkt, als er dann ein Papier herumreichte, Tinte und Feder gleich folgen ließ.

„Meine lieben Freunde", bat er bescheiden, „da Ihr sicher alle meine hier niedergeschriebene Meinung teilt, bitte ich jeden von Euch, diesen kleinen Pakt mit Eurer Unterschrift zu versehen." Diener schenkten derweilen erneut die Becher nach, Bothwell hob den seinen. „Auf unsere Königin, Ihr Lords!"

Man tat ihm Bescheid und suchte dann das Papier zu entziffern. Manch einem verschwammen bereits die Zeilen vor den Augen, andere lauschten abwägend dem dumpfen Rasseln der Trommeln aus Bothwells fliegendem Feldlager. Am Ende hatten alle unterschrieben, vom obersten Gerichtsherrn des Königreichs bis zu den Seelenhirten beider Konfessionen. Nur Morays Unterschrift fehlte. Der war noch nicht wieder heimgekehrt. Der Text des Geheimpakts, den Bothwell in seiner Tasche mit sich fortführte, lautet:

Sämtliche hier anwesenden Lordschaften und Kirchenherren versichern mit ihrer Unterschrift, daß sie für den Fall, daß Ihre Majestät, die Königin, die zur Zeit ohne Gatten ist, die Neigung verspüren sollte, sich wieder zu verheiraten, und bereit sein sollte, sich so weit zu erniedrigen, daß sie einen ihrer Untertanen, welcher in Schottland geboren ist, in Anbetracht der treuen und ergebenen Dienste, die er ihr stets geleistet hat, und seiner anderen guten Eigenschaften und Verdienste zum Manne nehmen wollte, mit einer solchen Eheschließung einverstanden sein werden.

Die Entführung

Von den Machenschaften, die sich hinter den Kulissen der Gerichtsverhandlung gegen Bothwell abgespielt hatten, ahnte Maria Stuart nachweislich nichts. Ebensowenig hatte sie Kenntnis vom Inhalt des Papiers, das sich nach der Taverne, in der es abgefaßt wurde, Ainslies-Pakt nannte. Daß ihre Gefühle für Bothwell unterdessen soweit gereift waren, sich ihn als Ehemann zu wünschen, hatte mit beiden Punkten nichts zu tun.

„Ach, Liebster, könnten wir doch vor aller Welt unsere Liebe eingestehen“, wünschte sie stattdessen leidenschaftlich und sehnte in religiöser Hinsicht eine Legitimation ihres doch immerhin sündhaften Begehrens herbei.

„Euer Majestät befinden sich wieder im Witwenstand“, bemerkte Lord Bothwell vorsichtig und nutzte absichtlich die offizielle Anrede, „Euer Majestät könnten frei wählen . . .“

„Ach Bothwell, Ihr wißt genau, das kann ich nicht. Wähle ich unter meinen Lords, entzünde ich unter ihnen Eifersucht und Feindschaft zu einem endlosen Steppenbrand. An den Höfen Europas wird der Platz an meiner Seite schon wieder unter Prinzen und Königen verschachert.“

Da ihre letzte Bemerkung von einem tiefen Seufzer begleitet war, wehte ihn erneut jene liebevolle Hinneigung an, die ihn als Mann mit ihr, der Frau, sehr wohl verband.

„Ach, Maria“, seufzte auch er, und seine dunklen Augen waren voller Liebe, „dürft Ihr nicht einmal Euer Herz für Euch sprechen lassen?“

„Mein Herz“, gab Maria fast erschrocken zurück, „als Königin dürfte ich es nicht, das weiß ich wohl. Doch hat mich dies törichte Herz längst soweit gebracht, daß ich Schottland, Frankreich, ja meine Hoffnung auf England drangeben und stattdessen bar allen Purpurs in schlichtem Gewand bis ans Ende der Welt gehen wollte, nur um von Euch, mein Herzliebster, nicht getrennt zu werden . . .“ Tränen in ihren Augen besiegelten das Bekenntnis und weckten in ihm ein so heftiges Echo, daß er sie mit aller Leidenschaft in seine Arme zog. Für einen kurzen Augenblick waren sie allem Irdischen enthoben, gehörten nur sich und ihrer Liebe. Aber der Augenblick endete jäh.

„Aber . . .“ resümierte Maria und entzog sich unmerklich seinem Arm, „ich muß an meinen Sohn denken. Ihm muß ich bewahren, was ihm von Geburt her zusteht, den Thron der Stuarts. Ich muß . . ."

Auch Bothwell lockerte die Umarmung. Ja, er liebte Maria, soweit ein Mann seines Naturells nur lieben konnte. Aber so ganz in schlichtem Gewand wollte er sie auch wieder nicht, ein wenig Purpur sollte schon sein.

„Es gäbe einen Weg, Liebste . . ." schien er zu überlegen, was ihr vorzuschlagen er schon längst beschlossen hatte.

„Einen Weg? Ihr meint, einen Weg für Euch und mich?"

„Wir könnten heiraten, wenn es aus gegebenem Grund zur Herstellung Eurer Ehre unabdingbar notwendig wäre . . ."

Er sprach offensichtlich in Rätseln. Maria trat einen Schritt zurück und suchte in seinem Gesicht die Erklärung. Um Bothwells Lippen spielte ein belustigtes Lächeln, als habe er sie schon für den Spaß gewonnen, den er plante. Es war ein einfacher Plan, der der Welt eine Ehe mit ihm, Bothwell, plausibel machen würde, ohne Maria ihre freie Wahl vorwerfen zu können.

„Ich werde Euch entführen!" Er lachte wie im Triumph.

„Mich entführen . . . ?" Fast hätte sie auch gelacht. Es klang wie ein Streich aus Kindertagen. Dann aber gewannen Zweifel und Skepsis die Oberhand.

„Die Lords würden es nicht zulassen. Sie würden aufstehen wie ein Mann und, plötzlich untereinander einig, gegen Euch vorgehen."

Ohne zu ahnen, wie sehr sie damit recht behalten sollte, sprach Maria dennoch aus Überzeugung. Aber Bothwell lachte wieder.

„Nichts werden sie tun, Eure Herren Lords!" rief er und fühlte das Knistern des Papiers von Ainslies, das er in seiner Brusttasche trug. „Sie werden mir dankbar sein, daß ich die Ehre ihrer Königin wiederherstelle! Daheim allerdings, in ihren verwitterten Burgen im Hochland, werden sie ein wenig maulen, am meisten wohl darüber, daß sie nicht selbst es wagten . . ."

„Oh, Bothwell, nicht, Ihr geht zu weit.“ Jetzt lachte auch Maria. Beide lachten und beide ließen den Vorschlag auf sich beruhen. Vielleicht war er ja doch nur scherzhaft gemeint.

Prinz Jakob, einzig königlicher Stuart der nächsten Generation, war mittlerweile zehn Monate alt und hatte sich zu einem besonders hübschen Kind entwickelt. Seine Mutter hatte es seit vier Monaten nicht zu Gesicht bekommen. Sicher darf man Mutterliebe – einmal zu Stuarts Zeiten, zum anderen in dynastischem Rahmen – nicht mit uns vertrautem Maßstab messen. Maria liebte ihren Sohn. Das stand außer Zweifel. Ihm zu gewähren und zu erhalten, was ihr das Höchste auf Erden war, ihr königliches Recht, war Ausdruck dieser Liebe. Somit hatte die Sicherheit seiner Bewahrung Vorrang vor spürbarer mütterlicher Zärtlichkeit und Nähe. Das eben bedeutete die Abgeschlossenheit auf der Burg Stirling, wie sie sie als Kind selbst genossen hatte. Und dennoch regte sich in der Königin das Begehren einer Mutter.

„Wir reisen nach Stirling“, beschloß sie noch im April, „ich möchte meinen Sohn wiedersehen und ihn in meinen Armen halten.“

Am 21. April war alles zu der kurzen Reise gerüstet. Lord Huntly sollte sie begleiten, ebenso Maitland und Melville in seiner Funktion als Haushofmeister. Bothwell hatte gebeten, ihn zu entschuldigen. Einen Grund für seine Unabkömmlichkeit gab er nicht an. Maria drang nicht weiter in ihn.

Es war ein frischer, klarer Frühlingstag. Man brach früh auf, und nach flottem Ritt konnte die Königin anderntags ihren Prinzen in die Arme schließen.

„Ist er nicht gewachsen“, rief Maria ganz nach Mütterart, „und rosig und gesund sieht er aus!“ Sie hatte ihre Freude an seinem fröhlichen Wesen und ließ ihn auch während der Nacht nicht von sich, sondern befahl seine Wiege neben ihre Bettstatt. Sie lauschte seinen Atemzügen, während er schlief, und das Herz wurde ihr schwer, als es am Morgen wieder Abschied nehmen hieß.

„Auf bald, mein Kleiner, auf bald", schwor Maria mit zärtlicher Inbrunst und ahnte nicht, daß sie vergeblich schwor.

Nach nächtlicher Rast in Linlithgow brach man erneut auf in der Gewißheit, am Nachmittag des 24. April 1567, einem Donnerstag, Edinburgh wieder sicher zu erreichen. Doch es sollte anders kommen. Man hatte eben einen seichten Flußlauf zu durchqueren, was eine kurze Verzögerung brachte. Maria, als energische Reiterin bekannt, erreichte als erste das gegenüberliegende Ufer und wartete dort, bis alle ihre sich sträubenden Pferde durch das Wasser gelenkt hatten. Plötzlich sah sie sich von Soldaten umringt. Selbstverständlich hatte sie zu ihrer Bedekkung auch Bewaffnete bei sich, dies aber waren fremde Männer, während ihre eigenen Leute sich noch durchs Gewässer kämpften.

„Was wollt Ihr?" rief sie den in Eisen Gekleideten zu, „wagt nicht, Hand an mich zu legen! Ich bin die Königin!"

Nun drängte ein weiterer Reiter in Küraß und Stechhelm seinen gewaltigen Hengst zwischen die anderen und grüßte ehrerbietig. Das Ganze glich eher einem festlichen Aufzug denn einer Bedrohung. Und richtig hörte Maria jetzt eine Stimme, die ihr sehr wohl bekannt war:

„Ja, die Königin seid Ihr und Herrin meines Herzens."

„Bothwell", rief Maria, „was soll das? Warum diese Leute?"

Als bedürfe es zum Beweis noch einen Blick in sein Gesicht, nahm der Reiter seinen Helm ab.

„Rasch, Maria, ruft um Hilfe, damit es echt aussieht."

„Echt? Was zum Kuckuck?"

„Ich entführe Euch. So wie besprochen. Rasch, eh die anderen kommen. Ich möchte keine Gewalt."

Der Wunsch kam zu spät. Schon waren Maitland und Huntly heran, ihnen auf dem Fuße eine Handvoll königlicher Leibwachen. Sofort zogen Bothwells Leute blank, und es floß hier und da Blut.

„Was fällt Euch ein, Mylord, gebt die Königin frei!" protestierten Maitland und Huntly, wurden aber von Bothwells Männern ergriffen, wie er selbst jetzt Marias Zügel packte und sie samt Zelter mit sich riß.

„Sagt diesen beiden Narren, sie sollen schweigen", gebot er mit harter Stimme und ließ keinen Zweifel daran, daß aus Spiel und List Ernst geworden war. Bothwell gab das Zeichen zum Galopp, dem seine Männer augenblicklich gehorchten und seinen Gefangenen nichts anderes übrigblieb, als sich anzuschließen. Binnen Sekunden waren sie den Blicken des königlichen Gefolges, das erst langsam am Ufer sich sammelte, entschwunden.

Auf eine gute Meile behielt Bothwell die überhöhte Gangart bei, die Zügel des Zelters weiter in seiner Faust.

„Um Himmels willen, Bothwell, mäßigt das Tempo", bat Maria, zwangsläufig dicht an seiner Seite. Bothwell lachte.

„Fürchtet nichts, Majestät! Ich kenne Euren festen Sitz im Sattel."

„Ich fürchte nicht für mich, Bothwell, ich fürchte für die Herren Lords. Ihr laßt sie mit gebundenen Händen reiten, eine Schmach, die sie Euch nie verzeihen werden."

Wieder lachte Bothwell, es klang rauh und hämisch.

„Beim Teufel, das werden sie, und jeder Augenblick, da sie sich mehr erachteten als James Hepburn, Graf von Bothwell, soll ihnen jetzt den Angstschweiß auf die Stirne treiben!"

„Bothwell", mahnte Maria, betroffen über den Klang seiner Stimme, „bedenkt es ruhigen Blutes! Wir brauchen die Lords als Freunde, nicht als Gegner in dieser Sache, die Ihr angezettelt."

Plötzlich war Begreifen in Bothwells Zügen.

„Ihr habt recht", gab er unumwunden zu und parierte sofort die Pferde durch. Maria, noch keineswegs sicher, welche Rolle sie bei dem ganzen Unternehmen spielen solle, wollte sich jedenfalls die Gunst der beiden Lords als Fürsprecher erhalten.

„Gebt die Herren frei", gebot sie daher. Bothwell sah sie groß an. Wer hatte in dieser Situation zu gebieten, er oder sie? In seinem Blick war das Ringen um diese Frage deutlich zu erkennen. Ganz plötzlich gab er dann nach. Er brachte die Kavalkade zum Stehen und gab Befehl, Huntly und Maitland die Hände loszubinden.

„Ihr seid frei, meine Herren! Doch merkt eins. Die Königin ist in meiner Gewalt, und ich werde nicht zögern, diese anzuwenden, falls wir verfolgt werden."

Huntly und Maitland rieben sich die schmerzenden Handgelenke. In dieser Form behandelt worden zu sein, hatte ihre Ehre tief verletzt.

„Was habt Ihr mit der Königin vor, Hepburn?" Ihn nicht bei seinem Grafentitel angesprochen zu haben, bewies tiefe Feindschaft. Bothwell überhörte es für den Augenblick.

„Ihr kein Haar zu krümmen, sofern ich mit ihr unbehelligt Dunbar erreiche." Dunbar war also sein Ziel. Maria sollte in ihrem eigenen Schloß seine Gefangene sein, dort, wo sie selbst nach dem Mord an Rizzio schon einmal Zuflucht gesucht. Der Schloßhauptmann aber, jener, der damals abwesend gewesen, hieß James Hepburn, Earl of Bothwell.

„Was, in aller Welt, wollt Ihr von Eurer Gefangenen erpressen?" forderte nun auch der zweite Lord.

Bothwell stellte sich in den Bügeln auf und wies mit einigem Pathos auf Maria.

„Das wird die Königin Euch selbst beantworten, sobald sie ihre Entscheidung getroffen hat. Sollte diese, bei meiner Ehre, nicht in meinem Sinne ausfallen, so verlasse ich Schottland und kehre nie mehr zurück." In einer großartigen Gebärde schlug er mit der Faust gegen seinen Küraß, daß es weithin schallte. „Gehabt Euch wohl, meine Herren Lords, und laßt Schottland wissen, die Königin ist mein. Und jeder Bewaffnete, den ich außer den meinen in meinem Gesichtskreis entdecke, gefährdet ihr Leben."

Er wandte sich ab, ergriff erneut die Zügel, den seinen und den Marias, und ritt davon, gefolgt von seiner eisenklirrenden Eskorte. Maria verhielt sich im Weiterreiten schweigsam, Bothwell zeigte sich abwartend wie der Bub, der nicht weiß, wie sein böser Streich aufgenommen wird. Sie umritten Edinburgh im weiten Bogen südwärts, durchquerten weitere Bäche und Wasserläufe und ließen sich den steifen Frühlingswind ins Gesicht wehen.

Am späten Abend dröhnten dann die Hufe ihrer Pferde über die Zugbrücke von Dunbar Castle. Im Burghof breitete Bothwell seine Arme aus, um Maria aus dem Sattel zu helfen. Am Ende aller Fragen und Zweifel, ließ sie sich aufschluchzend gegen ihn fallen, mitten hinein in diese gegen sie erhobenen Arme.

„Ach, Bothwell, mein Liebster, wie immer dieses Abenteuer ausfallen mag, es führt uns zusammen."

„So hab' ich denn recht getan . . . Majestät?"

„Nicht mehr Majestät . . . nie mehr . . . nur noch Eure Maria . . . für immer und ewig . . ." Nah am Wasser gebaut, wie sie war, gingen weitere Schwüre unter in einem Strom von Tränen. Er aber war es zufrieden, er hielt sie in seinen Armen, Maria Stuart, die Frau und die Königin. Der Streich war gelungen.

Der Herzog von Orkney

Zehn Tage blieb Maria mit Bothwell auf der befestigten Burg von Dunbar. Wer die beiden sah, glaubte nicht an eine Gefangene und ihren Bezwinger, sondern sah ein trautes Paar auf der Höhe seines Glücks. Maria lernte in diesen Tagen neben dem rauhen, fast herrischen Mann, dem leidenschaftlichen Liebhaber noch einen ganz anderen Bothwell kennen. In seiner Bibliothek fand sie unzählige Bände von hohem wissenschaftlichem Grad, aber auch Poesie und Lyrik aus reinstem Quell. Ließ ihnen die fast unermüdliche Gier aufeinander ein wenig Ruhe, so trug er ihr Verse aus dem Gedächtnis vor, ohne den entsprechenden Band aufzuschlagen. Und endlich bewiesen Manuskripte auf seinem Schreibpult, daß er mit der Feder ebenso geschickt umgehen konnte wie mit Schwert und Rapier. Banden Maria bisher Leidenschaft und Begehren an diesen Mann, so trat jetzt Achtung vor seiner Bildung und seinem Geist noch hinzu. Er hatte eine neue Perspektive gezeigt, die ihn zu einem ebenbürtigen Partner selbst für eine Stuart machte. Um dem auch äußerlich Ausdruck zu verleihen, ernannte Maria ihren Ratsherren, Schloßhauptmann, Statthalter und Großadmiral zum Herzog.

„Ich habe mir lange den Kopf zerbrochen", gestand sie, „welches Herzogtum für Euch passend wäre, und kam, da ich Eure seemännischen Fähigkeiten kenne, auf die Inseln der Orkaden. Sie sind wild und urwüchsig, wie Ihr es seid, und als Schottlands Bollwerk im Norden ein Pfand der Sicherheit. Ich ernenne Euch zum Duke of Orkney."

Die Orkaden, hoch oben in der Nordsee, genau einhundert Jahre zuvor als Heiratsgut von Norwegen an Schottland gekommen, umfassen etwa siebzig Inseln, baumlos, aber saftig grün, geeignet zu Acker und Weideland, das seine Bewohner neben ungeheurem Fischreichtum gut ernährt. Ihr Name Orkaden oder Orkneys stammt vom norwegischen ‚Orc', dem Bären. Sie waren der Ausgangspunkt der ersten Wikinger-Fahrten ins Heilige Land und nach Übersee. Ein stolzer Titel also für einen frischgebackenen Herzog.

Bothwell kniete nieder und nahm so die Auszeichnung entgegen. Maria strich ihm zärtlich übers borstig kurze Haar.

„Nun, mein Herzog, was gedenkt Ihr jetzt zu tun, um meinen guten Ruf wieder herzustellen? Zehn Tage war ich schutzlos Eurer Willkür ausgeliefert." Scherz und Schalk ließen ihr Gesicht leuchten und machten es ganz jung. Bothwell betrachtete es voller Entzücken.

„Seht, was ich zu tun gedenke!" rief er, von ihrer Fröhlichkeit angesteckt, und küßte sie mitten auf den Mund.

„Das eben ist es, das meinen Ruf zu Schanden machte", lachte Maria außer Atem, „seht zu, wie Ihr den Schaden wieder gutmacht, Herzog!"

Ganz plötzlich wurden seine Züge ernst.

„Ein Untertan darf seiner Monarchin keinen Antrag machen, wie Ihr wißt. So sag' ich denn nur dies, Maria, tragt Ihr mir die Ehe an, will ich als Euer Gemahl Euch ein Leben lang in Liebe dienen." Jetzt war auch aus ihrem Gesicht der Übermut verschwunden, und voller Ernst blickte sie ihn an.

„James Hepburn, Graf von Bothwell, Herzog von Orkney, wollt Ihr mein Gemahl werden?"

„Ja, das will ich."

Eine lange Weile hielten sich die beiden an den Händen. Zu sagen gab es nichts mehr.

Am 3. Mai 1567 bot sich den Bürgern von Edinburgh ein bemerkenswertes Schauspiel. Trompetenschall voraus, begleitet von zahlreicher Eskorte in bunter Helmzier, ritt die Königin, angetan in ihren prächtigsten Kleidern, auf weißem Zelter in ihre Stadt ein. Bei ihr Bothwell, wieder ihre Zügel in seiner Faust, aber diesmal in aller Bescheidenheit zu Fuß neben ihrem Pferd. Ich bereue, sollte das Bild sagen, ich unterwerfe mich, aber auch: Sie ist mein, sie bedarf meiner Führung, ich allein bestimme den Weg, den sie geht. So war denn auch der Ausdruck seines Gesichts weniger von Reue und Unterwürfigkeit geprägt als von hellem Triumph wie das ihre von zärtlicher Glückseligkeit.

„Hier bin ich wieder, ich, Eure Königin!" rief sie den Nächststehenden zu. „Der Herzog wird mit seiner Ehre für die meine einstehen. Vor dem Altar, vor des Herrn Angesicht!"

Die Menschen am Straßenrand blieben stumm. Anders als vor sechs Jahren bei ihrem ersten Einritt in die Stadt, klang ihr kein Jubel entgegen, war eher verhaltener Groll in den Mienen der Menschen zu lesen. Was ging um in ihren Köpfen? Was raunte man sich zu von Kaufmann zu Schuster, von Seiler zu Tuchmacher, von der Hausfrau zur Amme? Die Königin buhlt mit dem Mörder ihres Mannes! An Bothwells Händen klebt Darnleys Blut, aber seht nur, wie hoch er den Kopf trägt!

Vor Gericht wurde er freigesprochen, der neue Bräutigam, weil sechs Tausendschaften seiner Leute in den Straßen standen, aber konnte man die Meinung der Bewohner dieser Straßen einschüchtern? Einmal gesät, wucherten Verdacht und Vermutung zu unentwirrbarem Wust von Parolen, ungeprüft übernommen, weitergelispelt, arrondiert und endlich als bare Münze akzeptiert. Bothwell war der Mörder Darnleys. Niemals bewiesen, durch nichts handgreiflich belegt, stand es unausrottbar fest. Und so wurden er und seine Buhle empfangen, kalt und ablehnend, ohne daß nur ein Zweifel sich zu ihren Gunsten regte.

„Hure", hörte man hier und da, zum Glück so leise, daß Maria es nicht wahrnahm, „Metze! Hexe! Verbrennt sie, die Dirne!"

Die so Gescholtene schwebte derweilen in ungetrübten Sphären des Glücks. Als Königin war sie zu ihrem Volk zurückgekehrt, als Frau würde sie bald vor Gott dem Mann angehören, den sie liebte. Nur einen Augenblick wunderte es Maria, daß Bothwell rascher ausschritt, um die schützenden Mauern von Holyrood zu erreichen.

Am 15. Mai wurden Maria Stuart und Bothwell, nun Duke of Orkney, im großen Saal von Holyrood getraut. Als kurz zuvor ihr alter Beichtvater, noch von Frankreich her Hüter ihres Seelenheils, sich weigerte, die Trauung vorzunehmen, waren Maria die ersten Zweifel gekommen, ob jedermann im Lande ihren Entschluß, Bothwell zu ehelichen, gutheiße. Diesen Augenblick wählte Bothwell, ihr das Papier von Ainslies zu zeigen, damit sie sich beruhige. Die vielen Unterschriften beruhigten Maria tatsächlich. Ihre Lords hatte sie also nicht zu fürchten, wenn sie sich offen zu ihrer Liebe bekannte und Bothwell heiratete. Aber da war einer, der nicht mit unterschrieben hatte. Einer, der schon einmal warnend das Gegenlager aufgeschlagen, einer, der seit langem selbst die erste Stelle im Lande begehrte, nicht als Ehemann und womöglich König, sondern als Bruder und Regent.

„James", erinnerte sich Maria nun doch verwundert, ihn noch nicht wieder in Holyrood gesehen zu haben. „Wo mag er stecken? Er wird doch meine Hochzeit nicht versäumen wollen!"

James Moray erschien nicht zur Hochzeit seiner Schwester. Keiner der Lords erschien zur Hochzeit der Königin. Die Hochzeitstafel, spärlich besetzt durch Marias Hofleute, ließ keine frohe Stimmung aufkommen. Maria weinte wieder einmal still vor sich hin, Bothwells Trostworte fielen ungeschickt grob aus.

„Sollen sie doch bleiben, wo der Pfeffer wächst, diese Schafe züchtende Teufelsbrut! Wir werden ihnen schon zeigen, wer in Zukunft Herr im Hause ist!"

Das Schlimmste aber war, daß sich für die Trauungszeremonie nach der Weigerung des Beichtvaters kein katholischer Priester mehr bereit fand. Tatsächlich waren Maria und Bothwell nur von einem konvertierten Bischof nach protestantischem Ritus getraut worden. In Maria rief das einen heftigen Widerstreit zwischen Beschämung und Trotz hervor.

„Ich kam in dieses Land, den Glauben meiner Väter hochzuhalten", klagte sie unter Tränen, „und nun gebe ich mich einem Mann ohne Segen der wahren Kirche." Aber kaum waren die Tränen getrocknet, setzte sie voller Trotz dagegen: „Ach was, ich gab mein Ja-Wort aus Liebe, und das alleine zählt! Gott liest in meinem Herzen, ob katholisch oder protestantisch!"

So endete der Hochzeitstag in Bothwells Armen doch noch glücklich. Seite an Seite, zwischen sich nur die Liebe, gab es für diese beiden Menschen, so verschieden sie auch waren, keinen Mißklang. Maria durfte durch ihn ganz Frau sein, und Bothwell sah sich von ihrer scheuen Hilfsbedürftigkeit stets aufs Neue angerührt.

Sobald der Tag graute, schienen Gewissensbisse doch die Oberhand zu gewinnen. Wie immer, wenn Maria sich zu übereilten Aktionen hatte hinreißen lassen, sandte sie endlose Briefe ins europäische Ausland, um sich zu rechtfertigen.

Meine Religion werde ich weder für Bothwell noch für irgendeinen anderen Mann der Welt aufgeben! schrieb sie und erntete bei den Adressaten von Rom bis London nur stummes Kopfschütteln. Nicht nur protestantisch getraut war sie, die einzig legitime Stuart, sondern auch noch mit einem Mann, den Verdacht und Willkür umgaben wie undurchdringliche Nebelschwaden und dessen Machtzuwachs man an fremden Höfen ebenso besorgt entgegensah wie im Land der Dudelsackpfeifer. Was, wenn Maria auf den Gedanken kam, so fragte man sich hüben wie drüben, Bothwell zum König zu machen, so wie sie Darnley zum König gemacht hatte?

Noch hatte Bothwell ein solches Verlangen seiner Gemahlin nicht vorgetragen, aber sagt man nicht, der Appetit kommt mit dem Essen?

Zwischen Liebe und Lords

John Knox, Reformator und Eiferer, hatte 1566 Edinburgh verlassen, um nicht mit dem Mord an Rizzio in Verbindung gebracht zu werden. Jetzt kehrte er in die Stadt zurück, erklomm, von Rheumatismus geplagt, mühsam die Kanzel von St. Giles und wetterte gegen Maria. Die ‚Messalina auf schottischem Thron' nannte er sie und scheute sich nicht, ebenso wie das gemeine Volk, das Wort ‚Hure' auszusprechen.

„Wenigstens hat diese Metze uns einen Sohn geboren", dozierte er, „Er soll unser König sein und kein anderer – König Jakob. Seht zu, daß er nicht in ihre Hände fällt und in die des Ehebrechers Bothwell!"

Die Leute hingen an seinen Lippen und brachen in johlendes Geheul aus, als der alte Mann seine Predigt mit einem Bannfluch endete. Sie verließen die Kirche wie Hunde, die man auf eine frische Blutspur gesetzt hatte. In den Straßen und Gassen rotteten sie sich zusammen, trugen Banner mit dem Bildnis des toten Darnley vor sich her, auf denen zu lesen war: *Rettet Prinz Jakob!* Die wachsende Unruhe in der Stadt ließ die Bewohner Holyroods ahnen, daß sich etwas zusammenbraute. Der Hof um Maria war klein geworden. Von den Lords war noch immer keiner erschienen, von wenigen Getreuen, wie beispielsweise Seton und Livingston einmal abgesehen. Maria jedoch war noch immer nicht beunruhigt. Sie war glücklich mit ihrem Bothwell, und daß die Lords versprochen hatten, ihn zu akzeptieren, das hatte sie ja schriftlich.

Daß es unterdessen ein anderes Schriftstück gab, das genau die gleichen Unterschriften trug, aber im Gegensatz zum ersten *die Befreiung der Allervornehmsten Person der Königin aus der Macht des Mörders ihres Gemahls* beschwor und *diesen, den Grafen Bothwell, der die Regierung des Landes an sich zu reißen suchte, zu bestrafen für Mord, Schändung und Entführung,* davon wußte Maria nichts. Sie feierte weiter auf Holyrood kleine Feste, veranstaltete Wettspiele in Tennis, Golf und Ringestechen, wobei viel gelacht wurde. Aber auch weinen sah man die Königin immer wieder, und Höflinge glaubten hinter verschlossenen Türen erregte Zwiesprache der Eheleute zu hören. Doch vergessen wir nicht, Maria war unterdessen im fünften Monat schwanger. In solchem Zustand ist die Stimmung einer Frau ohnehin labil.

Es war Bothwell, der sich als erster sorgte.

„Wir sollten Holyrood verlassen, Liebste, es bietet keinerlei Sicherheit, falls man uns angreift!"

„Uns angreifen? Wer sollte uns angreifen?“ konterte Maria ahnungslos, nicht gern sehend, was sie nicht sehen wollte.

„Die Lords hatten eine Versammlung zu Stirling . . .“

„Zu Stirling?“ Ein Treffpunkt der Lords ausgerechnet an dem Ort, den Maria für ihren Sohn als den sichersten ansah, alarmierte die Mutter in ihr. „Woher wollt Ihr das wissen?“

Es bedurfte keiner Frage, woher Bothwell sein Wissen hatte. Schon immer unterhielt er ein Netz von Zuträgern, die so oder so ihren Vorteil darin suchten, ihn über Vorkommnisse verdächtiger Art auf dem laufenden zu halten. Bisher hatte noch keiner von ihnen gewagt, die wertvolle Ware ‚Information‘ anderweitig anzubieten oder vorteilshalber zurückzuhalten. Sehr bald sollte genau das geschehen und Bothwell großen Schaden zufügen. Noch aber verließ er sich auf seine Quellen.

„Glaubt mir nur, Maria, sie planen Gewalt, und in Holyrood sind wir nicht geschützt.“

„Dann laßt uns in die Burg hinaufziehen“, schlug Maria einlenkend vor, „dort sind wir sicher. Der neue Schloßhauptmann ist Euer Freund!“

Tatsächlich war die Ernennung eines neuen Schloßhauptmanns von Edinburgh Castle notwendig geworden, als Maria Lord Erskine mit Prinz Jakob nach Stirling beorderte. Bothwell verwandte sich seinerzeit für seinen Freund James Balfour, und so war die Wahl zum Kommandanten der Burg auf ihn gefallen und damit die Macht, mit seinen Kanonen die Stadt und Umgebung in Schach zu halten.

„Balfour ist mein Freund, ja . . . ja . . .“ Bothwell wiegte unschlüssig seinen kantigen Kopf. Etwas schien ihm nicht recht zu sein. „Ich meine aber, wir sollten nach Borthwick gehen . . .“

„Warum in aller Welt nach Borthwick?“ entfuhr es Maria unwillig.

Ihre Flitterwochen in einem trutzigen Turmhaus zu verbringen, wenn es mit seinen sechsunddreißig Metern

Höhe auch ein stattliches Gemäuer war, das wollte ihr nicht gefallen. Borthwick lag einsam, hatte wohnliche, aber sehr beengte Räumlichkeiten, so daß selbst vom verkleinerten Hof sie kaum jemand begleiten könnte. Maria verzog schon wieder weinerlich das Gesicht, mußte aber zum ersten Mal erleben, daß ihr Mann eheliche Autorität hervorkehrte.

„Wir gehen nach Borthwick. Morgen schon. Ich habe alle meine Männer nach Melrose beordert, in vollen Waffen und mit Proviant für vierzehn Tage versehen. Ihr solltet das gleiche mit Euren noch verbliebenen Kräften tun, Maria . . . ruft zusammen, soviel Ihr noch an Bewaffneten aufbringen könnt."

„Dann meint Ihr also, es wird ernst?"

„Nun . . . wir sollten damit rechnen."

„Aber Bothwell, Edinburgh ist meine Hauptstadt. Wenn ich sie verlasse . . ."

„Balfour wird sie für Euch halten. Doch wir müssen beweglich bleiben, uns nicht bei ihm verschanzen." Er klang jetzt wie ein Feldhauptmann vor der Schlacht. Das machte Maria Angst.

„Ich werde packen lassen. Ein paar Wagen nur . . ."

„Keinen Wagen, Maria! Wir reiten. Schon vor Sonnenaufgang."

Marias Augen weiteten sich. Sie war die Königin. Noch niemals hatte ihr jemand Befehle gegeben. Aber ehe sie sich dagegen vewahren konnte, setzte Bothwell kurz und bündig hinzu:

„Und kein Wort über unser Ziel. Es gibt Verräter hier im Haus."

Etwas bäumte sich in Maria auf.

„Ich soll mich verstecken? In meinem eigenen Land? Niemals!"

Ihre ohnehin hohe Gestalt schien um noch ein paar Zoll gewachsen, und das Bernstein ihrer sonst so sanften Augen blitzte gefährlich auf. Bothwell blickte sie erstaunt an. Dann war seine Stimme ganz verändert, als er sagte:

„Nur für ein paar Tage, Liebste, dann haben wir es ganz sicher geschafft!“ Er sagte es leise, zärtlich und voller Zuversicht.

Borthwick war nun wirklich nicht das rechte Liebesnest für die Flitterwochen, eng, unbequem und ohne jeden Komfort. Aber Bothwell meinte wohl, niemand würde erwarten, daß die Königin sich ausgerechnet hier aufhalte. So bescherte es ihnen auch für eine kurze Zeitspanne Ruhe und Zweisamkeit. Noch einmal lebten Maria und Bothwell ganz der Liebe und der Leidenschaft, verbannten jeden Gedanken an Gefahr aus ihrem Bewußtsein. Nur kurz grübelte Maria, sich in seinen Arm schmiegend:

„Warum nur gönnen sie uns unser Glück nicht, die Herren Lords?“

„Sie fürchten, das Heft aus der Hand zu geben“, mutmaßte Bothwell nicht ganz zu Unrecht, war er doch fest entschlossen, es selbst zu erringen.

„Ich werde ein paar beruhigende Worte an sie richten“, nahm Maria sich vor, überzeugt von der Wirkung ihrer Wahrhaftigkeit. „Sie werden einsehen, daß alles beim Alten bleibt, ich nach ihrem Rat regiere, einzig Schottlands Wohl im Auge.“

„Sicher, meine Liebe, das wird sie überzeugen“, stimmte Bothwell zu. Nicht einen Augenblick glaubte er, daß die Lords noch durch Worte überzeugt werden könnten. Längst war es Zeit, wieder einmal Waffen sprechen zu lassen. Ein aufrechter Mann hatte für seinen Anspruch zu kämpfen, sei es für eine Frau oder sei es für einen Fußbreit mehr an Macht, den zu nehmen er sich vorgenommen hat. Und Bothwell war zu diesem Kampf bereit. Tausende von Bewaffneten sowohl der Krone als auch aus eigenem Herrschaftsbereich hatte er zusammengezogen, die nur auf einen Wink von ihm warteten zuzuschlagen. Ferner würden die wenigen verbliebenen Freunde ebenfalls eine Streitmacht um ein paar tausend Mann zur Verfügung stellen, so glaubte er, nicht zu vergessen, daß Balfours Kanonen die Hauptstadt Edinburgh in Schach hielten!

„Macht Euch keine Sorgen, meine Liebste", versicherte Bothwell voller Zuversicht. Maria machte sich keine Sorgen. Endlich war ein Mann an ihrer Seite, der sicher entschied, was zu tun sei. Es hatte sein Gutes, daß das Paar in Borthwick noch mit sich und seiner Liebe beschäftigt war, denn Hof halten, wie Maria es gewohnt war, das konnten sie in Borthwick nicht. Nicht eine der Ehrendamen stand ihr noch zur Verfügung, geschweige denn Magd oder Zofe zur persönlichen Bedienung. Die wenigen Schloßleute kamen zwar ängstlich ihren simplen Wünschen entgegen, sorgten für anspruchslose Mahlzeiten, schöpften Wasser aus dem Brunnen, fachten das Feuer im steinernen Kamin an, aber schon um die Pferde hatte sich die Handvoll Diener und Knechte zu kümmern, die Bothwells Leibwache ausmachten und die ihn überallhin begleiteten.

Der vierte Tag ihres Aufenthaltes brach eben an, noch war es dunkel, und Nebel umlagerten wie schwarze Schleier den Turm von Borthwick Hall, als einer von Bothwells Leuten die Turmtreppe heraufpolterte und von seinem Herrn gerade noch gehindert werden konnte, ins eheliche Schlafzimmer zu stürmen.

„Sie kommen! Sie kommen!" rief der Mann aufgeregt, „keinen Pfeilschuß weit haben sie sich versammelt!"

„Wie viele sind es?" wollte Bothwell wissen und fluchte, da die Auskunft ein ratloses Achselzucken war.

„Ich weiß nicht, Herr, ein paar hundert, tausend vielleicht?"

„Verdammt! Wie viele es auch sein mögen, sie kommen eine Woche zu früh!" Daß man ihren Schlupfwinkel so schnell ausfindig machen würde, damit hatte Bothwell nicht gerechnet. Seine Kräfte standen noch zu weit im Süden, brauchten einige Tage, um bis auf die Höhe von Borthwick vorzustoßen. Auch von den Boten, die er an letzte Freunde wie Seton, Fleming und Hamilton gesandt hatte, waren einige noch nicht zurückgekehrt, andere hatten nur vage Zusage oder gar Ausreden gebracht. Maria und Bothwell saßen wehrlos in der Falle. Was war zu tun? Bothwell überlegte blitzschnell.

„Sattelt alle Pferde!“ befahl er.

„Auch das der Königin?“

„Auch das der Königin! Aber keinen Damensattel! Nehmt einen von meinen Sätteln und führt das Pferd hierher zu mir! Dann wartet beim Stall auf mich!“

„Jawohl, Herr!“

„Und eilt euch!“

Der Mann polterte wieder die Treppe hinab, und Bothwell atmete tief durch. Er hatte einen Entschluß gefaßt und mußte diesen seiner Frau, der Königin von Schottland, schmackhaft machen. Er betrat das Schlafgemach und blieb unschlüssig vor der Bettstatt stehen. Maria schlief. Sie schlief den schwerelosen Schlaf süßer Sorglosigkeit, den zu stören ihm in der Seele weh tat. Er beugte sich über sie und fuhr ihr zärtlich mit den Fingern über Stirn und Haar. Diese Frau hatte ihm, seit er ihr das erste Mal begegnet war, eine ganze Skala von Gefühlen entlockt. Respekt, Bewunderung, Begierde, aber auch den Wunsch, sie zu besiegen, zu übertrumpfen, zu unterjochen. Jetzt aber war er erfüllt von einer Liebe, die einzig die besten Seiten seines zwiespältigen Charakters hervorkehrte, Hingabe und Opferbereitschaft. Als sie die Augen aufschlug und ihr bernsteinfarbener Blick ihn traf, hätte er sein Leben für sie hingegeben. Und nicht viel anderes war es, das er ihr jetzt zu unterbreiten gedachte. Aber erst mußte er sie aus dem Reich ferner Träume auf die Erde zurückholen.

„Wacht auf, Liebste“, begann er liebevoll, „es ist soweit, Maria! Sie kommen . . .“

Maria war sofort wach.

„Die Lords?“ Ihr Blick wurde hart. „Sie kommen in Waffen, nicht wahr? Wie viele sind es?“

„Schwer zu sagen, vielleicht nur eine Vorhut. Jedenfalls haben sie uns aufgestöbert.“

„Wir müssen fort! Ruft Eure Leute!“ Schon war sie halb aus dem Bett, aber Bothwell hielt sie zurück.

„Hört meinen Plan, Maria. Ich reite mit meinen Leuten davon, um die Lords abzulenken. Wir reiten ostwärts wie auf der Flucht. Sie werden denken, Ihr seid mit uns . . .“

„Das bin ich auch. Ich reite mit Euch.“

„Nein, Maria! Ihr bleibt hier, wartet eine Weile ab und nehmt dann den Weg nach Westen. Euer Pferd steht bereit, gleich hinten hinaus bei den Apfelbäumen. Ihr reitet nach Black Castle. Das könnt Ihr in einer Stunde erreichen. Dort treffen wir uns und reiten weiter nach Dunbar. In Dunbar waren wir schon einmal in Sicherheit.“ Der Plan schien perfekt. Dennoch wollte Maria ihm noch nicht zustimmen.

„Aber ich . . .“ Bothwell legte eine Hand auf ihre Lippen.

„Dies eine Mal gehorcht Ihr mir. Und noch etwas. Laßt Euch nicht sehen. Von niemandem. Auch von den Dienstleuten nicht. Auch sie sollen denken, Ihr seid mit uns geritten.“

Maria, endlich einverstanden, ihm zu gehorchen, dachte als Frau schon weiter.

„Ihr müßt mir wenigstens noch in mein Kleid helfen, wenn ich schon die Magd nicht rufen soll!“ Ohne die Hilfe einer Zofe oder Kammerfrau ein Kleid im Rücken zuzuschnüren, wie es die Mode vorsah, war nun wirklich kaum möglich. Schon war Bothwell bereit, seiner Frau diesen Liebesdienst zu erweisen, als er innehielt.

„Nein. Kein Kleid. Laßt uns sehen, was in den Truhen dort zu finden ist.“ Er hob den Deckel einer Kleidertruhe und holte nacheinander Hose, Wams und Hemd hervor und hielt sie gegen Marias Leib. „Lord Borthwick scheint hochgewachsen zu sein, grad wie Ihr. Probiert es. In Männerkleidung seid Ihr sicherer. Man soll Euch nicht von fern schon als die Königin erkennen. Eurem Pferd hab' ich bereits einen Herrensattel auflegen lassen.“

Zum Glück war Lord Borthwick nicht nur hochgewachsen, sondern auch beleibt, denn Maria zeigte schon die Wölbung ihrer neuen Schwangerschaft.

Der Abschied dann war kurz. Bothwell voller Sorge um Maria, wollte genau das sich nicht anmerken lassen.

„Also, im Galopp nach West! Dann sehen wir uns noch diesen Mittag wieder."

Schon war er fort, und kurz darauf klang Hufgetrappel von einem Dutzend Pferde herauf und verlor sich rasch verebbend nach Ost. Maria war allein. Noch einmal öffnete sie die Truhe und entnahm ihr auch noch einen Hut mit breiter Krempe und Federzier. Ein halbblinder Spiegel warf ihr das Bild eines ländlichen Kavaliers zurück, mag sein auf Jagd oder zu Tagesbeginn seine Felder inspizierend, aber keineswegs die Königin von Schottland auf der Flucht.

Das erste Licht des neuen Tages fingerte sich den Horizont entlang, als Maria in Lord Borthwicks Stiefeln leise die Treppe hinabschlich. Die Vorsicht war unnötig, denn von unten herauf drang ungebremst neuer Lärm. Schritte, Tritte, Türenschlagen, ein Durcheinander lauter Stimmen.

„Wo ist sie? Antwortet!"

„Sie sind fortgeritten, alle miteinander", beschworen ängstlich der Kastellan und seine Frau.

„Die Männer wohl, aber sie war nicht bei ihnen! Wo also ist sie?"

Maria erstarrte. Das war Mortons Stimme. Und gleich drauf erkannte sie Argylls tiefen Bass.

„Gebt Auskunft, rate ich euch gut, sonst sind eure Tage gezählt!"

Maria wurde heiß und kalt. Die List, die Bothwell sich erdacht, schien mißlungen. Jetzt hatte sie sich zu entscheiden. Noch war sie die Königin. Sollte sie den Lords entgegentreten, sie erneut unter ihren Gehorsam zwingen? Mag sein, es konnte ihr gelingen, aber das hieß, Bothwell preisgeben. Das aber würde sie niemals tun. Bothwell war ihr Mann. Die Lords würde sie nur gemeinsam mit ihm bezwingen oder selbst sich geschlagen geben.

„Wir möchten lediglich der Königin unsere gebührende Aufwartung machen", schmeichelte jetzt eine Stimme, in der Maria voller Schrecken ihren Bruder James erkannte, „also habt die Güte, uns zu ihr zu führen."

„Die Räume Ihrer Majestät sind oben ..." wich die Frau des Kastellans aus.

„Majestät?" höhnte indessen Morton, „lange wird sie das nicht mehr sein, die schändliche Metze! Los zeigt uns den Weg!"

Jetzt war keine Zeit mehr zu verlieren. Die Hintertür zu erreichen war unmöglich, denn die Halle, die sie hätte durchqueren müssen, füllte sich weiterhin mit Männern, die ihrer habhaft zu werden trachteten. Es blieb nur das Fenster. Maria entriegelte es und blickte hinaus. Zum Glück lehnte sich der Turm an einen mit Obstbäumen bestandenen Hang, so daß ein Sprung hinab nicht allzu gefährlich schien. Maria wagte ihn, konnte aber einen Aufschrei nicht unterdrücken, da ein Schmerz wie von tausend Nadeln sie durchfuhr. Mein Kind, dachte sie, o mein Kind! Herrgott, laß es mich nicht verlieren! Doch war jetzt kein weiterer Gedanke daran zu verschwenden. Wo war das Pferd? Noch war die Sicht sehr schlecht, die Dämmerung mit Nebeln vermischt. Das Tier, des Alleinseins müde, froh, Menschennähe zu verspüren, schnaubte leise. Kaum vier Schritte entfernt stand es am bezeichneten Baum angebunden und tat sich an ein paar frühen Äpfeln gütlich. Maria band den Zügel los und schwang sich in den Sattel. Wie gut, daß sie die Ponys von Carrières-sur-Seine im Herrensattel, ein Bein links, ein Bein rechts, zu reiten gelernt hatte und sich in dieser Reitweise noch immer sicher fühlte.

Bothwell hatte die Entfernung richtig eingeschätzt. Binnen einer Stunde zügigen Galopps erreichte Maria Black Castle, die Behausung eines zuverlässigen Freundes. Die Frage war jetzt nur: Würde auch Bothwell Black Castle sicher erreichen? Oder hatte man ihn, dessen Inszenierung ja durchschaut war, gefangengenommen und abgeführt? Bis zum Abend saß Maria in Black Castle, voller Angst und vom Hausherrn nur notdürftig getröstet.

„Es wird ihm nichts geschehen, Majestät. Bothwell ist ein schlauer Fuchs, den man nicht so leicht fängt."

Was aber, wenn doch? Angst schnürte Maria mit einem Mal den Hals zu. Sie wollte, sie durfte ihn nicht verlieren. Sie liebte ihn doch, diesen eigenartig urwüchsigen, dann wieder feinsinnigen Mann, den einzuschätzen so schwer war und dessen Ausstrahlung sie so ganz und gar gefangennahm.

Wie groß Marias Liebe zu Bothwell war, zeigen ausdrucksvolle Verse, die sie in dieser Zeit schrieb. Wo Prosa zu grob und zu direkt erscheint, klingen Reime aus ihrer Feder wie ein Gebet und drücken das Absolute ihrer Beziehung zu Bothwell am besten aus:

In seine Hände und in sein Ermessen
Leg ich alles, was ich irdisch je besessen,
Mein Kind, mein Land, Leben, Glück und Ehre,
Denn ihm allein und unbedingt sein eigen
will meine Seele ewig sich erzeigen,
Nur ihm sich bindend, selig seiner Nähe,
Treu bis zum Tod, was immer auch geschehe.

Die Stunden verrannen in quälender Sorge um ihn, dann aber war er ganz plötzlich da und nahm sie lachend in die Arme.

„Verzeiht, Liebste, die Verspätung! Ich hatte einen weiten Bogen zu reiten, um die Herren Lords an der Nase herumzuführen."

„Oh, Bothwell", schluchzte Maria erleichtert auf, „Ihr dürft mich niemals wieder allein lassen! Niemals! Schwört es mir, Bothwell, schwört es!"

„Ich schwöre", sagte Bothwell und glaubte in diesem Augenblick seinem eigenen Schwur.

Carberry Hill

Black Castle beherbergte das Paar nur für eine Nacht, dann ritten sie, gleichsam ein Herr und sein Page, nach Dunbar, jener Festung, die schon fast mystisch als uneinnehmbar galt. Hätten sie auf die Sicherheit der Festung vertraut und nur wenige Wochen darin ausgehalten, so hätte die Geschichte einen anderen Verlauf genommen. Aber gerade diese Sicherheit veranlaßte Maria, wieder als Königin zu denken.

„Während wir hier sitzen, so ganz abseits vom Schuß, werden die Lords sich in meiner Hauptstadt festsetzen."

„Geduld, Maria, Geduld! Edinburgh gehört dem, der die Burg hält. Und Balfour wird sie für uns halten, bis wir unsere Truppen zusammengezogen haben."

„Ist auf ihn auch wirklich Verlaß?" hakte Maria nach, da ihr Balfours zweifelhafte Rolle als Besitzer des Hauses von Kirk O'Field nicht aus dem Kopf gegangen war.

„Er gehört zu meinen besten Freunden", versicherte Bothwell und warf sich in die Brust, als wolle er bei sich selbst keinen Zweifel darüber aufkommen lassen. „Balfour hat mir viel zu verdanken und . . ." Er brach den Satz unvollendet ab. Das Leben hatte auch ihn gelehrt, daß Dankesschuld kein Garant für Treue war.

Fünf Tage später war alles, was noch zur Krone stand und was Bothwell an Bewaffneten aufbringen konnte, zu Dunbar versammelt. Er zählte kaum tausend Mann unter dem Banner der Königin, dem roten Löwen Schottlands, und einer ihrer Hauptmänner meldete sofort, James Balfour habe sich den Aufständischen angeschlossen und ihnen die Burg samt Kanonen übergeben.

„Sie ziehen soeben auf Edinburgh, sich dort zu verschanzen, Sir, und mehr noch . . ."

„Was noch? Sprecht", wurde der Mann von seinem Kommandanten ungeduldig aufgefordert.

„Man sagt, der Graf von Erskine sei bei ihnen . . . samt dem kleinen Prinzen . . ."

„Prinz Jakob? Dem Thronfolger?"

„Sie haben meinen Sohn?“ Mit einem Aufschrei trat Maria hinzu, da sie die letzten Worte des Hauptmanns vernommen. „Sie haben mein Kind! Bothwell! Wir müssen nach Edinburgh, koste es, was es wolle!“ Diesmal widersprach ihr weder der Befehlshaber ihrer Streitkräfte noch ihr Ehemann. Bothwell erkannte sehr wohl, die Lords hatten einen entscheidenden Schlag geführt.

„Wir brechen auf, sobald die Leute sich ausgeruht haben!“ ordnete er mit fester Stimme an.

Wie schon das erste Mal neben Lord Moray, ihrem Bruder, und das zweite Mal neben Darnley, ritt Maria Stuart nun das dritte Mal neben einem Mann durch ihr Land, um bewaffnet für ihr Recht zu streiten. Hatte sie sich dabei stets gewünscht, selbst ein Mann zu sein, in Harnisch und Eisen zu reiten, so hatte sie diesmal sogar die Männerkleidung abgelegt. Ihr Leib hatte sich soweit gerundet, daß sie stattdessen in losem Rock und Mieder ritt, in aller Eile ausgeliehen von einer Bäuerin im Dorfe Dunbar. Kleidsam war das bunte Zeug nicht, und was es der Taille an Bewegungsfreiheit bot, fehlte ihm an der Länge. Maria zupfte schamhaft unentwegt, Wade und Knie ließen sich aber nur schlecht vor den Blicken der Männer verbergen. Kurz, Maria bot nicht das gewohnte Bild einer Königin, und, sich dieses Mangels bewußt, schwor sie, es in aller Zukunft auszugleichen mit allem, was Schneiderkunst nur hergeben konnte. An Seide, Samt und Perlen nie mehr zu sparen, schwor sie sich, und der Welt wieder mit der ihr eigenen Sicherheit entgegenzutreten, die gepflegte Eleganz und modische Perfektion voraussetzte.

„Können wir denn nicht etwas schneller reiten?“ fragte sie unbeherrscht und wußte selbst die Antwort doch recht gut. Nur etwa sechzig Mann waren beritten, die anderen, unter ihnen zweihundert Arkebusiere, marschierten zu Fuß. Dazu war es ein ausnehmend heißer Tag, dieser 15. Juni 1567, und die Männer schwitzten unter ihren Helmen und Kettenhemden. Der Hauptgrund, warum es nur langsam vorwärts ging, waren aber drei Feldgeschütze aus blankem Messing, die Bothwell unbedingt aus dem Bestand Dunbars hatte mitnehmen wollen.

„Ob es zum Kampf kommt oder nicht", hatte er gemeint, „sie haben jedenfalls eine einschüchternde Wirkung."

Jetzt schlich die Heerschar der Königin also von Ost nach West, und zu ihrer größten Freude steuerten doch noch ein paar loyale Standesherren Mann und Roß bei, so daß die Anzahl der gepanzerten Reiter um ein Vielfaches anwuchs.

Bis auf fünf Meilen war man an Edinburgh heran, und Maria frohlockte bereits, wie man unter Fanfarenklang in die Stadt einziehen würde, als Bothwell die Hand schützend über die Augen hielt, um besser in die Ferne sehen zu können.

„Himmel", rief er, und Ärger wie Enttäuschung waren ihm anzumerken, „sie haben uns erwartet! Sie blockieren den Weg!"

„Wo sind sie? Ich sehe nichts", wollte Maria, von der Mittagssonne geblendet, wissen.

„Seht dort, den Hang entlang haben sie Aufstellung genommen, ebenso stark wie wir, und das verhaßte Banner über ihnen!"

Das Banner, von dem Bothwell sprach, war jenes mit dem Abbild des toten Darnley, das schon der Plebs durch Edinburghs Straßen getragen hatte, und dem Schriftzug darunter: *Rettet Prinz Jakob vor den Mördern ihres Vaters!* Welch doppelzüngiges Motto für die Unterzeichner des Pakts von Craigmillar!

Bothwell und Maria ritten ein Stück voraus, und nun lag die ganze Front der Aufständischen, weit auseinandergezogen, vor ihnen, so nahe, daß man ‚das Weiß im Auge des Feindes sehen' konnte. Ihre Anführer steckten beratend die Köpfe zusammen, da waren Morton, Argyll, Lindsay und wie sie alle hießen, in ihrer Mitte, sie alle überragend James Moray. Marias Herz aber schien auszusetzen, als sie deutlich neben ihm Erskine und Melville erkannte und sogar Maitland – ihren Getreuesten!

Es waren die Hügelketten von Carberry Hill, auf denen nun die beiden Armeen, nur einen Steinwurf voneinander getrennt, aufmarschiert standen. Die Sonne brannte gnadenlos vom wolkenlosen Himmel, und die Anführer beider Seiten schienen unentschlossen, was nun zu geschehen habe. Ein jeder zögerte, unschuldiges Blut fließen zu lassen für eine Sache, die eigentlich der Adel unter sich auszumachen hatte. Stunden verstrichen, in denen die Mittagshitze ihre Opfer forderte. Durst quälte die Männer der königlichen Seite, während die Lords sich rechtzeitig den Zutritt zu einer sprudelnden Quelle zwischen den Linien gesichert hatten. Verpflegung seiner Leute hatte Bothwell erst in Edinburgh vorgesehen, von der man nun unerwartet abgeschnitten war. Die hinteren Reihen seiner Kampfmacht lichteten sich bereits, der eine und andere verdrückte sich in den Schatten nahen Gebüschs oder hangelte sich an den Mittagstisch nächstliegender Bauernhöfe durch. Wie oft in entscheidenden Stunden der Historie waren es elementare Bedürfnisse des Leibes, die die Entscheidung herbeiführten. Während Moray und Genossen, wohl vorbereitet, die ihren bei Kräften hielten, murrten Bothwells Leute in stechender Hitze bei tatenlosem Umherstehen.

Endlich löste sich drüben ein Reiter und kam durch die Senke geritten. Im Näherkommen erwies er sich im schmucken Aufzug nach letzter Pariser Mode, kugelförmige Kürbishose und mit Roßhaar gepolstertes Wams, spitzem Hut und brettsteifer Halskrause, als Monsieur Philibert du Croc, seines Zeichens französischer Botschafter. Er brachte sein Pferd vor Maria zum Halten, ohne Bothwell eines Blickes zu würdigen, und zog seinen Hut. Du Croc schien Bauernrock und geflicktes Mieder nicht zu bemerken und grüßte formvollendet die Königin von Schottland.

„Madame“, begann er, nachdem Maria ihm mit einem Wink die Erlaubnis gegeben hatte, zu sprechen, „Madame, ich komme im Auftrag und mit Botschaft, ohne selbst im geringsten Partei zu sein", damit sprach er nur halb die Wahrheit, sein Haß gegen Bothwell war stadtbekannt, „und habe Euch folgendes zu unterbreiten ..."

„Ich höre, Monsieur du Croc!"

„Die Lords des schottischen Königreichs haben seit dem gestrigen Tag Macht und Regierung übernommen ..."

„Sie haben keinerlei Recht dazu", unterbrach Maria heftig, du Croc ließ sich aber nicht beirren.

„... Für den Fall aber, daß Euer Majestät bereit sind, sich von jenem Mann dort" – ein vernichtender Blick du Crocs traf bei diesen Worten Bothwell – „loszusagen und mir hinüber zu den Lords zu folgen, so wird nicht nur der Thron Eurer Majestät verbleiben, sondern werden alle Lords demütig das Knie vor Euch beugen ..."

Wieder fiel Maria dem Botschafter ins Wort.

„Sagt jenen Aufrührern und Ungehorsamen, lieber würde ich in einfachem Bauernrock bis ans Ende der Welt gehen als dulden, daß ich von meinem Gatten, dem Grafen von Bothwell sowie Herzog der Orkaden, getrennt werde."

Das waren stolze Worte, stolzer, als es Marias Interesse in dieser Situation dienen sollte. Du Croc musterte sie einen Augenblick schweigsam, und diesmal entging ihm ihr ärmlicher Aufzug ganz sicher nicht mehr.

„Darf ich das so, Madame", sagte er mit trauriger Stimme, „Eurem Bruder und den anderen Herren überbringen? Genau mit Euren Worten?"

„Genau so, Monsieur, mit meinen Worten."

Du Croc grüßte wieder formvollendet, wandte sein Pferd und ritt ins Gegenlager zurück.

„Wir greifen sofort an", schrie Bothwell mit geballter Faust und riß sein Pferd herum. Doch auf sein Zeichen zum Angriff regte sich nichts. Die hinteren Reihen bestanden nur noch aus weggeworfenen Helmen und Waffen, die vorderen aber hatten sehr wohl die Worte des Parlamentärs vernommen und waren verunsichert, wo das Recht, mehr noch wo Lohn und Brot zu finden waren, von denen sie letzthin wenig zu sehen bekommen hatten.

„Vorwärts, ihr Hunde! Attacke!“

„Nicht, Bothwell, nicht“, bat Maria, „ich will kein Blutvergießen.“ Mit genau den gleichen Worten beschwichtigte eben ihr Bruder die aufgebrachten Lords, denen der französische Botschafter die aufreizende Antwort der Königin übermittelt hatte.

„Aber Maria“, japste Bothwell und hatte Mühe, sich auf dem tänzelnden Pferd zu halten, „kein Blut? Nach Euren stolzen Worten? In Strömen soll es fließen, das Blut jener, die es wagten, sich gegen Euch zu stellen! Zum Angriff, Männer! Es geht um die Ehre Eurer Königin.“

Wieder rührte sich weder Hand noch Fuß, seinem Aufruf zu folgen, und Maria winkte nur müde ab.

„Ach, Bothwell, Liebster . . .“ Sie fühlte das Leben in ihrem Leib, Leben dieses Mannes, der ihr zu Ehren seine Männer zum Sterben aufrief, dem Tod eine Gasse bereitete. Ihr ganzes Fühlen als Frau widerstrebte dem, und nichts wünschte sie mehr, als dem Konflikt ein Ende zu machen. Noch spürte sie den Stolz der Stuarts, aber er war im neuerlichen Erleben als Mutter leiser geworden, viel leiser . . . „Bitte, Bothwell, haltet ein. Wir sollten überlegen . . .“

Bothwell begriff nichts mehr. In den südlichen Grenzregionen war er stets, wenn auch als Untertan der Krone, unumschränkter Herr seiner Truppen gewesen, hatte zum Schrecken seiner Gegner Sieg um Sieg erfochten. Was war geschehen? Es schien alles von ihm abzufallen, seine Leute desertierten, die noch verbliebenen zeigten keinerlei Courage. Und Maria, seine wundervolle, sonst so mutig entschlossene Maria, zauderte und zögerte.

„Es gibt nichts zu überlegen, meine Königin. Ihr habt Euch zu mir, Eurem Gatten, bekannt, das gibt mir die Kraft, Euch zum Sieg zu führen, und wenn ich ganz allein . . .“ Er ganz allein? Zweikampf! Wie das überschäumende Licht einer Explosion formte sich in seinem Hirn das Wort. Das war die Lösung. Schottisches Blut schonend, wären nur zwei Ehrenmänner verantwortlich für den Ausgang des Geschehens, und er, Bothwell, würde alles, ja sein eigenes verdammtes Leben dafür einsetzen. „Zweikampf!" rief er laut und gab seinem Pferd den Sporn, daß es stieg. Geschickt brachte er das Tier wieder in seine Gewalt und setzte sich mit ein paar Galoppsprüngen vor die Front seiner licht gewordenen Reihen.

„Gentlemen! Meine Lords!" rief er, „Ich fordere in die Schranken zur Ehre der Königin! Ich fordere zum Zweikampf von Mann zu Mann um Krone und Land! Wer wagt einen Gang mit mir, James Hepburn, Graf von Bothwell, Herzog der Orkaden und Gemahl Ihrer Majestät?"

Die Reihe seiner Titel hallte noch übers Tal, als drüben Bewegung entstand. Die Lords, abgesessen vor der langen Reihe ihrer mustergültig angetretenen Armee, steckten die Köpfe zusammen.

„Nun, meine Herren", näselte Moray mit ironischem Unterton, „wer fühlt sich berufen, das ehrenwerte Angebot des lautstarken Maulhelden dort drüben anzunehmen?"

Als erster meldete sich Sir William Kirkcaldy of the Grange, ehemaliger Schatzmeister Jakobs V., Protestant, von ehrenwerter, aber eher geringer Herkunft.

„Ich habe noch eine alte Rechnung mit ihm", grollte er und zog voreilig sein Schwert.

Moray legte ihm beschwichtigend eine Hand auf die Schulter.

„Wie fast alle von uns, mein lieber Kirkcaldy, nur meine ich, es sollte ein jüngerer als Ihr Seiner herzoglichen Gnaden gegenübertreten." Sein Ton wechselte wieder zu feiner Ironie, als er die Gesichter seiner Gefährten streifte. „Morton, wie wäre es mit Euch? Nehmt Ihr den Fehdehandschuh auf?"

Doch Morton, wie forsch sein Auftreten zu Borthwick auch gewesen, zog sich jetzt lauwarm aus der Affäre.

„Nun ja, ich . . ." stammelte er unschlüssig, sich mancher schlagkräftigen Auseinandersetzung mit Bothwell erinnernd. Den wehrlosen Rizzio abzustechen, war mehr nach seinem Geschmack gewesen. Zum Glück kam ihm Lindsay jetzt zuvor.

„Ich nehm' es gern mit Bothwell auf", meldete er stolz. Ebenfalls Protestant und Streiter gegen das Papsttum, war auch er von Maria nach dem Mord an Rizzio begnadigt worden. Fest entschlossen lenkte Lindsay sein Pferd bereits durch die Talsenke. Doch da kam, was keiner der Männer, hüben wie drüben, erwartete: das Veto der Königin.

„Halt!" rief Maria so gebieterisch sie es im Wissen um ihre wahre Ohnmacht nur vermochte, „Halt! Ich will es nicht, ich lasse es nicht zu!" Ihr wenig königliches Erscheinungsbild im Bauernkleid mit nacktem Knie war vergessen. Hochaufgerichtet, kerzengerade im Sattel, war es unmißverständlich Maria Stuart, Königin von Schottland, die mit fester Stimme sprach: „Ich dulde keinen Zweikampf! Lord Lindsay, kehrt um! Statt Eurer schickt mir William Maitland. Ich will verhandeln."

Maitland machte sich augenblicklich unsichtbar. Seiner Herrin, der er die Treue aufgesagt, gegenüberzutreten, schämte er sich. Lord Moray schickte Kirkcaldy, der nun ohne sein Schwert zum Zuge kam. Den Helm unterm Arm, sein weißes Haar im Winde wehend, kam er durch die Senke und dann den Hang heraufgeritten. Ehrfürchtig grüßte er seine Königin, schenkte indessen Bothwell keinen Blick. Dieser sah ob der Geste kühler Verachtung urplötzlich rot. Mit gezogener Waffe stürmte er heran.

„Kretin, elender! Ich lehr' Euch Höflichkeit!" schrie er und wollte sich auf Kirkcaldy stürzen. Marias erhobene Hand gebot ihm Einhalt.

„Bothwell", tadelte sie ihn mit Bestimmtheit, „bedenkt die Regeln des Anstands. Sir William ist nicht als Gegner gekommen, sondern als Unterhändler."

Sie sah Bothwell die Waffe senken, sich ihr in Gehorsam beugen, aber sie sah auch sein von Haß verzerrtes Gesicht und sie las darin, als habe sie es noch niemals gesehen. Sein

Mund war schmal geworden, seine Lippen zitterten, unmäßiger Zorn verdunkelte sein Auge. Maria schien mit einem Mal über der Szene zu schweben, hellsichtig und über sich selbst hinausblickend. Dort drüben standen die Lords, kühl und gelassen in sinkender Nachmittagssonne, unbeirrbar geeint in ihrer Absicht. Hier stand Bothwell, allein, in blindem Zorn verrannt. Beiden ging es längst nicht mehr um Gerechtigkeit, es ging um Macht, um sonst nichts. Es war einzig eine Sache unter Männern. Eine Frau konnte so nicht denken und empfinden. Bothwell würde diesmal nicht der Sieger sein, so erkannte Maria in aller Klarheit, er würde am Widerstand seiner Gegner zerbrechen, in der Glut seines Hasses verbrennen. Wenn sie Bothwell retten wollte, den sie liebte und dessen Kind sie trug, dann mußte sie ihn ausschalten, seinen Kampfgeist ins Leere laufen lassen. Maria wußte jetzt, Bothwell *und* Schottland würde sie niemals haben können. Sie mußte wählen, zum Heil beider Seiten.

„Was, Sir William, bieten mir die Lords, wenn ich mich ergebe?" hörte man Maria Stuart mit leiser Stimme ihr Schicksal besiegeln, „und welche Bedingungen stellt Ihr für Bothwell, wenn er sich außer Landes begibt?" Einen Augenblick herrschte absolute Stille. Nur das Klirren von Bothwells Schwertgehänge war zu hören, als er die Klinge in die Scheide zurückstieß. „Nun, Sir William . . . ?"

Kirkcaldy räusperte sich vernehmlich.

„Wenn Euer Majestät sich bereit finden, mit uns zurück nach Edinburgh zu reiten, so sind Euer Majestät alle Ehren und Rechte gewiß wie bisher." Er machte eine bedeutsame Pause und wies mit dem Kopf zu Bothwell hin, ohne ihm einen Blick zu gönnen. „Und was den Grafen Bothwell anbelangt, so sichern wir ihm freies Geleit zu. Er kann ohne Verfolgung seiner Wege ziehen, wenn er das Land verläßt. Dafür verbürge ich mich mit meiner Person."

Es war alles gesagt. Maria winkte Bothwell zu sich heran und, noch im Sattel, aber außer Hörweite Kirkcaldys, flüsterte sie ihm zu:

„Bezwingt Euren Unmut, Liebster, und glaubt mir, es ist das Beste so. Reitet vorerst nach Dunbar. Dorthin sende ich Euch Botschaft. Vertraut mir und habt Geduld."

Das klang nicht nach Abschied. Und sicherlich waren ihre Worte nicht im entferntesten als ein solcher gemeint. War sie erst wieder in ihre Rechte eingesetzt und hatten die Lords vor ihr das Knie gebeugt, würde man weitersehen. Eben noch von der Aussichtslosigkeit eines Festhaltens an Bothwell überzeugt, hatten die Worte Kirkcaldys schon wieder Hoffnung in Maria aufkommen lassen. Das nun war Frauenart, ganz anders als Männer denken und fühlen würden. Sie beugte sich vor und streifte Bothwells Wange mit einem Kuß.

„Es wird alles gut werden, Liebster, alles wird gut."

„Aber Maria, so hört doch . . . ich . . ." Bothwell endete den Satz mit einem Fluch. Maria hörte ihn nicht mehr, sie hatte ihr Pferd gewendet und galoppierte, Kirkcaldy voraus, den Hang hinab.

Mit einem Mal hatte sie es eilig, Carberry Hill hinter sich zu lassen.

Auf Euer Wort als Bruder

In der Talsohle angekommen, parierte die Königin ihr Pferd durch und nahm den gegenüberliegenden Hang unter die Hufe. Hinter sich hörte sie schnaufend Kirkcaldy ihr nachsetzen, vor sich den Grat entlang in Reih und Glied die aufständischen Lords. Ihnen allen stand angespannte Erwartung ins Gesicht geschrieben. Mortons Hakennase schien noch größer als sonst, Argyll im bunten Kilt, Lindsays Lippen spöttisch geschürzt, Maitland verlegen im zweiten Glied, Melville ein Stück abseits, und einzig ungerührt, als ginge all dies ihn nichts an, James Moray. Maria hielt genau auf ihn zu, und es schien, als ob sie ihm winke.

„Hier bin ich, James", rief sie fast fröhlich, „auf Euer Wort als Bruder!"

„Auf mein Wort als Edelmann heiß' ich Euch willkommen, Madame!"

„Nehmt's, wie Ihr wollt, Bruder, ich bin gekommen – allein, wie Ihr gefordert, und zähle auf das, was Ihr versprochen."

Noch war Maria ohne Arg. Ganz im Gegenteil. Sie hob ihm, kaum daß sie aus dem Sattel geglitten, die Arme entgegen, ihn zu begrüßen, wie man einen Verwandten begrüßt. Doch Moray blieb stocksteif stehen. Andere hingegen wie Argyll, Erskine, Melville und sogar Du Croc beugten demütig das Knie vor ihr, wieder andere, Lindsay und Morton, deuteten eine Reverenz nur an, Maitland hatte Tränen in den Augen.

„Mein guter Maitland", sprach Maria ihn an, „Ihr habt gefehlt wie alle hier, aber ich vergebe Euch. Seid erneut mein Sekretär und erster Rat, wie ich auch . . ." ihr Blick umfaßte die Männer der Reihe nach „wie ich auch all jenen vergebe, so sie mir erneut getreu dienen!" Kein Echo auf ihre Worte. Niemand rührte sich, alle blickten auf Moray. Und der gab kühl seine Anweisung:

„Besteigt wieder Euer Pferd, Madame, Ihr reitet mit uns in die Stadt!"

Seinen Befehlston überhörend gehorchte Maria und schwang sich ohne Hilfe in den Sattel. Sie setzte ihr Pferd neben das Morays, in einigem Abstand folgten die Lords. Die Armee blieb unter Führung Kirkcaldys zurück.

Die fünf Meilen bis Edinburgh waren nicht weit, aber auf diesem kurzen Weg fielen zwischen den Geschwistern Worte von einschneidender Bedeutung.

„Ich werde so schnell wie möglich das Parlament einberufen", teilte Maria ahnungslos ihren Entschluß mit.

„Ihr habt nicht mehr die Macht, Madame, das Parlament einzuberufen."

Maria wandte sich ihrem Bruder zu. Zum ersten Mal wurde ihre Stimme heftig.

„Ich bin die Königin!"
„Und ich der Regent!"
Ungehemmt prallte jetzt Kraft gegen Kraft.
„Ihr habt mir die Krone zugesagt, wenn ich mich Euch ergebe."
„Die Krone? Sprecht Ihr vom Reif aus Gold und Edelstein?" Sein Ton war blanker Hohn. „Den mögt Ihr tragen, so oft Ihr nur wollt! Er ist von keinerlei Bedeutung mehr ..." Er überlegte kurz und sprach weiter in ernstem Ton: „... es sei denn, Euer Sohn wird ihn auf dem Haupte tragen. Ich werde ihn krönen lassen. In Kürze schon. Als Jakob VI. von Schottland."
„Heißt das, Ihr habt mich abgesetzt?"
„Das heißt es, Madame. Das Dokument harrt nur noch Eurer Unterschrift."
„Das Dokument?"
„Eures Verzichts. Es wird Euch baldigst vorgelegt."
Maria zog voller Verachtung tief die Luft ein.
„Ich unterschreibe nicht. Niemals!"
„Wir werden sehen ..." Moray gab seinem Pferd den Sporn und ritt voraus. Noch akzeptierte Maria die Wahrheit nicht. Von klein auf dem Anspruch auf Rang und Recht verhaftet, kam ihr gar nicht in den Sinn, Moray könnte die Macht haben, sie vom Thron zu stoßen. Schon wieder halb und halb auf Versöhnung aus, trieb sie ihr Pferd neben das Seine.
„Sagt, James, was habt Ihr gegen mich?" fragte sie fast schmeichelnd.
Doch in seine Augen trat mit einem Mal gleicher Haß, wie er kurze Zeit zuvor in Bothwells Blick zu lesen gewesen war.
„Ihr sucht Euch nicht ein drittes Mal, Madame, einen Gefährten, der das Land verdirbt!"
„Bothwell hat dem Land gedient."
„Indem er Euch vom lästig gewordenen Ehebund befreite ... durch Mord!"
„James", empörte sich Maria, „was fällt Euch ein, James!" Ihr schien das Maß voll zu sein, ihr Bruder sich

in Widersprüchen zu verfangen. Mit einem Rest von Geduld suchte sie ihm den Sachverhalt noch einmal vorzuhalten. „Ihr Herren Lords habt selbst bei Gericht Lord Bothwell freigesprochen . . ."

Spöttisches Gelächter unterbrach sie.

„Da seine Regimenter die Stadt umgaben", schnaubte Moray zynisch, „ein Wort von Schuld und er wäre in die Stadt eingefallen!"

„Bothwell hat nichts mit Darnleys Tod zu tun", schwor Maria, „ich habe sein Wort darauf!"

„Was ist ein Wort schon wert, wenn es den eigenen Hals rettet?" lachte Moray.

„So wie das Eure, mein Herr Bruder?" Jetzt war sie es, die zynisch klang. Maria schien endlich erwacht zu sein, die Realität zu erfassen. Hier Feind, dort Freund! Und weit fort war letzterer, auf dem Weg in die sichere Burg Dunbar, wie sie hoffte. Der Feind aber ritt an ihrer Seite, der eigene Bruder! Und das tat weh.

Die Sonne küßte bereits den Horizont, als sie das Stadttor erreichten. Eine johlende Menge strömte ihnen entgegen, umringte die Reiter. Im ersten Augenblick hielt Maria, nichts anderes gewöhnt, den Lärm für Jubel. Bald aber ließen geschwungene Mistgabeln und geballte Fäuste auf anderes schließen, und dann unterschied sie deutlich Flüche und Verwünschungen:

„Hängt die Hure! An den Galgen mit ihr!" Dazu unter rohem Gelächter: „Seht nur, wie sie aussieht! Wie eine Bauernmagd kommt sie daher!"

Kleider machen Leute. Jetzt erwies sich die Wahrheit dieser Weisheit. Maria, im kurzen Rock über nacktem Bein, die Bluse voller Spuren eines langen Tages in Staub und sengender Sonne, bot weiß Gott nicht das Bild einer Königin, wie sie dem Volk, wenn schon nicht Demut, so doch wenigstens Achtung hätte abringen können. Hätte sie nur eines ihrer perlenbesetzten, von Edelsteinen blitzenden Gewänder zur Hand, Geschmeide um den Hals, Brillanten im Haar, oder wäre sie wenigstens in blankem Harnisch, Schwert umgürtet, den Falken auf der Faust – ein Seufzer voller Bitterkeit entrang sich ihrer Brust.

„Bringt mich fort von hier, James, so rasch als möglich. Nach Holyrood, damit ich dort der Ruhe pflege."

„Geduld, Madame. Ihr werdet einstweilen mit einem anderen Quartier vorliebnehmen." Das klang streng und von oben herab.

„Ein anderes Quartier?" Maria wurde mißtrauisch.

„Im Haus des Bürgermeisters, gleich hier in der Hauptstraße. Er hat zum Diner geladen. Alle werden kommen."

„Aber in diesem Aufzug? So kann ich nicht zu Tisch gehen. Laßt mir von meinen Kleidern welche kommen! Und eine Zofe bitte ich mir aus."

James Moray sah seine Schwester lange an.

„Da habt Ihr recht, Euer Aufzug ist wenig schicklich. Aber für heute mag er noch hingehen. Ihr speist nicht mit uns."

„Aber James, ich verstehe nicht . . ."

Einen kurzen Moment flackerte so etwas wie Mitleid in Morays Mienen auf.

„Ihr werdet noch verstehen, Maria."

Zwei Tage verbrachte Maria Stuart im Hause des Bürgermeisters von Edinburgh, in einer Kammer im Oberstock, zwei Wachen vor der Tür. Abgerissen und schmutzig, wie sie gekommen war, gab man ihr weder Wasser zum Waschen noch ein sauberes Kleidungsstück. Während von unten die Geräusche ausgelassener Gastlichkeit, Musik und Lachen an festlicher Tafel, zu ihr heraufdrangen, stellte man ihr lediglich einen Napf mit Brei und einen Becher Wein hin, ehe die Tür wieder von außen verriegelt wurde. Sobald sie ans Fenster trat, brandeten Schmähprufe und Verwünschungen der Menge auf, die bis spät in der Nacht bei Fackelschein vor der Bürgermeisterei ausharrte.

Warum hassen sie mich, fragte sich Maria verzweifelt, was habe ich ihnen getan? Ich habe den Mann geheiratet, den ich liebe und der mir seine Liebe schenkte. Und da die Sehnsucht nach ihm übermächtig in ihr aufstieg, warf sie sich weinend aufs Bett.

„Bothwell, Bothwell . . ." schluchzte sie, „alle haben mich allein gelassen . . . alle! Warum, mein Bothwell, warum nur . . . ?" Hemmungslos überließ sie sich ihrem Kummer. Ihre Tränen waren nicht die Tränen einer Königin, es waren die Tränen eines verirrten Kindes. So sicher sie die Straße ihres Lebens bisher gegangen, jetzt fand sie weder Weg noch Steg mehr. Was hatte James zu ihr gesagt? Sie hob den Kopf, als lausche sie im nachhinein auf seine Worte. ‚Ihr werdet noch verstehen, Maria . . .' Sie zwang sich, der Wahrheit ins Auge zu sehen. Und jetzt verstand sie. Sie war die Gefangene ihres Bruders.

Lochleven

Am dritten Tag wurde Maria der Besuch Maitlands angekündigt. Maitland trat ein, verneigte sich tief, konnte ihr aber vor Verlegenheit nicht ins Gesicht sehen.

„Ich habe Euch nach Holyrood zu geleiten, meine Königin."

„Ihr nennt mich Eure Königin?" spottete Maria verächtlich, „Euer Verhalten gegen mich spricht eine andere Sprache."

Insgeheim aber frohlockte sie. Holyrood. Das konnte nur heißen, daß James überstimmt war. Der Alptraum würde ein Ende haben. Man würde sie wieder in ihre alten Rechte einsetzen, ihr Thron und Krone, beides in seiner heiligen Bedeutung, wieder zuerkennen.

Was sie dann in Holyrood vorfand, war tatsächlich geeignet, alle ihre Erwartungen zu bestätigen. Sie betrat die altgewohnten Räume, wurde unter Tränen und Treueschwüren von ihren Damen und dem verbliebenen Hofstaat begrüßt, zu ihrer größten Freude allen voran von Mary Seton.

„Meine Mary“, rief Maria voller Rührung und zog die Kniende in ihre Arme, „wenn du nur wieder bei mir bist, dann wird alles wieder gut!“

„Majestät, ich wäre längst . . . aber man hat uns nicht zu Euch gelassen.“

Nach einem heißen Bad, reicher Auswahl aus Wäscheschrank und Kleidertruhe, einem gepflegten Mahl und einer Nacht in den seidenen Kissen des eigenen breiten Pfostenbettes, glaubte Maria, alles sei überstanden. Schon machte sie Pläne, ein großes Fest zu geben, ein Turnier im Bogenschießen, eine Jagd in Wald und Heide zu veranstalten, vor allem aber Boten nach Dunbar zu entsenden, Bothwell die gute Botschaft ihrer Befreiung zukommen zu lassen.

„Kommt schnell, Liebster“, wollte sie schreiben, „kommt her zu mir, zu Eurem Weib und Eurer Königin.“

Am nächsten Tag jedoch, dem 17. Juni 1567, fuhr eine schwarz verhängte Kutsche in den Schloßhof ein, vorneweg und hinterher schwer bewaffnet ein Begleittrupp, der keinen Zweifel über dessen Absicht aufkommen ließ. Stiefel dröhnten bedrohlich, als sein Anführer und zwei Mann die Turmtreppe hinaufschritten und mitten in der Königin erste gesellige Whistpartie platzten.

„Packt zusammen, was Ihr braucht, und kommt mit!“ lautete wenig einschmeichelnd seine Begrüßung. Maria erkannte ihn sofort. Es war der Sohn jenes Mannes, der vor mehr als Jahresfrist die gleiche Treppe stürmte, um seinen Dolch in des armen Rizzio Leib zu stoßen.

„Lord Ruthven“, begann Maria in aller Ruhe und legte die Karten aus der Hand, „Eure Manieren scheinen nicht besser zu sein als die Eures Vaters. In wessen Auftrag seid Ihr hier?“

„Das ist ohne Belang, Madame, folgt mir besser ohne Widerstand. Ich habe hundert Mann unter meinem Kommando.“

Maria, nur ein paar Höflinge um sich und diese nur den brillantenbesetzten Zierdegen an der Seite, hatte wieder einmal keine Wahl. Sie mußte sich von ihren Damen verabschieden, lediglich zwei ihrer getreuen Kammerfrauen, Jane Kennedy und Elisabeth Curle, durften mit einer Tasche zusammengeraffter Sachen hintauf sitzen und ihre Herrin begleiten. Wohin? Zuerst ging es eine Weile strikt gen West, so daß Maria sich Hoffnung auf Stirling als Ziel der Reise machte. Das hieße endlich ihren Sohn wiedersehen, was sie sich von ganzem Herzen wünschte.

„Jakob, mein kleiner Jakob. Könnt' ich noch einmal dich in meine Arme schließen, nie wieder würd' ich von dir lassen . . ."

Schwur und Seufzer verhallten im Nichts, als der Wagen die Richtung änderte. Man setzte über den Firth of Forth und hielt sich jetzt genau nach Nord. Längst war es dunkel, schwankende Laternen zeigten den Weg, das Knarren der Räder, das Schnauben der Pferde und ihr vielfacher Hufschlag machten die Begleitmusik. Um Mitternacht etwa kam das Kommando zum Halt. Ruthven riß die Wagentür auf.

„Steigt aus, Madame, wir sind angelangt."

Sie schienen im Nichts angelangt. Da war weder Haus noch Hof, nur das leise Plätschern seichter Wellen gegen flachen Uferstrand, das Rascheln von Schilf, als ein paar Enten aufstoben. Ein See also. Wo waren sie? Maria war zu stolz, um zu fragen.

„Aufs Boot, Madame, rasch!" forderte Ruthven und packte sie am Arm. Das Boot ächzte unter starken Ruderschlägen und schob sich aus dem Schilf heraus. Eine Wolke teilte sich, und Mondlicht ließ die Wasserfläche glitzern. Langsam, aus typisch schottischem Nebel auftauchend, gewahrte man Wehr und Gemäuer eines düsteren Schlosses, auf einer Insel gelegen, nicht größer als die Anlage selbst. Ein schlanker Turm ragte wie ein Finger in den Himmel, ein zweiter, breit und behäbig, beherbergte die Bewohner auf vier Stockwerken, deren erstes schon so hoch lag, das man es nur über eine steile Treppe erreichte.

„Lochleven Castle“, kam Ruthvens mürrische Antwort nun doch einer Frage zuvor, „Lord Douglas wird Euer Gastgeber sein.“

William Douglas! Der Name bedeutete für Maria Stuart in ihrer augenblicklichen Situation nicht unbedingt Gutes. Sein Vater, Robert Douglas, lebte nicht mehr. Seine Mutter aber, Lady Douglas, war Margaret Erskine, die weiland Geliebte Jakobs V. und Mutter von James Moray. Marias ‚Gastgeber‘, wie Ruthven es so harmlos ausdrückte, war also der Halbbruder ihres Halbbruders. Wem, so fragte sich Maria sogleich, würde William Douglas zur Seite stehen, wenn nicht seinem Bruder James? Und so wie die Dinge lagen, treulich den Wächter spielen für seine gefangene Schwester! Ein delikates Verwirrspiel, an dessen feiner Ironie Maria fürs erste keinen Geschmack fand.

Sie verlangte, sofort, ohne Begrüßung durch den Hausherrn, auf ihr Zimmer gebracht zu werden. Ihrem Wunsch wurde entsprochen, und sie wurde in einen Raum geleitet, der offensichtlich in aller Eile für hohen Besuch hergerichtet worden war: ein einladendes Bett, ein bequemer Ohrensessel, frische Binsenstreu auf dem Boden und – erstaunlich im Hause von Protestanten – ein Betschemel. Ein Tablett leckerer Speisen auf dem Tisch lud zu labender Mahlzeit ein, eine Flasche Wein erster Güte fehlte nicht. Und dennoch wurde, kaum daß Maria den Raum betreten, hinter ihr geräuschvoll der Schlüssel im Schloß herumgedreht.

Kein Zweifel, sie war wieder eine Gefangene. Die Enttäuschung darüber kostete Maria letzte Kraft. Sie rührte nichts von den aufgetischten Speisen an, ließ sich von ihren Kammerfrauen entkleiden und zu Bett bringen. Hinzu kam die Wirkung der langen Wagenfahrt über holprige Straßen, verfrühte Wehen setzten ein und bald darauf starke Blutungen. Die Kammerfrauen bestanden auf einem Arzt, der bald darauf die Totgeburt von Zwillingen im fünften Monat feststellte. Maria war sehr schwach. Sie mußte sich schonen und wollte niemanden sehen, außer ihren beiden Bediensteten.

„Ach", klagte sie Jane Kennedy tränenüberströmt, „jetzt wird Bothwell nicht der Vater meiner Kinder sein . . ."

Mit diesem Gedanken, so schien es, rückte der Mann ihrer Liebe ein ganzes Stück weiter fort in nebelhaft verschwommene Ferne.

Noch lag Maria erschöpft darnieder, als jemand mit lautem Klopfen an der Tür Einlaß begehrte und, ohne die Erlaubnis abzuwarten, auch schon im Zimmer stand. Es war Ruthven, den sie längst wieder auf dem Festland glaubte, und mit ihm Lord Lindsay, den sie seit Carberry Hill nicht mehr gesehen hatte.

„Wir haben mit Euch zu reden, Madame", lautete rüde die Absicht der beiden. „Hier, lest das und unterzeichnet mit Eurem vollen Namen", kam es dann von Ruthven allein, der ihr ein Pergament unter die Nase hielt. Lindsay stand derweilen abseits, ihm schien nicht wohl bei seiner Mission.

Maria setzte sich mühsam auf und warf einen Blick auf das Papier. Es war die Abdankungsurkunde. Moray hatte keine Zeit verschwendet.

„Unterzeichnet!" schnaubte Ruthven ungeduldig und zückte einen mitgebrachten Federkiel.

„Ich unterzeichne nicht", sagte Maria mit fester Stimme. Ihre Festigkeit sollte indessen alsbald erschüttert werden.

„Ich darf Euch erinnern, Madame", setzte Ruthven jetzt in höhnischem Ton nach, „daß mir noch immer hundert Mann in Waffen zur Verfügung stehen und ich jede Vollmacht besitze, die Unterschrift von Euch beizubringen." Wie diese Drohung auch zu verstehen war, eine Weigerung würde mehr als Unangenehmes nach sich ziehen. Jetzt trat Lindsay vor, das Gesicht in besorgte Falten gelegt, seine Stimme klang ölig.

„Unsere Vollmachten sind in der Tat recht umfassend . . . Majestät", schon zögerte er, diese Anrede zu gebrauchen, „beispielsweise was die Art Eurer Verwahrung anbetrifft. Soviel ich weiß, besitzt Lochleven unterirdische Räumlichkeiten von sehr ungastlicher Art . . .“

Kerker! Maria zwang sich zu ruhiger Überlegung. Wenn sie unterschrieb, leistete sie damit scheinbar ihren Verzicht auf Thron und Krone. Aber sie konnte beschwören, daß es unter Zwang geschah, und so den Verzicht jederzeit widerrufen. Sie sah Ruthven fest ins Auge und bedachte Lindsay mit einem feinen Lächeln.

„Gebt mir die Feder, Mylord!“

Maria unterzeichnete unter Androhung von Gewalttätigkeit und Kerkerhaft für den Fall ihrer Weigerung die Abdankungsurkunde. Da hieß es deutlich in zwei Punkten:

Ich verzichte für meine Person auf Krone und Königreich und gebe meine Zustimmung zur Krönung meines Sohnes und ferner: *Ich setze während der Minderjährigkeit des Königs meinen Bruder, Lord Moray, zum Regenten ein.*

Kaum hatten die beiden Männer anscheinend siegreich den Raum verlassen, hatte sich also die Spannung des Augenblicks gelöst, schien Maria in einen Abgrund zu stürzen. Schwäche und Schwermut befielen sie, ein Anfall von Zaghaftigkeit unter Tränen, wie er die sonst so Tapfere immer wieder heimsuchte.

„Oh, mein Herrgott“, rief sie zwischen Klage und Gebet, „was habe ich getan, daß Du mir alles nimmst? Mein Reich, mein Recht, meine Kinder und . . . Bothwell!“ Die Sehnsucht nach dem Mann, der ihr auch Schutz bedeutet hatte, brach mit aller Macht wieder hervor. „Bothwell, mein Bothwell . . . wo mag er nur sein? Werde ich ihn jemals wiedersehen? Werden wir unseren Bund bewahren können?“ Und sie selbst gab ihren Fragen die Antwort: „Ich weiß es nicht . . . ich weiß es wirklich nicht . . .“

Die Kammerfrauen traten an ihr Bett und suchten vergeblich die Tränenflut ihrer Herrin einzudämmen.

Lochleven Castle

„Majestät sollten sich beruhigen, Ihr müßt Eure Kräfte schonen“, versuchte es die Kennedy, und die Curle bemühte den Himmlischen:

„Ihr müßt auf Gott vertrauen, Majestät, er wird alles zum Guten wenden. Überlaßt es ihm in seiner Güte, zu richten und zu lohnen.“

Beide kannten die Stimmungsschwankungen ihrer Herrin nur zu gut. Seit jeher wurde Maria hin und hergerissen zwischen Tanz auf den Wolken und dem Versinken in einem Tränenmeer. Diesmal allerdings schien sie tiefer getaucht als jemals zuvor. Und es war niemand da, der ihr ein Licht entzündete.

Ganze zwei Wochen hielt die depressive Phase der Königin an. Sie hütete fast die ganze Zeit das Bett, und nur sehr langsam kehrte ihr alter Geist zurück. Den letzten Tag im Juni endlich ließ Maria Stuart sich herbei, die Familie Douglas zu empfangen.

„Ich werde ihnen zeigen, wen sie in ihren Mauern beherbergen", nahm sie sich kampfbereit vor und suchte so die Bitterkeit ihrer Situation in ihr Gegenteil zu verkehren. Die Einfachheit ihres einzigen Kleides ersetzte sie durch königliche Würde, ihr einziger Schmuck war das zu einer Krone geflochtene, rötlich schimmernde Haar. So trat Maria in der steinernen Halle von Lochleven Castle ihren Gastgebern entgegen.

„Lord William", begann sie beim Hausherrn und reichte ihm die Hand zum Kuß. Der Angesprochene, ein schöner Mensch mit ernsten Zügen, beugte vorschriftsmäßig das Knie und küßte die Hand.

„Majestät, es ist uns eine Ehre, Euch unter unserem Dach zu wissen", sagte er mit aller Ehrerbietung. Maria ließ sich nicht täuschen. Man wahrte die Form, aber sie blieb eine Gefangene. Das Spiel aufnehmend wagte sie sogar ein Lächeln.

„Lady Margaret", wandte sie sich an die Mutter des Hausherrn, „uns verbindet mehr als flüchtige Bekanntschaft."

Margaret Erskine, jetzt Douglas, war noch immer eine schöne Frau. Sie hatte Marias Vater aufrichtig geliebt und liebte aus ganzer Seele ihren Sohn James. Wie waren nun wohl ihre Gefühle dessen Schwester gegenüber, ebenfalls ein Kind Jakobs V., aber erbittert verfeindet mit James? Ihr Verhalten jetzt und während Marias Aufenthalt in Lochleven Castle war von jenem Zwiespalt geprägt, den eine warmherzige Frau in einem solchen Fall wohl spüren wird.

„Ich wünschte, Euer Majestät unter anderen Bedingungen begegnet zu sein", sagte sie und sah Maria frei heraus an. „Mögen Euer Majestät sich bei uns so wohl fühlen, wie wir es den Umständen entsprechend Euch bieten können." Damit wies Lady Margaret auf den Rest der Familie, ihre offensichtlich schwangere Schwiegertochter, ihren zweiten Sohn George, einen hübschen Burschen, etwas jünger als Maria, eine Tochter und eine Nichte, beide fast noch Kinder. Dann trat ein Junge vor mit gleich ansprechendem Äußeren, aber den noch weichen Zügen der Jugend. Seine Kleidung verriet seine Stellung als Page.

„Ein ferner Verwandter der Familie", stellte Lady Margaret ihn als einen weiteren Douglas vor, „wir nennen ihn Willie, da sein Name ebenfalls William ist."

„Guten Tag, Willie", sagte Maria freundlich und legte dem Knienden eine Hand auf den Scheitel. „Ich hoffe, auf deine Dienste rechnen zu dürfen, hin und wieder . . ." Sie konnte nicht ahnen, wie wahr ihr Wort werden sollte.

„Majestät werden uns die Ehre erweisen, mit uns zu speisen", nahm jetzt wieder der Hausherr das Wort, aber es klang eher wie eine Anweisung denn wie eine Einladung. Dennoch nahm Maria an und sorgte während der Tafel sogar fröhlich plaudernd für heitere Unterhaltung.

Von nun an war Marias Aufenthalt in Lochleven Castle fast behaglich zu nennen. Man behandelte sie wie ein Mitglied der Familie, ließ ihre persönlichen Dinge aus Holyrood kommen und erlaubte zu ihrer größten Freude, daß Mary Seton wieder ihr Amt als Ehrendame der Königin aufnehmen durfte. Maria erholte sich physisch bei kleinen Spaziergängen auf dem schmalen Grün rings um die Burg und genoß die bescheidenen Zugeständnisse, die man ihr an Stand und Rang zukommen ließ. Doch unübersehbar blieben die Merkmale ihrer Gefangenschaft, der düstere See mit seiner trügerischen Tiefe und einem Umkreis von zwölf Meilen, sowie der Schlüssel, der sich allabendlich im Türschloß ihres Zimmers drehte. Für eine souveräne Monarchin, die felsenfest dem Glauben an das Gottesgnadentum verhaftet war, blieb es ein Zustand absoluter Unerträglichkeit. Die Königin sehnte sich in dieser Zeit nicht nur nach Freiheit, sondern wollte wissen, was draußen vorging. Moray hatte die Regierung übernommen und würde alles tun, sie sich nicht wieder entreißen zu lassen. Soweit keine Frage. Aber wie war die

Stimmung im Lande? Nicht alle Lords konnten gegen sie sein. Und genau das bekam Maria von einer Seite bestätigt, von der sie es am wenigsten erwartet hätte.

„Pst", machte Willie, als die Königin an einem sonnigen Morgen an ihm vorbei hoch oben den Altan betrat, um ein wenig Luft zu schöpfen. Es klang ungehörig, und zumindest ungeschickt erschien die Art, wie er ihr die Tür vertrat, anstatt sie ihr höflich zu öffnen. „Pst, Majestät!"

Maria war hellhörig geworden für Grobheiten, die verletzen sollten einerseits oder Ungeschicklichkeiten aus guter Absicht andererseits.

„Was ist, Willie?" fragte sie leise, ohne sich nach ihm umzusehen.

„Nachricht vom Festland, Euer Gnaden . . ."

Maria tat, als habe sich ihr Rock in der Türangel verfangen, zerrte und zog daran.

„Sprich, mein Junge."

„Die Hamiltons und die Huntlys sammeln all ihre Kräfte. Sechstausend Mann haben sie bereits beisammen. Die Argylls, Boyds, Flemings und viele Lairds aus dem Norden stehen ihnen bei. Majestät sollen die Hoffnung nicht verlieren!"

„Hab Dank, Willie, und Gott segne dich", flüsterte Maria und schalt dann laut und ärgerlich: „Kannst du nicht aufpassen, Tölpel? Mach die Tür gefälligst auf, wenn deine Königin kommt."

Ihr Tadel ließ die Brust des Jungen anschwellen vor Stolz, und keinen kühneren Beschützer als ihn würde Maria jemals mehr finden.

Doch alles brauchte seine Zeit, es galt klug und nicht überstürzt zu handeln.

Der Herbst kam und färbte jenseits des Sees die Bäume leuchtend bunt. Maria blickte voller Sehnsucht zu ihnen hinüber, aber keine weitere Nachricht von draußen drang in ihr Gefängnis, die die schwache Flamme der Hoffnung hätte beleben können. Der Winter kam und hüllte das kleine Eiland in Schnee und Eis, ließ die Mauern ihres Kerkers wachsen und die Einsamkeit zur spürbaren Last werden. An Geselligkeit gewöhnt, dem Alleinsein fremd, schloß Maria sich mehr und mehr ihren Kerkermeistern an. Und die Familie ihrerseits teilte den gleichförmigen Alltag vermehrt mit ihr. Man saß gemeinsam am Kaminfeuer, während draußen winterlich der Sturm heulte. Man suchte Unterhaltung bei Gesang und Kartenspiel, mit den Mädchen entspann sich ein künstlerischer Wettbewerb in feiner Handarbeit. Tatsächlich enthielt ein Brief Marias aus Lochleven zum gleichen Zeitpunkt, da die Königin von England mit flammenden Worten ihre Gefangennahme verurteilte, nur die Bitte um Stoff und Stickgarn. Man überging die Wirklichkeit mit Schweigen, doch in ihren Köpfen blieb es wache Realität: hier Douglas, als Bruder Morays loyal und getreu mit seinem Leben für die Gefangene einstehend, dort die Königin, ihrer Rechte ebenso beraubt wie ihrer Freiheit und stets auf Ausweg sinnend; um diese Pole schwankend der Rest der Familie, in zögerlichem Mitgefühl, aufbrandend in schwärmerischer Bewunderung die jungen Leute. Den ganzen Winter über, abgeschnitten von der übrigen Welt, hielt sich das konträre Kräftefeld im Gleichgewicht.

Doch kaum verriet im März die erste laue Luft den Frühling, brach auf, was so lange im Zaum gehalten. Maria wurde ein erster Gang ins Freie erlaubt, ein paar Schritte um die Burgfeste, auf schmalem Weg entlang des Sees. Heute schien er weniger feindlich als sonst, seine Wasser gluckten leise vor sich hin, und kleine Wellen leckten übers flache Ufer.

„Seht, die ersten Enten fallen ein", rief Maria in aufschäumender Lebensfreude und begann zu laufen. Sie war fünfundzwanzig Jahre alt und sie war am Leben. Nichts sonst schien wichtig. Die Arme gebreitet, als wolle sie die Welt umarmen, lief sie und vergaß, auf den Weg zu achten. Eine der Wellen, vorwitziger als die anderen, schwappte ihr über die Füße und durchnäßte den Rand ihres Kleides. Maria, den Schaden übermütig belachend, fuhr zurück und kam ins Stolpern. Schon glaubte sie zu fallen, als ein Arm sie auffing. Maria sah auf und mitten in ein Paar graugrüner Augen im sommersprossigen Gesicht des jüngeren Douglas.

„George!“ rief sie, „Ihr . . .“

„Ich mußte Euch folgen, ich mußte einfach“, stöhnte er wie unter physischen Qualen, „vergebt mir, Majestät . . . Maria . . . ich . . .“

Was immer er sagen wollte, ging unter im magischen Augenblick endlich befreiter Gefühle. Beide waren jung, Maria von Natur empfindsam gegenüber wahrer Männlichkeit, George ihrer verfeinerten Weiblichkeit längst verfallen. So fühlte sie denn seinen Mund sich auf den ihren senken und spürte seinen Kuß in der blitzartigen Erkenntnis, einen Bundesgenossen in ihm finden zu können. Das ließ sie seinen Kuß erwidern, zärtlich und voller Leidenschaft.

“Majestät!“ sprengte ein Ruf den Augenblick, „Majestät wollen verzeihen . . .“ Das war Mary Seton. Sie klang äußerst sorgenvoll. „Man könnte Euch sehen . . .“ Ihre Sorge war berechtigt, denn schon hatte ein anderes Augenpaar die Szene entdeckt, ein Augenpaar von gleich graugrüner Farbe wie das des jungen George.

Den Bock zum Gärtner

„Er hat Lochleven zu verlassen, und zwar noch heute! Ich bestehe darauf!“ Lord Douglas schlug mit der Faust auf den Tisch, daß die Gläser sprangen. Er war außer sich vor Zorn.

„Aber William“, suchte Lady Margaret zu beschwichtigen, „Ihr wart doch auch einmal jung . . .“

Doch gegen das Machtwort des Familienoberhaupts hatte sie keine Stimme. George Douglas hatte sein Bündel zu schnüren und die Insel zu verlassen. Er galt als vom Clan verstoßen und verbannt. Daß William Douglas damit den Bock zum Gärtner gemacht hatte, das wurde ihm erst sehr viel später klar.

„Ich gebe dir Nachricht", konnte George dem kleinen Willie noch zuraunen, ehe er das flache Boot bestieg, auf dem die Ruderer schon warteten.

„Am besten über Babette, sie ist verschwiegen und mir zugetan!" Dann stieß das Boot ab, und der Streifen dunklen Wassers, der es vom Steg trennte verbreiterte sich schnell.

„Auf die Zukunft Schottlands."

George winkte, bis der Nebel das Boot verschluckte.

Welcher Art von Zukunft für Schottland George Douglas sich verschworen hatte, sollte sich sehr bald abzeichnen. Er setzte sich mit den Hamiltons in Verbindung und schmiedete Pläne mit ihnen, wie der Königin zur Flucht zu verhelfen sei. Ein solcher Plan nahm am 25. März 1568 erste Gestalt an.

Einmal die Woche pflegten Wäscherinnen vom Festland nach Lochleven übergesetzt zu werden, um Wäsche ins Schloß zu bringen und von dort zu holen. Unter ihnen, schlank und hochgewachsen, Babette, die schwärmerisch dem Pagen Willie anhing. Schwer schleppte sie an einem Stapel Linnen, den sie plötzlich krachend zu Boden fallen ließ.

„Herjemine, das saubere Zeug! Rasch, Page, hilf mir aufsammeln!" Und da dieser bereitwillig sich zu ihr bückte, nach Laken und Tischtuch griff: „Rasch, Willie, den Zettel aus meinem Mieder!"

Willie, seine Beute im Ärmel versteckt, lief, so rasch ihn seine Beine trugen, zum Turmzimmer, eine Kanne frischen Wassers diente ihm als Vorwand.

„Psst", machte er wenig formell Maria zugewandt, „psst, Euer Gnaden, Majestät!"

„Nun, Willie, was ist, Bub?" ging Maria freundlich darauf ein, da höfische Gepflogenheiten längst ihre Bedeutung verloren hatten. Selbst des Lesens nicht mächtig, reichte Willie ihr den Brief, den Maria in aller Eile überflog.

Zwei Stunden später waren die Wäscherinnen mit ihren Körben wieder auf dem Weg zum Bootssteg.

„Rasch, eilt euch!" rief der Ruderknecht ungeduldig, „sonst wird es gar noch Nacht, ehe wir drüben sind." Er hatte recht. Zu dieser Zeit ging der Tag noch früh zu Ende, und schon verschlangen Schatten, was eben noch deutlich umrissen in der Sonne gelegen hatte: die Burg, der Turm, der Pfad hinab zum See. Die Wäscherinnen in ihren Mänteln und Kapuzen sahen aus wie graue Vögel, eine unter ihnen schlank und hochgewachsen. Kaum saßen sie im Boot, die Körbe auf dem Schoß, stieß der Knecht vom Ufer ab.

„Na, Babettchen", begann er aufmunternd, „so still heut? Sonst lachst du doch und trällerst gar ein Lied? Hat dein hübscher Page dich gekränkt?" Die Angesprochene hielt den Kopf gesenkt. Das Boot war unter kräftigen Ruderschlägen schon weit draußen, das Wasser schlug rhythmisch gegen die Planken. Plötzlich zog der Mann die Riemen ein. „He, Babette", klang er jetzt besorgt, „was ist dir Mädchen?" Er streckte eine Hand aus, wollte Babette unters Kinn greifen, doch wurde er mit aller Heftigkeit zurückgestoßen. Statt des Kinns bekam er gerade noch die Hand zu fassen, die ihn gestoßen hatte. Sie war weich und weiß, schmal und zartgliedrig. Das war nicht die Hand einer Wäscherin, und die Gestalt in Umhang und Kapuze war nicht Babette.

„Wer seid Ihr?" rief der Mann und ahnte bereits die Wahrheit.

„Ihr seid die Gefangene! Ihr seid die Königin!" Um seine Worte zu beweisen, riß er ihr die Kapuze vom Kopf. Trotz des Halbdunkels war die kunstvolle Frisur zu erkennen, das Perlenband im Haar. Die Bootslaterne flakkerte über das blasse Gesicht der Königin. Es gab keinen Irrtum mehr.

„Majestät . . ." stammelte der Mann für einen kurzen Augenblick ratlos.

„Rudert weiter, setzt mich ans andere Ufer", bat Maria, den Augenblick nutzend, „es soll Euer Schaden nicht sein."

„Unmöglich, Majestät. Es wäre mein Tod. Der Laird ist ein strenger Herr."

„Rudert weiter", wiederholte Maria jetzt im Befehlston, „es geschieht Euch nichts! Ihr habt mein Versprechen."

„Euer Versprechen, Königin, wiegt nicht mehr viel in diesem Land. Ich muß Euch zurückbringen!"

„Drüben am Ufer wartet eine Armee auf mich! Ich will Euch reich entlohnen!"

Ihre Worte konnten den Ruderknecht nicht mehr umstimmen. Er war entschlossen, es sich nicht mit seinem Brotherrn zu verderben.

„Ich werd' Euch nicht verraten, Königin", räumte er als einziges ein, „und ihr dort, ihr Weiber, ihr haltet auch den Mund!"

Damit wendete er geschickt den Kahn und lenkte ihn mit gleichfalls kräftigen Ruderschlägen wieder der Insel zu. Der erste Ausbruchsversuch Maria Stuarts aus der Gefangenschaft in Lochleven war gescheitert. Aber ein zweiter erfolgte gleich zu Anfang Mai.

Nach gleichem Muster, nur mit einem Bootsmann, der weniger Skrupel hatte, gelang dann die Flucht am 2. Mai 1568. Diesmal hatte sich auch Willie angeschlossen, um Verdacht und Strafe auf der Insel zu entgehen. Der Bootsmann ließ den Kahn tief ins Schilf gleiten, um seine blinden Passagiere ungesehen an Land zu setzen.

„Glück auf, Majestät", wünschte er flüsternd und stieß rückwärts, um ein Stück weiter am eigentlichen Steg anzulegen.

„Habt Dank und Gott möge Euch schützen!" rief Maria leise, dann stand sie mit Willie allein an einsamer Bucht. Doch nicht lange und Hufschlag war zu hören. Etwa ein Dutzend Reiter näherte sich. Schon von weitem sah man Georges rotblonden Haarschopf im Winde wehen. Er kam heran, den anderen voraus, sprang aus dem Sattel und beugte das Knie vor Maria.

„Meine Königin . . . willkommen in der Freiheit."

„Wirklich frei?" schien Maria noch zu zaudern, während sie liebevoll eine Hand auf dem rotblonden Haarschopf ruhen ließ, „ist wirklich alle Gefahr schon gebannt?" Ihr Zweifel schien berechtigt. Nahezu ein Jahr hatte sie als Gefangene in Lochleven zugebracht, jeden ihrer Schritte unter Aufsicht, nach erzwungener Abdankung nichts als ein Vogel im Käfig, der Flugfedern beraubt! Und nun sollte sie die Schwingen wieder heben können, sie weit ausbreiten und frei das Himmelszelt durchmessen? Kein Sperber oder Falke, der auf sie niederstieß, sie von neuem zu vernichten? Noch ohne Zutrauen wiederholte sie die Frage. „Ist wirklich die Gefahr vorüber?"

„Nicht, wenn wir noch lange zögernd hier verweilen, Hoheit."

Noch jemand war vom Pferd gestiegen und trat jetzt vor. Es war ein stämmiger Mann im Schottenkilt, selbstbewußt der Stimme nach, jedoch offensichtlich königstreu beugte er ebenfalls das Knie.

„Lord Beaton!" rief Maria erfreut, einen alten Bekannten aus der gesetzteren Generation zu sehen, „auch Ihr mit im Bunde?"

„Ja, Majestät, als Euer ergebenster Diener, aber jetzt zur Eile drängend! Ein langer Ritt steht Euch bevor, ehe Ihr im Kreise Eurer Getreuen wahrhaft sicher seid. Sitzt auf und folgt mir."

Man führte Maria ein lediges Pferd zu, dessen edle Abkunft sie trotz der Eile wohl bemerkte.

„Ein Vollblut aus den Ställen meines Bruders", lachte George, der ihr den Bügel hielt, „sie liegen hier auf dem Festland, und einem Douglas ist der Zutritt nicht verwehrt. Ich hatte Muße, die beste Wahl zu treffen."

Der Gedanke, daß Lord Douglas nicht nur seine Gefangene, sondern auch noch seine beste Stute eingebüßt, ließ Maria schadenfroh schmunzeln. Zu weiterem aber blieb keine Zeit. Im Galopp nahm die Gruppe den Weg nach Süden, und es ging auf Mitternacht, als Beaton Rast auf Schloß Niddry erlaubte, das den Setons gehörte. Lord Seton standen die Tränen in den Augen, als er Marias ansichtig wurde, aber auch die Sorge um seine Tochter, die in Lochleven ja zurückgeblieben war.

"Ich habe dafür gesorgt, daß sie ihre Unschuld an meiner Flucht glaubhaft beteuern kann", versicherte Maria dem Vater, „ich hinterließ schriftlich, daß Mary keine Kenntnis von meinem Fluchtplan hatte." Ob das tatsächlich so war, bleibt dahingestellt, denn die Beziehung zwischen beiden ließ ein Geheimnis solcher Art unwahrscheinlich erscheinen.

Abends am Kamin geizte Lord Beaton dann nicht mit Lob für George und Willie und deren Anteil an der erfolgreichen Flucht.

„Der Streich gelang einzig durch das Verdienst der beiden Jungen! Seit Wochen hielten sie Verbindung mit uns, die wir zwar wehrhaft, aber doch blind wie die Maulwürfe auf Euer Majestät Entkommen hofften. Daß Lord Douglas dann seinen Bruder strafweise der Insel verwies, und zwar strikt in unser Lager . . .", er unterbrach sich lachend, „etwas Törichteres konnte er nicht tun!"

Der Rest der Nacht bot nicht mehr viel Ruhe, aber Gelegenheit für Maria, die Kleider der Wäscherin mit einem Jagdkostüm Lady Setons zu wechseln, mit grünsamtenem Rock und passender Weste, schwarzem Umhang mit Otterkragen und einem kecken Hütchen mit Reiherfeder. So war es endlich wieder ein königlicher Auftritt, als Maria am Morgen auf die Freitreppe hinaustrat, von begeistertem Hurra der auf dem Hof Versammelten empfangen. Das spärliche Dutzend von gestern war angewachsen auf eine Hundertschaft, die bis auf die Zähne bewaffnet ihrer befreiten Königin folgte.

„Auf nach Hamilton!" rief sie und wies mit erhobenem Arm nach Westen. Dort, auf dem Stammsitz der Hamiltons, einem überaus prächtigen Landsitz, gleichen Namens, acht Meilen von Glasgow, erwarteten Maria, so lautete der weitere Plan, die königstreuen Lords, deren Namen eine noch immer stattliche Liste ausmachte:

Argyll, Huntly, Eglinton, Crawford, Cassillis, Rothes, Montrose, Sutherland, Errol, Ross, Galloway, Aberdeen, Brechin, Fleming, Livingston, Boyd, Herries, Maxwell, Glamis, Elphinston und *Hamilton* selbst. Unter ihrem Kommando, wie versprochen, sechstausend Mann in Waffen. Der Empfang Maria Stuarts daselbst fiel denn auch über alle Maßen großartig aus.

Die Begeisterungsstürme der Männer wollten kein Ende nehmen, als sie in der Abenddämmerung die Königin einreiten sahen, noch immer jung, noch immer schön, im Gleichmaß zwischen Würde und Grazie, elegant zu Pferde und anscheinend jedem einzelnen von ihnen ihren Gruß entbietend. Maria aber, endlich wieder im Rausch des Beifalls und der Segenswünsche, spürte das alte Blut der Stuarts in sich. Ich bin ihre Königin, dachte sie, ich allein. Und ganz im Geiste einer Jeanne d'Arc wollte sie sich an ihre Spitze setzen und sie zum Siege führen.

„Gott segne euch", rief sie laut, „euch, die ihr der Krone treu geblieben!"

Wenig später saß sie mit den Lords – ihren Lords – in der Halle von Hamilton um einen großen runden Tisch, Wein im Becher und ein Stück Braten auf dem Zinnteller.

„Meine Herren Lords", begann Maria und erhob sich, um ihren Worten den gebührenden Nachdruck zu verleihen. „meine edlen Freunde! Ich möchte hier und heute vor dieser Runde an Parlaments statt eine Erklärung abgeben, die unser aller Weg bestimmen soll." Es war totenstill unter dem hohen Gewölbe der Halle, nur die Glut im Kamin schien zu singen, und einzelne Scheite barsten dann und wann krachend zusammen. „Ich erkläre feierlich und beim Heil meiner Seele", fuhr Maria Stuart fort, „daß mir der Verzicht auf Thron und Krone gegen meinen Willen und bei leiblicher Bedrohung abgezwungen wurde. Ich erkläre daher diesen Verzicht für null und nichtig." Laut brandete die Zustimmung der Lords um sie auf, aber Maria hob die Hand, sie noch zu bezähmen. „Weiter erkläre ich James Stuart, Bastard meines Vaters, Graf und Lord von meinen Gnaden, all seiner Titel und Ländereien für verlustig, sein Amt als Regent für null und nichtig."

Jetzt war dem lauten Jubel am Tische kein Einhalt mehr zu gebieten. Die Lords erhoben sich und einmütig verschworen sie sich ihrer Königin.

Maria war wieder eindeutig die regierende Monarchin, Moray hingegen nichts als ein unrechtmäßiger Rebell. Dennoch bedeutete er Gefahr. Und niemand wußte, wie groß die Gefahr war.

Das Verderben von Langside

Schloß Hamilton war ein prächtiges Haus, aber im Ernstfall einem Angriff oder gar einer Belagerung keinesfalls gewachsen. Die nahe gelegene Burg Dumbarton hingegen, königstreu gesonnen, war eine Feste, die jede Sicherheit bot. Maria beschloß, all ihre Kräfte nach dort zu verlegen, und aus unangreifbarer Position heraus Verhandlungen mit Moray aufzunehmen. Vielleicht, so hoffte sie, kommt er zur Vernunft, und wir einigen uns ohne jede Kampfhandlung. Ähnliches war früher schon geschehen. Gleich wie, mußte ihr Heer gerüstet sein und bedurfte einer sachgerechten Führung. Wessen Kommando also sollte sie ihre sechstausend Bewaffneten unterstellen?

„Meinem Kommando!" meldete sich Argyll selbstbewußt zu Wort, „ich habe das größte Kontingent an Männern beigesteuert."

Seine Meldung wurde keineswegs begrüßt, weder von den Lords noch von Maria. Argyll stand heute zwar auf ihrer Seite, aber auch Moray hatte er schon mehrfach ‚das größte Kontingent an Männern gestellt'. Seine Treue war ein schwankend Rohr, ein Tadel, den er mit diesem und jenem in der Runde teilte. Argyll nicht erneut zum Feind zu machen, gab Maria ihm die Reiterei, den Herren Herries und Hamilton aber das Kommando über den Rest.

„Morgen brechen wir auf nach Dumbarton", lautete am 12. Mai der Befehl der Königin.

„Und was, wenn Moray uns unterwegs angreift?" fragten die Lords nicht gerade kampfversessen.

„Dann werden wir ihm eine Schlacht liefern", konterte Maria weit zuversichtlicher. Was aber machte sie so sicher? Verrat um ein paar Silberlinge hat es zu allen Zeiten gegeben. So hatte Maria erfahren, daß Moray sich zwar zu Gerichtstagen in Glasgow aufhielt, sie sich also gefährlich nah an ihm vorbeiwagen mußte, aber auch, daß das Gros seiner Truppen sich bei Edinburgh befand und er es nicht so schnell herbeirufen konnte. Zudem war ihm das Geld ausgegangen und waren seine Leute längst ohne Sold und daher unzufrieden. Geradezu makaber die Parallele zu Bothwells Kalamität bei Carberry Hill.

„Der Herr Regent hat kaum mehr als zwei- bis dreitausend Mann bei sich", meldete Judas, die Hälfte der Leute, die Maria um sich versammelt hatte. Das ließ dann auch die königstreuen Lords auf ein leichtes Spiel hoffen. In aller Hergottsfrühe des 13. Mai 1568 machte man sich auf den Weg.

Um nach Dumbarton zu gelangen, mußte man dem River Clyde nach Nordwesten folgen, gleich ob am rechten oder linken Ufer. Maria entschied sich für das linke Ufer, also das südliche, das durch unterschiedliches Gelände, Hügel, Wiesen, Gebüsch und Hohlwege führte, wie mehrfach kleine Dörfer und Städtchen.

Lord Moray hatte seine Silberlinge ebenfalls gut angelegt und wußte offenbar genau Bescheid, welchen Weg Maria gewählt hatte. Sechstausend Mann, dazu die Lords mit ihrer Dienerschaft und Gepäck, bildeten eine Kolonne von unübersichtlicher Länge, die sich obendrein noch verschiedener Gangarten und Tempi bediente, langsames Fußvolk, schwerfällige Fouragewagen bis hin zur wendigen Reiterei. Um nicht auseinanderzureißen, führten die langsamsten, die Lanzenträger und Pikeniere, den Zug an, die Masse der Reiterei sollte den Schluß machen. So zog man dahin, Maria unter den ersten, stolz auf ihrer Stute aus Lord Williams Zucht, über dem grünsamtenen Jagdkleid einen leichten Harnisch aus Leder, den Ausdruck froher Zuversicht auf dem Gesicht.

Bothwell, mein Bothwell, könntet Ihr mich nur sehen, dachte sie im Hochgefühl des Augenblicks, ich räche Euch und hole mir mein Königreich zurück.

Dies Königreich schien eben jetzt das lieblichste auf der Welt zu sein, der Himmel von zartem Blau, die Wiesen grün, weiß gesprenkelt von Mutterschafen mit ihren frischgefallenen Lämmern, wie Silber hingegossen hier und da ein See, und grau die zarten Linien ferner Hügel.

Man näherte sich Langside, einer kleinen Ortschaft ärmlicher Hütten und Gehöfte, die dicht bei dicht die Straße säumten.

Zu dicht für Marias Geschmack, die Erfahrung durch kritisches Kalkül ersetzte.

„Können wir den Ort nicht umgehen?" wandte sie sich an Hamilton.

„Kaum, Majestät", schüttelte der den Kopf, „wir haben den Fluß zur Rechten und seht die Hügel dort! Sie versperren uns den Weg."

„Schickt Kundschafter ins Dorf, Hamilton, sie sollen aber auf der Hut sein."

Eine Handvoll Berittene, ausgerüstet mit Reiterpistolen leichter als die Arkebusen für den Fall eiligen Rückzugs, wurde ausgesandt. Nichts war zu hören als ihr Trab auf staubig schmutziger Dorfstraße und gelegentlich das Klirren von Rüstungsteilen. Dann waren sie zurück.

„Nichts als Federvieh und Borstenschwein!" meldete ihr Anführer hohnlachend und hielt zum Beweis ein noch zappelndes Bündel hoch. Sich aus der Region zu verproviantieren, stand dem Soldaten rechtens zu. Daß der Ort menschenleer war, beunruhigte niemanden. Bauern flohen oft beim Anrücken kriegerischer Einheiten in die Wälder.

„Wir rücken vor", entschied Hamilton, dem anderes kaum übrigblieb. Maria postierte sich seitlich auf einer Anhöhe. George und Willie waren bei ihr wie auch Lord Herries und sein Sohn Maxwell und ein paar weitere Lords. Die Standarte der Stuarts, ein stolzer Leu, wehte im Winde und zeigte den Truppen die Anwesenheit ihrer Königin an. Die Vorüberziehenden winkten und grüßten, riefen Segenswünsche herauf.

„Gott erhalte das Haus Stuart!" hörte man, und: „Für Schottland und den roten Löwen!"

Maria hob wie segnend die Hand und sprach still für sich ein Stoßgebet.

„Herr, sei mit uns und dem Recht der Krone."

Dort, wo sie stand, hatte die Königin gute Übersicht über Marschierende mit neuen Waffen wie der zwanzig Pfund schweren Muskete, aber auch hier und da noch mit dem alten Langbogen, dem Streitkolben oder dem Breitschwert, je nachdem wie ihre Lairds sie nach Vermögen ausgerüstet hatten. Manche trugen Rüstung und Pluderhose, manche eher Lumpen, manche saßen auf mageren Pferden, manche liefen auf eigenen Sohlen, alle jedoch schienen beseelt von der Mission, ihrer Königin zu dienen. Maria blickte den Männern nach, konnte deutlich die ersten Häuser von Langside erkennen, Stallungen, Gehöfte, friedlich in der Mittagssonne dieses schönen Maientages. Sie sah die erste Gruppe Königliche in die Dorfstraße einbiegen und zur Vorsicht ihre Pieken senken. Was sich dann aber als Schauspiel ihren Augen bot, schien der Hölle entnommen.

Noch lautlos schwirrte ein Hagel von Pfeilen auf die Eindringlinge nieder, nur wo ihre stählerne Spitze nutzlos auf eine Rüstung traf, war ein tonloses Klicken zu hören, wo sie einem Mann ins Leben drang, war sein Todesschrei ihr Echo. Dann stürmten Männer aus Hoftoren und Stallgebäuden, bedrängten den Einmarsch mit gefälltem Langspieß. Arkebusen bellten ihr Feuer aus Scheuern und Dachgiebeln, Mörser spuckten vom jenseitigen Hügel her ihre tödliche Last mitten in den Ort. Marias

Männer fielen, kaum zur Gegenwehr gekommen, sterbend in Staub und Kot. Ihre Leichen, sich türmend, bildeten rasch eine Mauer, gegen die Nachdrängende, ihrerseits gedrängt, sich dem gleichen Schicksal auslieferten. Schreie, Blut und kein Entkommen. Eine Katastrophe. Maria riß ihre Stute herum, trieb sie den Hügel hinab.

„Ich muß zu ihnen, ich muß ..."

„Nicht Ihr, meine Königin", George war ihr in den Zügel gefallen, „Ihr nicht! Hamilton sucht sie aufzuhalten, damit nicht mehr in ihr Verderben rennen." Und richtig war Hamilton längst zur Stelle, gebot denen Halt, die das Dorf noch nicht betreten hatten. Jetzt aber erschien über die gesamte Hügelkette zur Linken feindliche Reiterei. Man sah ihre Rüstungen in der Sonne blitzen, Wimpel flattern, hörte ihre Rosse schnauben. Der alte Kirkcaldy führte sie an. In vollem Galopp ließ er sie gegen Langside vorstoßen, das Dorf, in dem sie keinerlei Widerstand mehr fanden, durchreiten und sich gegen die stockende Kolonne der Königlichen wenden. Nun mußte Argyll seine Reiterei einsetzen. Wo aber blieb Argyll mit seinen Reitern? Argyll! Maria, vor Entsetzen wie gelähmt, starrte in Richtung Ost, von wo er hätte kommen müssen mit ein paar tausend Mann zu Pferd, in Helm und Rüstung, hieb und stichfest, an Zahl denen von Moray weit überlegen ... Aber Weg und Feld im Osten blieben leer.

„Melder! Kurier! Aber schnell!"

Melder brachten dann den unglaublichen Rapport. Argyll war retiriert. Seine Reiter, ohne Kommando ratlos, hatten sich zerstreut ...

„Das kann nicht sein", beharrte Maria, „befragt den Mann aufs neue! Ist Argyll tot? Ist er verletzt? Was hindert ihn?"

„Er ist wohlauf, Majestät! Der Mann sagt, Lord Argyll habe alle entlassen und sei selbst mit dem Ruf ‚Es lebe Moray!' davongeritten."

Was die Königin gehört, machte auch unter den Fußsoldaten die Runde. Sie stoben auseinander, flüchteten hierhin und dorthin, Kirkcaldys Reiter ihnen auf den Fersen. Ein Meer Fliehender wie Dreinhauender umwogte Marias Standort. Sie aber, die erst seit elf Tagen wieder von der Freiheit gekostet, hatte nur den einzigen Gedanken, diese nicht mehr verlieren zu wollen. Erneut in Morays Gefangenschaft, das wäre das Ende für immer. Wollte sie jemals die Scharte von Langside auswetzen, so mußte sie frei bleiben, frei zu handeln, frei, die Welt aufzurütteln um Beistand für ihr Recht! Wieder riß Maria Stuart ihre Stute herum, diesmal in die entgegengesetzte Richtung.

„Folgt mir!" rief sie mit heller Stimme, wem immer der Ruf gelten sollte, Herries, Maxwell, George, Willie ... es folgten ihr alle, blind und unaufhaltsam. Zurück ließen sie Hunderte von Toten, Hunderte in Morays Gefangenschaft und ein in alle Winde zerstreutes Heer.

Eine Zahl, die von diesem Tag als überliefert gilt, klingt besonders makaber: Lord Moray hatte bei der Schlacht von Langside einen einzigen Toten zu beklagen.

Saure Milch und Hafergrütze

Weder Dumbarton noch Hamilton kamen als Fluchtziel der Königin noch in Frage. Von Dumbarton war sie endgültig abgeschnitten, und Lord Hamilton gehörte zu den Gefangenen von Langside.

„Wohin soll ich nur gehen?" klagte Maria nach den ersten Meilen kopfloser Flucht, „wo finde ich in diesem Land sicheres Obdach?"

„Nach Terregles, Majestät", entschied Lord Herries für sie, „es ist nur ein bescheidenes Haus, aber in meinem Besitz. Wenn Euer Majestät sich mir anvertrauen wollen ..."

Nur zu gerne wollte Maria das. Endlich wieder ein Mann, der Entscheidungen für sie traf, wie es Bothwell stets getan. Maria, keineswegs schwach oder zaudernd, war doch Frau genug, gern von einem selbstbewußten Mann an die Hand genommen zu werden.

„Ich danke Euch, Mylord! Gehen wir nach Terregles!"

Leichter gesagt als getan. Terregles lag nahe bei Dumfries, also im äußersten Süden. Das Land, das sie zu durchqueren hatten, wimmelte nur so von Morays Häschern, die gar zu gern die Königin als Gefangene zurückgeführt hätten, sei es auch nur um ein horrendes Lösegeld, das Moray mit Vergnügen bezahlt hätte.

Hinzu kam, daß sie Lennoxsches Gebiet durchreiten mußten, Darnleys Vater gehörig, der zu Marias erbittertsten Feinden zu rechnen war. Es kam also nicht in Frage, einfach die üblichen Landstraßen zu benutzen, sondern sich möglichst zu verstecken, dunkle Wälder aufzusuchen und vor allem in jeder Begegnung Verrat zu wittern. Eine Königin trägt kein Geld bei sich, und in der Eile der Flucht hatte auch keiner der Herren daran gedacht, sich mit dem Nötigen zu versehen. Man hatte zu bitten und zu betteln, um sich und die Pferde zu verpflegen. Da waren es oft die Ärmsten, die Bauern und Kätner, die halfen und das letzte Brot teilten, zumeist ohne zu ahnen, mit wem.

Maria hat über ihre Flucht in den Süden später in einem Brief geschrieben: *Wir sind zweiundneunzig Meilen durch das Land geflohen, ohne haltzumachen oder abzusitzen, auf der nackten Erde mußte ich schlafen, saure Milch und Hafergrütze essen. Drei Nächte habe ich wie ein Waldkauz gelebt.*

Aber Maria irrt in diesen Zeilen. Bereits am 15. Mai, also nach zwei Nächten *‚wie ein Waldkauz'*, reitet die kleine Schar in Terregles ein, wo sie bestens verköstigt und ihnen auch ein bequemes Nachtlager angeboten wird. In Terregles erreicht Maria auch die Nachricht, daß sich der eine oder andere ihrer Getreuen, der Langside glücklich entkommen war, im nahen Dundrennan eingefunden hatte, einem säkularisierten Zisterzienserkloster, das ebenfalls in Herries Besitz war.

„Ich bin begierig, meine Freunde dort zu treffen, Herries, und baue auf Eure Gastfreundschaft hier wie dort."

So wird beschlossen, die Nacht in Dundrennan Abbey zu verbringen. Doch ehe man abreitet, führt der Zufall Maria an einem hohen Spiegel vorbei, der ihr einen ordentlichen Schrecken einjagt. Was ihr da in vergoldetem Rahmen entgegentritt, ist keine Königin, sieht eher einer Vagabundin gleich. Das Kleid fleckig und zerlumpt, am Ärmel ein langer Riß, der Saum steif vom Schmutz der Straße. Und das Haar? Du lieber Himmel! Ehedem ihr prächtigster Schmuck, jetzt eine wirre Mähne, strähnig und verfilzt. Dreizehn Tage hatte keine Zofe mehr das Goldblond gekämmt und in Flechten gelegt, war Maria fast Tag und Nacht nicht aus den Kleidern gekommen. So wollte sie sich den Herren in Dundrennan nicht präsentieren! Wieder wurde also in Schränken und Truhen gesucht und endlich auch ein schlichtes Gewand aus blauem Tuch gefunden, dazu ein Umhang mit Kapuze. Die hinteren Haken und Ösen zu schließen, mußte Willie ihr helfen und tat seine Pflicht mit dezentem Eifer. Das Bild im Spiegel befriedigte Maria dennoch nicht.

„Besitzt du ein Messer, Willie?“ fragte sie scheinbar harmlos.

„O ja, Majestät, eines mit funkelndem Griff“, meldete Willie stolz.

„Mag der Griff funkeln, mein Willie, aber wie ist die Schneide?“

„Scharf, daß ich ein Haar spalten könnte“, prahlte der Junge.

„Gut, Willie, du brauchst es nicht zu spalten, nur abschneiden sollst du es.“ Und schon warf sie bereitwillig den Kopf nach hinten, das Haar über den Rücken gebreitet.

„Was soll ich?“ glaubte Willie nicht recht gehört zu haben.

„Abschneiden! Mein Haar. Und eil dich, eh mich's gereut.“ Ihm zu zeigen, daß es ihr ernst war, nahm sie selbst sein Messer und schnitt kühn eine Strähne ab. „Los. Jetzt du, Willie. Ich befehle es.“

Mit klammen Fingern begann Willie sein Werk. Die traurige Ernte fiel Strähne für Strähne lautlos zu Boden. Und was zeigte jetzt der Spiegel? Ein ernstes, noch immer schönes Gesicht von herber Entschlossenheit, einen neuen, geheimnisvollen Glanz um die hellen Augen, umgeben vom Rund kurz aufspringender rotgoldener Locken.

„Mir gefällt es“, entschied Maria und fuhr mit den Fingern durch die neue Frisur. Dann aber zog sie doch die Kapuze darüber, das Ungewohnte den Blicken zu verbergen.

Dundrennan war eine wundervolle Anlage, ganz in einem waldigen Tal verborgen. Die Kapelle zwar zerstört seit die Protestanten hier hausten, aber die herrlichen Kreuzgänge, Kapitelsaal und Refektorium mit ihren kunstvollen Wandgemälden waren erhalten. Das Kloster war so nah am Meer gelegen, daß man es durch die Bäume rauschen hören konnte und den salzigen Geschmack auf der Zunge spürte. So führte denn auch der Weg zum Kloster, den die Königin geritten kam, über den Rand hoher kreidiger Klippen mit geradezu majestätischer Aussicht über den Solway Firth. Maria ließ einen kurzen Halt machen, um die Aussicht ganz in sich aufzunehmen.

„Kann man England von hier aus sehen?“ fragte sie Herries, der hier kundig war.

„Ja, Majestät, aber nur bei ganz klarem Wetter. Es sind immerhin zwanzig Meilen übers Wasser bis nach England.“

„Oh“, machte Maria und hielt eine Hand über die Augen, ob sie nicht doch einen Schimmer der fernen Küstenlinie sehen könne, jenes Landes, auf dessen Krone ihr Blut ebenso ein Recht hatte wie auf jene, die sie soeben so bitter verspielt. Aber nichts war zu sehen außer den rosa Schleiern der Abenddämmerung und der weißen Gischt, die sich an den Felsen brach. Maria wandte ihr Pferd und ritt schweigend weiter.

Mit Rührung begrüßte Maria dann in Dundrennan Abbey die Getreuen, die sich durchgeschlagen hatten, um sich zu Vergeltung und neuer Tat mit ihrer Königin zu vereinen. Da waren Boyd und Fleming, John Beaton und Claude Hamilton, ein junger Verwandter ihres Gastgebers, dann Lord Livingston, der ihr berichtete, daß Seton verwundet und gefangen sei.

„Ach, mein armer Seton", seufzte Maria aus tiefster Seele, „wie wird es meine Mary wohl aufnehmen?" Voller Mitleid gedachte sie der Freundin, die sie in Lochleven hatte zurücklassen müssen.

Maria versammelte die Freunde um den Refektoriumstisch und nahm selbst den Platz des Abtes ein. Es galt, sich klarzumachen, was jetzt zu geschehen habe. Der erste Punkt, der zu erörtern war, betraf Marias persönliche Sicherheit.

„Einen Monat, vielleicht vierzig Tage kann ich für diese Mauern garantieren, wenn Euer Majestät sich weiterhin meiner Gastfreundschaft anvertrauen wollen", versicherte Herries und fügte als Überlegung an: „Wir könnten in der Zeit neue Truppen anwerben und Moray entgegentreten."

„Ach Herries", seufzte Maria und stützte das Kinn in die Hand, „ich bin des Krieges müde . . ."

„Wie anders wollen Euer Majestät verfahren?" meldete sich Beaton zu Wort, „Moray wird nicht ruhen und rasten, ehe er nicht die volle Macht in Händen hält." Die Herren warfen einander Blicke zu. Die Wahrheit schien eher zu sein, daß Moray diese Macht seit Langside längst in Händen hatte. Maria besaß außer dieser kleinen Runde getreuer Freunde nichts mehr, keine Armee, kein Geld, keinen festen Platz zu ihrer Verteidigung, und was noch mehr zählte, ihr Mut war im Sinken begriffen. Wieder entrang sich ihr ein tiefer Seufzer.

„Was ich brauche, ist ein Bundesgenosse, eine starke Hand, die mir zu meinem Recht verhilft . . ." Sie hielt inne, hatte aber das Wichtigste wohl noch auf der Zunge. Die Herren hielten den Atem an. Maria blickte von einem zum anderen, dann sprach sie leise weiter. „Ich werde diese Hilfe finden . . . aber dazu werde ich Schottland verlassen müssen . . . für eine Weile nur . . ."

„Das ist der Weg, Majestät!" Es war Livingston, der ihren Gedanken aufnahm. „Ihr werdet nach Frankreich gehen, Majestät! Als Königinwitwe habt Ihr dort noch immer Heimatrecht. König Karl, Euer Schwager, wird Euch willkommen heißen, und Eure Verwandten, die Guise, werden Euch herzlich aufnehmen. Es stehen Euch erhebliche Mittel aus der Witwenrente zu, so könnt Ihr wohl gerüstet zurückkehren und . . ." Seine Worte hatten in Marias Gesicht keine Flamme entzünden können. So stieß denn Herries eindringlich nach:

„Auch die Königinmutter, Katharina Medici, wird Euch, einer katholischen Königin in Bedrängnis, mit allen Kräften beistehen!"

„Ich gehe nicht nach Frankreich", kam es fast unhörbar von Maria.

„Nicht nach Frankreich? Aber Majestät . . . !"

„Ich werde nicht als Bittstellerin zurückkehren in ein Land, dessen Königin ich einst war." Das klang so endgültig, daß niemand mehr wagte, weiter für Frankreich zu plädieren.

„Spanien", machte Lord Fleming jetzt den Vorschlag, „Majestät könnten nach Spanien gehen. Die Königin ist Euch verschwägert und der König katholisch gesinnt wie Katharina."

Einen Augenblick schien Maria den Vorschlag ernsthaft zu erwägen. Der Gedanke, sich dem Schutz der Freundin aus Kindertagen anzuvertrauen, war verführerisch.

„Katholisch gesinnt wie Katharina . . ." wiederholte Maria und ergänzte dann: „Noch gestrenger als sie setzt Philipp auf Rom . . . drum wird er mir niemals vergeben, daß ich meinen Bund mit Bothwell ohne den Segen der Kirche schloß!" Damit war auch dieser Plan fallengelassen. In die ratlose Stille, die sich der Runde bemächtigte, ließ Maria dann ihre Entscheidung hören.

„Ich gehe nach England."

Jetzt war das Entsetzen ringsum groß.

„Nicht nach England, Madame!"

„In England seid Ihr nicht sicher!"

„Ihr habt dort keinen Besitz, keinen Unterhalt."

„Ihr gebt Euch in die Hand der Königin."

„Ja, wenn es noch Maria Tudor wäre, Eure katholische Namensschwester. Aber Elisabeth unterstützte die Congregation."

„Sie verweigerte Euch das Geleit, als Ihr von Frankreich kamt."

Die Stimmen überschlugen sich, bemühten endlich auch Vergangenes.

„Habt Ihr Furcht und Schrecken schon vergessen, die Heinrich und Edward über Schottland brachten?"

„Elisabeth ist weder Heinrich noch Edward", setzte Maria geduldig dagegen, „mit Vater und Bruder hat sie nichts gemein. Sie ist eine Frau wie ich und wird mir gute Freundin sein."

Die Besorgnis der Herren hatte ihren Höhepunkt erreicht.

„Freundin? Elisabeth verzeiht niemals, daß Ihr das Wappen Englands mit der Krone Frankreichs trugt."

„Elisabeth verzeiht niemals, daß Ihr Darnley Eure Hand gereicht, da ihre Pläne für Euch anders lauteten."

„Elisabeth verzeiht noch weniger seinen Tod, an dem sie insgeheim Euch schuldig spricht!"

Nun war alles heraus, was Warnung hätte sein können. Maria schien von all dem unberührt. Wieder blickte sie eindringlich von einem zum anderen, dann sprach sie, an Herries gewandt:

„Ich werde der Königin von England schreiben und sie um gnädiges Asyl bitten. Ihr, Lord Herries, sorgt für schleunige Bestellung meines Briefes durch einen Boten, der zugleich mir Antwort bringt. Wie lange, glaubt Ihr, wird der Botengang benötigen?"

„Nun, eh . . ." Herris räusperte sich verlegen, „zwei, drei Wochen müßt Ihr rechnen. Der Bote mag reiten wie der Wind, jedoch wird Königin Elisabeth so schnell Euch Antwort geben?"

Maria war enttäuscht. Auch sie hatte gehört, welches die hauptsächliche Charakterschwäche der englischen Königin sei: Zögerlichkeit und Unentschlossenheit, niemals eine eindeutige Meinung fassend. Maria hätte auf der Hut sein sollen, hätte Geduld aufwenden müssen. Aber das nun wieder war eine Schwäche ihrerseits: Rasches, auch einmal unüberlegtes Handeln. So schrieb Maria noch am gleichen Abend neben einem offiziellen Gesuch um Asyl folgende Zeilen an Elisabeth:

Meine geliebte Schwester! Ich will nicht das ganze Unglück nennen, welches mir widerfahren ist, denn es ist Euch gewiß bekannt. Nur soviel: diejenigen meiner Untertanen, denen ich am meisten vertraute, haben mich nun gänzlich aus meinem Königreich vertrieben und mich in einen Zustand versetzt, daß ich nach Gott nur noch auf Euch zu hoffen wage . . .

Während der Zeit in Lochleven hatte man Marias sämtlichen Schmuck konfisziert, ihr nicht mehr gelassen als hier und da einen Armreif, eine Haarspange oder Gürtelschließe, aber eines hatte man ihr niemals entreißen können: den Freundschaftsring, den Elisabeth ihr einst geschickt. Jetzt zog sie ihn vom Finger, drehte ihn im Schein der Kerzen und erfreute sich noch einmal am Aufblitzen der Diamanten. Dann fügte sie ihrem Brief noch eine Zeile an: *Mit diesem Eurem Ring löse ich das Pfand Eurer Freundschaft und Eures Beistands ein.*

Anders als Elisabeth von England war Maria Stuart rasch von Entschluß, ja zeitweise von kopfloser Ungeduld. Nach einer unruhigen Nacht in ehemaliger Klosterzelle, war sie sich ganz sicher, daß sie ihren Entschluß, nach England zu gehen, keinen Tag mehr aufschieben könne, geschweige denn Antwort auf ihren Brief an Elisabeth abwarten wolle.

„Bin ich bereits im Land, kann sie mir Asyl nicht mehr verwehren," sagte Maria sich und, an Herries gewandt, verlangte sie noch zur selben Stunde ein Boot, das sie und ihre Begleitung über die Bucht von Solway bringen sollte. Ihre Begleitung? Wer sollte das sein? Von denen, die jetzt noch getreulich zu Maria standen, war keiner, der ihre England-Pläne nicht mißtrauisch verwarf. Noch machte sich Maria darüber keine Gedanken, wäre wohl auch in einer Art Trotzhaltung mutterseelenallein aufgebrochen. Nur fort aus diesem Land, das ihr so Böses angetan, sie verfolgt und vertrieben hatte!

Lord Herries, seiner Besorgnis kaum mehr Herr werdend, hob hilflos die Arme.

„Ein Boot, Hoheit, so rasch ein Boot, das Euch genehm ist? Und das noch heute?"

„Ein Boot, Herries, gleich welcher Art, wenn es nur Segel setzen kann und sein Kapitän das Steuer zu bedienen weiß. Und das noch heute."

„Wollen Majestät nicht doch noch einmal überlegen ...?" wagte Livingston einzuwenden, der hinzugetreten war.

„Es ist überlegt, lieber Freund, eine ganze lange Nacht, und mein Entschluß steht fest." Und dann wieder an Herries gerichtet: „Geht, teurer Lord, erkundigt Euch im Hafen und die Küste entlang, wer bereit ist, die Königin an Bord zu nehmen, geht, ich bitte Euch!" Sie hätte befehlen können, aber sie bat. Und das mit einer solchen Geste der Hilflosigkeit, daß nicht nur Herries und Livingston, sondern auch die anderen noch Anwesenden zutiefst angerührt waren. Ja, diese Frau brauchte ihren Beistand, und ihn ihr zu gewähren hätte in diesem Augenblick ein jeder von ihnen sein Leben hingegeben.

Binnen kurzem meldete Herries, ein Boot läge bereit, allerdings ein Fischerboot nur, das eben erst seine Netze geleert hatte. An Komfort irgendeiner Art war also nicht zu denken, und der Preis überstieg Marias letzte Habe.

Der Mittag lag still über den Klostermauern von Dundrennan, das Meer lag ruhig, aber eine Brise zog herauf, lebhaft genug, die Segel zu blähen. Maria war zum Aufbruch bereit. Damit war, wie sie glaubte, der Augenblick des Abschieds gekommen.

„Mein Herz ist schwer, Mylord, ich lasse Euch nur ungern zurück", begann sie mit erstickter Stimme und reichte Herries die Hand.

„Ihr laßt mich nicht zurück, Madame, ich bleib' an Eurer Seite, bis ich Euch in Sicherheit weiß!"

„Gott wird es Euch lohnen, mein Freund! Dann Ihr, Livingston, und Ihr, Beaton, lebt wohl und habt Dank."

„Auch wir lassen Euer Majestät nicht allein reisen", riefen beide, und im Chor schlossen sich die anderen an: Boyd, Fleming, Hamilton und natürlich George und Willie. Keiner dachte im Traum daran, zurückzubleiben, berief im Gegenteil noch den einen oder anderen seiner Diener, das Abenteuer zu teilen. So waren es am Ende ein Dutzend Männer und eine Frau, die der Kutter an Bord nahm. Gegen drei Uhr waren die Segel gehißt, und der schwerfällige Kahn legte langsam vom Ufer ab. Die zerklüftete Küste Schottlands schien sich zu entfernen und sich in flimmernder Sonne aufzulösen. In Wirklichkeit war es der Kahn, der sich vom schottischen Gestade entfernte, und mit ihm die Königin Schottlands, ihre hohe Gestalt an den Mast gelehnt, den blauen Mantel um die Schultern, die Kapuze über das kurze blonde Haar gezogen. Es war der 16. Mai 1568.

England

Um sieben Uhr abends des gleichen Tages warf das Fischerboot, vom Wind ziemlich weit nach Süden getrieben, Anker in der kleinen Bucht von Workington. Der Ort war nur ein ärmliches Fischerdorf.

„Gott sei uns gnädig!" entfuhr es Lord Herries beim Anblick der wenigen strohgedeckten Hütten. Ihre Bewohner, ratlos, was sie von der seltsamen Fracht aus Schottland halten sollten, standen verstört herum. Und als sprächen sie eine ganz andere Sprache, schienen sie Erklärungen, wer da an ihrem Strand den Fuß auf englischen Boden gesetzt hatte, nicht zu verstehen. Endlich taten ein paar letzte Münzen aus Herries' Besitz das Ihre. Ein kärgliches Mahl wurde ihnen angeboten und ein mehr als primitives Nachtlager, endlich noch ein klappriges Pferd, auf dem einer ihrer Leute Nachricht in die nächste Stadt, das fünfzig Meilen entfernte Carlisle, bringen sollte.

Lord Scrope, Gouverneur der Grafschaft, war nicht anwesend, so nahm sein Stellvertreter Richard Lowther, die unfaßliche Nachricht entgegen, die Königin von Schottland sei in England gelandet. Lowther, noch ratloser als die Fischer von Workington, suchte in aller Eile eine Entscheidung zu treffen, wie er mit der Situation umzugehen hatte. Als Gast der englischen Krone wäre Maria Stuart im ganzen Prunk ihres Gefolges gekommen, in kriegerischer Absicht hingegen mit einem Heer, so aber, als ärmlicher Passagier eines Fischkutters, konnte sie ihrem Lande nur als Flüchtling den Rücken gekehrt haben. Hatte er sie also willkommen zu heißen oder mußte ihr eine gastliche Aufnahme verweigert werden? Lowther entschied sich für einen Mittelweg. Mit fünfhundert vorsorglich bewaffneten Reitern zog er nach Workington. Dort angekommen, befleißigte er sich größter Höflichkeit.

„Ich darf Euer Majestät untertänigst begrüßen und mein Bedauern aussprechen für die Unbequemlichkeiten, die Euer Majestät bisher auf sich nehmen mußten."

„Habt Dank, werter Sir, mit Eurem Erscheinen werden sich die Verhältnisse für mich sicherlich bequemer gestalten." Maria war zufrieden. Dieser Mann schlug einen höflichen Ton an und schien zu wissen, wie man einem hochgeborenen Gast entgegentritt. „Ich denke, Ihr werdet mich auf dem schnellsten Wege nach London begleiten, damit ich mich meiner lieben Schwester, Eurer Königin, in die Arme werfen kann."

Wozu sonst sollte ein Beamter der Krone fünfhundert Mann bemüht haben, wenn nicht, um ihr eine standesgemäße Eskorte für den langen Weg zu stellen?

Lowther aber, solch selbstbewußten Ton nicht gewohnt, ließ keinen Zweifel mehr, auf wessen Seite die Autorität lag.

„Ihr werdet die Güte haben, Mylady, mir vorerst nach Carlisle zu folgen und dort einstweilen mein Gast zu sein." Nichts mehr von ‚Majestät' oder wenigstens ‚Hoheit'. Wer sagte ihm denn, daß diese abgerissene Gestalt im nicht mehr ganz sauberen blauen Habit wirklich die schottische Königin war? Und wenn schon? Hier in England hatte sie nichts zu sagen, und das wollte er ihr lieber gleich zu Beginn klarmachen. Er setzte sie auf ein Pferd, umgab sie mit seinen wehrhaften Männern und machte sich auf den Rückweg. Die Handvoll Kavaliere, mit denen diese Lady sich umgeben hatte, sollten selber sehen, wie sie ihr folgten.

Die Burg von Carlisle, im Jahre 1092 unter William II. erbaut und von Edward I. zu einem Palast erweitert, war nun nicht gerade ein komfortables Schloß. Der Raum, den man der angeblichen Königin zuwies, glich eher einem Verlies als dem Salon einer Dame. Maria aber ließ es sich nicht verdrießen. Die etwas harsche Behandlung, die man ihr angedeihen ließ, konnte ja nur auf einem Mißverständnis beruhen. Sobald Königin Elisabeth ihren Brief erhielt, würde sie nach ihr schicken, und dem armen Lowther wäre ein scharfer Verweis sicher. Maria nahm sich vor, für ihn Verzeihung bei ihrer lieben Schwester zu erbitten. Da aber das Briefeschreiben immer und überall Marias Leidenschaft gewesen, erbat sie auch hier von ihrem etwas übellaunigen Wirt Tinte, Papier und Feder und schrieb noch einmal nach London.

Hochedle Königin, geliebte Schwester! Ich bitte Euch inständig, mich so schnell wie möglich holen zu lassen! Ich befinde mich nicht nur für eine Königin, sondern auch für eine Edelfrau in erbärmlicher Lage. Ich habe nichts mehr auf der Welt als nur das nackte Leben, nicht einmal Kleidung und das nötigste, dessen eine Dame bedarf. Selbst von meinen Gefährten hat man mich getrennt.

Klingt es auch so, war Maria dennoch keineswegs entmutigt, und da sie grad am Schreiben war, ging ein Brief an Lord Cassilis, einen Freund, der ihr daheim die Stange hielt:

Ich bin sicher, daß ich spätestens im August an der Spitze eines stattlichen, entweder englischen oder französischen Heeres wieder in Schottland sein werde!

Aber nichts außer ihrem eigenen unerschütterlichen Optimismus wies darauf hin, daß ihr Aufenthalt in England binnen kurzem eine derartig erfolgreiche Wendung nehmen könnte. Noch war es ein Mittelding zwischen frugaler Gastlichkeit und Gefangenschaft, und so sehnte Maria von Stunde zu Stunde ungeduldiger die Reaktion aus London herbei.

Für Elisabeth von England war es gar nicht so einfach, zu Marias Erscheinen eine passende Einstellung zu finden. Von ihrem zögerlichen Temperament einmal abgesehen, hatte sie politisch – und damit die Religion betreffend – sehr sorgfältig abzuwägen. Daß es sich nicht um ein bloßes Asylbegehren handelte, sondern vor allem um Englands Beistand, Königin Maria den schottischen Thron zurückzugewinnen, das war klar. Aber wie kam die protestantische Elisabeth dazu, der katholischen Maria gegen deren protestantischen Widersacher zu helfen? Allein um der Rückenstärkung unter Monarchen willen? Das genügte nicht. Falls aber Elisabeth sich nicht hilfreich zeigte, bestand andererseits die Gefahr, daß Maria sich an das katholische Frankreich wandte, mit dessen Hilfe Schottland zurückeroberte und es wieder, wie weiland unter Maria Guise, zu einem katholischen Land machte. Bei diesen Überlegungen spielte der alte Groll über Marias Ansprüche auf den englischen Thron und daß sie noch immer nicht den Vertrag von Edinburgh unterzeichnet hatte, der immerhin Verzicht bedeutete, nur eine untergeordnete Rolle. Wie also sollte Elisabeth sich ihrem ungebetenen Gast gegenüber verhalten? Sie freundschaftlich nach London einzuladen, hieße, eine Entscheidung zu treffen, und das war nun gar nicht Elisabeths Art. Maria fern in gastlichem Gewahrsam zu halten, schien wesentlich sicherer, bedurfte aber einer Rechtfertigung, die vor der Welt Bestand hatte. Welcher? Dazu gab Elisabeths erster Berater, Sir William Cecil, eine Anregung, die Elisabeth eifrig aufnahm.

„Ehe Euer Majestät Eure königliche Cousine bei sich aufnehmen, müßte klar erwiesen sein, daß deren Ehre fleckenlos und frei von irgendwelcher Schuld sei."

„Ihre Ehre fleckenlos? Frei von Schuld? Ihr meint . . . ?"

Cecil, der von weiblicher Geistesgröße ohnehin nicht viel hielt und dem der Gedanke an eine weitere Königin bei Hof den Schweiß auf die Stirn trieb, wurde deutlicher.

„Es müßte klar erwiesen sein, daß Maria Stuart nichts mit dem Tod ihres Gatten Darnley zu tun hatte und . . ." Cecil machte eine Pause, um zu beobachten, welche Wirkung seine Worte in dem schwachen Kopf einer Frau hervorrufen würden, „und ob sie nicht anschließend sehenden Auges den Mörder ihres Mannes, nämlich Lord Bothwell, heiratete."

Elisabeth, entgegen Cecils Meinung mit brillanter Intelligenz ausgestattet, begriff sofort.

„Und wiederum mit meiner Ehre wäre es nicht zu vereinbaren", führte sie weiter aus, „mich ihrer hilfreich anzunehmen, falls auch nur der Schatten einer Mitschuld auf Marias Schultern lastet."

„Es wird eines Prozesses bedürfen", spann Cecil den Faden fort, „und das gibt uns Zeit." Zeit war immer schon die beste Grundlage, politische Verworrenheit sich selbst zu überlassen und damit zwar nicht zu entwirren, aber letzten Endes ad absurdum zu führen.

„Und solange können wir die schottische Königin auf keinen Fall frei über ihren Aufenthaltsort verfügen lassen."

„Gewiß nicht."

„Es sei denn . . . die Königin wünscht, in ihr Land zurückzukehren . . ."

„. . . und sich dort mit ihrem Bruder Moray zu arrangieren . . ."

„. . . und zwar unter Verzicht auf ihre Krone."

„Einen Verzicht, den sie ja bereits unterschrieben hat!"

Da waren sich wieder einmal zwei Seelen einig, die mehr oder weniger gemeinsam seit zehn Jahren die Geschicke Englands leiteten.

„Ich werde meinen Vetter Knollys nach Carlisle schikken", schloß Elisabeth, „er soll nach dem Rechten sehen und nötige Schritte unternehmen."

Francis Knollys, Mittfünfziger aus adligem Haus, fanatischer Puritaner, ging kühlen Kopfes, aber ebenso gerechten Sinnes an die ihm übertragene Aufgabe. Zuerst schilderte er Maria die Gründe, die Königin Elisabeth in Zwiespalt gestürzt und sie zögern ließen, Maria sofort nach London zu holen. Dann übergab er einen Brief Elisabeths, der gleiches in deren eigenen Worten ausdrückte.

Es gibt niemand auf Erden, der lieber Eure Unschuld erwiesen sähe als ich, hieß es da und weiter: *in Wahrheit beschuldigt man mich bereits, ich sei mehr geneigt, Euch zu verteidigen, denn die Dinge, die Euch von Euren Untertanen zur Last gelegt werden, auch nur anzuhören! Mit meinem Wort als Fürstin verspreche ich Euch, weder meinen Ratgebern noch Euren Gegnern ein Ohr zu leihen, wenn sie nur beabsichtigen, Euch grundlos zu verleumden.*

Ihr selbst sollt Gelegenheit bekommen, Eure Ehre in einem Licht zu zeigen, das es mir ermöglicht, Euch ganz an meine Seite zu ziehen als Eure unverbrüchliche Freundin Elisabeth.

Was Knollys dann allerdings an Lebensbedingungen der schottischen Königin in Carlisle vorfand, entsetzte ihn.

„Ich werde sofort dafür sorgen, daß Euer Majestät den gebührenden Rahmen für Euren Aufenthalt in unserem Lande erhalten."

Das waren keine leeren Worte. Er hielt den unterdessen zurückgekehrten Gouverneur Lord Scorpe an, Maria wohnlichere Räume zuzuweisen, einen regelrechten Haushalt mit entsprechender Dienerschaft, in Sonderheit Kammerfrauen, Kämmerer, Köche und Küchenpersonal einzurichten. Die Herren in ihrer Begleitung von Schottland her, erhielten freien Zutritt, durften allerdings, außer George und Willie, nicht im Schloß wohnen, sondern bekamen Quartier in der Stadt zugewiesen. Nur einem mußte Knollys nach den Erfahrungen von Lochleven zustimmen: Die Fenster der neuen Suite waren allesamt vergittert, und eine Doppelwache stand vor jeder Tür. Es war Maria erlaubt, die Burg zu verlassen, auszureiten oder auf die Jagd zu gehen, allerdings nur unter strengster Bewachung einer Hundertschaft. Über Maria selbst lautete Knollys Bericht nach London seltsam anrührig:

Die Königin ist schön, hat eine melodische Stimme, ist redegewandt und hat einen gesunden Menschenverstand. Ich möchte sie eine außerordentliche Frau nennen, von großer Intelligenz und aufrechtem Mut. Mit dieser Beurteilung wird Knollys sich bei seiner Cousine nicht sehr beliebt gemacht haben.

Blieb noch die mehr auf weiblichem Interesse beruhende Frage der Garderobe. Mit Knollys hatte Elisabeth in herablassender Güte eine geheimnisvolle Truhe an Maria schicken lassen. In Gegenwart Knollys wurde die Truhe geöffnet, und Maria entnahm ihr mit anfänglicher Vorfreude Kleider, Umhänge und Mäntel. Jedoch bei näherem Hinsehen jedes Stück alt, getragen, verfleckt, mottenzerfressen und aus der Mode.

Aufs äußerste peinlich berührt beobachtet Knollys den Vorgang und sucht stotternd nach Entschuldigungen.

„Kleider für Eure Bediensteten, Majestät. Anders ist die Sendung auf keinen Fall gemeint. Für Euch selbst, Majestät, werde ich umgehend die besten Schneiderinnen der Stadt bemühen. Majestät brauchen nur zu befehlen, Mode, Schnitt, Stoffart und Zierat! Ganz wie Majestät wünschen." Mag sein, im Bemühen, die beschämende Großmut Königin Elisabeths wieder gutzumachen, ging er etwas weit, aber das Resultat waren binnen kurzem volle Schränke mit wenn nicht grad üppiger, so doch solider Bekleidung für jeden Zweck.

„Ich danke Euch, Sir Francis", quittierte Maria all die Bemühungen Knollys, „Ihr habt mir mein Los erträglich gemacht."

Doch noch hatte ihr neuer Aufseher, insgeheim zum Mentor gewandelt, seinen Bemühungen nicht die Krone aufgesetzt.

Endlich hatte Maria wieder Bedienung von weiblicher Hand. Zeitlebens war sie gewohnt gewesen, daß hochgeborene Damen sich darum rissen, ihr das Hemd zu reichen oder den Halsschmuck umzulegen. Aber nur eine hatte es verstanden, ihr das Haar so zu frisieren, wie es ihr gefiel. Und nun, da es kurz und struppig war, sehnte sich Maria ganz besonders zurück zu jenen Frisuren, die Mary Seton so geschickt hatte flechten und stecken können, daß die Pracht des langen Haares von einst sie golden krönte oder ihr in schimmerndem Glanz locker über die Schultern fiel. Maria beugte sich vor und suchte ihr Antlitz im einzigen, fleckig blinden Spiegel ihrer jetzigen Behausung. Was sie sah, trieb ihr die Tränen in die Augen.

„Ach Mary", seufzte sie, „wenn du doch bei mir wärst! Du mit deinen geschickten Fingern würdest sogar aus diesen Borsten einen strahlenden Kranz zaubern, der mein blasses Gesicht zu Leben erweckt!"

Und ihrem Seufzer kam Antwort.

„Nun ja, Majestät", hörte Maria eine ihr wohlbekannte Stimme hinter sich, „erst einmal würde ich es waschen in Honig und Bier, dann mit Eigelb spülen und vor allem bürsten, bürsten und immer wieder bürsten! Ich würde . . ."

„Mary!" rief Maria, erst ungläubig, dann jubelnd. Zwischen Lachen und Weinen lagen sie sich in den Armen, die Königin und ihre innigste Freundin. „Wie kommst du hierher? Wie hast du mich gefunden?"

Nun, Majestät . . . Maria, Eure Spur zu finden, muß man im Norden Englands nur einen Katholiken fragen, und man bekommt sie gewiesen. Hier oben gibt es noch viele Katholiken, und sie alle sind von Stolz erfüllt, Euch im Lande zu haben. Manche sprechen laut davon, in Euch wieder eine katholische Königin haben zu wollen, am liebsten auf dem Thron beider Länder."

„Gesegnet seien sie für ihren Wunsch!" rief Maria in fast alter Fröhlichkeit. Diese trübte sich nochmals, als die Freundinnen Marys Vater, Lord Setons, gedachten, dessen Schicksal nach Langside noch unklar war. Nach allem, was man so hörte, ging Moray rigoros gegen hoch und niedrig vor, gegen Edelmann wie Bauer, die auf Marias Seite gekämpft oder ihr auch nur Unterkunft auf ihrer Flucht gewährten.

„Ich werde zurückkehren nach Schottland", schwor Maria im Ton heiligster Überzeugung, „und glaube mir, ich werde all jene rächen, die für ihre Treue zu mir Bitteres erleiden mußten."

Maria, fest davon überzeugt, diesen Schwur eines Tages einzuhalten, genoß erst einmal die wenigen Verbesserungen ihres Daseins. Mit ihren fünfundzwanzig Jahren war sie ja immer noch jung, Freunde umgaben sie wieder, dazu allabendlich Spiel und Musik, ausgelassenes Lachen an gemeinsamer Tafel. Draußen wandelte sich derweilen ein naßkalter Frühling in einen lichten Sommer, man ging auf die Jagd oder zur Beiz, vergaß nach Möglichkeit die Schar grimmiger Soldaten, die das Vergnügen begleiteten, ließ Leichtsinn und Lebensfreude zu ihrem Recht kommen. Aber wo Licht war, war auch Schatten. Knollys hatte Maria versichert, Wachen und Soldaten dienten nur ihrem persönlichen Schutz, da sie aber keinen Schritt mehr tun konnte, ohne von grimmigen Blicken verfolgt zu sein, ohne daß Schlüssel sich drehten oder Gitter knarrten, verwischten sich im Bewußtsein der Königin die Grenzen zwischen gastlicher Aufnahme und erneuter Gefangenschaft immer mehr. Und besonders trat es zutage, als es nach acht Wochen, genaugenommen am 13. Juli 1568 plötzlich hieß:

„Laßt Eure Sachen packen, Mylady, Ihr werdet nach Schloß Bolton verbracht!"

„Schloß Bolton?" empörte sich Maria. „Das ist kein Haus für einen Gast!" Diesmal war sie nicht gewillt, eine

Maßnahme widerstandslos hinzunehmen. Sie hatte von Bolton, dem Besitz Lord Scropes, schon gehört und keineswegs Gutes. Ein steinerner Kasten aus dem vierzehnten Jahrhundert, umgeben von vier Ecktürmen, ein jeder fünf Geschosse hoch, wehrhaft mit Schießscharten ausgestattet, aber wohl kaum sehr behaglich zu nennen. Die Scropes nutzten das Schloß schon lange nicht mehr und hatten alles Wohnliche wie Möbel und Teppiche daraus entfernt.

„Warum gerade Bolton?" beklagte Maria sich nochmals und konnte Tränen der Verzweiflung nicht zurückhalten.

„Nun, Majestät", suchte Knollys der Maßnahme eine positive Seite abzugewinnen, „Bolton, in Yorkshire gelegen, ist schon einmal der halbe Weg nach London!"

Aber auch das konnte Maria nicht trösten. Sie rang die Hände und weinte fast ununterbrochen, bis endlich alles zur Abfahrt bereit war. Dann saß sie wie versteinert im Fond eines geschlossenen Wagens, der sie fortkarrte, kaum anders als die Kisten und Kasten ihrer wenigen Habe. Sie reiten zu lassen, wagte man diesmal nicht. Sie hatte sich als zu gute Reiterin erwiesen, die sich vielleicht zu Pferde hätte zu einem der großen katholischen Grundbesitzer durchschlagen können, die hier im Norden das Sagen hatten.

Im Rütteln des Wagens wurden in Maria die innersten Zweifel wach. War es ein Fehler gewesen, nach England zu kommen? Hätte sie sich nicht doch besser an Frankreich gewandt? Frankreich! Dann würde sie jetzt auf sommerlichen Gartenfesten in Chenonceaux tanzen oder im Wildpark von Chambord Hirsche jagen, anstatt durch die kahlen Hügel von Yorkshire zu schaukeln, einer ungewissen Zukunft entgegen.

„Oh, was ist nur aus all meinen Plänen geworden!" klagte sie für sich, „Schottland wollte ich zurückerobern, meinen Landeskindern eine gute, gerechte Mutter sein! Aber nun . . . ? Und plötzlich war da ein Name in ihrer Seele, dem grellen Licht eines Blitzes gleich: Bothwell!

Wie lange hatte sie ihn nicht mehr ausgesprochen, nicht mehr verzweifelt nach ihm gerufen, da sie die Stille und Ratlosigkeit der Antwort gefürchtet. Jetzt aber brach es schluchzend aus ihr heraus: „Bothwell, mein Bothwell ... wo seid Ihr, wo finden Euch meine Gedanken?"

Man hatte Maria im Ungewissen gelassen, was unterdessen mit ihrem Mann geschehen war. Sie wußte weder von seinem Ausfall aus Dunbar, noch daß er, verfolgt und gehetzt von Morays Schergen, das Land verlassen und in Dänemark Zuflucht gesucht und daß er dort – wie grausam das doppelte Schicksal – von König Frederick II. von Norwegen und Dänemark in Haft genommen und seither im Kerker des Schlosses von Kopenhagen schmachtete. Wie gut, daß die Nachricht darüber Maria nicht noch das Gemüt belastete, jetzt, da auf weiter Ebene die Umrisse von Schloß Bolton auftauchten. Beim Anblick des Gevierts wuchtiger Türme drohte Maria ohnehin das erste Mal der Mut zu verlassen.

Die Kassettenbriefe

Schloß Bolton blieb in Maria Stuarts Leben eine Episode von sechs Monaten, ihrer Freiheit beraubt, um ein gut Teil Hoffnung ärmer, aber noch von ihrem kleinen Hofstaat umgeben, von ihren Freunden nicht getrennt.

Für Königin Elisabeth hingegen wurde es nun Zeit, den nächsten Schritt zu tun. Zuerst einmal gab sie zweierlei Versprechen ab, das eine dem anderen genau entgegengesetzt: Maria erhielt die Zusage, so sie denn in einen Prozeß um die Schuldfrage an Darnleys Tod einwilligte, sie unabhängig vom Ausgang des Prozesses wieder als regierende Königin Schottlands einzusetzen. Lord Moray aber versprach Elisabeth, daß seine Schwester niemals mehr, ebenfalls vom Ausgang des Prozesses unabhängig, auf den Thron zurückkehren, sondern in englischem Gewahrsam verbleiben solle. Das Wort ‚Prozeß' wurde allerdings durch ein anderes ersetzt, da kein Königreich das Recht hatte, gegen den Monarchen eines anderen Königreiches zu prozessieren. Man sprach stattdessen vorsichtig von ‚Untersuchung'. Doch ganz gleich ob das eine oder das andere bedurfte es jetzt der Beweise. Und wer diese zu liefern sich bereit erklärte, war Lord Moray. Es schien ihm geradezu Freude zu bereiten, die stärksten Waffen gegen Maria ins Felde zu führen.

„Sie hat Briefe geschrieben, die sie klar als Mitwisserin und ihren späteren Gatten, Bothwell, als Initiator des Mordes an Darnley ausweisen", erklärte Moray im Triumph. Um sich für seine Behauptung Rückendeckung zu verschaffen, legte er diese Briefe dem eigenen Parlament vor. Was aber waren das für Briefe? Das zu beantworten, mußte man ein volles Jahr zurückgreifen. Am 20. Juni 1567 – Maria ist Gefangene in Lochleven, Bothwell nach Carberry Hill auf der Flucht – stiehlt ihm sein Leibdiener eine silberne Kassette, ein Geschenk Marias, daher von seinem Herrn stets sorgfältig unterm Bett verwahrt. Die Kassette enthält weder Geld noch Schmuck wie erwartet, sondern nur Briefe.

Enttäuscht darüber, aber im dunklen Gefühl, sie könnten vielleicht höheren Orts von Interesse sein, liefert der Mann seinen Fund an Moray aus. Moray wirft einen Blick in die Kassette und faßt einen diabolischen Plan. Er hat Zeit, ein volles Jahr. Was dann sein Parlament zu lesen bekommt, sind Briefe in englischer Sprache. Jedermann weiß, daß Maria stets französisch korrespondierte. Die Briefe enthalten eindeutige – allzu eindeutige – Hinweise darauf, daß Maria seinerzeit Darnley nach Edinburgh gelockt und mit Bothwell den Plan zu seiner Ermordung ausgeheckt habe. Das aber ist sogar den Lords der eigenen Regierung zuviel.

„Unmöglich", urteilen sie. „Wie würde die Königin derlei offensichtlich verbrecherische Vorhaben zu Papier bringen und dies seinem Empfänger durch Boten zustellen lassen?" Selbst ärgste Feinde Bothwells wenden ein:

„Wieso hebt Bothwell, ein besonnener Mann, schriftliche Beweise seiner Schuld unter dem Bett auf, anstatt sie zu vernichten?“ Der schlagende Einwand aber lautet: „Wieso wartet Moray ein volles Jahr ab, ehe er die Briefe auch nur erwähnt, geschweige denn vorlegt?“

Auf diese Frage ist über vierhundert Jahre lang bis heute keine schlüssige Antwort gefunden worden. Dennoch geschah damals das Erstaunliche: Königin Elisabeth übergibt Kopien der Briefe als glaubhafte Grundlage der Beweisführung an die neugegründete Kommission, die die Untersuchung gegen Maria Stuart durchzuführen hat. Endlich erfährt auch Maria von dem sie belastenden Fund, und ohne die Korrespondenz als solche zu leugnen, erklärt sie sie als gefälscht.

„Briefe, die ich jemals an Lord Bothwell schrieb, sind lediglich Versicherungen meiner Gefühle für ihn und, sofern sie von meiner eigenen Hand stammen, enthalten sie nichts, das im entferntesten meine Schuld beweisen könnte.“ So lautet Marias persönliche, für die Kommission bestimmte Aussage, während sie in einer nicht abreißenden Kette von Briefen an Elisabeth selbst immer wieder um eine Zusammenkunft bittet, in der man doch am besten alle Unklarheiten beseitigen könne.

Euch, meine geliebte Schwester, will ich Rede und Antwort stehen und alles sagen, was ich weiß, alles, das mich in reinem Lichte scheinen läßt, wie auch das wenige, das ich verbotener Leidenschaft an Tribut zahlte.

Maria stand dazu, daß in ihrem Leben stets die Liebe den Ausschlag zu ihrem Handeln gegeben hatte, niemals aber zu einem Verbrechen, wie man es ihr beharrlich vorwarf.

Die Dinge gingen nur schleppend voran, weder Elisabeth noch Moray war an Eile gelegen. Beider Interessen, unterschiedlich gelagert, gipfelten darin, Maria ausgeschaltet zu wissen. Und Maria war ausgeschaltet. Wie das Wild, in die Fallnetze der Jäger geraten, nicht weiß, gegen wen es kämpfen soll, und endlich, sich immer tiefer verstrickend, ganz ruhig verhält und nur noch abwartet, was geschieht, so verhielt sich auch Maria. Sie zeigte nach erster aufflammender Empörung nun scheinbare Ruhe, fest überzeugt, daß alles nur ein Mißverständnis sei. Gewiß käme bald Botschaft aus London, eine Einladung an den Hof und dort ein Heer bei Fuß, ihr, Maria Stuart, zu ihrem Recht zu verhelfen.

Unterdessen suchte Maria, sich abzulenken, so gut es eben ging ‚Hof zu halten', kurz, ihr gewohntes Leben aufzunehmen. Das fiel nicht leicht im freudlosen Gemäuer von Bolton, dessen drohende Türme einem einen Schauer über den Rücken jagten, vor allem, wenn herbstlicher Sturm an Ziegeln und Zinnen rüttelte.

Maria füllte die Zeit mit endloser Korrespondenz. Sie schrieb an Katharina von Medici, an Philipp von Spanien, ja sogar an den Papst. Noch gestand man ihr Papier und Tinte zu, und Boten konnte sie entsenden, wohin sie nur wollte. Allerdings waren Cecils Agenten auf der Hut, jedes Wort, das der schottischen Königin aus der Feder floß, konnte ihnen Material zu ihrer Verleumdung liefern. Ahnte Maria etwas von dieser Gefahr? Oder rechnete sie umgekehrt damit, daß Cecil den Inhalt ihrer Briefe zu lesen bekam? Dann könnte man es schlau nennen, wie sie dem König von Spanien gegenüber klagt:

Man engt mich immer mehr ein, nicht einmal mehr einen katholischen Priester gesteht man mir zu!

Und noch in anderer Weise engte man Maria immer mehr ein. Die Kommission, die sich mit der Prüfung der angeblich in der Kassette gefundenen Briefe befassen sollte, tagte unterdessen in York. England führte den Vorsitz durch den Herzog von Norfolk und den Earl of Sussex. Die Sache Schottlands zu vertreten, war Moray höchstpersönlich gekommen. Die Anklageschrift hatte sein Vertrauter, George Buchanan, verfaßt, der als ausgemachter Feind Marias galt.

Maria forderte, ebenfalls persönlich in York erscheinen zu dürfen, was man ihr mit der Ausflucht verweigerte, man würde ihr ein paar englische Adlige nach Bolton senden, vor denen sie sich mündlich rechtfertigen könne. Maria war empört.

„Man wird wohl kaum von mir erwarten, daß ich mich gegen Schuldbeweise verteidige, deren Unterlagen ich nicht einmal habe einsehen können!"

Bei der Konferenz von York wurden dann immerhin die Herren Herries und Livingston als Marias Vertreter zugelassen. Bevor sie aufbrachen, knieten sie vor ihrer Herrin nieder.

„Versprecht mir", beschwor Maria sie, „lieber die Verhandlungen abzubrechen, als unglaubhaften Beweisen gegen mich zuzustimmen."

„Wir wollen lieber sterben, als die Ehre Euer Majestät weiterhin besudeln zu lassen", versprachen beide und machten sich auf den Weg nach der altehrwürdigen Stadt York, über fünfzig Meilen durch tief verschneites Land, da der Winter längst hereingebrochen war. Fünfmal weiter als von Bolton Castle war York von London aus gelegen, das aber schien Königin Elisabeth zu weit vom Schuß, so daß sie die Konferenz, kaum eröffnet, nach Westminster verlegen ließ.

Die Verhandlungen, deren Hauptgegenstand die fraglichen Briefe waren, zogen sich bis zum 11. Januar 1569 hin. Dabei äußerten interessanterweise Verteidiger ebenso wie Marias Gegner wiederum Zweifel an deren Echtheit.

„Keines der zweiundzwanzig Beweisstücke ist von Königin Maria unterzeichnet", monierte beispielsweise Sussex, und Livingston bestätigte sofort, daß genau das als absolut untypisch zu bezeichnen sei.

„Jedermann kennt ihren schwungvollen Schriftzug *Marie,* der in französischer Schreibweise auf keinem ihrer Briefe fehlen durfte!"

So endete denn das Hin und Her über Schuld oder Unschuld, über Mitwisserschaft und sündhaftem Ehebruch unentschieden. Weder wurde ein Schuldspruch über Maria gefällt, noch ein Schiedsspruch zwischen ihr und Moray, dem Marias Vertreter Aufstand und Rebellion vorwarfen. In den Akten dieser ersten Anhörung lautete der Tatbestand trocken: *Schuldbeweis nicht erbracht.*

Maria aber mußte im kalten, zugigen Schloß von Bolton noch über zwei Wochen warten, bis Herries und Livingston sich in diesem besonders harten Winter durch halb England gequält hatten, um ihr Bericht zu erstatten. Halb erfroren kamen sie durchs Tor geritten, und Maria lief ihnen ungeduldig entgegen.

„Sprecht, meine Freunde, sprecht. Hat die Königin eingesehen, daß mich keine Schuld trifft und wird sie mich nun in London empfangen? Mir ein Heer zur Verfügung stellen, daß ich Moray aus dem Land jage und Schottland zurückgewinne?"

Erst drinnen am hohen Kamin in der Halle, dessen loderndes Feuer ihnen notdürftig die Glieder wärmte, konnten die beiden Lords in Ruhe antworten.

„Ja, Mylady, die Konferenz von Westminster ist gescheitert. Euch konnte nichts nachgewiesen werden, was Eure Ehre beschmutzt . . ."

„Ein irdisches Gericht könnte das ohnehin nicht", unterbrach Maria mit leichtem Hohn, „als gekröntes Haupt bin ich einzig Gott verantwortlich."

„. . . die Briefe, die Moray vorlegte, wurden nicht als von Eurer Hand anerkannt . . ."

„Weil sie auch nicht von meiner Hand stammen", wurden die Herren wieder unterbrochen, „Moray hat sie fälschen lassen, um mich zu vernichten."

„So wird es sein, Majestät", pflichtete Herries müde bei und nahm einen Schluck wärmenden Punsch, den der junge George ihm reichte.

„So sieht es aus, Majestät", wiederholte Livingston und rieb sich die klammen Finger, „jedenfalls dieser Stoß, den Lord Moray gegen Euch geführt, ging ins Leere . . ."

Maria, plötzlich wieder ganz das junge Mädchen, sprang auf und drehte sich einmal im Kreis.

„Ich wußte es. Ich wußte es", rief sie im Triumph, doch die Männer, die sich pflichtgemäß mit ihr erhoben, blieben ernst.

Elisabeth I.

Maria wußte nicht alles. Sie wußte nicht, daß ihre ‚liebe Schwester' Elisabeth den enttäuschten Moray mit fünfzigtausend Pfund Hilfsgeldern entschädigte, die er mit nach Schottland nahm. Sie wußte nicht, daß die Königin in London eben darüber nachdachte, wo Maria in noch sichererem Gewahrsam untergebracht werden könnte als es Schloß Bolton derzeit war. Und sie wußte nicht, daß dem Rauch gleich, der noch aus erloschenem Feuer aufsteigt, schwelender Verdacht aus jenen Briefen sich durch die Jahrhunderte fortpflanzte.

Tutbury

Was die Königin von England am meisten zu fürchten hatte, war ein positives Echo auf Marias Erscheinen in ihrem Lande. Es konnte eine Ermutigung der unterdrückten katholischen Kräfte mit sich bringen oder – schlimmer noch – damit verbunden die Unterstützung schottischer Ansprüche auf den englischen Thron. Tatsächlich rumorte es in diese Richtung, seit Maria Stuart ungebeten über den Solway Firth gekommen war. Dem mußte ein Riegel vorgeschoben werden. Also entschloß sich Elisabeth, die Schlinge etwas enger zu ziehen. Sie wählte Tutbury, eine ausgedehnte Burganlage im Besitz der Familie Shrewsbury, zu Marias künftigem Aufenthalt und entsandte Knollys aufs neue, die Botschaft zu überbringen, sie habe ihre Sachen zu packen und sich auf den Weg zu machen.

„Was? Jetzt mitten im Winter?" erboste sich Maria über die Zumutung, bei Eis und Schnee schon wieder die Wohnung zu wechseln. „Nein, Knollys, nein! Sagt Eurer Königin, nur an Händen und Füßen gefesselt bringt sie mich hier fort."

Soweit wollte Knollys es denn doch nicht kommen lassen und suchte die Sache in denkbar helles Licht zu setzen.

„Seht, Majestät, Tutbury liegt noch einmal den halben Weg näher zu London! Königin Elisabeth möchte Euch in der Nähe haben, da sie jetzt, nach dem guten Ausgang der gerichtlichen Anhörung, Euch so rasch als möglich zu empfangen und in ihre Arme zu schließen sucht."

Es gehörte eine Menge guten Willens dazu, dieser Erklärung nicht nur Glauben zu schenken, sondern sie sofort wieder mit jenem enthusiastischen Optimismus zu erfüllen, der Marias ganzes Wesen ausmachte. Wenn sie nur endlich ihrer ‚lieben Schwester' Aug in Aug gegenüberstünde, dann würde alles klar und gut, da war sie sich sicher. Also ließ Maria packen, die wenigen Habseligkeiten, die sie unterdessen wieder ihr eigen nennen konnte, auf Wagen verladen. Darunter nahm ein seltsames Ungetüm, in Sackleinen gehüllt, allein einen ganzen Karren für sich in Anspruch.

Daheim in Holyrood war es Marias ganzer Ehrgeiz gewesen, Empfänge und Audienzen unter einem Baldachin sitzend vorzunehmen, einem monströsen Gebilde gebauschter Seide in Grün und Gold, seitlich von schweren geflochtenen Kordeln gehalten, der Querbehang mit Fransen versehen, darunter der Thronsessel, die Armlehnen in geschnitzte Löwenpranken auslaufend, über allem aber die Königskrone, so wie es in Frankreich der Brauch gewesen. Eine solche Pracht hatte Maria bei ihrer Flucht natürlich nicht mitgeschleppt, aber bald schon in Carlisle eine bescheidene Kopie anfertigen lassen, auch in Bolton in Gebrauch genommen. Und nun bestand sie darauf, es über vereiste Straßen durch halb England mitzuführen. Knollys seufzte zwar über ihren Wunsch, aber genehmigte ein weiteres Gespann für die schwankende Fracht.

Marias Haushalt, in Bolton mittlerweile an die fünfzig Personen umfassend, wurde drastisch reduziert. Die eigene Küche wurde gestrichen, die Dienerschaft halbiert, einige der persönlichen Freunde entlassen. Von Lord Herries fiel Maria der Abschied besonders schwer.

„Mein Getreuer", rief sie, „wie werde ich Euch vermissen!"

Livingston aber fiel sie weinend in die Arme, kaum zu beruhigen, daß sie auch ihn verlieren sollte.

„Lieber alter Freund, wie soll ich nur ohne Euren Beistand auskommen!"

Auch Hamilton wurde nach Schottland heimgeschickt, und zu Marias größtem Kummer ebenfalls der junge George Douglas.

„Ach, mein Junge“, schluchzte sie und zog den Blondschopf an ihre Brust. „Dein Lachen wird mir fehlen, dein unverdrossener Mut. Leb wohl und grüß mir Schottland.“

Zum Glück durfte sie Willie mit sich nehmen, und auch John Beaton blieb und stand der verbliebenen Schar als Haushofmeister vor.

Mary Seton durfte der Königin zur Seite bleiben, wie auch Arzt, Mundschenk, Kammerdiener, Kutscher, Apotheker und ein Sekretär. Alles zusammen immer noch an die dreißig Personen, die beritten oder in den unbequemen Reisewagen jener Zeit Ende Januar 1569 Schloß Bolton verließen.

Der winterlichen Fahrt über hundert Meilen schneeverwehter Straßen, die diesen Namen kaum verdienten, hielt Marias Gesundheit nicht stand. Sie fieberte, phantasierte und verlor derart an Kraft, daß man eingedenk ihres Zusammenbruchs von Jedburgh wieder das Schlimmste fürchtete. Einer notdürftigen Rast unterwegs, zugig und kalt bei einem gefälligen Burgherrn oder auch stickig und lärmend in seltenem Gasthof, war die rasche Weiterfahrt vorzuziehen, um schnellstens in die pfleglichen Hände der neuen Gastgeber zu gelangen. So lag denn die Kranke in Pelze gehüllt, den Stößen der ungefederten Räder ausgesetzt, auf der Rückbank, während Kutscher und Pferde auch in nächtlichem Dunkel sich den Weg suchten.

Am fünften Tag der Reise ging eben die Sonne auf und warf silberne Streifen über einen milchig trüben Himmel. Langsam färbte sich der Horizont rosarot und ließ einen ebenso kalten Tag wie die vergangenen heraufziehen. Mary Seton erwachte als erste im Innern des Kutschkastens und schob mit klammen Fingern den steifen Ledervorhang am Fenster ein Stück beiseite. Kälte drang erbarmungslos herein, und sie schreckte zurück. Doch was ihre Augen erblickten, ließ sie innehalten.

„Um Gottes willen, Majestät . . .“, rief sie und weckte damit die noch Schlummernde, „. . . Maria . . . blickt einmal hinaus!“

„Was ist, Mary, was ist?“ Maria raffte sich mühsam aus den Polstern und blickte, wie ihr geheißen, durch den Spalt zwischen Leder und Wagenschlag. Und da lag es: Tutbury. Ein beklemmendes Geviert von Innenmauern und Außenmauern, Schornsteinen und Turmzinnen, Wehrgängen und Spitzdächern, das Ganze eher einer Stadt gleich denn einer Burg, bedrohlich, abweisend, ja hochmütig. Im Näherkommen fügte sich dem ersten niederschmetternden Eindruck ein zweiter hinzu, ein säuerlicher Geruch, die Pestilenz gärender Stoffe, die das Atmen schwer machte. Tutbury, zwar auf einem Hügel erbaut, aber mitten in einem Sumpfgebiet gelegen, besaß das ungesundeste Klima, das man sich nur denken konnte. Unter den Ausdünstungen fauligen Gewässers hatte Maria Stuart zu leiden, solange sie in Tutbury weilte. Jetzt aber beim Anblick ihres neuen Zuhauses, entfuhr es ihr mit matter Stimme:

„Welch ein Ort des Grauens. Dagegen nenn' ich Bolton noch ein Märchenschloß.“

Die Aufnahme durch die neuen Gastgeber, den Earl of Shrewsbury und seiner Frau, Lady Bess, fiel dann weit herzlicher aus, als der Auftrag aus London wohl gelautet haben mag: Achtet streng auf sie, verfallt nicht dem Charme dieser Frau.

Der Earl, ein wohlgestalteter Vierziger, tritt an den Wagenschlag, die Königin von Schottland kniefällig zu begrüßen, als er ihren mehr als desolaten Zustand bemerkt. Kraftlos, die Wangen fiebrig heiß, die Augen geweitet, ein Zittern um die Lippen, ist Maria kaum imstande, sich aufzurichten. Shrewsbury ruft seine Diener, die Königin aus dem Wagen zu heben und sie ins Schloß zu tragen, wo Lady Bess sie mit ausgestreckten Armen erwartet.

„Ihr seid krank, Madame, meine Liebe, sehr krank. Ich werde Euch in meine eigenen Räume bringen lassen, damit ich besser über Eure Genesung wachen kann!“

So ist denn Maria endlich wieder einmal von jenem Luxus umgeben, den sie seit ihrer Zeit in Frankreich nicht wirklich mehr genossen hat. Ein Dutzend Mägde trägt Zuber um Zuber heißen Wassers herbei, bereitet der Königin ein nach erlesenen Kräutern duftendes Bad, kleidet sie in ein gesticktes Hemd aus dem Vorrat Lady Shrewsburys, bettet sie zwischen seidene Laken und Kissen. Welch eine Wohltat! Man reicht Maria einen Spiegel, nicht blind und trüb blickt ihr ihr Bild daraus entgegen, sondern strahlend klar, wie es nur venezianische Handarbeit möglich macht. Trotz der Spuren des Fiebers ist Maria zufrieden.

„Ich bin noch immer schön", flüsterte sie, und der Gedanke gibt ihr Kraft. „Nur mein Haar, das will gar nicht recht wachsen."

„Ach, das wird schon, Majestät", ermunterte Bess, die den Seufzer mitgehört, „laßt mich nur machen! Ich weiß da manchen Rat, der Euch genehm sein wird. Erst aber, Madame, muß ich Euch wieder auf die Beine bringen!"

Dazu verhalfen dann die besten Speisen aus der Schloßküche, stärkende Getränke und geheimnisvolle Tröpfchen und Pülverchen aus dem Erfahrungsschatz der Gräfin.

Lady Bess of Shrewsbury, nach einer ihrer Besitzungen auch Bess of Hardwick genannt, war eine energische Frau. Ein Jahr älter als ihr Mann, war sie bereits dreimal verwitwet, ehe sie vor zwei Jahren George Talbot Earl of Shrewsbury heiratete. Man sagt, sie habe dreimal dafür gesorgt, daß ihre Ehemänner rechtzeitig starben, um ihr jeweils ein enormes Vermögen zu hinterlassen, so daß sie jetzt reicher war als die Königin von England. Und das wollte etwas heißen! Dennoch lassen die Shrewsburys sich den Aufenthalt ihrer Schutzbefohlenen selbstverständlich bezahlen. Sie beziehen aus London wöchentlich zweiundfünfzig Pfund für den Unterhalt Marias und ihres Hofstaats, die auch nur ausreichen, weil unterdessen die Witwenrente aus Frankreich, immerhin zwölfhundert Pfund im Jahr, wieder fließt.

Maria gesundete und bezog eine eigene Zimmerflucht in der weitläufigen Burganlage. Vorbei mit seidenen Laken, reichen Möbeln und kunstvollen Tapisserien! Tutbury zeigte sein wahres Gesicht. Die neuen Räume waren kahl und feucht, überall machte sich der säuerlich dumpfe Geruch bemerkbar, der diesem Gemäuer anscheinend unausrottbar anhaftete. Immerhin gestattete der Earl, Thronsessel und Baldachin aufzustellen, und drückte ein Auge zu, als sich Marias Haushalt um den einen oder anderen Bediensteten wieder vergrößerte. Die Witwenrente erlaubte ein paar neue Kleider und sehr bescheidenen Schmuck, und als dann noch erste Anzeichen den nahenden Frühling kündeten, war der Boden bereitet, daß eine Sechsundzwanzigjährige doch wieder hoffnungsfroh in die Zukunft blickte.

Ungehindert nahm Maria die meisten ihrer alten Gewohnheiten auf. Es war ihr erlaubt, auszureiten, wenn auch unter Bewachung, gelegentlich arrangierte Shrewsbury sogar eine Jagd für sie. Solange das Tageslicht ausreichte, las Maria viel und gern, ließ auch im geselligen Kreis vorlesen, wobei Marys hübsche Stimme besonders zur Geltung kam. Wenn der Abend hereinbrach, stimmte man die Instrumente, spielte im Duett oder gar Quartett und sang dazu alte schottische Lieder von melancholischem Klang. Oder man ließ sich auch von französischen Weisen zum Tanz verlocken, den Maria dann gern mit dem jungen Willie anführte. Da konnte es schon recht ausgelassen zugehen, und jedermann vergaß die unsichtbaren Ketten dieser seltsamen, niemals wirklich ausgesprochenen Kerkerhaft. Ganz besonders belebte sich der Tageslauf durch einen Strom von Besuchern, Neugierige, die sehen wollten, welch einen Vogel der Earl sich da in seinem Käfig hielt. Aber auch jene, die in kluger Voraussicht dessen, daß Maria Stuart – Anspruch hin, Anspruch her – tatsächlich die Nächste auf dem englischen Thron war für den Fall, daß Elisabeth ein Unglück zustieße, rechtzeitig die Gelegenheit ergriffen, sich ins rechte Blickfeld zu setzen. So war Maria ganz in ihrem Element, streng nach Etikette unter ihrem Baldachin thronend, Edelleute aus der Nachbarschaft zu empfangen, ihre Huldigung entgegenzunehmen, ein paar Worte mit ihnen zu plaudern oder sie auch an ihre bescheidene Tafel zu bitten.

„Ich bin zwar nur eine Gefangene", scherzte sie dann bitterernst „aber wollt Ihr mir die Freude machen, meine schmale Kost mit mir zu teilen?"

Die Kost, in gräflicher Küche zubereitet und an langer Tafel bei üppigem Kerzenlicht serviert, war dann alles andere als schmal. Da ließ Lady Bess sich nicht lumpen und tischte auf, was den Rahmen von zweiundfünfzig Pfund Kostgeld bei weitem sprengte. Nein, Maria hatte zu dieser Zeit nichts zu entbehren, einmal von ihrer Freiheit und ihrem Recht abgesehen. Und fast sah es so aus, als wäre sie zufrieden. Sie blühte förmlich auf, gab sich leutselig und offen, aber auch geistreich und voller Schalk. Eines ihrer neuen Kleider, ein offenes Rockteil aus braunem Samt über einer kegelförmigen Krinoline aus hellrosa Seide, das Dekolleté umgeben von hauchdünner Spitzenkrause, stand ihr besonders gut und unterstrich ihren Liebreiz. Ihr Haar, offenbar ein Stück gewachsen, umkränzte, von einem schmalen Perlreif gehalten, die hohe Stirn. Maria hob ihr Glas zum Gruß hierhin und dorthin oder schickte ein Lächeln in die Runde. Kein Zweifel, die Königin von Schottland hielt Hof.

Eines Tages wurde Maria ein gewisser Nicholas White gemeldet. Sie gewährte ihm die gewünschte Audienz und fand einen höflichen, wohlgestalten Mann, der es ausgezeichnet verstand, in belangloser Unterhaltung Rede und Antwort zu stehen. Nichts verriet ihn als einen Abgesandten Cecils, beauftragt mit der Kontrolle der derzeitigen Verhältnisse vor Ort, sowie der Begutachtung von Shrewsburys Pflichtauffassung, was sein Amt als Kerkermeister anbelangt.

„Ihr kommt von London her, Master White?"

„Ja, Majestät, ich befand mich gerade in der Gegend, und es drängte mich, Euer Majestät meine Aufwartung zu machen."

„Erzählt mir von London", bettelte Maria neugierig wie ein Kind, „ich kann es kaum erwarten, es zu sehen!"

„Die Stadt wächst von Tag zu Tag", konterte White etwas verlegen, während Maria begeistert fortfuhr.

„Die Sankt Pauls Kathedrale muß ein herrlicher Anblick sein", gedachte sie zuerst des alten Wahrzeichens Gottes.

„Das ist sie wahrhaftig", bestätigte White, „auch wenn sie durch Blitzschlag vor acht Jahren ihre Turmspitze verlor."

„Ich hörte davon", lächelte Maria spitzbübisch, „just als Eure Königin mir den Reisepaß von Frankreich her verweigerte. Der Himmel sandte ihr ein Zeichen." Das war weniger ernst gemeint, dem munteren Gespräch mit einem beiläufigen Besucher angepaßt. Dieser aber beobachtete genau und faßte seine Beobachtung, seinem Auftrag gemäß schriftlich in Worte:

Sie hat unzweifelhaft eine bezaubernde Anmut, einen reizenden schottischen Akzent und einen von Milde gedämpften, scharfen Verstand. Da mögen Einige sich durch Ehrgeiz dazu veranlaßt sehen, ihr zu helfen, ja durch ein gewisses Streben nach Ruhm und Gewinn sogar bewegen, viel für sie aufs Spiel zu setzen.

Dieser Brief klang wie eine Warnung, und London nahm ihn denn wohl auch als eine solche und blieb von nun an auf der Hut.

Zwei, die viel aufs Spiel gesetzt

Der erste, dessen Ehrgeiz ihn nach Ruhm und Gewinn streben ließ, war der Earl of Norfolk, jener Norfolk, der bei der Anhörung von York und Westminster den Vorsitz geführt.

„Ich werde Maria Stuart heiraten", verkündete er seinen Entschluß, ohne bei Maria auch nur angefragt zu haben.

Gewinn versprach er sich davon wohl nicht in Münze, denn reich war er selbst unermeßlich. Ruhm aber und, ihm verschwistert, Macht, versprach sich Norfolk sehr wohl von einer Ehe mit der Königin von Schottland, der er durch seinen Einfluß schnellstens wieder auf ihren Thron zu verhelfen gedachte. Und wer weiß, ob er ihr nicht auch noch auf den englischen Thron helfen konnte. Dazu brauchte man am Ende nur die alte Mär von Elisabeth als Bastard wieder auszugraben. Mit derlei Plänen im Kopf ging er frisch ans Werk, suchte Bundesgenossen für sein Vorhaben im katholischen Norden Englands ebenso wie in Schottland. Wie aber erfuhr dann Maria von Norfolks Absichten? Durch eine Überraschung ganz eigener Art.

Der Frühling war bereits in einen lichten Sommer übergegangen, als der Königin wieder einmal ein Besucher gemeldet wurde. Noch ehe John Beaton, in seinem Amt als Haushofmeister, den Namen des Besuchers aussprechen konnte, war dieser schon eingetreten und mit verlegener Geste mitten im Raum stehengeblieben.

„Maitland", rief Maria mit sichtlicher Freude, „mein guter Maitland!" Aber dann versiegte die Freude in ihrem Gesicht und ließ ihre Züge erstarren. Das Feld von Carberry Hill erstand vor ihren Augen, und deutlich sah sie Maitland drüben stehen bei den aufständischen Lords. Die Enttäuschung darüber, den alten Freund, der schon ihrer Mutter treulich gedient, an die Aufständischen verloren zu haben, quoll noch einmal aus ihrem Herzen.

„Maitland, was tut Ihr hier?"

„Ich werfe mich Euer Majestät zu Füßen", rief Maitland und tat genau das. „Vergebt einem alten Mann, daß er irrte."

Maria, zur Vergebung stets geneigt, ließ sich dennoch nicht aufs Glatteis führen. Ein Mann wie Maitland kam nicht allein den weiten Weg, ohne ein politisch motiviertes Anliegen zu haben.

„Erhebt Euch, Maitland", sagte sie freundlich und berührte mit der Hand seine Schulter. „Ich bin Euch wieder gut, zumal ich Freundschaft dringend brauche. In wessen Auftrag kommt Ihr? Schickt Euch mein Bruder? Packt auch ihn die Reue?" Schon klang aus ihren Worten wieder etwas wie Belustigung über das Wetterwendische des Handwerks, das man Politik nannte.

„Ich spreche für den Herzog von Norfolk", begann Maitland und nestelte derweilen ein Etui aus seiner Rocktasche, ließ den Verschluß aufschnappen und bot dem Blick der Königin einen Brillanten von seltener Größe und Schönheit. „Dies schickt Euch der Herzog, und was er Euch damit bietet ist mehr als Freundschaft, die Euer Majestät zu benötigen geruht."

„Ihr sprecht von Heirat?"

„Ich spreche von Heirat, Majestät, und von allen Konsequenzen, die eine solche Verbindung für Euch bringen kann."

Derlei Konsequenzen blitzschnell zu durchdenken, war Marias hervorstechendste Begabung, aber auch deren Schwachstellen zu erkennen.

„Wie würde Königin Elisabeth einen solchen Schritt aufnehmen? Ich will meine Cousine in London keineswegs verärgern."

„Nun, einer Ehe mit einem englischen Herzog kann sie eigentlich nur zustimmen . . .", wich Maitland etwas unbestimmt aus.

„Es sei denn, sie fürchtet den Machtgewinn, den eine solche Heirat bringt", brachte Maria die Sache wieder auf den Punkt und betrachtete, plötzlich ganz und gar Frau, die Sache von einem anderen Standpunkt. „Wie sieht er aus, der Herr Herzog?" wollte sie wissen.

„Oh, ein schmucker Mann ist er, ein geschickter Tänzer und brillanter Unterhalter, so sagt man von ihm, reitet sicher und liebt die Jagd!" Hier war Maitland, den Handel sicher abzuschließen, nicht bei der Wahrheit geblieben.

Thomas Howard, der vierte Herzog von Norfolk, war mit seinen dreiunddreißig Jahren bereits einmal verwitwet, im Umgang mit Damen wenig galant, hatte ein unschönes Aussehen und einen nicht sehr standfesten Charakter, also alles in allem war er keine glanzvolle Erscheinung. Maria aber hegte in ihrer Phantasie einzig das Bild, das Maitland von ihm gezeichnet, und glaubte alsbald in Norfolk den Helden ihrer Träume zu sehen.

Sofort geht auch wieder ihre Passion zu Feder und Tinte mit ihr durch.

Mein Norfolk! schreibt sie an den vermeintlich nun Verlobten *Ihr sagt, ich solle Euch befehlen, aber das ist nicht meine Absicht. Ihr sollt es sein, der befiehlt, und niemand soll von mir sagen, daß ich Euch verlassen oder irgend etwas tun werde, was Euch mißfallen könnte, denn ich habe beschlossen, Euch niemals zu verletzen und immer die Eure zu bleiben!*

Wie sind diese Zeilen an einen Unbekannten mit Marias ebenfalls für die Ewigkeit beschworenen Gefühlen für Bothwell vereinbar? Maria, von männlicher Seite lange nicht mehr umworben, schwärmt für ein Trugbild, weil es ihrer romantischen Neigung entspricht. Aber was sie wirklich vordergründig fühlt, ist Dankbarkeit. Die Ehe mit Norfolk kann ihre Freiheit bedeuten, und ohne ihre Freiheit bewegt sich nichts, wird es keine Zukunft geben, weder eine mit noch ohne Bothwell. Über sein Schicksal weiß sie nichts Genaues. Ihr Scheidungsbegehren, das mit ihrem Einverständnis nach Dänemark gesandt wird, erfährt weder Antwort noch Bestätigung. Es geht unter auf dem langen und ungerechtfertigten Leidensweg, den Bothwell unterdessen beschreitet. Ganz ähnlich wie sie selbst, wird er wechselnd von Burg zu Burg gefangengehalten, aber wesentlich grausamer als sie, in feuchten Kellern und Verliesen, in Eisen geschmiedet, an Ketten gelegt wie ein tollwütiger Hund. Niemand weiß genau, wann ein gnädiger Tod ihn aus Schmutz und Schande, längst dem Wahnsinn verfallen, endlich erlöste.

Den hehren Held, den Maria sich erträumt, hat sie am Herzog von Norfolk jedenfalls nicht. Da bereits das ganze Land davon spricht, erfährt endlich auch Königin Elisabeth, daß er gedenkt, Maria Stuart zur Frau zu nehmen. Elisabeth ist empört, beruft ihn zu sich und stellt ihn zur Rede. Seine Antwort ist überliefert.

„Was? Ich sollte die Absicht haben, diese Frau zu heiraten? Dieses böse Weib, eine notorische Ehebrecherin und Mörderin? Nein, ich schlafe lieber ruhig in meinem Bett!"

Elisabeth läßt sich durch diese Worte beruhigen, nimmt ihm das Versprechen ab, sich nicht weiter um Maria zu bemühen.

Norfolk tut das Gegenteil, setzt sich sogar mit Moray in Verbindung, mit ihm die Hochzeit und weitere Maßnahmen zu planen. Im Oktober wird Norfolk wieder nach London an den Hof befohlen und, als er reumütig daselbst erscheint, verhaftet und in den Tower geworfen.

Der spanische Botschafter erlaubte sich die süffisante Bemerkung über den in Ungnade gefallenen Herzog:

„Bei der Königin von Schottland war er ein Löwe, ein Hase bei der von England."

Während Norfolk im Tower schmachtet, setzt bereits ein Zweiter alles aufs Spiel, um Ruhm und Gewinn aus der inzwischen äußerst mißlichen Lage Maria Stuarts zu ziehen.

Thomas Percy, Graf von Northumberland, der mächtigste Grundherr im katholischen Norden Englands, rief zum offenen Aufstand auf. Nicht eine Eheschließung war sein Ziel, sondern ein einzig katholisches Land von Edinburgh bis London unter einer katholischen Königin sollte der Lohn sein. Unter Glockengeläut strömte das Volk zusammen, ihnen voran wehte das Banner mit den fünf Wunden Jesu. So kamen sie nach Durham, plünderten die Kathedrale, zertrümmerten den protestantischen Altar. Pastoren flohen oder wurden erschlagen. Eine blutige Spur zog sich von Stadt zu Stadt, von Dorf zu Dorf nach Süden, jedoch schlecht vorbereitet und schlecht geführt, bröckelte der Aufstand, erlahmte seine Stoßkraft. Elisabeth setzt den Resten bäuerlicher Haufen ihre ordnungsgemäße Armee entgegen und schlägt sie vernichtend. Allein sechshundert Katholiken werden an Ort und Stelle gehängt.

Maria ist entsetzt. Das alles soll in ihrem Namen geschehen sein? Northumberland, den sie ebensowenig jemals gesehen hat wie Norfolk, gelingt es, nach Schottland zu entkommen, wo er mit den noch immer zahlreichen verborgenen Anhängern Marias rechnet. Doch James Moray fängt ihn ab und macht sich ein Vergnügen daraus, den Grafen gebunden und gefesselt seiner Freundin, Königin Elisabeth, zu Füßen zu legen. Northumberland wird wie Norfolk ebenfalls in den Tower geworfen.

Nach dem für Elisabeth typischen Zögern und Hinhalten werden beide drei Jahre später, im Sommer 1572, dem Beil ausgeliefert und hingerichtet.

Die Konsequenzen für Maria Stuart aus diesen zwei Vorfällen waren weit härter, als sie bei Maitlands Besuch auch nur ahnen konnte. Ihr vergleichsweise aufwendiger Haushalt in Tutbury wurde wiederum stark eingeschränkt. Zumindest blieben ihr Beaton, Willie, die Kammerfrau Kennedy und vor allem unentbehrlich Mary Seton. Shrewsbury, in London wegen seiner langmütigen Aufsicht ohnehin angeschwärzt, wurde ein scharfer Wächter an die Seite gestellt, ein Mann namens Huntingdon, der Maria von Beginn an Furcht einjagte.

Er hat von Bewaffneten alle meine Habseligkeiten durchwühlen lassen und benimmt sich in keiner Weise ehrerbietig beklagt sie sich bei Elisabeth schriftlich, aber auch das sollte ihr künftig nicht mehr möglich sein. Hatte Maria bisher frei ihre Boten entsenden können, wohin sie wollte, nach Frankreich, Spanien und sonstwo, so wurde ihr jetzt nicht nur dieser Botendienst untersagt, sondern jegliche Korrespondenz. Das traf sie weit schmerzhafter als alles sonst, fühlte sie sich dadurch doch nicht nur leiblich als Gefangene, sondern auch im Geiste. Dagegen schien es fast milde, daß Ausritte und Jagdvergnügen streng kontingentiert wurden und selbst kleinste Spaziergänge innerhalb der Wälle nur noch unter Bewachung stattfanden. Alles in allem also hatten Norfolk und Northumberland statt einer Befreiung Marias nur eine Verschlechterung ihrer Lage erreicht.

Im Zick-Zack der Politik

In Schottland geschah unterdessen etwas, das Marias Probleme mit einem Schlag hätte lösen können, wenn – ja wenn – alle Beteiligten den richtigen Schachzug getan hätten. Am 11. Januar 1570 wurde James Moray von einem gewissen John Bothwellhaugh auf offener Straße ermordet. Die Namensähnlichkeit ist reiner Zufall. Es handelte sich um ein Mitglied des Hamilton-Clans, dessen Ehefrau von Moray beleidigt worden war und der nun glaubte, diese Beleidigung nur mit Blut abwaschen zu können.

Aus rein persönlichen Motiven also war das Königreich Schottland unter seinem vierjährigen König Jakob VI. derzeit ohne einen Regenten. Als Maria von dem Ereignis erfuhr, beweinte sie den Tod ihres Bruders bitterlich.

„Er trägt die Hauptschuld an meinem Unglück", räumte sie unter Tränen ein, „aber ich empfinde dennoch Zuneigung und Mitleid für ihn und ich bedaure, daß er nicht lange genug gelebt hat, um seine Ungerechtigkeit mir gegenüber einzusehen, und auch, weil er auf so unrühmliche Weise ums Leben gekommen ist."

Ganz sicher war Maria das aus tiefster Seele gesprochen, doch ebenso hat sie gewußt, daß dies der Moment war, zu handeln. Ihr selbst waren die Hände gebunden, aber würde Frankreich Schritte unternehmen oder vielleicht Spanien Truppen entsenden, um das steuerlose Schiff in ihrem Namen zu kapern? Eine katholische Verbündete im Norden wäre beiden der Lohn gewesen. Oder würde England endlich den Augenblick nutzen, zu ihren Gunsten in Schottland einzumarschieren? Würde Elisabeth erkennen, daß sie jetzt den Konflikt mit der Cousine aus der Welt schaffen könnte, ohne ihr Gesicht zu verlieren? Elisabeth erkannte es nicht. Die Chance war vertan.

Der erste, der sich dann klar und deutlich für eine Maßnahme aussprach, war John Knox, noch immer der bissige alte Hund, der Gott predigte und Maria haßte.

Ordnet sofort ihren Tod an, schrieb er an Cecil nach London, *wenn Ihr das Übel nicht an der Wurzel faßt, werden die Zweige, anscheinend gebrochen, aufs neue Knospen treiben!*

Doch London reagierte nicht. Drei Monate geschah gar nichts. Dann rüstete Lord Sussex, fanatischer Protestant, der sich als Rächer Morays sah, eine Armee und wartete Gewehr bei Fuß.

Königin Elisabeth, ein schwankendes Rohr, sagte weder Ja noch Nein, ihr Staatssekretär Cecil gab den Marschbefehl. Sussex überschritt die schottische Grenze, plünderte Linlithgow, verwüstete Glasgow und machte fünfzig Schlösser und dreihundert Dörfer dem Erdboden gleich.

Im so gedemütigten Schottland wollte Elisabeth einen Regenten, der sich fügsam ihrer Schaukelpolitik anschloß. Wer war dazu besser geeignet als Matthew Graf Lennox, der Schwiegervater Marias und Großvater König Jakobs? Gehorsam tanzten die Lords nach Elisabeths Pfeife und wählten ihn zum neuen Regenten.

Wie zur Besänftigung wurde gleichzeitig Marias Haft gelockert.

Sie darf das düstere, ungesunde Tutbury verlassen, wird, wenn auch weiterhin unter Shrewsburys Obhut, in das weit komfortablere Chatsworth verbracht. Huntingdon wird abgezogen, Maria darf sich Tiere halten, bunte Vögel und einen Spaniel. Und sie darf wieder Briefe schreiben. Der erste geht sogleich an König Jakob VI.

Mein lieber Sohn, ich schicke einen Boten, damit er mir berichte, wie es Dir geht, und Dich daran erinnert, daß Du in mir eine liebende Mutter hast, die sich wünscht, daß Du beizeiten lernen mögest, Gott zu lieben und zu fürchten, und daß Du Deine Pflicht erkennst gegenüber derjenigen, die Dich unter dem Herzen getragen.

Ein Brief, wie ihn Mütter eben schreiben, nur mit dem einen Makel versehen, daß er der Zensur unterlag und Elisabeth dafür sorgte, daß er seinen Empfänger niemals erreichte. Allerdings überlegte sie, angerührt vom Ton des Briefes, ob sie nicht Jakob, das Kind, nach England holen solle, und läßt Maria sogar an ihren Überlegungen teilhaben.

Niemand wäre glücklicher als ich, ihn auch nur in meiner Nähe zu wissen, kommt es wie ein Aufschrei von Maria, *ich habe ihn geboren und Gott allein weiß, unter welchen Gefahren! Meine Liebe und meine Treue für ihn werden niemals enden!*

Tatsächlich laufen Verhandlungen zwischen London und Edinburgh, die Jakobs Aufenthaltsort, ja sogar Marias Wiedereinsetzung zum Inhalt haben. Ein Vertrag wurde aufgesetzt, wieder verworfen, revidiert und neu gefaßt, alles offenbar, um Zeit zu schinden. Aber Zeit wofür?

Schon wittert Maria Morgenluft. Ihrem ganzen Wesen nach von überhastetem Optimismus sieht sie sich bereits frei und erneut inthronisiert. Ihr Dank an Elisabeth kommt aus flammendem Herzen.

Ich werde Euch treu und ergeben sein solange ich lebe, so wie ich es Euch versprochen habe! schreibt sie unter dem 14. Juni 1570. *Ich unterstelle mich ganz Euren Anweisungen und bitte Euch inständig, diese Zeilen als Zeichen meines guten Willens anzunehmen. Mögen wir so fest verbunden sein, daß kein Fürst oder Untertan uns je entzweien kann!*

Elisabeth genügt das nicht. Sie will sich nicht festlegen. Jakob bleibt in Schottland, wird auf ihr Geheiß der Erziehung George Buchanans unterstellt, jenem Buchanan, der die Anklage zu York schriftlich verfaßt und seither keine Gelegenheit versäumte, in Wort und Schrift

Schmutz und Unrat über Maria auszuschütten. Buchanan ist es im Laufe der Zeit auch zuzuschreiben, wenn Jakob später eine zumindest geteilte Meinung über seine Mutter hegt.

Königin Elisabeths Politik wird immer undurchsichtiger. Sie sagt weder Hott noch Hüh. Lennox ist ihre Marionette, und als dieser nach kaum einem Jahr stirbt, läßt sie Morton wählen, den langjährigen Kopf der Rebellen. Was das an gewalttätigen Auseinandersetzungen in Schottland hervorruft, kann man getrost einen Bürgerkrieg nennen. Dumbarton und Edinburgh, die letzten Bastionen der Getreuen, fallen in die Hand der Rebellen. Maria sieht in dieser Situation recht klar:

„Die Königin von England gibt durch ihre Haltung zu erkennen, daß sie eher meine Widersacher unterstützt, als eine Einigung herbeizuführen, geschweige denn sich herbeiläßt, mich in Freiheit zu setzen!"

Tatsächlich führt Maria bald im vierten Jahr das Leben einer Gefangenen, wenn auch mit einigem Komfort und jenen nurmehr vordergründigen Allüren, die ihr den Glauben an ihren Stand belassen. Man nähert sich ihrer Person nur gebeugten Knies, küßt ihr demütig die Hand, heißt sie Majestät, nicht zu vergessen den grünseidenen Baldachin, der die Komödie vervollständigt. Maria erkennt immer mehr, daß sie sich selbst helfen muß, wenn sie nicht weiterhin in schäbigem Prunk abseits der Geschichte dahindämmern will. Von nun an vertraut sie nicht mehr auf die Großmut ihrer lieben Schwester, sondern öffnet jedem auch noch so fadenscheinigen Plan zur Flucht ihr Ohr.

Ihren Bemühungen in diese Richtung erwuchs ein harter Gegner, als der wegen Alters retirierte Cecil durch den neuen Staatssekretär Sir Francis Walsingham ersetzt wurde.

Der Sieger von Lepanto

Noch war Maria Stuart bei weitem jung genug, wieder an Ehe zu denken. Und tatsächlich wurde zu dieser Zeit noch einmal ein Heiratsplan an sie herangetragen. Und diesmal war der Kandidat allen Beteiligten genehm, der Papst in Rom hatte ihn vorgeschlagen, Frankreich begrüßte ihn als Katholiken von Geblüt, Spanien als einen nahen Verwandten, Schottland, innerlich zerrissen, sah Maria gern versorgt und weit vom Schuß, Elisabeth war es müde, die anhaltende Gefangenschaft zu rechtfertigen, und Walsingham gar schwärmte von dem jungen Auserwählten:

„Ich bin gewiß noch nie einem Mann begegnet, der sich in Aussehen, Redefertigkeit, Geist und Witz mit ihm messen könnte. Wenn sein Stolz ihn nicht zu Fall kommen läßt, wird er zweifellos eine große Persönlichkeit werden."

Die Rede war von Don Juan de Austria. Dieser Sohn Kaiser Karl V. und der Regensburger Bürgerstochter Barbara Blomberg liebte Waffenlärm und Kriegsgeschrei mehr als alles andere. So sandte sein Bruder, Philipp II., ihn, eben zweiundzwanzigjährig, 1569 gegen die Mauren, die in Südspanien einen Aufstand angezettelt. Hier bewährte sich Juan als glänzender Stratege, so daß er den Oberbefehl zu Wasser und zu Lande erhielt, als es hieß, gegen die Türken vorzugehen.

Im März 1570 bedroht Sultan Selim II. Zypern, die letzte Bastion der Christenheit im Mittelmeer. In aller Eile bildet man wiederholt eine ‚Heilige Liga' zwischen Spanien, dem Papst, Genua und Venedig, doch diese verzettelt sich in Uneinigkeit. Im September stürmen die Türken Nikosia, die Hauptstadt Zyperns. Ihr Heerführer Mustafa Pascha läßt auf dem Marktplatz zwanzigtausend Bürger abschlachten und wenig später dem Kommandanten von Famagusta, Marcantonio Bragadin, bei lebendigem Leib die Haut abziehen. Ein Schrei der Empörung geht durch die gesamte christliche Welt, aber die

Liga zögert. Endlich im September des nächsten Jahres bewegen sich 6 Galeassen mit je 44 Kanonen, 208 Galeeren mit 60 Rudern, die jeweils von fünf kräftigen Männern betätigt werden, und 100 Fregatten, alles in allem 80 000 Mann, unter dem blauseidenen Banner der Heiligen Liga, von Korfu her nach Süden und biegen in die Bucht von Lepanto ein. Mit ihnen im Range eines Unteroffiziers ist ein Mann namens Miguel de Cervantes, der spätere Dichter des ‚Don Quijote', auf der Brücke des Admiralschiffes ‚La Real' aber steht Don Juan de Austria. Am 6. Oktober wird er von den Türken gesichtet, die ihm mit ihrer gesamten Flotte entgegenkommen.

„Kinder", ruft der Kaisersohn seinen Männern zu, „will es der Himmel, gehört der Sieg uns!" Sie alle knien nieder und schlagen das Kreuz. Dann beginnt die Schlacht unter dumpfem Getöse feuerspeiender Rohre, dem krachenden Aufprall von Schiff zu Schiff. Das Kapitänsschiff Ali Paschas rammt sich gleich zuerst in die Seite der ‚La Real'. Der Kampf setzt sich fort von Mann zu Mann. Noch einmal feuert Don Juan seine Leute an:

„Im Namen des Herrn, Euer Ruhm wird unsterblich sein!" Er selbst, rußgeschwärzt und blutend, schwingt unermüdlich seinen Säbel. Das Morden wird immer unmenschlicher, aber am Abend ist der Sieg errungen. Ali Pascha ist gefallen, das Gros seiner Schiffe gekapert oder versenkt, der Rest geflohen. Die Türken haben zu Wasser ihre Vormachtstellung verloren. Aber so ruhmvoll die Tat, so wenig sinnvoll ihr Resultat. Zypern bleibt in türkischer Hand. Das Regiment drückender Steuern und Abgaben, sowie körperlicher Strafen nimmt seinen Lauf. Dennoch heftet sich an den Namen Juan de Austria ein für alle Mal der Begriff des ‚Siegers von Lepanto'. Und als solcher wirbt er um die Hand der Königin von Schottland.

„Was sagt Ihr? Er will mich heiraten?" freute sich Maria, als Shrewsbury ihr den Antrag des Habsburgers unterbreitete. „Und niemand, so meint Ihr, meldet diesmal sein Veto an? Weder die Kirche noch Elisabeth? Und auch nicht meine Lords?“ Sie konnte es kaum glauben. Maria selbst war höchlich angetan von dem Gedanken, wieder einen Mann an ihrer Seite zu haben, einen so angesehenen und darüber hinaus so jungen. Doch der letzte Punkt erfüllte sie einen Augenblick mit Sorge.

„Als er bei Lepanto siegte, war er vierundzwanzig“, rechnete Maria und nahm wie ein Kind die Finger zu Hilfe, „dann ist er jetzt neunundzwanzig Jahre alt und ich . . . nun ich . . .“ sie lachte ein wenig kokett und ließ sich von Mary einen Spiegel reichen.

Selbst bei kritischer Betrachtung konnte sie zufrieden sein mit dem, was das Spiegelbild ihr sagte. Das Gesicht mit den straffen Zügen über den hohen Wangenknochen, der hellen, fast durchsichtigen Haut konnte auch einer jüngeren gehören, als sie es mit ihren nun dreiunddreißig Jahren war.

„Nun, Shrewsbury, mein Freund, kann ich es noch mit einem Mann seines Alters aufnehmen?“ fragte sie herausfordernd, und Shrewsbury bestätigte bei weitem nicht aus Höflichkeit, sondern mit schwärmerischer Verlegenheit.

„Majestät können es mit jedem Mann aufnehmen! Die Frage ist, ob jeder Mann es mit Eurer Majestät aufnehmen kann, sogar wenn es ein Adonis ist wie dieser . . .“

„Ein Adonis?“ kam es gedehnt von Maria. Jetzt erst bedachte sie das Äußere des prinzlichen Bewerbers. „Ein Adonis? Bekamt Ihr ihn jemals zu Gesicht?“

„Nun, das nicht, Madame, aber ich hab' Euch dies zu geben . . .“ Shrewsbury zog ein Etui aus der Tasche und reichte es Maria. „Verzeiht, ich werde alt, hätt' ich es beinah doch vergessen . . .“

Er hatte es nicht vergessen. Es war sein Auftrag, mit dem Antrag Don Juans auch das Etui zu übergeben, aber irgendetwas in ihm hatte sich gesträubt, es Maria auszuhändigen, denn es enthielt das Bildnis jenes Mannes, den er ab heute so glühend beneidete wie keinen sonst auf Erden.

Maria ließ den Deckel des Etuis aufschnappen. Auf blauer Seide lag eine Miniatur von Künstlerhand. Der Pinsel zeigte gestochen scharf das Oval des Gesichts, das blonde Haar der Mutter aus Regensburg, nach neuester Mode überm Ohr gestutzt und dann straff nach hinten gekämmt, wo es in wilder Mähne auf den Schultern lag. Dazu helle, kühne Augen, wie sie einem Kriegshelden anstanden, eine ebenso kühne Nase und den etwas schweren, sinnlichen Mund der Habsburger. Das Gesicht gefiel Maria auf den ersten Blick. Da sah sie aus dem winzigen Rahmen ein Mann an, der wußte, was er wollte. Und er wollte sie. Maria hatte sich immer nach männlicher Willensstärke gesehnt, seit sie ihr zum ersten Mal in ihrem Schwiegervater, dem französischen König, begegnet war. Heinrich II. von Frankreich hatte wie ein Diktat seines Willens jenes Wort ausgesprochen, dem sie sich gefügt und das seither die Antriebsfeder ihres Lebens war: ‚Du hast ein Recht auf den Thron Englands!' Und seltsam, dieses Gesicht schien das Gleiche zu sagen. Noch ehe es von Liebe sprach, von Zärtlichkeit und sinnlicher Gemeinsamkeit, sagte es mit aller Deutlichkeit: ‚Du hast nicht nur ein Recht auf den Thron Schottlands, du hast ein ebensolches Recht, über England zu herrschen!' Und ohne sich zu bewegen, fügten die vollen Lippen hinzu: ‚Und ich will dich!' Maria klappte das Etui zu, als müsse sie sich vor dem allzu starken Ausdruck des Gesichts schützen.

„Ihr habt recht, Shrewsbury, Don Juan ist ein schöner Mann", sagte sie und fühlte sich gleichermaßen überwältigt wie gewarnt. Sie schreckte keineswegs vor dem Gedanken einer solchen Eheschließung zurück. Die romantische Seite ihrer Seele fühlte sich voll und ganz angesprochen, ihr Verstand aber, bei Maria in gleichem Maße ausgebildet, zog seine Schlüsse auf getrennter Spur.

Nach dem Erfolg über die Türken hatte Philipp II. seinen Bruder als Statthalter über die spanischen Niederlande eingesetzt. Dort verfügte Don Juan de Austria über ein stehendes Heer von 8000 Mann unter seinem persönlichen Kommando, dazu eine genügende Flotte, diese zu verschiffen. Wie leicht also konnte er mit seiner Streitmacht über den Kanal setzen und sich nehmen, was ihr zustand, er aber als ihr Ehemann mit ihr teilen würde? Und war das denn ihren eigenen Wünschen so sehr entgegen? Entsprach es nicht vielmehr umgekehrt Marias tiefstem Verlangen, nämlich dem Recht der Stuarts zum Durchbruch zu verhelfen? Das galt für Schottland, den aufständischen Lords wie dem abtrünnigen Glauben gegenüber, als auch gegenüber Elisabeth Tudor, der Tochter Anna Boleyns, die nach dem Recht der Kirche niemals mit Heinrich VIII. verheiratet war. Diese Überlegungen verschloß Maria vorläufig mit aller Sorgfalt in ihrem Herzen.

„Laßt mir mein Pferd satteln!" rief sie stattdessen fröhlich, wie man sie lange nicht mehr gehört hatte, „ich will ausreiten und mich der Sonne erfreuen." Und dann mit einem kleinen Augenaufschlag zu ihrem Kerkermeister hin: „Ihr werdet's mir doch nicht verwehren, lieber Shrewsbury? Nein, nein, laßt selbst Euren Rappen satteln und begleitet mich in die frische Frühlingsluft! Raus aus diesen grauen Mauern! Ein Tag wie dieser muß gefeiert werden."

Shrewsbury, ohnehin zu weichherzig mit seiner Gefangenen, konnte nicht widerstehen. So ritten sie denn, nicht ohne die gebührende Begleitung, eine halbe Stunde später zum Hoftor hinaus. Maria, im Reitkleid mit wehenden Federn am Hut, sah hübscher aus denn je und setzte nach wenigen Schritten schon ihr Pferd in Galopp. Sollten die anderen doch sehen, wie sie ihr nachkamen. Sie würde ohnehin bald frei sein, so jubelte es in ihr, denn Don Juan de Austria, der Bruder des spanischen Königs, würde das Tor ihres Kerkers öffnen, so oder so, da war sie sich sicher.

Weniger diskret ging der Bräutigam vor. Jugend und Ehrgeiz verleiteten ihn, seine Pläne zu früh bekanntzugeben. Kaum hatte er vor Lepanto unbestritten Ruhm gekostet, wollte er mehr von dieser Speise. Den Türken nachzusetzen und sie auch zu Lande gänzlich zu vernichten, war sein Plan. Aber die Kassen der Liga waren leer. Zum Trost gab Philipp ihm die Niederlande. Und dort, nur einen Katzensprung von England, bekam Don Juan de Austria, unterstützt vom Papst, Appetit auf die Krone Maria Stuarts.

„Bedenkt, mein Bruder, ein einzig katholisch Land von Edinburgh bis Madrid und alles unter Habsburg", malte er in überschäumender Begeisterung aus, „dazwischen nur Frankreich, aber wenn Ihr Eure Truppen gen Norden schickt und ich die meinen gen Süden . . ."

Philipp war entsetzt. Zum einen, weil der Plan zu hoch, zum anderen, weil Juan damit auch vor seinem Thron, derzeit ohne Erben, nicht Halt machen würde. Ein Sohn der Barbara Blomberg auf dem spanischen Thron? Nein! Das ging entschieden zu weit.

König Philipp reagierte sofort. Er sperrte alle Gelder in die Niederlande. Juans Truppen, nun ohne Sold, zogen hungernd durchs Land und versorgten sich raubend und plündernd selbst. Die Niederländer forderten ihren Abzug, drohten mit Aufstand.

Unterdessen durchschaute auch Elisabeth das Spiel Don Juans.

„Zwanzigtausend Pfund, wenn Ihr der Forderung folgt und Eure Soldaten abzieht", verspricht sie ihm, und als Juan klein beigibt und seine Truppen verschiffen will, kommt nochmals ihr Einspruch. „Nein, nein, nicht zu Wasser. Da könntet Ihr auf dumme Gedanken kommen. Ich erhöhe auf einhunderttausend Pfund, wenn Ihr sie über Land marschieren laßt."

Damit ist der so kühn planende Juan ohne Streitmacht. Ist damit auch der Heiratsplan aufgegeben? Da hat man nicht mit Maria gerechnet. Sie will ihren Märchenprinzen! Ist der Traum einer heranstürmenden Armee auch ausgeträumt, so ist doch die Liebe in ihr erwacht und damit die Vision ihrer Errettung aus schwelender Haft. Man wird ihr nicht wieder eine Heirat verderben, so glaubt sie in unausrottbarem Optimismus. Schon plant sie Einzelheiten.

„Wie werde ich mich kleiden?" berät sie sich mit Mary Seton. Sie will nicht Weiß tragen, denn es ist immer noch die Farbe der Trauer in Königshäusern, aber Silber sagt ihr zu, und sie bestellte ganze Ballen gesponnener Silberfäden. „Cousine Elisabeth wird mir in London die Hochzeit ausrichten", schwärmt sie, „von ihr lasse ich mich zum Altar führen."

„Aber nicht doch", korrigierte Mary die vorschnelle Phantasie ihrer Herrin, „diesmal heiratet Ihr katholisch!"

„Oh, du hast recht, liebste Mary. In Rom werden wir heiraten, der Papst wird uns trauen. Und in allen katholischen Ländern werden die Glocken für uns läuten."

Um Maria von dieser Hochzeit abzubringen, mußte man sich schon etwas Besonderes einfallen lassen. Und genau das taten Philipp und Elisabeth in seltener Eintracht.

„Eine Eheschließung in geplanter Weise ist nicht möglich", tönte es von London her, „da Ihr noch mit dem Grafen Bothwell verheiratet seid."

Bothwell? Wie hatte sie ihn nur vergessen können? Vergessen? Nein, das wohl nicht, dazu war Bothwell ein zu mächtiger Faktor in Marias Leben gewesen. Aber Carberry Hill war lange her, zehn Jahre, in denen sie nichts, aber auch gar nichts von ihm gehört hatte! Nur noch wie ein Schatten lebte er in ihrer Seele, und welche Frau aus Fleisch und Blut möchte mit einem Schatten leben? An die Stelle wehmütiger Erinnerung war die Versuchung getreten, sich einem lebendigen Mann anzuvertrauen, dessen Nähe mehr versprach als lang entbehrte Zärtlichkeit. Während London derart argumentierte und Madrid dazu schwieg, verlautete von Rom, eine Heirat sei sehr wohl möglich, denn die Ehe mit Bothwell, weil protestantisch geschlossen, habe nie bestanden. Maria sei allenfalls eine Ehebrecherin, falls sie zu Lebzeiten Darnleys schon Bothwell zu Willen gewesen. Darin sei kein Hindernis zu sehen, sagten jene, die den Kelch mit dem wahren Blut Christi leerten, die Königin von Schottland sei eine Witwe und könne jederzeit von einem Priester wieder verehelicht werden. So stritten sie hin und her, und die Zeit verging. Marias Nerven, aufs höchste angespannt, drohten zu versagen.

„Man will mich nur wieder einmal einer Freude berauben!" klagte sie das Schicksal an, dem vermeintlichen Bräutigam aber schrieb sie auf das eindringlichste:

Laßt uns nicht von unserem Weg abgehen! Wir sind einander versprochen! Euch will ich ewig treu sein und mein Leben mit dem Euren verbinden, gleich, was die Zukunft bringt . . .

Einsamkeit und Verzweiflung haben ihr die Feder geführt. Sie schwört ohne Arg, denn sie liebt. Sie liebt einen Mann, den sie nie gesehen, der aber in ihrer Phantasie längst die Realität angenommen hat, die einem Ehemann zukommt. Dieses eine Glück soll man ihr lassen, so erfleht sie vom Schicksal, das Namen hat wie Elisabeth, Philipp und Gregor XIII. auf dem Petristuhl.

Dann geschieht plötzlich, was die Argumentation für und wider gegenstandslos macht. Auf das Scheidungsbegehren, das man seinerzeit nach Dänemark abgesandt hatte, war niemals Antwort gekommen. Jetzt, im Jahr 1578, ließ König Frederick endlich wissen, Bothwell sei im April verstorben. *Sanft entschlafen* hieß es da heuchlerisch, denn in Wahrheit war er nach jahrelangem Martyrium im rattenverseuchten Verlies des Kopenhagener Schlosses verhungert. Maria atmete erleichtert auf. Jetzt konnte alles seinen Weg gehen. Schon war das üppige Kleid aus Silberfäden fast vollendet, die Zeremonie in allen Einzelheiten geplant, dann passierte das Unglaubliche. Eine zweite Nachricht löschte alle Hoffnung aus. Don Juan de Austria war tot, Maria verzweifelt.

„Muß denn jeder Mann sterben, sobald ich ihn in mein Herz eingelassen?" Tatsächlich ist die Reihe lang: Franz II. von Frankreich, Darnley, Bothwell, Norfolk, Don Juan . . . Um ihn trauert Maria wie eine Gattin um einen Gatten.

Was aber war geschehen?

Noch einmal hatte Don Juan de Austria den Kampf gesucht, um Ehre zu ernten. Mit einem letzten Kontingent an Truppen hatte er das aufständische Namur genommen, die Rebellen zur Räson gebracht und die Stadt gehalten. Doch Ehre und Ruhm blieben aus, stattdessen bedachte der König den Bruder mit Vorwürfen. Philipp hätte eine friedliche Lösung im Streit mit den freiheitlich fühlenden Niederländern vorgezogen. Juan, verbittert und unzufrieden, erkrankte, wie es schien, mehr an der Seele als am Körper. Am 1. Oktober 1578 starb er. Man sprach von Typhus, aber auch von Gift. Er war dreiunddreißig Jahre alt geworden. Damit aber war sein Weg auf dieser Erde noch nicht beendet.

Der Herbst war weit fortgeschritten und mit ihm die Witterung unfreundlich geworden, als eine Gruppe von achtzig Berittenen an den Ufern des Henares entlang über die Hochebene Spaniens zog. Verständlicherweise waren ihre Pferde für eine so weite Reise mit Mantelsack und Satteltasche schwer bepackt, drei von ihnen trugen noch je einen handlichen Ledersack hinterm Sattel aufgeschnallt. Man hatte manch sturmgepeitschten Tag im Bergland wie an steiler Küstenstraße hinter sich, als man nach Nordwesten schwenkte und, ermüdet, endlich am Fuße der Sierra de Guadarrama vor dem weit gesteckten Viereck des neuen Escorial anlangte. Nach fünfzehn Jahren Bauzeit noch nicht ganz vollendet, war es Wohnsitz, ja fast Einsiedelei des Königs, ein Mittelding zwischen Schloß und Kloster, von einer Großartigkeit, die dem Ankömmling den Atem verschlägt. Dort fanden die achtzig Reiter, ganz offenbar erwartet, Einlaß. Jene drei, die zusätzlich Ledersäcke mit sich trugen, hatten diese gesondert abzuladen und sich dann zurückzuziehen. Die Säcke, von berufener Hand geöffnet, enthielten Leichenteile, jeweils das Drittel eines menschlichen Körpers. Von gleicher Hand ehrfurchtsvoll in seine ursprüngliche Gestalt zusammengesetzt und eingesargt, wurden sie in der Kirche aufgebahrt, eingesegnet, unter Gebet und feierlichem Gesang, aber unter Vermeidung öffentlichen Interesses, in der Familiengruft der spanischen Habsburger beigesetzt. So hatte der Sieger von Lepanto endlich seinen ewigen Frieden gefunden.

Buxton

Enttäuschung und Resignation begannen der Königin von Schottland gewaltig zuzusetzen. Es stand nicht mehr gut um Marias Gesundheit. Sie litt immer häufiger unter geschwollenen Beinen und klagte über starke Schmerzen in den Hüften. Offensichtlich hatte sie sich in den feuchten Räumen von Schloß Tutbury Rheumatismus geholt. Damit verlor sie fast gänzlich die Freude am Reiten und Spazierengehen wie auch an vorübergehend aufgenommener Gartenarbeit, kurz, als Gefangene hatte Maria zu wenig Bewegung, ihr Körper wurde schlaff, und sie nahm an Gewicht zu. Für ein quälendes Magenleiden verlangte Maria nach Zimtwasser und eingelegter Muskatnuß, die sie auch bekam.

Um Marias Äußeres kümmerte sich weiterhin treulich die langsam ein wenig welkende Mary. Saß ihre Herrin auf dem Thronsessel unter dem grünen Baldachin und gab eine ihrer nur noch seltenen Audienzen, mußte man sie immer noch schön nennen. Ihr Gesicht ein wenig strenger, die hohe Stirn aber noch immer glatt, die Wangen straff, das Auge hell, darüber die stets kunstvolle Frisur von Marys Hand. Was ihre Garderobe anging, trug sich Maria Stuart mit der Zeit einfacher, bevorzugte dunkle Farben, war aber stets makellos gekleidet. Sie ließ sich gern Schnittmuster aus London kommen, um mit der Mode mithalten zu können.

War Marias Aufenthalt in Tutbury als eine Art Strafversetzung anzusehen, jene in Chatsworth als Belohnung, so hatte jetzt ein weiterer Umzug ins wieder nördlich gelegene Sheffield ganz andere Gründe. Ebenso wie es

Maria aus ihrer Kindheit in Frankreich kannte, war es auch in England Brauch, zur Reinigung einer Burg oder eines Schlosses den Wohnsitz insgesamt für einige Wochen oder Monate zu wechseln. Daher zogen auch die Shrewsburys von Tutbury und Chatsworth gelegentlich nach Wingfield oder, wie eben jetzt, nach Sheffield. Maria zog jedesmal mit ihrem gesamten Haushalt, immerhin etwa dreißig Personen, mit – eine große Belastung für beide Seiten.

Angesichts dessen war die Geduld, die Shrewsbury für seine Gefangene aufbrachte, bewundernswert. Er akzeptierte die aufgeblasene Hofhaltung Marias, obwohl er im Grunde nur für ihre Person zu haften hatte. Niemals vergriff er sich im Ton gegen sie, hielt streng die Regeln sogenannter Etikette ein und suchte ihr förmlich jeden Wunsch von den Lippen abzulesen. Innerlich aber seufzte er:

„Könnte ich doch mein altes Leben bei Hofe führen! Kein Unwetter würde ich scheuen, nach London auszubrechen, stattdessen muß ich hier ausharren, praktisch selbst ein Gefangener."

Marias Gesundheit verschlechtert sich. Sie hört von heißen Quellen und Thermalbädern in Buxton, einem kleinen Ort nicht weit entfernt.

„Halb London geht dort zur Kur, sagt man, sogar der alte Cecil wird regelmäßig dort gesehen! Solch heiße Bäder, Shrewsbury, wären eine Wohltat für mich!"

Tatsächlich macht sich Shrewsbury bei Königin Elisabeth stark für Marias Wunsch und setzt durch, daß sie die Bäder besuchen darf. Natürlich hat er sie zu begleiten und darauf zu achten, daß es zu keinem Kontakt mit der Bevölkerung oder gar den Kurgästen kommt. Man reist also nach Buxton, allerdings mit sehr eingeschränkter Begleitung, Mary, die alte Kennedy, Beaton, Willie und Shrewsbury, und nimmt Wohnung in einem Haus vor der Stadt. Besucht Maria die Quellen, sind die Fenster ihrer Kutsche verhängt, die Straßen wie leergefegt.

Und doch geschieht es einmal, daß ein Bettler sich nicht hat verscheuchen lassen, sondern nahe dem Brunnen der Königin die gichtige Hand hinstreckt.

„Eine Gabe, Euer Gnaden, und ich will für Euch beten Tag und Nacht!“

„Ach guter Mann, betet nur. Andere Hilfe als das Gebet hab' ich kaum noch zu erwarten. Gebt ihm, Beaton, was ihn nährt und kleidet.“

Der Mann fällt aufs Knie und küßt ihr den Rocksaum, was er einsteckt, glänzt golden. Aber schon haben neugierige Augen die Szene wahrgenommen, der Tadel aus London trifft Shrewsbury umgehend. Auch das nimmt der Graf mit anscheinend unerschöpflicher Langmut hin. In anderer Hinsicht allerdings wird seine Langmut noch weit mehr belastet. Lady Bess, die die Reise nach Buxton nicht mitgemacht, bezichtigt ihren Mann einer unerlaubten Beziehung zu Maria.

„Von Anfang an habt Ihr ihr schöne Augen gemacht“, schleudert sie ihm entgegen, „man weiß ja, wie sie es mit den Männern hat! Sie buhlt schon mit dem nächsten, ehe sie den ersten hat fortschaffen lassen. Nicht anders tat sie es mit dem armen Darnley.“

Fast sollte man meinen, Lady Bess schloß da aus eigener Erfahrung, aber gleich wie, Maria hatte von Stund an eine unversöhnliche Feindin in jener Frau, unter deren Dach zu leben sie gezwungen war.

Der Aufenthalt in Buxton wiederholte sich, ja bald war es Maria gestattet, die Quellen, die ihr offensichtlich wohltun, jährlich aufzusuchen. Dem armen Shrewsbury wird es zur fast unlösbaren Aufgabe, seine Gefangene in dem in Mode gekommenen Badeort isoliert zu halten. Nur von fern sieht Maria den Londoner Adel auf der Promenade und genießt es, ihrerseits, wenn auch auf Distanz, Ziel der Neugier zu sein.

Eines Tages herrscht helle Aufregung unter den englischen Kurgästen.

„Der Hof geht auf Reisen", hört man, „Königin Elisabeth besucht etliche Landsitze ihrer Grundherren, unter anderem Chartley Castle!"

„Chartley Castle?" horcht auch Maria auf, der man die Nachricht sofort hinterbrachte.

„Ja, Majestät, Chartley Castle, es gehört dem Earl of Essex."

„Aber das sind kaum zwanzig Meilen von hier!" Sofort flammte die alte Hoffnung auf ein Treffen mit der Cousine in Maria wieder auf. Zwischen ihr und Elisabeth standen all die Jahre immer nur Dritte, die die Dinge komplizierten, und sie, Maria, aus Eigennutz und Bosheit bei der Königin verleumdeten. Bei einem persönlichen Treffen, da war Maria sich sicher, könnte sie leicht eine Übereinkunft mit der ‚guten Schwester' herbeiführen.

„Zwanzig Meilen", lachte Maria ihrer Sache gewiß, „das ist nicht mehr als ein Halbtagesritt!"

„Nun, sagen wir knapp dreißig Meilen", dämpfte Shrewsbury ihre Hoffnung. Ihm stand ohnehin der Schweiß auf der Stirn bei dem Gedanken an eine Zusammenkunft der beiden Königinnen, die kaum anders verlaufen konnte als der Aufprall zweier Kometen im All.

Aber Marias Hoffnung ließ sich nicht dämpfen. Es war ja auch nicht abwegig, darauf zu hoffen, daß es zu einer Begegnung kommen würde. Die Quellen von Buxton hatten es nämlich auch der englischen Königin längst angetan. Proben des Heilwassers aber, die sie sich nach London hatte schicken lassen, einmal wegen eines offenen Beins, ein andermal wegen Zahnschmerzen, hatten keinerlei Heilung gebracht, so daß Elisabeth bereits vermutete:

„Es muß an der Örtlichkeit liegen. Hier in London hat das Wasser nicht die gleiche gute Wirkung, wie man ihm dort nachsagt." Also war sehr wohl zu erwarten, daß sie einen Abstecher nach Buxton auf ihrer Reise einplante.

Maria entsandte Willie die Straße bis nach Stafford, zu forschen, welchen Weg die Königin nehmen würde.

„Geh, sag ihr, mit welcher Zuversicht im Herzen ich sie erwarte, hier in Buxton oder wenn sie es wünscht, auch in Chartley."

Die Route des königlichen Reisezugs war schwerlich zu verfehlen. Hunderte von Wagen und Kutschen, Reitern und selbst Fußvolk hinterließ die unübersehbare Spur eines Heuschreckenschwarms, und von Ort zu Ort kaum weniger Verwüstung als ein solcher anrichtet.

„Mein neues Kleid", wandte sich Maria gleich am Morgen an Jane Kennedy, ihre langjährige Kammerfrau, und Mary mußte wieder all ihre Kunst anwenden, um Maria zu frisieren. Das Resultat konnte sich dann allemal noch sehen lassen, selbst unterm zarten Witwenschleier, den Maria seit dem Tod Bothwells nie mehr ablegte. So wartete sie denn voller Ungeduld von Stunde zu Stunde auf die Nachricht, daß Elisabeth das letzte Stück Wegs von Chartley her sich nähere.

„Sie wird kommen, sie muß kommen", tröstete sich Maria immer von neuem selbst, "sie will mich ja genau so dringend sehen wie ich sie. Nur war ihr bisher von London her der Weg immer zu weit."

Ein schwacher Trost, denn umgekehrt wäre ihr, Maria, der Weg nach London nie zu weit gewesen, hätte sie nur die Freiheit und die Erlaubnis gehabt, ihn anzutreten.

„Beaton, schickt Leute, die nach dem Reisezug der Königin Ausschau halten, damit wir ihre Ankunft nicht versäumen . . . !" weist Maria alle Augenblicke den Haushofmeister an. Bald stürzt sie ans Fenster, an dem sich zu zeigen ihr verboten war, bald horcht sie auf eingebildeten Hufschlag, dann wieder kann sie vor Ungeduld kaum die Tränen zurückhalten.

„Ob Willie gar die Königin verfehlte? Wo bleibt er nur, der Junge? Beaton, noch einmal bitt' ich Euch, schickt Leute aus!"

Es war sommerlich heiß und eine Staubwolke, die die Kolonne der Räder und Hufe aufwirbelte, hätte man meilenweit sehen müssen. Nichts sah man, nicht den ersten Tag, nicht den zweiten und auch nicht den dritten. Dann kam Willie zurück.

„Nun mein Junge, wann kommt sie? Wann trifft sie ein, die Königin?“ Noch immer war Maria überzeugt davon, daß Elisabeth die Gelegenheit, von Angesicht zu Angesicht endlich alle Mißverständnisse aus der Welt zu räumen, nicht vorübergehen lassen würde.

„Ich fürchte, Euer Majestät . . .“ Willie, noch außer Atem vom schnellen Ritt, hob hilflos die Schultern.

„Was willst du sagen, Junge? Elisabeth bleibt in Chartley? Erwartet sie mich dort? Ich weiß, sie sitzt nicht gern im Sattel, ich aber könnte die Strecke in drei Stunden schaffen . . .“ Vergessen waren Rheumatismus und Wassersucht, auch daß ihr seit Monaten vom Reiten abgeraten war! Voreilig sah Maria sich noch immer als die gewandte Reiterin, die von Jedburgh nach Hermitage und zurück in einer Nacht geritten war.

Willie atmete tief durch, dann nahm er allen Mut zusammen, seiner Herrin die Wahrheit zu sagen.

„Königin Elisabeth kommt nicht nach Buxton, Madame, sie hat ihren Besuch bei Lord Essex bereits abgebrochen und kehrt zurück nach London.“

„Zurück nach London . . . ?“ Maria horchte auf die drei Worte wie auf ein fernes Echo. „Nach London zurück sagst du, Willie? Das mußt du mißverstanden haben! Man hat dich fälschlich unterrichtet, Junge. Mit wem hast du denn gesprochen? Mit dem Roßschmied oder gar dem Küchenjungen?“ Ihre Stimme klang plötzlich schrill.

„Ich sprach mit Sir Francis Walsingham, Madame.“

„Mit Walsingham . . . ?“ Maria schien plötzlich in sich zusammenzufallen. Immer dieser Walsingham! Er schien mit eiserner Faust in ihr Leben einzugreifen, wo immer er konnte. Seit er auf der Bühne aufgetaucht, war das Stück auf den Brettern härter geworden. Vielleicht war ja ihre liebe Schwester Elisabeth gar willens gewesen, sie zu empfangen, wenn auch zögerlich, wie es ihre Art war, und hatte Walsingham dann den glimmenden Funken unter seinem Stiefel ausgetreten? Eine Versöhnung der beiden Königinnen war mit den Zielen seiner rücksichtslosen Politik unvereinbar, soviel stand fest. In Maria sah der Herr Staatssekretär Ihrer Majestät eine Gefährdung für das protestantische Königreich England, die nicht zu unterschätzen sei, ‚solange das teuflische Weib am Leben ist', wie er sich auszudrücken beliebte. Hinzu kam bei Walsingham, welcher an Körpergröße nicht viel aufzuweisen hatte, der untergründige Haß kleinwüchsiger Gestalten gegenüber jenen, die ein paar Zoll länger gewachsen, ihnen aber geistig ebenbürtig waren, schlimmer noch, wenn es sich um eine Frau handelte. Sobald also Walsingham ins Spiel kam, schien Maria am kürzeren Hebel zu sitzen. Die Enttäuschung trieb Maria, wie so oft, Tränen in die Augen.

„Habt Ihr das gehört?" wandte sie sich aufschluchzend an Shrewsbury, dem ihre Tränen jedes Mal auf das peinlichste zusetzten. Nun waren sie schon so viele Jahre beisammen, Kerkermeister und Gefangene, und noch immer war es ihm unmöglich, ruhig zu bleiben, wenn die schönen hellen Augen unter den seidigen Wimpern sich langsam füllten, bis Tränen wie funkelnde Perlen ihr über die hohen Wangen rollten.

„Habt Ihr das gehört, Shrewsbury", kam es anklagend von Maria, "dieser Walsingham steht zwischen Elisabeth und mir, schlimmer noch als Cecil es tat. Er verkehrt all meinen guten Willen in sein Gegenteil und schwärzt mich an, wo er nur kann!"

„Nun, Madame, tut er das, so tut er es doch sicherlich aus Sorge . . ." Damit hatte Shrewsbury aufs falsche Pferd gesetzt.

„Aus Sorge?" fuhr Maria auf, „um wen sorgt er sich? Doch sicher nicht um mich, die ich um alles gebracht werden soll, um mein Recht, meine Freiheit . . . ich . . . ich . . ." Sie weinte haltlos vor sich hin, und Shrewsbury, der wiedergutmachen wollte, wagte, was er noch nie gewagt, er faßte sie an der Schulter und wandte sie mit einer sanften Bewegung zu sich um.

„Nicht, Madame, ich bitte Euch . . . nicht . . ."

„Ach, Shrewsbury", schluchzte Maria, „ich hielt Euch trotz allem immer für einen Freund . . ."

Und plötzlich lag sie in seinen Armen, nicht Königin, nicht Frau, sondern einfach ein einsames, untröstliches Kind.

„Ich bin es, Maria, ich bin Euer Freund, mehr als ihr glaubt", gestand Shrewsbury kopfschüttelnd ein, „und gerade das, fürchte ich, wird mich eines Tages von Eurer Seite reißen." Einen Augenblick wunderte er sich, wie weh es tat, ihr diese Wahrheit zu sagen.

Der Sog in die Tiefe

Shrewsbury sollte auf grausame Weise recht behalten. Nicht nur, daß das Treffen mit Königin Elisabeth vereitelt worden war, Marias allzu freies Leben von Buxton bot Elisabeth wieder einmal Anlaß, die Krallen gegen sie auszufahren. Im Januar 1585, ausgerechnet wieder bei klirrender Kälte, wurde Maria erneut ins dunkle, dumpfe Tutbury verbracht und, schlimmer noch, Shrewsbury, obwohl dort Hausherr, seines Amtes enthoben. Als er ein letztes Mal Marias Räume betrat und mühselig ächzend vor ihr das Knie bog, denn auch er litt in diesen feuchten Wänden unter Rheumatismus, hob sie ihn auf und küßte ihm die Wange.

„Habt Dank für all Eure Güte, die mir mein Los erleichtert hat . . ."

„Majestät, ich . . ." Der alte Mann fand keine Worte.

„Es ist gut, Shrewsbury, es ist gut . . ."

Der Graf machte drei Schritte rückwärts, wie es die Vorschrift verlangte, dann hob er noch einmal den Blick zu Maria. Diesmal waren es seine Augen, die sich mit Tränen füllten.

„Gott schütze Eure Majestät . . ." sagte Shrewsbury und wandte sich ab. Als Lakaien ihm die Tür öffneten, bewegte ein Luftzug den zerschlissenen Seidenvolant des Baldachins, als wolle er ihm nachwinken. Aber er strömte nur einen leicht modrig faulen Geruch aus. Maria verlor ihren letzten Freund.

Der neue Bewacher hieß Paulet, Sir Amyas Paulet. Er war klein, mager und hatte ein verkniffenes Gesicht. Maria erfaßte beim ersten Anblick eine starke Abneigung gegen diesen Mann. Aber ihrem ganzen Wesen nach war sie gewillt, es im Guten mit ihm zu versuchen. Sie übersah, daß er nicht das Knie vor ihr beugte, als er sich dem Thronsessel näherte, und begrüßte ihn freundlich.

„Ich heiße Euch willkommen, Sir Amyas!"

„Willkommen oder nicht . . . Majestät . . ." der Titel kam ihm nur unwillig über die Lippen, „meines Amtes ist es lediglich, Eure Verwahrung zu beaufsichtigen." Sein Ton gemahnte zur Vorsicht. Mit diesem Mann war nicht gut Kirschen essen.

Paulet stammte aus niederem Landadel, seine bisherige Laufbahn war die eines untergeordneten Beamten gewesen. Das neue Amt gab ihm die willkommene Gelegenheit, zurückzuzahlen, was er an Nackenschlägen zeitlebens von schikanösen Vorgesetzten hatte einstecken müssen. Und er fing sofort damit an.

„Ein solcher Baldachin, wie Ihr ihn dort habt, Mylady, entspricht nicht den Vorschriften!"

„Vorschriften? Was für Vorschriften meint Ihr, Sir Amyas? Er ist das Zeichen meiner Königswürde, so wie sie mir zusteht." Maria blieb bedeckt im Ton. Das wäre ja noch schöner, wenn dieser Gnom hier ankäme und ihr etwas von Vorschriften erzählte.

„Sir Francis Walsingham hat sie erlassen, Mylady, und ich werde dafür sorgen, daß sie eingehalten werden. Also keinen Baldachin."

„Sir Francis?" Maria drohte von Zorn übermannt zu werden, was ihr selten geschah. Aber immer und überall stieß sie auf diesen Menschen im fernen London, der sich in alles einmischte und sie mit seinem Haß verfolgte. Wie sehr sie damit recht hatte, das sollte Maria noch zu spüren bekommen. Der grünseidene Baldachin war dazu nur ein Vorspiel.

„Weist Eure Dienerschaft an, den Plunder herunterzureißen“, sagte Paulet abschließend.

Um ihren Ärger zu verbergen, nahm Maria eine hochmütige Miene an.

„Ihr habt kein Recht, Monsieur, Anweisung zu geben, was meine Diener zu tun haben!“

„Da habt Ihr recht, Mylady, ein solches Recht habe ich aber der Wache gegenüber, die vor Eurer Tür steht. Ich gebe Euch eine Stunde, die Staffage abzubauen, sonst werden meine Leute dafür sorgen . . .“

„Ihr würdet Euch nicht scheuen, Bewaffnete in meine Räume einzulassen?“

„Ich würde mich nicht scheuen, Mylady, die Bedingungen Eurer Gefangenschaft . . .“ Er verbesserte sich kurz. „. . . Eures Aufenthaltes buchstabengetreu einzuhalten.“

„Aber das Emblem der Krone bleibt“, setzte Maria trotzig dagegen.

„Meinetwegen, Mylady, die Krone könnt Ihr behalten. Sie verstößt nicht gegen die Bestimmungen.“

Nun war das Terrain gegeneinander abgesteckt. Maria wußte, was sie von Paulet zu halten hatte, Paulet hingegen hatte gewissermaßen die Markierung seiner Macht gesetzt. Von nun an würde Maria sich jede einzelne Vergünstigung bitter erkämpfen müssen.

Wieder einmal war Maria Stuarts blindem Optimismus ein harter Stoß versetzt worden. Woher konnte sie noch Hilfe erwarten, wenn nicht aus sich selbst. Sie mußte aktiv werden, so sagte sie sich. Einfach zu warten und darauf zu vertrauen, daß Gerechtigkeit sich von allein einstelle, genügte nun nicht mehr.

Als erstes suchte Maria wieder Zuflucht in Briefen. Das war nicht mehr so leicht, denn jeder ihrer Briefe wurde von Paulet kontrolliert. Dennoch suchte sie ein ganzes

Netz von Korrespondenz zu spinnen, das neben ihren Anhängern in Schottland, Paris, Madrid und Rom erreichen sollte.

Die Zensur zu umgehen, ließ Maria sich eine ganze Menge einfallen. Ihre Boten waren jetzt verkleidet, spielten die unterschiedlichsten Rollen wie Bäcker, Hufschmied oder die eines Lieferanten, schmuggelten Briefe am Körper verborgen, ins Mantelfutter eingenäht, in Stiefeln, Spazierstöcken, sogar Perücken versteckt. Antworten kamen ebenso in Stoffballen, Büchern oder Wäsche. Daß sie dabei Walsinghams Spürsinn unterschätzte, wurde ihr nur langsam bewußt, nämlich erst als der eine oder andere Adressat in eine Falle geriet.

Der Florentiner Roberto Ridolfi, Agent des Papstes, übermittelt einen Plan zur Entsendung spanischer Truppen nach England und der Absetzung Elisabeths. Maria beantwortet den Vorschlag, wenn auch halbherzig, mit ihrem Einverständnis. Die Briefe werden entdeckt, Ridolfi entgeht knapp dem Tod.

Ein Neffe von Marias altem Freund Throckmorton wendet sich schwärmerisch an Maria. Es geht um eine ähnliche Mission, nämlich wieder um den Einfall spanischer Truppen und nicht nur die Absetzung Elisabeths, sondern deren Tod. Diesmal findet Walsingham nicht nur Briefe, sondern genaue Lagepläne englischer Häfen von wessen Hand auch immer. Maria, diesmal sicherlich unschuldig, verteidigt sich:

Wenn mich jemand ohne mein Zutun zur Gallionsfigur eines Unternehmens macht und dadurch einerseits seine Vorliebe für mich bekundet, andererseits meine Situation für seine Zwecke benutzt, so darf man mir das nicht anlasten!

Unter der Folter erpreßt man von dem jungen Throckmorton ein Geständnis, das sein Seufzer auf dem Richtblock zu bestätigen scheint:

„Nun habe ich die Geheimnisse jener Frau enthüllt, die mir das Liebste auf der ganzen Welt war."

Kurze Zeit darauf ist es ein schottischer Jesuitenpater namens Crichtin, der wegen des Verdachts, den Mord an

Wilhelm von Oranien geplant zu haben, nach England ausgeliefert worden war. Unter der Folter rühmt auch er sich der Korrespondenz mit Maria, ehe er das Schicksal Throckmortons teilt.

Die Liste der Namen ist leicht fortzusetzen. Natürlich hatte Maria, gewissermaßen als Ausdruck ihrer Zeit, Freude an verschwörerischen Machenschaften, doch sind sie immer verbunden mit der Glorifizierung ihrer Person. Kann sie obendrein auch nur die geringste Hoffnung für ihre eigenen Belange daraus schöpfen, so ist ihr schwer ein Vorwurf zu machen, wenn sie das Spiel mitspielt. Dann aber spielt sie das Spiel einmal zuviel. Zu spät merkt Maria, daß sie in die Fänge Walsinghams geraten ist.

Die klimatischen Verhältnisse in der Burganlage von Tutbury wirken sich weiterhin katastrophal aus. Die schwelenden Dünste aus den giftigen Mooren der Umgebung stinken buchstäblich gen Himmel. Maria beginnt zu husten und ringt mit Atemnot, ihrer Begleitung geht es kaum besser. Mary Seton gar wird so krank, daß sie auf Anraten der Ärzte ihre Herrin verlassen muß. Es gibt einen herzzerreißenden Abschied, aber auch Maria befürwortet, daß die Freundin sich in ein französisches Kloster einkauft, wo sie in Ruhe gesundgepflegt werden kann.

„Ich wünschte, ich könnte mit dir gehen“, seufzte Maria, „aber sobald der Alptraum hier geendet hat und ich auf freiem Fuß bin . . .“ Der Satz geht unter in röchelndem Husten.

Paulet, bei allem Haß stets korrekt, meldet nach London:

Nicht nur die Königin ist krank, sondern fast alle ihre Diener. Jetzt kann ich mich auch noch darum kümmern, daß sie gepflegt werden!

Sein mißmutiger Appell tut Wirkung, man beginnt, nach einem neuen Domizil für Maria zu suchen.

Die meisten der englischen Landherren verwahren sich strikt dagegen, ihre Häuser zu Gefängnissen zu machen, noch dazu für eine Gefangene, die in den Augen der meisten von ihnen diesen Status nicht verdient hat. Gegen einen gleichermaßen vorgebrachten Protest fällt endlich die Wahl auf Chartley Castle, jenes Schloß in der Nähe Buxtons, das Königin Elisabeth damals besuchte. Es ist ein freundlicher Komplex inmitten eines fließenden Gewässers, die Luft rein und prickelnd, selbst jetzt, da es schon wieder Winter wird. Aber für Maria kommt die Umsiedlung fast zu spät. Sie ist schwer krank. In Chartley angekommen, muß sie wochenlang das Bett hüten. Man fürchtet um ihr Leben. Sogar Paulet ist besorgt, der nicht die Schuld der Fahrlässigkeit auf sich laden will. Er sorgt für stärkende Medikamente und beste Pflege.

„Ich werde alles tun", versichert er diensteifrig, „denn wenn sie mir entkommt, so oder so, geschieht es durch grobe Nachlässigkeit meinerseits und verdiene ich keinerlei Nachsicht."

In London sah man das ein wenig anders. Hätte Paulet sich weniger bemüht und den Verlauf der Krankheit zu einem bösen Ende kommen lassen, so wäre England jedenfalls von einem lästigen Problem befreit worden. Aber das stand auf einem anderen Blatt.

Eines Morgens im April 1586 erwachte Maria in ihrem sonnig hellen Zimmer mit Ausblick auf die grünen Wiesen und Weiden Staffordshires. Alle bedrohlichen Kräfte schienen gewichen, das Leben rief nach ihr. Maria antwortet in dankbarem Gebet.

„O Herr, Du nimmst mich von neuem auf in Deine Liebe und Deinen Schutz, darin ich für immer Deine gehorsame Tochter bin . . ."

Dem Himmel ist Maria gern gehorsam, auf der Erde sucht sie Walsingham und seinen Schergen einen Streich zu spielen.

Wieder ist Maria ohne jegliche Verbindung nach draußen. All ihre kleinen Tricks, Nachrichten mit der Außenwelt zu tauschen, hatten sich unter Paulets unermüd-

Schloß Tutbury

licher Wachsamkeit erschöpft. Die Wäscherinnen wurden visitiert, Lieferanten examiniert, Besucher schon längst nicht mehr zugelassen. Maria aber, zu neuer Lebenskraft erwacht, suchte verzweifelt nach einem Schlupfloch aus absoluter Isolation. Es mußte doch einen Weg geben, an Paulet vorbei der Welt zu sagen, daß es sie noch gab, daß sie hoffe, ja forderte, ihr aus ihrer ebenso ungerechtfertigten wie auch unverständlichen Lage zu helfen. Und diesen Weg gab es.

Marias Haushalt wurde mit Bier aus der nahen Nachbarschaft versorgt. Allwöchentlich fuhr der Brauherr selbst die Fässer aus und tauschte die vollen gegen leere aus. Es wäre die Pflicht eines Mundschenks gewesen, jedesmal das Bier zu verkosten, aber dieses Amt war schon lange nicht mehr besetzt. So saß denn Beaton in seiner Eigenschaft als Haushofmeister vor einem schäumenden Krug, als der Brauer sich über den Tisch beugte und ihm halblaut zuraunte:

„Ich hab' eines der Fässer mit einem Fach versehen lassen, staubtrocken und durch das Spundloch zu erreichen . . ."

„Ich verstehe nicht . . ." reagierte Beaton vorsichtig.

„O doch Herr, Ihr versteht sehr gut", ließ der Brauer sich nicht beirren und legte genau seinen Plan dar, in einem Bierfaß die Königin mit Post zu versorgen und auch ihre Briefe zu befördern. „Nächste Woche bring' ich Euch den Beweis, ein Schreiben des französischen Gesandten."

„Baron de Châteauneuf?"

„Genau der, mein Herr, ein ganzes Bündel Briefe wartet schon, die aus aller Welt für Eure Herrin eingegangen sind. Ich werde noch weitere Fässer ausrüsten müssen." In diebischer Freude rieb sich der Mann die Hände. Was trieb ihn? Lust an der Intrige oder bloße Gewinnsucht?

„Und Euer Preis?" fragte Beaton, bereits in Sorge, wo er Geld herbekommen sollte.

„Nichts, mein Herr, nichts, ich will Eurer Königin gefällig sein. Und von Euch hoffe ich auf guten Durst."

Eine Woche später hielt Maria tatsächlich ein erstes Schreiben in den Händen. Deutlich entströmte ihm der herbe Duft des Gerstensafts, aber das Papier war trocken. Maria wollte den Brief sofort öffnen, als sie erschrak.

„Das Siegel ist bereits erbrochen!" rief sie. Mißtrauen war ihr mit den Jahren zur zweiten Natur geworden.

„Nun ja, Majestät", suchte Beaton zu beruhigen, „das Spundloch ist sehr eng. Man muß das Siegel brechen, um es hindurch zu schieben."

Derweilen hatte Maria den Brief entfaltet. Beim Anblick der Schrift entspannten sich ihre Züge.

„Es ist tatsächlich vom französischen Gesandten. Châteauneuf ist ein guter Freund, ihm können wir vertrauen." Maria hielt das Blatt dicht vor ihre kurzsichtig gewordenen Augen und las Zeile für Zeile mit Bedacht, damit ihr auch ja nichts entgehe.

„Denkt nur, Beaton, wir haben einen neuen Papst, Sixtus V. Ein gerechter Kirchenfürst heißt es hier, man erwarte viel von ihm!" Maria ließ das Blatt in den Schoß sinken und blickte müde auf. „Ach, Beaton", seufzte sie,

„wir leben wirklich hinter hohen Mauern. Die Welt dreht sich weiter, nur wir spüren nichts davon."

Es wurde Frühling und es wurde Sommer, und jede Woche brachte der Bierbrauer ein oder zwei Briefe und verbarg die Antwort in einem der Fässer, die er leer zurückführte. Maria triumphierte. Endlich hatte sie Paulet überlistet. Er schien tatsächlich nichts bemerkt zu haben, wenn es ihn auch wundern mochte, daß der Bierverbrauch der Dienerschaft Ihrer Majestät sich verdoppelt hatte. Der Triumph tat Maria derart wohl, daß sie zu neuer Gesundheit aufblühte. Sie ritt wieder gelegentlich aus, ließ sich auf sanften grünen Wiesen zu einem kleinen Galopp hinreißen, wenn auch nicht mehr so ungestüm und wild wie früher. Sie bekam wieder Freude an ihren Handarbeiten, saß an langen hellen Abenden in Gesellschaft ihrer beiden letzten Frauen, die ihr noch geblieben waren, überm Stickrahmen und zog goldene Fäden zu minutiösen Mustern durch die gespannte Seide.

Ein scheinbarer Friede breitete sich aus, aber in ihrem Inneren hatte Maria endgültig jenen den Kampf angesagt, die vor nun bald zwanzig Jahren das Netz über sie geworfen und sie wider alles Recht gefangen gesetzt hatten.

Da kam ihr ein junger Abenteurer gerade recht, der ebenso kampfesmutig die Bühne betrat und gewissermaßen der verehrten Heldin der Tragödie die Kraft seines Schwertes anbot. Es war kein Schwert, sondern ein weiterer Brief, der Maria erreichte.

„Babington? Babington?" entzifferte Maria wieder nah am Auge, „Er behauptet, daß ich ihn kenne! Aber der Name . . . Babington . . . ?"

„Ja, Ihr kennt ihn, Madame", meldete sich lachend Willie, „erinnert Euch, der kleine Page im Hause Shrewsbury! Damals ein Kind noch, muß er unterdessen Mitte zwanzig sein . . . ein hübsches Kerlchen . . ." Willie, selbst längst ein erwachsener Mann, wußte noch zu sagen, daß Anthony Babington aus bester Familie und äußerst wohlhabend sei, streng katholischen Glaubens, und, wie man sich erzählte, viele Länder bereist habe.

„Dann scheint er jetzt heimgekehrt", spann Maria den Faden weiter, „denn er schreibt von London aus und schlägt mir das alte Lied vor . . ."

„Das alte Lied?" wollten ihre Vertrauten wissen, Beaton, Willie und neuerdings ihr Sekretär namens Claude Nau, ein Franzose, den die Familie Guise ihr als besonders zuverlässig empfohlen hatte.

„Ja, das alte Lied! Ganze Heerscharen erobern England, vertreiben Elisabeth und setzen mich auf den englischen Thron. Und er schwört, der kühne Babington, er habe ein Dutzend zuverlässiger Mitstreiter. Alles junge Träumer, denke ich, wie all die anderen . . ."

„Auch Don Juan war jung, Majestät . . ." wagte Beaton zu bemerken.

„Jugend ist nicht immer nur schäumende Gärung", räumte Maria nachdenklich ein, „er wollte mich heiraten, mir am Traualtar den Kerker öffnen."

„Und er hatte Spanien im Rücken samt seiner eigenen Armee."

Fast hätte Maria gelacht. Ihre geheimsten Hoffnungen, keineswegs nur romantischer Art, schienen entdeckt. Aber jedes Tier, das sich in der Falle findet, sucht zu entkommen. Sie, die ohne Arg um Asyl nach England gekommen, sah sich jetzt schon ein Vierteljahrhundert in der Falle und das mit einer Geduld und einem Zutrauen zu Recht und Ordnung, wie sie nur ein Gott ergebener Mensch aufbringen kann.

„Ach, all die hochfliegenden Pläne", seufzte sie jetzt, „ich will keinen Sturm entfachen, Mord und Totschlag, ich will einfach, daß jemand kommt und diese Tür dort öffnet, ganz weit und ohne ein Wort außer dem einen: Freiheit!" Plötzlich waren da wieder die Tränen, und schluchzend sprach sie weiter. „Nach Schottland würde ich gehen, meinen Sohn umarmen, den Thron mit ihm teilen, wenn er denn . . ."

„Euer Sohn, Jakob VI., Madame, hat soeben einen Vertrag mit Königin Elisabeth geschlossen . . .“

„Mein Sohn im Bündnis mit Elisabeth?“

„Ja, Madame, und mit keinem Wort ist darin Euer Schicksal erwähnt!“

„Mit keinem Wort? Seine eigene Mutter . . . ?“ Wieder einmal behielten die Tränen die Oberhand. Maria konnte nicht weitersprechen, der Brief Babingtons entglitt ihren Fingern. Beaton bückte sich und hob ihn auf.

„Im Postskriptum erwähnt er Briefschaften, die ihm von Schottland her für Euer Majestät zugekommen sind“, las Beaton und überflog dann die weiteren Zeilen. „Aha, hier spricht er vom rechten Augenblick des Losschlagens, der nun gekommen sei! Damit meint er ohne Zweifel das Bündnis Schottlands mit England. Und verdammt will ich sein, er hat recht!“

Sobald ihre Nerven es wieder erlaubten, diktierte Maria ihrem Sekretär eine Antwort an Babington. Sie klang überaus moderat und vorsichtig.

Für Eure Anteilnahme an meinen Umständen danke ich Euch, mahne aber zu Bedacht. Ihr teilt mir mit, daß etliche Briefe in Eure Hand gelangt sind, die an mich gerichtet sind. Ich bitte Euch, mir dieselben auf dem gleichen Weg zuzustellen, wie dieser Brief Euch erreicht und den Ihr ebenfalls schon wähltet.

Der Brief wurde gefaltet, mit einem besonders schmalen Siegel versehen und bei der nächsten Bierlieferung dem Brauer übergeben. Der rollte es zusammen, steckte es in die bewährte wasserdichte Hülle und ließ das Ganze im Spundloch eines Fasses verschwinden. Dann stieg er auf den Bock, nahm die Peitsche und schnalzte mit der Zunge. Die Wache öffnete das Tor und schloß es wieder hinter ihm. Kaum war der Brauer eine Meile gefahren, als er die Zügel anzog.

„Brrr“, machte er, und die schweren Pferde blieben stehen. Aus einem Seitenweg trat Paulet.

„Nun“, rief er gebieterisch und streckte die Hand aus. Der Brauer legte Marias Brief hinein, den er schon aus dem Faß genommen. Paulet gab ihm eine Münze und wandte sich zum Gehen.

„Hört“, begann der Brauer in frechem Ton, „künftig legt gefälligst noch was zu! Es kommt ja nicht aus Eurem Sack.“

Paul drehte sich noch einmal um.

„Ihr seid bereits ein reicher Mann seit Eurem Spitzeldienst“, warnte er den Brauer, „übertreibt es nicht. Die Königin in London hat einen langen Arm.“

Zwei Tage später lag Marias Brief auf Walsinghams Schreibtisch in London. Er untersuchte ihn genau mit einer Lupe nach verborgenen Zeichen, konnte aber außer der Schrift nichts finden.

„Sie ist schlau, sie hält sich bedeckt“, murmelte er ärgerlich. Dann griff er nach Tinte und Feder. Geschickt jeden Schriftzug nachahmend, setzte er genau in Claude Naus Hand unter den Brief:

Wie sind die Namen Eurer Freunde, wie Ort und Zeit, wo und wann zu handeln Ihr gedenkt?

Am 6. Juli 1586 erreichte der Brief den völlig ahnungslosen Babington. Er ist begeistert. Die von ihm so glühend verehrte Maria Stuart, tragische Heldin seiner romantischen Seele, zeigt immerhin Interesse an seinen hochfliegenden Plänen. Sofort setzt er sich hin und schreibt ihr einen langen Brief, setzt ihr sein Vorhaben in allen Einzelheiten auseinander, nennt Namen seiner Mithelfer, ja legt sogar eine Skizze einzelner Aktionen bei, erwähnt die Beseitigung Elisabeths, blutig oder unblutig, um für Maria den Thron Englands freizumachen.

Euer Majestät können sich auf die Durchführung aller dieser Maßnahmen völlig auf meine Dienste verlassen! so schließt er.

Walsingham ist zufrieden. Jetzt hat er, was er braucht. Ein englisches Gesetz, das er selber erst vor zwei Jahren im Parlament eingebracht hat, lautet:

Wenn nochmals ein Komplott zu Gunsten Maria Stuarts geschmiedet wird, ist sie des Todes, gleich ob es zur Durchführung kommt oder nicht, gleich ob sie davon Kenntnis hatte oder nicht.

Jetzt ist es Walsingham, der triumphiert. Er kann sofort handeln, ein Gericht zusammenrufen, Maria anklagen und verurteilen. Aber Königin Elisabeth fällt ihm in den Arm. Ihr macht der Gedanke zu schaffen, ein weltliches Gericht über eine gesalbte Königin richten zu lassen. Eine Anhörung wie damals in York, das war etwas ganz anderes, und die gesalbte Königin Jahrzehnte in Gefangenschaft zu halten, belastete ihr Gewissen wohl auch nicht. Immerhin bat Elisabeth ihren Staatssekretär, weitere Beweise abzuwarten.

„Vielleicht lehnt sie die Pläne Babingtons in toto ab."

Also wartete Walsingham. Die Kopie in Händen, schickte er Babingtons Brief weiter, der am 14. Juli in einem Bierfaß Maria erreicht.

„Ihr dürft ihn auf keinen Fall beantworten, Madame!" Claude Nau schlug die Hände überm Kopf zusammen. Zwar ist er nur der Sekretär, aber von Hause aus Rechtsgelehrter und nicht umsonst von den Guise als einschlägig und zuverlässig empfohlen. „Allenfalls könnt Ihr mit einer Zeile Euch strikt verwahren und diesem Himmelsstürmer jede Aktion in Eurem Namen verbieten. Aber ich fürchte, auch das . . ." Er brach mit sorgenvollem Gesicht ab.

„Was fürchtet Ihr, Nau, niemand ahnt etwas. Die Sache mit den Bierfässern ist absolut sicher."

„Majestät", seine Finger, von Tinte geschwärzt, fuhren ziellos durch die Luft, „ich weiß nicht, Majestät . . . ich ahne Unheil . . ."

„Ach, Nau, Ihr seid schon immer ein Schwarzseher gewesen", lachte Maria, „geht nur, aber laßt mir das Tintenfaß hier stehen."

Nau gehorchte, nicht ohne nochmals zu warnen.

„Ihr wagt Euch zu weit vor, Madame, zügelt Euch! Ich kenne die Gesetze . . ."

Aber sich zu weit vorzuwagen, das war schon immer Maria Stuarts Schwäche. Noch diese Nacht griff sie zur Feder und schrieb eigenhändig an Babington, bestätigte seine Pläne Punkt für Punkt, wenn sie auch offenließ, in welcher Weise gegen Elisabeth vorgegangen werden sollte. Sie wollte nur frei sein, frei, frei, frei!

Dieser Brief verließ Chartley am 17. Juli wiederum im Spundloch eines Bierfasses. Doch dieser Brief war der Fehler ihres Lebens.

Ein Jagdausflug nach Tixall

Es geht der Königin recht gut, meldete Sir Amyas Paulet nach London, *sogar so gut, daß sie auf Entenjagd zu gehen wünscht!*

Tatsächlich fühlte Maria sich so wohl wie lange nicht mehr. Die Aussicht, dank der Bemühungen des jungen Babington nun bald ihrem Kerker entfliehen zu können, beflügelte sie derart, daß sie lachte und scherzte, ja hin und wieder zur Laute sang wie in alten Zeiten. Ihr Leben war jetzt sehr einfach geworden, eine Hofhaltung konnte man es nicht mehr nennen. An weiblicher Gesellschaft ihres Standes war ihr niemand mehr geblieben, nur noch die alte Kammerfrau Kennedy und Elisabeth Curle, die es mit Geschick verstand, sich Maria angenehm zu machen. Sie sorgte ebenso fingerfertig für Marias Frisur, wie es Mary bisher getan, war in Handarbeiten, besonders im Sticken, ihrer Herrin ebenbürtig und suchte ihr sogar als Vorleserin zu dienen, da Marias Augen nicht mehr die besten waren.

Entweder hatten sich auch Paulets ungehobelte Manieren etwas gebessert, oder hatte Maria sich einfach an sie gewöhnt, jedenfalls begrüßte sie ihn freundlich als er an einem strahlend sommerlichen Morgen das Zimmer betrat.

„Seid gegrüßt, Sir Amyas. Wenn Ihr Euren Hut sucht, den tragt Ihr noch auf dem Kopf, anstatt ihn vor der Königin von Schottland abzunehmen, wie es sich gehört." Ihr Spott kam ohne jede Schärfe, dazu war sie heute viel zu gut gelaunt. Paulet trat näher, den Hut weiter auf dem Kopf, weder das Knie gebeugt noch sonst ein Gruß.

„Ihr wünschtet auf die Jagd zu gehen, Madame", begann er mürrisch und fiel dann gleich mit der Tür ins Haus, „Ihr dürft nach Tixall hinüber, Sir Aston erwartet Euch . . ."

„Oh, er veranstaltet eine Jagd für mich?" nahm Maria ihm voreilig das Wort aus dem Mund, „wie schön. Rasch, Curle, such mir mein Jagdkostüm heraus. Ich hoffe nur, es ist mir nicht zu eng geworden."

Paulet sagte nichts mehr. Er kehrte Maria den Rücken anstatt rückwärts zu schreiten und verließ den Raum.

Binnen einer Stunde waren die Pferde bestellt und gesattelt, die kleine Jagdgesellschaft zum Abritt bereit. Maria sah prachtvoll aus, das schwarze Jagdkostüm mit den gepufften weiten Ärmeln saß ihr wie angegossen, Reiherfedern wippten von ihrem kecken Hut. Ein Rosenhauch lag auf ihren sonst blassen Wangen, die Freude auf das seltene Abenteuer blitzte ihr aus den Augen. Wer sie so gesehen, hätte ihr ihre unterdessen dreiundvierzig Jahre nie geglaubt!

Außer der üblichen Wachabteilung, die Maria schon gar nicht mehr beachtete, sollte wie immer Willie neben ihr reiten, außerdem Nau und ihr Arzt, Doktor Bourgoing, die beide recht gut zu Pferde saßen. Und natürlich Paulet, der kein guter Reiter war und etwas unglücklich auf seinem knochigen Wallach saß.

„Auf, meine Herren!" rief Maria übermütig, „auf, auf zur fröhlichen Jagd!" Das Brückentor öffnete sich, und mit donnerndem Hufschlag fiel die Gruppe in Galopp. Das Gelände, hügelauf, hügelab, war herrlich zu reiten, Wiese wechselte mit Heidesand, Birken neigten grüßend ihre Zweige im Wind, eine Lerche stieg auf und verhielt in sonnendurchflirrter Luft. Es war der 11. August 1586.

Man war bereits ein ganzes Stück geritten, der Landsitz Tixall war in der Ferne schon zu sehen. Es war kein großes Anwesen, eher nur ein Sommersitz, aber mit Torhaus und Mauer, die weiß im Sonnenlicht glänzten.

Dort wartet schon die Jagdgesellschaft, freute sich Maria in Gedanken, ich werd' mit Herren und Damen schwatzen können wie in alter Zeit! Und dann geht's hinaus auf Enten! Man schickt die Hunde, sie aus dem Teich zu holen. Das wird ein hübsches Bild! Schon wollte die kleine Kavalkade die letzte Meile nochmals im Galopp nehmen, als Maria bemerkte, daß Paulet zurückblieb.

„Haltet an", gebot sie, „wir werden seiner warten!" Während also Paulet suchte, über den Wallach Herr zu werden, kam Maria die Versuchung an, ihm einfach davonzureiten und ihm damit einen heillosen Schrecken einzujagen. Die Vorstellung ließ sie hell auflachen, aber sie bezwang sich und wartete geduldig, daß Paulet sich der Gruppe wieder anschloß. Noch war er nicht heran, als entlang der Hügelkette, deutlich sichtbar gegen den Horizont, eine Reihe Reiter auftauchte, so etwa zwanzig oder dreißig an der Zahl und allesamt bewaffnet. Marias Herz tat einen Sprung. Babington! Das mußte Babington sein! Das Datum war erwähnt, die Jagdpartie sicherlich ein Teil seines Planes. So kam er denn heute, sie in die Freiheit zu führen. Unwillkürlich griff Maria nach dem goldenen Kruzifix, das sie stets und immer um den Hals trug. Doch es war nicht da. In der Eile des Umkleidens hatte sie es wohl vergessen. So formten ihre Lippen auch ohne Kreuz ein Stoßgebet.

„Herr, laß es die Freiheit sein. Die langersehnte Freiheit."

Mittlerweise löste sich drüben ein Reiter von den anderen und kam näher. Auch wenn es der Anführer war, so mußte es nicht unbedingt Babington sein, vielleicht einer seiner Helfershelfer. So war Maria keineswegs beunruhigt, als sich der Mann als wesentlich älter und zudem als Bartträger entpuppte. Erst als Paulet, endlich

Herr über den Wallach, dem Bärtigen entgegenritt, ihn zwar untertänig, aber umso vehementer begrüßte, schöpfte Maria Verdacht. Nochmals griff sie nach dem gewohnten Kruzifix, seines Beistands gewiß, aber ihre Hand faßte ins Leere. Sie fühlte, wie blanke Panik sich ihrer bemächtigte.

„Madame", begann Paulet und trat mit triumphierendem Gesichtsausdruck auf Maria zu, „Darf ich Euch Sir Thomas Gorges vorstellen. Er wird Euch an meiner Statt nach Tixall begleiten."

„Wieso an Eurer Statt, da Ihr sonst nie von meinen Fersen weicht?" wandte Maria voller Mißtrauen ein, „und Geleit braucht es wohl kaum, da man das Schloß von hier aus ja schon liegen sieht. Zudem bin ich geleitet von meinen eigenen Herren ..." Sich nach diesen umsehend, gewahrte Maria zum endgültigen Schrecken, daß alle drei, Nau, Bourgoing und Willie, von den Bewaffneten ergriffen und zur Umkehr gezwungen wurden. Schon waren sie so weit von ihr entfernt, daß kein Ruf sie mehr erreicht hätte. In scharfem Ton forderte Maria Aufklärung.

„Was geht hier vor? Welch Teufelei habt Ihr da ausgeheckt, Paulet?"

Der Bärtige war unterdessen abgesessen, trat höflich an Marias Pferd, zog seinen Hut und beugte das Knie.

„Ihr kennt nun meinen Namen, Majestät, doch meinen Auftrag kennt Ihr nicht." Er sprach ruhig und bestimmt wie jemand, der keinen Widerspruch zu dulden gewohnt war. „Ich bin Beauftragter Ihrer Majestät Königin Elisabeth und spreche in ihrem Namen. Eure Cousine bedauert, daß Ihr Euch habt hinreißen lassen, wieder in ein Komplott gegen sie einzustimmen und ..."

„Ein Komplott sagt Ihr?" unterbrach Maria ihn mit aller Schärfe, „dazu bedarf es der Beweise!"

„Diese liegen uns zur Genüge vor", fuhr Gorges unbeirrt fort, „folgt uns nach Tixall und wartet dort, bis man gegen Euch verhandelt."

„Nach Tixall folge ich Euch gerne, da ich ja dort zur Jagd geladen bin. Aston wird Euch belehren, wie man sich gegen seinen Gast zu benehmen hat", argumentierte Maria wider besseres Wissen. In Wahrheit war sie längst in Alarm versetzt.

„Ihr mißversteht, Majestät", suchte Gorges noch immer höflich aufzuklären, „Euer Gastgeber in Tixall bin ich und das im Namen meiner Königin. Lord Aston ist verreist. Von einer Jagdpartie war nie die Rede!"

„So? Die Jagd ist abgeblasen?" höhnte Maria. „So bin ich falsch gekleidet. Bringt mich zurück nach Chartley, damit ich mich mit Hilfe meiner Frauen umkleide."

Als mache es ihm höllisches Vergnügen, mischte sich jetzt wieder Paulet ins Gespräch.

„Ihr versteht nicht, Madame, Ihr seid in Haft genommen."

„In Haft? Ihr macht mich lachen, Paulet, in Haft bin ich seit nun bald zwanzig Jahren!"

„In Einzelhaft. Ihr werdet sehen!" schrie Paulet haßerfüllt.

„Schweigt, Paulet", wurde er von Gorges, ihm offensichtlich vorgesetzt, verwarnt. Und dann wieder fast verbindlich zu Maria: „Und Ihr, Majestät, habt die Güte, mir zu folgen!"

Widerstand erschien Maria nun nicht mehr sinnvoll. Sie nahm die Zügel auf und wollte ihr Pferd in Galopp versetzen, einen kurzen Augenblick sogar versucht, weder nach Tixall noch zurück nach Chartley zu reiten, sondern einfach querfeldein zu entfliehen.

Wie sinnlos das allerdings war, wurde ihr nicht erst klar, als jetzt einer der Soldaten ihr die Zügel aus der Hand riß, ein zweiter ihr Pferd am Backenriemen griff und mit sich fortzerrte. Maria mußte all ihre Reitkunst aufwenden, ohne Zügel und ohne jeglichen Einfluß auf das sich wehrende Tier nicht aus dem Sattel zu rutschen. Es blieb ihr keine Möglichkeit, sich umzublicken. Sie hätte nichts anderes gesehen als Gorges, wieder aufgesessen, samt seinen Schergen, ihr auf dem

Fuße folgen. Von ihren eigenen Leuten keine Spur mehr.

Fünfzehn Tage blieb Maria Stuart in Tixall. Sie bewohnte einen Raum im Torhaus des Anwesens, das im übrigen wie ausgestorben schien. Mahlzeiten schob man ihr durch die Tür, die sofort wieder geschlossen wurde. Wieder einmal war sie gefangen, ohne die einzige Kleidung wechseln zu können, ohne sich zu waschen und ohne die Möglichkeit, mit einer Menschenseele ein Wort zu wechseln. Erst am fünften Tag ließ man Kennedy und Curle zu ihr.

„Gott sei gedankt für Euren Anblick!" rief Maria und umarmte beide.

„Wir haben Euer Majestät Kleidung mitgebracht, natürlich nur das einfachste . . . alles andere . . ."

„Was heißt das, alles andere? Was ist mit meinen Sachen?"

„Man hat alles durchsucht und durchwühlt! Eure Briefschaften, Bücher . . . einfach alles!"

„Sie suchen Beweise, das kann ich mir denken. Aber sie werden nichts finden. Gar nichts. Die Sache mit den Bierfässern . . ."

„. . . war eine Falle, Majestät! Walsingham hatte sie eingefädelt. Der Brauer war mit ihm im Bunde."

„Um Gottes willen . . ." Mit Entsetzen bedachte Maria, welches Vertrauen sie in diesen Postweg gesetzt hatte. Und nicht sie allein.

„Was ist mit Nau? Mit Willie und mit Doktor Bourgoing?" wollte sie daher jetzt wissen.

„Sie wurden alle weggeführt, auch Lord Beaton, zum Verhör wie man sagte."

„Zum Verhör?" Maria überlief ein Schauer. Genügend hatte man gehört über die Methoden, mit denen derlei Verhöre durchgeführt werden. Die Inquisition der katholischen Kirche war darin kein schlechter Lehrmeister gewesen. Maria suchte angestrengt sich zu erinnern, was diese vier engsten Vertrauten von ihren Gedanken und Wünschen erraten, was sie Gefährliches über sie verraten könnten. Sie selbst war unvorsichtig gewesen mit dem, was sie dem Spundloch anvertraute, das mußte sie sich eingestehen, aber einem Komplott gegen Elisabeth oder gar einem Mord hatte sie niemals zugestimmt. Sie war nur auf ihre eigene Freiheit bedacht gewesen. Und wer wollte ihr das verdenken? Im Vertrauen darauf verbrachte Maria die restlichen zehn Tage in ihrer neuen Haft. Die Gegenwart ihrer beiden Dienerinnen gewährte ihr wenigstens den notwendigsten Komfort.

Dennoch hätte der Jagdausflug nach Tixall schlimmer nicht ausgehen können.

Fotheringhay

Am 26. August 1586 durfte die Königin von Schottland nach Chartley Hall zurückkehren. Auf nichts Gutes gefaßt, machte sie sich zu Pferd auf den Weg, diesmal kein fröhlicher Galopp, schon gar nicht da Curle und Kennedy auf schwerfälligen Gäulen ihr zur Seite zu bleiben suchten. Altvertraut winkten von fern die roten Ziegeldächer des freundlichen Schlosses. Aber das sagte nichts über die Ereignisse, die sich derweilen so feindlich in ihren Mauern zugetragen hatten.

Was also würde sie in ihren Räumen vorfinden, die ihr so lange in vertrauter Wohnlichkeit eine letzte Zuflucht gewesen? Auf Wüstenei und Chaos war sie vorbereitet, auf offene Schränke, herausgerissene Schübe, zerbrochenes Porzellan, auf jene Willkür eben, die offen von Haß spricht, nicht aber auf die akribische Ordnung, mit der Paulet systematisch vorgegangen war und die kälter als kalt war. Er hatte wirklich gründliche Arbeit geleistet. Bis auf zwei oder drei Kleider und etwas Wäsche hatte er seiner Gefangenen nichts, aber auch gar nichts gelassen. Auf dem Tisch lag eine Liste, auf der nach Beamtenart genau registriert war, was er konfisziert hatte. Es war alles, woran Marias Herz noch hing. Eine Sammlung von

Miniaturen, darunter das des Don Juan de Austria. Stikkereien in Gold- und Silberfäden. Eine Laute. Bücher und diverse Schriften. Ein Perlenreif. Ein Paar Ohrgehänge. Und wie im Hohn schloß die Liste in Paulets eigener Handschrift: Ein goldenes Kruzifix.

Aber auch an Möbeln war fortgeräumt, was Paulets Meinung nach lediglich der Zier galt, eine Vitrine, ein Nähtischchen und tatsächlich auch der Betschemel der Königin.

Maria trat ein und blickte in die Runde, Tisch, Bett, Truhe, die Wände kahl und leer. Plötzlich aber schien eine Wandlung in ihr vorzugehen, sie reckte die Schultern, schien ihrer hohen Gestalt noch einen Zoll zuzulegen und warf den Kopf nach hinten.

„Hört ihr dort draußen in der Welt", rief sie mit ruhigem Stolz, „man kann mir alles nehmen, nur nicht mein englisches Blut und meine katholische Religion. Die behalte ich bis an mein Lebensende!"

Sogar ihre Schreibutensilien hatte Paulet beschlagnahmt, und als Maria diese äußerst energisch zurückverlangte, wurde ihr ein einziges Blatt Papier und ein Fäßchen halb eingetrocknete Tinte gewährt. Maria nahm auf dem einzigen Stuhl Platz, der ihr noch zur Verfügung stand, und begann zu schreiben. Sie schrieb und schrieb, bis das Blatt voll war. Dann rollte sie es zusammen, siegelte es und läutete nach Paulet.

„Hier, mein Herr! Diesen Brief werdet Ihr absenden, weder verschlüsselt noch geheim, meinetwegen mit der ordinären Post! Er ist an Eure Königin!"

London wird dieses Schreiben wohl erreicht haben, ob es aber je Königin Elisabeth unter die Augen kam, ist fraglich. Es lautete:

Angesichts der Behandlung, die Ihr mir angedeihen laßt, kann ich nicht umhin, Euch zu sagen, daß meine Kräfte nicht ausreichen, diese Art von Behandlung zu ertragen! Ich bin in Eurer Hand, und Ihr könnt mit mir jederzeit nach Gutdünken verfahren, aber gleichzeitig erkläre ich Euch und aller Welt, daß ich Euch zu all dem keinen Anlaß gegeben habe. Marie.

Sehr heikel war jetzt auch Marias finanzielle Situation. Was, wenn London aufgrund der neuen Anschuldigungen nicht mehr für sie sorgte? Lediglich einen bescheidenen Geldbetrag, der Paulets wachsamen Augen entgangen war, hütete Maria noch unter ihrem Kopfkissen, als er auch diesen rüde von ihr einforderte. Er drang mit aller Unhöflichkeit, die ihm eigen war, ins Zimmer ein.

„Ihr habt das Recht verloren, irgendwelchen Besitz Euer eigen zu nennen", trompetete er.

„Ob Recht oder nicht, Ihr habt dafür gesorgt, Sir Amyas, daß ich nichts mehr habe, das ich mein eigen nennen kann."

„Bis auf das Geld dort unterm Kissen", rief Paulet und begann bereits daran zu zerren, daß die Daunen flogen. Tatsächlich förderte er eine Schatulle zutage.

„Seht Ihr! Ich habe es gewußt! Her damit!"

„Woher habt Ihr gewußt, Sir Amyas?"

„Nun, es gibt Mittel, selbst die treueste Magd zum Reden zu bringen . . ." schmunzelte Paulet verstohlen.

„Ich weiß, Herr, wie roh Ihr Euch durchzusetzen versteht, wenn es um Schwächere geht . . ."

„Nicht Roheit brachte Eure Magd zum Sprechen, Madame, ganz im Gegenteil . . ." Ein widerwärtig Lächeln begleitete seine Worte.

„Laßt mir das Geld, Paulet", begann Maria nochmals, „ich legte es beiseite für meine Dienerschaft für den Fall, daß ich . . ."

„Daß Ihr?"

„Daß ich sie zurücklassen muß, unversorgt, der Armut ausgesetzt."

„Nun ja . . . Ihr meint im Falle Eures Todes . . ."

Maria schrak zusammen. Noch war das Leben ihr zu nahe, als daß sie an den Tod denken wollte. Aber tapfer gab sie zu:

„Ja, für den Fall meines Todes, wie ebenfalls für mein Begräbnis . . ."

Paulet öffnete die Schatulle, zählte und entnahm ein paar Goldstücke.

„Behaltet dies. Es wird genügen. Der Rest ist konfisziert."

Damit war auch diese unerfreuliche Szene beendet.

Nachrichten von draußen drangen nur recht spärlich bis zu Maria vor. Am 20. September 1586 wurde Babington hingerichtet und mit ihm alle diejenigen, deren Namen er aufgrund von Walsinghams gefälschter Fußnote in jenem Brief an Maria benannt hatte.

Als nächstes wollte man nun Maria in aller Form anklagen und vor Gericht stellen. Dem stand entgegen, daß sie als gesalbte Königin ein irdisches Gericht niemals anerkennen würde, selbst dann nicht, wenn dem englischen Gesetz zum Schutz Elisabeth zufolge, gegen das verstoßen zu haben man Maria Stuart ja vorwarf, der Fall gewissermaßen ‚Königin gegen Königin' lautete. Ähnlich wie damals in York behalf man sich mit einem Kompromiß, indem man dem Kind einen anderen Namen gab. Nicht einem Gericht sollte sich also die Königin von Schottland stellen, sondern einer Kommission. Dieser saßen keine bestellten Richter vor, sondern es wurden sechsundvierzig hohe Herren berufen, deren Namen Maria zur Genehmigung vorzuliegen hatten. Eines allerdings wurde sehr bald klar: die Örtlichkeiten von Chartley waren denkbar ungeeignet für ein solches Vorhaben, Maria stand also noch einmal ein Ortswechsel bevor.

„Das weitaus beste wäre, wir verwahren die Gefangene für die Dauer der Verhandlung hier im Tower of London", schlug Walsingham als alter Pragmatiker vor. Tradition wie Sicherheitsvorkehrungen sprachen dafür, ebenso die Unterbringung so vieler angereister Kommissare und die Nähe zum Hof. Elisabeth aber erinnerte sich mit Grauen an Wochen, ja Monate der Regierungszeit ihrer Schwester Maria Tudor, da sie selbst Gast dieser grauen Mauern gewesen war, an die Schreie anderer Gefangener, die bis zu ihr durchgedrungen waren, an das bange Hoffen und Zweifeln, ob sie diese Mauern je wieder würde lebend verlassen können.

„Nein, nicht in den Tower", wehrte sie daher ab, „meinetwegen eines der anderen Staatsgefängnisse ... meinetwegen Fotheringhay!"

Damit war Walsingham einverstanden, auch wenn es noch immer eine weite und unbequeme Reise von London aus war.

„Nun gut, nehmen wir Fotheringhay. Es hat einen Saal, groß genug für die Sitzung, sowie genügend Wohnraum. Wenn es auch sonst an stimmungsvollem Interieur dem Tower of London kaum nachsteht." Eine Neigung zum Sarkasmus war dem Herrn Staatssekretär nun einmal nicht abzusprechen.

Paulet wurde benachrichtigt, die Umsiedlung von Chartley in das alte Gemäuer aus der Zeit William des Eroberers auf den 25. September festgelegt. Das bedeutete immerhin achtzig Meilen Fahrt, möglichst geheim, damit nicht noch in letzter Minute fanatische Katholiken sich eine Befreiung der Angeklagten einfallen ließen. So beschloß Paulet den Aufbruch zur Nachtstunde, ohne Maria das Ziel zu verraten. Er ließ sie durch ihre Frauen wecken, die ebenfalls ahnungslos waren.

„Kleidet Eure Herrin an, packt alle Sachen, seid mit ihr in einer Stunde zur Abfahrt bereit."

Maria, aus tiefem Schlaf gerissen, mit schmerzenden Beinen, hastig bekleidet, fand sich pünktlich in der Halle ein.

„Was soll das, Sir Amyas, welch neue Überraschung? Vielleicht wieder eine hübsche Jagdpartie?" Ihr Ärger war unüberhörbar. Daß ihr Schrecken noch um ein Stück größer war, das ließ sie sich nicht anmerken.

Draußen war in verdoppelter Zahl die Wachmannschaft angetreten, schwere Pistolen am Halfter. Drei Wagen standen abfahrtsbereit, eine Reisekutsche, die Fenster verhangen, ein weit einfacheres Gefährt und ein Gepäckwagen.

„Steigt ein, Madame, stellt keine Fragen!" bellte Paulet.

„Was soll das, Paulet? Das ist nicht meine Kutsche, nicht mein Kutscher!" Marias Schrecken steigerte sich zu schlimmster Befürchtung.

„Euren Kutscher habe ich entlassen. Ihr braucht ihn nicht mehr."

Das klang gefährlich. Was kam da auf sie zu? Maria drückte sich tief in den Fond der fremden Kutsche und war entsetzt, als ihr Aufseher ebenfalls einstieg und sich ihr gegenüber setzte. Eine nächtliche Reise zu zweit mit Paulet, das konnte ihrer Freundschaft nicht förderlich sein, Wenigstens folgten Curle und Kennedy im zweiten Wagen und ein paar ihrer Diener mit dem Gepäck. Der Rest schien wohl auch entlassen zu sein.

„Wohin fahren wir?" versuchte es Maria noch einmal.

„Wartet es ab, Madame, Ihr erfahrt es noch früh genug."

„War da etwas wie der Hauch von Bedauern aus seiner Stimme zu hören? War das Ziel der Reise so schlimm, daß es sogar Paulet rührte? Es gab nur einen Ort in England, der sogar seinem Herzen einen Seufzer abgerungen hätte und dem jemals wieder zu entrinnen eine eigene Kutsche, ein eigener Kutscher, wahrlich nicht mehr dienen konnten!

„Ihr bringt mich in den Tower, stimmt's?"

„Nein, nein", beeilte sich ihr Gegenüber zu beschwichtigen, „nicht in den Tower."

„Dann bringt Ihr mich in etwas, das ihm nicht weit nachsteht?"

„Es geht nach Fotheringhay, Madame."

„Fotheringhay . . . ?" Was klang bei diesem Namen in ihr an? Der bucklige Richard III. war dort zur Welt gekommen, und weit früher war es einmal Morgengabe an Schottland gewesen, als König David die englische Prinzessin Maude heiratete. „Aha", machte Maria und lächelte plötzlich, „schottischer Besitz auf englischem Grund . . ."

„Was meint Ihr, Madame?"

„Oh, nichts, was Euch bekümmert müßte . . ."

„Nun denn, Madame, versucht ein wenig zu schlafen!" Das klang nicht, als käme es aus Paulets Mund, es klang fast liebevoll. Für diese Nacht verharrten beide dann in Schweigen.

Im frühen Morgennebel des dritten Tages ihrer Reise tauchte die Silhouette Fotheringhays auf. Seine Mauern schienen eine ganze Stadt zu umgeben, so groß war es. Alles, was Maria bisher an Burgen und Schlössern gesehen und erlebt, war hell und fröhlich gegen den Anblick, der sich ihr im Näherkommen bot. Türme, Schanzen, Zinnen, eine mächtige Zugbrücke, das Ganze auf einem weithin sichtbaren Hügel gelegen. Maria konnte einen Seufzer nicht unterdrücken, als die Pferde die steile Auffahrt nahmen, ein seltenes Gefühl der Angst befiel sie, als sie in einem Hof anhielten. Die Leibwache war bereits am Tor umgekehrt, hier drinnen befürchtete man kein Entkommen.

Man führte Maria in ihre neue Wohnung, ein paar überraschend kleine Stübchen, wenn man den Umfang der ganzen Anlage bedachte. Doch dort, zu diesem Ort wenig passend, erwartete sie noch einmal eine große Freude.

„Willie!“ rief sie und schloß den liebsten ihrer Gefährten in die Arme, dann aber auch Beaton und Dr. Bourgoing. Sie sahen mitgenommen aus, Willie gealtert, aber sie lebten. Tränen der Freude und des Bangens flossen auf allen Seiten.

„Warum hat man uns alle hierher gebracht?“ wollte Maria als erstes wissen, „hier an diesen Ort, der nichts Gutes verspricht?“

Jetzt erst erfuhr sie vom geplanten Verfahren, von der Berufung der Kommission, der förmlichen Anklage gegen sie.

„Ich bin eine souveräne Königin“, protestierte sie erwartungsgemäß, „ich werde mich keinem Gericht der Welt beugen!“

Aber mit diesem Argument wollte sie erst noch warten, bis sie es dem rechten Publikum entgegenschleudern könnte.

„Und was ist mit Nau?“ wagte Maria endlich zu fragen.

„Man hat ihm erlaubt, nach Frankreich heimzukehren.“

„Und mit was hat er sich die Heimreise erkauft?" forschte sie in aufsteigendem Ärger weiter.

„Ihr dürft ihm nicht Unrecht tun, Majestät, selbst dann nicht, wenn er eine Aussage machte. Er hatte Euch gewarnt, den Brief an Babington zu schreiben."

Sofort schwand Marias Ärger.

„Ja, das ist wahr. Er hat mich ausdrücklich gewarnt. Ich habe ihm zuwidergehandelt."

„Wir alle brauchten im Grunde nichts mehr auszusagen. Man wußte alles, jede Zeile lag in Abschrift vor."

„In Abschrift sagt Ihr?" reagierte Maria wachsam.

„Ja, Babington hat alle Originale rechtzeitig verbrannt, ebenso wie wir es taten", bestätigte Beaton.

„Drum fand man nichts, als man meine Zimmer durchsuchte . . . so will ich doch einmal sehen, wie man aufgrund dessen gegen mich vorgehen will!"

Genau das war die Frage. Maria hatte hellsichtig die Schwachstelle der Beschuldigungen gegen sie herausgefunden. Nur Originale von Briefen konnten Beweiskraft haben, so war es Brauch im Recht. Aber hatte sie dabei auch bedacht, welche Beweiskraft man vor zwanzig Jahren den Kassettenbriefen zugemessen hatte? Das Recht machten immer noch diejenigen, die die Macht dazu hatten.

So sehr Marias Hofstaat, der diesen Namen nun wirklich nicht mehr verdiente, auch geschrumpft war, sollte er doch noch einmal ein bedeutendes Mitglied hinzugewinnen. Pater Camille de Préau. Er war Franzose, nicht mehr ganz jung, aber von überzeugender Ausstrahlung seines Standes. Endlich war Maria geistlicher Beistand wieder gestattet. Daß eine solche Vergünstigung eine bedenkliche Kehrseite haben könne, das kam Maria nicht in den Sinn.

„Seid mir von ganzem Herzen willkommen, Pater", begrüßte sie ihn stürmisch, „meine Seele hat lange genug gedürstet."

In einem der winzigen Stübchen, die sie jetzt hoch droben unterm Schrägdach bewohnte, die Fenster mit stämmigen Eisen versehen, an den Türen Schlösser und Riegel, ließ sie einen provisorischen Altar errichten. Im traulichen Schein einer einzigen hohen Kerze kniete sie nieder zur ersten Beichte nach langer Zeit.

„Ich habe gesündigt, Vater . . ." begann Maria und bedachte Schuld und Unschuld nach strengstem Gewissen, sie bedachte dies und jenes, doch plötzlich begehrte es in ihr auf: „Aber ich habe nichts getan, dessen ich mich hier vor diesem sogenannten Gericht verantworten soll! Weder habe ich den Tod Elisabeths geplant noch ihm zugestimmt! Man will mich verleumden, mich verleugnen, mich aus der Welt schaffen . . . mich . . ."

„Geduld, Geduld, meine Tochter . . ."

„Ich kam als Flüchtling in dieses Land, ich bat um Asyl. Und was ist mir widerfahren? Was geblieben?"

„Ich weiß, ich weiß, meine Tochter! Man verfolgt Euch um Eures Glaubens willen . . ."

„Um meines Glaubens willen? Gewiß, Pater, aber ebenso pocht auch das englische Blut in meinen Adern, das mir das Recht gibt . . ."

„Englisch oder schottisch, man fürchtet, Ihr würdet ein katholisch Regiment errichten, drum läßt man Euch nicht zurück auf Euren Thron, geschweige denn . . ."

Die Beichte war unwillkürlich zum Diskurs geraten. Der Einfluß Pater de Préaus machte sich von Stund an geltend. Maria wurde zur Märtyrerin des katholischen Glaubens weit mehr als zur Kämpferin für ihr Recht, und Anschuldigungen wie das Einverständnis mit jenem Schwärmer Babington verblaßten immer mehr in ihrer Sicht. Sie wuchs in eine neue Rolle hinein, sie fühlte sich als Brückenpfeiler Roms inmitten Abtrünniger, und von dort würde auch Hilfe kommen. Die katholische Welt würde sie nicht tatenlos der Hatz eines rein protestantischen Konsortiums aussetzen. Wie auch immer, Maria sah die Farce dieses Gerichts auf irgendeine Weise schadlos an sich vorüberziehen, und dann wäre sie frei, frei vielleicht für ein gläubiges Leben in einem Kloster irgendwo in einem katholischen Land. Ihr waren neue

Kräfte gewachsen, die ins Feld zu führen sie fest entschlossen war.

Allenthalben Trübsal

Ab dem 10. Oktober 1586 begannen die einzelnen Mitglieder der Kommission in Fortheringhay anzureisen. Man hatte Maria die Liste ihrer Namen vorgelegt, aber ihre Zustimmung blieb mehr oder weniger Formsache, da sie die meisten nicht kannte.

Da waren aufgezählt der Erzbischof von Canterbury, Lordkanzler Bromlay und viele mehr, dann die Herren Hatton und Sadler, die Maria flüchtig bekannt waren ebenso wie der alte Cecil, unterdessen in den Rang eines Lord Burgley aufgestiegen, ein Justizbeamter William Davison, seines Zeichens Sekretär Königin Elisabeths, und – da stutzte Maria – Georges Talbot Earl of Shrewsbury.

„Er soll sich mit Haut und Haaren gewehrt haben", erklärte Beaton, der die Liste mit Maria durchging, „aber Walsingham ließ ihm eine eindeutige Warnung zugehen für den Fall, daß er sich weigere, die Ernennung anzunehmen."

„Eine Warnung? Womit wäre denn ein Shrewsbury wohl einzuschüchtern?" wunderte sich Maria. „Ich kenne keinen ehrenhafteren Mann als ihn."

„Und gerade Eure gute Meinung von ihm, könnte ihm zum Fallstrick werden!"

„Ich verstehe nicht . . ."

„Erinnert Euch, wessen Lady Shrewsbury Euch verdächtigte!"

„Oh, Ihr meint . . ."

„Die gute Bess war so eifersüchtig, daß sie in ganz England verbreitete, ihr Mann und die Königin von Schottland . . ."

Obwohl mit derlei Verdächtigungen nicht zu spielen war, mußte Maria unwillkürlich lachen.

„O ja, derlei drang damals auch an mein Ohr! Mein Gott, der gute alte Shrewsbury . . .“

So wußte sie denn nur, daß unter jenen sechsundvierzig für sie Gesichtslosen auch ein naher Freund saß. Aber was nützte das? Seine Stimme, wenn er denn den Mut hätte, sie zu erheben, wäre aufgewogen durch zwei nächste Namen auf der Liste: Walsingham und Paulet.

Als sämtliche Herren des Adelsgerichts, wie es sich auch nannte, so gegen den 12. Oktober zu Fotheringhay eingetroffen waren, erschien eine Abordnung unter Lordkanzler Bromlay bei Maria.

„Wir würden gern erfahren, ob Euer Majestät geruhen, zu den anberaumten Verhandlungen gegen Euch persönlich zu erscheinen, oder . . .“ Bis hierher war sein Ton ehrerbietig und höflich, nahm aber eine drohende Färbung an, als er fortfuhr: „. . . oder ob wir mit Euer Majestät nicht zu rechnen haben. In diesem Falle muß ich Euch sagen, daß wir ohne Spruch und Gegenspruch Euch *in absentia* verurteilen können.“

„Dieser Warnung, Mylord, hätte es nicht bedurft. Ich werde kommen. Eine Stuart versteckt sich nicht unterm Dach, wenn sie im Keller unsinniger Dinge beschuldigt wird.“

Bromlay schien wie in Staunen einen Schritt zurückzuweichen. Das Bild, das sich durch Jahre von der gefangenen Königin in ihm geformt, paßte so gar nicht mit der Wirklichkeit zusammen. Man hatte ihm Maria verzagt und jammervoll geschildert, eine Frau zwischen frömmelnden Allüren und seichter Vergnügungssucht. Dies aber war eine Frau von ruhiger Gelassenheit, unverletzlichem Stolz und klugem Bedacht, eine Frau von Würde und Format.

„Wir erwarten Euer Majestät mit Ehrfurcht und Respekt . . . allerdings . . .“

„Nun, Mylord?“

„Mit Eurem Erscheinen, Majestät, erkennt Ihr automatisch die englische Gesetzbarkeit an.“

„Ich kann mich den Gesetzen eines Landes nicht unterwerfen, ohne mich wie alle anderen regierenden Fürsten Europas herabzuwürdigen. Lieber stürbe ich tausend Tode, ehe ich der Unantastbarkeit einer souveränen Herrscherin entsage."

„Majestät, Ihr befindet Euch auf englischem Boden."

„Den ich betrat, um Asyl und Schutz zu finden, von Königin zu Königin, von Cousine zu Cousine obendrein."

„Wir erwarten Euch, Madame!"

„Ich werde kommen. Und Ihr bedenkt, daß die Bühne der Welt größer ist als das Königreich England!"

Der Lordkanzler schwenkte seinen Hut und verließ samt den anderen Herren rückwärts schreitend, soweit es die Enge erlaubte, den Raum.

Man hatte sich nicht in Freundschaft getrennt, aber immerhin in gegenseitiger Achtung.

Nicht gerade ‚im Keller', aber im hohen, recht prächtigen Saal von Fotheringhay begann drei Tage später der Prozeß gegen Maria Stuart. Man hatte den Saal zweigeteilt, auf der einen Seite ein langer Tisch, an dem sechsundvierzig adlige Herren des Landes Platz genommen hatten und an dem am unteren Ende ein Stuhl freiblieb. Am oberen Ende war eine Empore aufgebaut, darauf ein üppiger Thronsessel mit Baldachin, nicht unähnlich jenem, der Maria so lange begleitet hatte. Die andere Hälfte des Saales war der Öffentlichkeit vorbehalten, Leuten jedes Standes aus der Umgebung, Dienerschaft der Herren Richter und wer sich sonst noch neugierig herbeifand. Man wartete auf den Auftritt der Königin von Schottland. Maria kam, schwarz gekleidet, hoch erhobenen Hauptes, auf kunstvoll geflochtener Frisur hauchzart der weiße Witwenschleier. Die Herren erhoben sich barhäuptig, kein Laut war zu hören. Maria schritt ohne Zögern auf die Empore zu und wollte sich eben auf dem Thron niederlassen.

„Nicht dort, Majestät", wurde sie bestimmt, aber höflich von Bromlay korrigiert, „wollt Ihr bitte dort auf jenem Stuhl Platz nehmen!" Er wies an das Ende des Tisches. Maria blickte fragend auf.

„Wozu dann dieser Thron, wenn nicht für mich?"

„Der Thron bleibt leer. Er symbolisiert die moralische Anwesenheit der Königin von England."

„So, so. Das soll mir recht sein, mag meine Cousine nur alles hören, was ich zu sagen habe." Maria suchte den Tisch entlang, an allen Herren vorbei, den ihr zugewiesenen Stuhl auf und setzte sich. Alle Herren nahmen ebenfalls wieder Platz.

„Ist irgendjemand zu meiner Verteidigung eingeteilt?" nahm Maria entgegen dem Brauch das Wort, „oder habe ich wieder einmal allein für mich einzustehen?"

Durch das Schweigen im Saal beantwortete sich ihre Frage von selbst. Man hatte ihr keinerlei juristischen Beistand zugebilligt. Die Anklage hingegen war sechsundvierzig Mal vertreten.

Bromlay eröffnete die Verhandlung mit ein paar feierlichen Floskeln, man sei im Auftrag Königin Elisabeths von England zusammengekommen, gewisse Schuldpunkte gegen Maria Stuart, die Königin von Schottland, zu prüfen und ihr Gelegenheit zur Rechtfertigung zu geben. Schon hier kam klar und bestimmt der erste Einspruch Marias.

„Als Königin von Geburt an, sowie als Tochter eines Königs und Mutter eines Königs, habe ich keinerlei Veranlassung, mich vor diesem oder irgendeinem Gericht sonst zu verantworten. Meiner Cousine und Schwester, der Königin von England, will ich jederzeit Rede und Antwort stehen."

Lord Bromlay wies auf die Empore am Kopf des Tisches.

„Im Angesichts jenes Thrones sprecht Ihr gewissermaßen vor der Königin."

„Im Angesichts des leeren Stuhles dort? Was soll die Posse?" Maria klang frostig. „Das Angesicht der Königin in Person wär passender gewesen! Nie hat sie mir ins Aug' geblickt, nie mir die Hand gedrückt, schwesterlich mir die Wange geküßt, so sehr ich darum flehte. Gemieden hat sie mich, als hätte ich den Aussatz. Ich kam ihr niemals näher als die paar Meilen zwischen Chartley und Buxton, wo ich sehnlichst sie erwartete . . ." Maria hielt inne, um nicht die Fassung zu verlieren. Im Saal war die Bestürzung über ihre Worte deutlich zu spüren. Lord Bromlay räusperte sich sichtlich bewegt.

„Ich bitte Euch, Mylady, daß wir nun fortfahren dürfen."

Maria hatte sich gefangen. Ihre Unschuld zu beweisen, stand sie nun bereitwillig vor den Schranken eines Gerichts, das anzuerkennen sie sich nur widerwillig herbeigelassen hatte.

„Fahrt fort, Mylord, ich bin bereit."

Jetzt erhob sich der königliche Generalankläger, namens Gawdy, um die offizielle Anklageschrift zu verlesen. Seine Amtstracht umwallte ihn in blauer Seide, daran eine rote Kapuze, die sich wie ein Kragen um seine Schultern legte.

„Ihr seid beschuldigt der Teilnahme am Komplott gegen das Leben der Königin von England . . ."

„Ich habe an keinem Komplott gegen die Königin teilgenommen", unterbrach Maria.

Irritiert hob der Generalankläger den Blick, dann las er weiter von seinem Blatt ab.

„Nach dem englischen Gesetz zur Sicherheit der Person der Königin steht auf die Teilnahme oder auch nur auf das Wissen um ein solches Komplott die Todesstrafe."

„Als Königin eines anderen Landes unterstehe ich nicht dem englischen Gesetz", brachte Maria erneut ihren Einspruch ein.

„Ihr befindet Euch auf englischem Boden", warf nun Bromlay zum wiederholten Mal ein, „also habt Ihr Euch dem englischen Gesetz zu beugen."

Auch die Antwort, die jetzt von Maria kam, kannte Bromlay schon.

„Englischen Boden betrat ich als Verfolgte und suchte Hilfe in diesem Land. Stattdessen wurde ich gegen jedes

Recht gefangengesetzt und das nun seit achtzehn Jahren! Daß ich mich aufs tiefste nach Freiheit gesehnt und mein Äußerstes getan habe, sie mir zu verschaffen, das leugne ich nicht. Hingegen leugne ich strikt jede Teilnahme an einem Komplott!"

Nun war Gawdy wieder in seinem Fahrwasser.

„Beweise Eurer Tat liegen uns vor!" Er hämmerte mit dem Fingerknöchel auf allerlei Papiere.

„Welche Art von Beweisen?" fragte Maria und suchte die Führung des Verhörs an sich zu reißen.

„Briefe, die Eure Majestät mit einem gewissen Babington gewechselt haben!"

„Es existieren keinerlei derartigen Briefe", setzte Maria auf die Hoffnung, daß Babington wirklich alle Spuren beseitigt hatte.

Gawdy hob siegessicher den Stoß Papiere hoch.

„Hier sind sie, sämtliche Abschriften der Briefe Babingtons, alle seine Pläne zur Beseitigung unserer Königin und Eure Antworten!"

„Abschriften?" schleuderte Maria ihm entgegen und wandte sich dann an alle Herren. „Niemand wird erwarten, daß ich irgendwelche Abschriften, womöglich englische Übersetzungen, da ich grundsätzlich französisch korrespondiere, als Wiedergabe angeblicher Briefe, die ich erhalten oder geschrieben habe, anerkenne! Da kann geschrieben stehen, was will, um mich ins Verderben zu führen!" Nicht jedermann in der Runde konnte sich diesem Argument verschließen. Schon senkte sich die Waage der Sympathie ein gut Stück ihr entgegen, als Maria sich von ihrem neuen Sendungsbewußtwein hinreißen ließ. „Und verderben will man mich um meines katholischen Glaubens willen. Das weiß ich wohl. Ich war allzeit nachsichtig, zu nachsichtig in meinem eigenen Land mit jenen, die sich von Rom abgewandt. Aber hier in diesem Land, in dem täglich Katholiken verbannt und ins Exil geschickt werden, ja fliehen, ziellos umherirren und sich verstecken müssen, hier sucht man einen nichtigen Vorwand gegen mich, der in Wahrheit gegen eine katholische Königin gerichtet ist. Ich habe noch immer Verwandte in katholischen Ländern, Heinrich III. von Frankreich, um nur einen zu nennen, der für mich sprechen wird . . ."

„Madame", unterbrach jetzt Bromlay seinerseits, „ob Frankreich in dieser Hinsicht als Euer Fürsprecher geeignet ist, da man Zehntausende von Protestanten in einer einzigen Nacht dahinmetzelte?"

Lag die Bartholomäusnacht auch schon etliche Jahre zurück, so ließ der Einspruch Bromlays Maria doch verstummen. Da die Argumentationen sich im Kreis zu drehen drohten und um die Verhandlung nicht in eine religiöse Debatte abgleiten zu lassen, erhob sich der alte Cecil, Lord Burgley, und brachte einen neuen, beziehungsweise ganz alten Punkt wieder ins Spiel.

„Ihr habt Euch erdreistet, zu Zeiten Eurer französischen Ehe das englische Königswappen zu führen, und seither habt Ihr nicht nachgelassen, Euren Anspruch auf den englischen Thron zu demonstrieren."

Maria, auf diesen Einwurf anscheinend vorbereitet, beantwortete ihn in gebundener Rede.

„Es ist richtig, daß ich als Königin von Frankreich gleichzeitig das Königswappen Englands führte. Ich war damals ganze fünfzehn Jahre alt und tat es auf Geheiß meines Schwiegervaters Heinrich II., der nicht zu Unrecht meinen Anspruch auf den englischen Thron aus meiner Herkunft ableitete. Es ist ebenfalls richtig, daß ich dies bis zum heutigen Tage weiterhin hochhalte und als mein gutes Recht ansehe. Nicht richtig ist, daß ich, um dieses Recht durchzusetzen, zu irgendeinem Zeitpunkt den Tod meiner Cousine gewünscht oder geplant hätte. Niemals habe ich behauptet, an ihrer Statt den englischen Thron einnehmen zu wollen, stets habe ich betont, ein Recht auf ihr Erbe zu haben. Und das behaupte ich noch hier und heute. Wenn unschuldige Schwärmer mir den Weg auf diesen Thron durch eine Bluttat ebnen wollten, so habe ich nichts damit zu schaffen. Ich wünsche meiner Cousine Gesundheit und ein langes Leben."

Die Herren am Tisch waren zweifellos beeindruckt. Die Klarheit ihrer Worte zeugte von der Klarheit ihres Geistes, ihre Haltung war, trotz der Schmerzen, die ihren Körper praktisch nie mehr verließen, majestätisch im besten Sinne dieses Wortes.

Zwei Tage lang nahm die Verhandlung ihren Lauf. Behauptung stand gegen Behauptung, Standpunkt gegen Standpunkt. Beweise gab es nur in Abschriften, Zeugenaussagen nur unter der Folter oder vom Hörensagen.

Am 17. Oktober 1586 reisten die Herren der Kommission aus Fotheringhay wieder ab. Binnen einer Woche hatten sie sich auf Anordnung Königin Elisabeths zur endgültigen Urteilsfindung in Westminster Hall, dem ehrwürdigen Parlamentsgebäude zu London, wieder einzufinden. An dieser letzten Zusammenkunft hatte die Angeklagte nicht teilzunehmen. Sie hatte das Urteil im Gewahrsam von Fotheringhay in Geduld abzuwarten.

Der nächste Sonntag kam. Die Gemeinde, die sich in Marias Räumen um den kleinen Altar versammelte, zählte kaum ein Dutzend Köpfe. Aber hieß es nicht: *‚Wo zwei oder drei in meinem Namen versammelt sind . . .‘* Die heilige Messe begann. Zur Lesung hatte Pater de Préau einen Abschnitt aus dem zweiten Brief des heiligen Paulus an die Korinther herausgesucht. Er rückte seine Brillengläser zurecht und las:

Wir haben allenthalben Trübsal, aber wir ängstigen uns nicht; uns ist bange, aber wir verzagen nicht; wir leiden Verfolgung, aber wir sind nicht verlassen, denn unsere Trübsal ist zeitlich und geht über in ewige Herrlichkeit.

Eine höchst ernsthafte Angelegenheit

Am 25. Oktober 1586, nach Stunden weiteren zähen Hin und Hers, in dem alte Verdächtigungen wie die Mitschuld an Darnleys Tod und ein sündhaftes Verhalten zu Bothwell erneut mit anklangen, erhob sich endlich der Lordkanzler, das Urteil zu verkünden. Er holte weit aus, während es in den Bänken so still war, daß man eine Nadel hätte zu Boden fallen hören können.

„. . . die genannte Maria Stuart, welche unrechtmäßig Anspruch auf die Krone Englands erhoben, Pläne zum Zwecke der Vernichtung unserer gnädigen Herrscherin, der Königin von England, geschmiedet und gebilligt, wird hiermit, auch zum Heile unserer rechtmäßigen Religion, richterlich und einstimmig zum Tode . . ."

„Nein . . . !" Der Schrei einer einzigen Stimme. Wer hatte geschrien? Bromlay blickte um sich. Richtig, der junge Lord Zouch! Er hatte von Anfang an immer wieder erklärt, die Schuld der schottischen Königin sei keineswegs eindeutig erwiesen, man müsse alles noch einmal durchgehen, ehe man ein Leben vielleicht unschuldig auslösche. Er hatte geredet und geredet. Sein Nein, das er bei der Abstimmung bereits gegeben, hallte jetzt noch einmal laut durch den Saal. „Nein!"

Da außerdem ein Dutzend Mitglieder der Kommission sich der Stimme enthalten hatten, mußte nun der Lordkanzler neu formulieren.

„. . . wird hiermit richterlich und mehrheitlich zum Tode durch Henkershand verurteilt!"

Wieder Unruhe in den Bänken. Der Earl of Shrewsbury war schluchzend in sich zusammengesunken. Man mußte ihn, rechts und links gestützt, aus dem Saal führen.

Zwei Tage später wurde das Urteil über Maria Stuart vom Parlament bestätigt. Damit war es rechtsgültig. Zur Vollstreckung fehlte nur noch die Signatur der Königin von England.

Doch Elisabeth zögert.

„Dies ist eine höchst ernsthafte Angelegenheit. Ihr Herren wißt, daß ich stets lange mit mir zu Rate gehe, bevor ich mich entscheide. Ich bitte Gott, meinen Geist zu erleuchten und mir einzugeben, was das Beste ist für seine Kirche, den Staat und für Euch alle . . . Ich werde Euch meinen Entschluß zu gegebener Zeit wissen lassen."

Doch Elisabeth zögert weiter.

„Es ist für mich als Königin nicht leicht, eine andere Königin dem Beil des Henkers auszuliefern."

Indes wird sie von Walsingham hart bedrängt.

„Wir bitten Euer Majestät auf das untertänigste im Hinblick auf die Sicherheit Eurer königlichen Person und auf das Allgemeinwohl die Hinrichtung schleunig bekanntzugeben!"

Elisabeth kann sich nicht entscheiden.

„Sie ist meine Cousine, Walsingham, meine nächste Verwandte. Und bedenkt nur, wie kann ich den Vogel töten, der vor dem Habicht fliehend hilfesuchend in mein Land kam?"

Endlich, schon weit im November, kann Walsingham seine Königin überreden, das Urteil durch Herolde allgemein bekanntzugeben. So erfährt auch Maria in Fotheringhay erstmalig, was über sie beschlossen worden war.

Am 22. November betrat Sir Amyas Paulet das Zimmer seiner Gefangenen. Er verharrte einen Augenblick an der Tür, dann trat er einen Schritt vor, nahm den Hut vom Kopf und beugte das Knie.

„Sir Amyas . . ." staunte Maria, doch sogleich erfüllte sein Benehmen sie mit schlimmer Ahnung. „Ihr wollt mir etwas sagen?"

„Madame . . . Majestät . . . !" Sein Gesicht zeigte Anzeichen sich heftig widerstreitender Gefühle, eine Mischung von Häme mit tiefster Bestürzung. So hatte Maria ihren Kerkermeister, der nun seit zwei Jahren über sie wachte, noch niemals gesehen. Ein geheimnisvoller Mechanismus, der in Maria immer in den kritischsten Momenten ihres Lebens vollkommene Ruhe und Überlegenheit auslöste, wirkte auch jetzt. Sie nickte Paulet fast fröhlich zu und erlaubte ihm, sich zu erheben.

„Sprecht nur, Sir Amyas, sprecht. Ich bin in Gott gewappnet."

„Madame, ich bin beauftragt, Euch das Urteil zu verkünden, das Kommission und Parlament über Euch gefällt haben . . ." Warum fiel es ihm nur so schwer, weiter zu sprechen? Maria war es, die ihn ermutigte.

„Nun, Sir Amyas?"

Paulet schluckte ein paarmal und, in seinen alten Ton zurückfallend, sprach er hastig und ohne Rücksicht aus:

„Zum Tod, Madame, durch Henkershand!"

Maria sagte eine Weile nichts. Ihr Gesicht blieb unbeweglich, verriet nichts von dem, was die Nachricht in ihr anrichtete. Sturm? Empörung? Furcht? Unbeweglich blieben die noch immer schönen Züge, trocken die hellen Augen.

„Ich habe Gott in stillem Gebet angefleht, er möge die Leiden und Verfolgungen, denen ich so lange ausgesetzt war, als Buße für meine Sünden annehmen. Ich sehe, er hat mein Gebet erhört."

Paulet starrte sie an. Er hatte Tränen und Klagen erwartet, nicht diesen ruhigen, fast überirdischen Ausdruck auf dem Antlitz dieser Frau, die er im gleichen Atemzug haßte und bewunderte.

„Ihr dürft ab jetzt keinerlei Besuch mehr empfangen", sage er barsch, „lediglich Eure Dienstleute und . . ." Den Satz zu vollenden, fiel ihm offenbar schwer. „. . . und keinen Priester!"

„Ihr nehmt mir Pater de Préau?" Jetzt war Maria doch aus der Fassung gebracht.

„Ja, Madame, es ist die Vorschrift." Das Duell zwischen diesen beiden so unterschiedlichen Seelen schien zu seinen Gunsten beendet, aber schon hatte Maria sich wieder gefangen.

„Wann, Sir Amyas? Wißt Ihr, wann es geschehen soll?"

„Nun, sobald Ihre Majestät, Königin Elisabeth, das Dokument unterschrieben hat."

„Sie hat noch nicht . . . ?" staunte Maria. Aber Paulet hatte sich bereits den Hut auf den Kopf gestülpt, ihr den Rücken gekehrt und mit zwei Schritten die Tür erreicht. Als Maria den Schlüssel sich hinter ihm im Schloß drehen hörte, war sie mit ihren Gedanken allein, aber nicht ohne Hoffnung. Elisabeth hatte das Urteil noch nicht unterschrieben. Es konnte also noch viel geschehen. Es mußte nicht zum Äußersten kommen. Eine solche Aburteilung einer katholischen Königin würden die katholischen Fürsten anderer Länder nicht hinnehmen. Da war Heinrich III. von Frankreich, ihr Schwager. Da war Philipp II. von Spanien. Da war der Papst in Rom. Da waren die katholischen Lords in Schottland. Und da war ihr Sohn. Sie alle würden die Hand über sie halten, es nicht zulassen, daß ihre protestantische Cousine sie zum Richtblock führte. Nein, niemals! Aber wenn doch? Sie war noch nicht einmal vierundvierzig Jahre alt. Sie wollte leben.

Das katholische Ausland reagierte zwar, aber ganz anders, als Maria es erhofft. Heinrich III. stellte zwar ein Gnadengesuch, aber es wurden ihm, wie erwartet, die Zehntausende von hingemetzelten Protestanten der Bartholomäusnacht entgegengehalten. Philipp II. hätte gern einen Anlaß gesehen, England kriegerisch anzugreifen, wenn auch nicht um der schottischen Königin willen, sondern um die Vorherrschaft auf den Weltmeeren, aber der Zeitpunkt war zu früh, Spanien war noch nicht vorbereitet. Papst Sixtus V. empörte sich zwar lautstark gegen die *englische Isebel, welche sich an dem geweihten Haupt einer Fürstin vergreife, die niemandem untertan sei als Jesu Christo,* aber eine Märtyrerin so hohen Ranges war der Kirche gar nicht so unwillkommen. Blieb noch Jakob VI. von Schottland, Marias Sohn. Hatte er erst kurz und bündig erklärt, seine Mutter solle die Suppe, die sie sich eingebrockt, gefälligst allein auslöffeln, wurde er von der katholischen Partei Schottlands soweit bedrängt, daß er einen lahmen Brief an Elisabeth verfaßte, dessen Beantwortung niemals erfolgte. Eine Schützenhilfe aus dem Ausland hatte Maria Stuart also nicht mehr zu erwarten.

Unterdessen war es Dezember geworden, und immer noch fehlte die Unterschrift Elisabeths unter dem Hinrichtungsbefehl. Schon zehn Mal hatte sie die Feder ergriffen, ins Tintenfaß gestoßen und dann doch wieder unschlüssig beiseitegelegt. Könnte ihr nicht jemand die Verantwortung abnehmen, so überlegte sie hin und her, jemand, der bereit sei, sich ihr persönlich angenehm zu machen, indem er ihrem Entschluß zuvorkäme und dem Leben der Delinquentin auf andere Weise ein Ende machte? Mit vielen Seufzern ließ Elisabeth ihrem Staatsrat gegenüber diesen Wunsch durchblicken.

Walsingham ließ Paulet nach London kommen.

„Ihre Majestät, Eure Königin, meint, Ihr würdet Euch verdient machen, indem Ihr genügend Mut und Diensteifer zeigt, eine Möglichkeit zu finden, das Leben der Königin von Schottland beizeiten zu verkürzen . . .“

Paulet war empört. Charakterlich zwar der kleine Beamte, korrekt nach dem Buchstaben, beseelt vom Drang, nach oben zu buckeln, nach unten zu treten, war er dennoch ein Mann von Stand und Ehre.

„Niemals!“ verwahrte er sich gegen die monströse Zumutung, mit halber Duldung des Gesetzes einen Meuchelmord zu begehen. „Gott möge verhüten, daß ich mein Gewissen mit solch einem Makel beflecke. Es ist meine Pflicht, für sicheren Gewahrsam der Königin Maria zu sorgen, aber dann mögen diejenigen für das Blutvergießen geradestehen, die es so kühn beschlossen haben.“

Ärgerlich nannte Elisabeth, sobald sie von Paulets Weigerung hörte, ihn ‚übermäßig empfindlich‘. Nun war sie mit der Entscheidung, das Todesurteil ihrer Cousine zu unterschreiben, wieder allein.

Der Januar 1587 ging vorüber, und der Februar brach an. Walsingham, der langsam die Geduld verlor, nahm den Sekretär William Davison beiseite.

„Hört, Davison, wenn Ihr der Majestät die Korrespondenz vorlegt, so mischt einfach die Urteilsausfertigung darunter. Sie wird eines nach dem anderen unterschreiben, ohne viel zu fragen . . ."

Kannte Walsingham seine Herrin vielleicht recht gut, in diesem Punkt irrte er. Davison tat, wie ihm geheißen, legte einen Stapel vor Elisabeth hin und drückte ihr die Feder in die Hand.

„Die tägliche Korrespondenz, Majestät!"

Der Brokat, in den die Königin gekleidet war, war so steif, daß sie kaum Platz nehmen konnte.

„Etwas Besonderes heute, lieber Davison?"

„Oh, nichts Besonderes, Majestät . . . nur . . ." Er hätte nicht zögern dürfen. Elisabeth war hellhörig geworden. Brief für Brief unterzeichnete sie zügig, ehe sie auf das Urteil stieß.

„Aha, Davison, das riet Euch Walsingham, so will ich zu Eurer Entlastung annehmen. Nehmt die Briefe und laßt das andere liegen! Ich will es noch bedenken . . ."

Bedacht hatte sie es nun über drei Monate. Und als Davison den Raum verlassen, starrte sie minutenlang mit unbewegter Miene auf das Dokument. Was ging ihr alles durch den Kopf, das sie nicht tausendmal schon abgewogen hätte? Leicht machte es Elisabeth sich nicht. Dies Papier mit ihrer Unterschrift zu versehen, schien ihr, als stieße sie selbst der Cousine den Dolch in die Brust. Und doch war sie gebunden durch Befürchtungen, die man ihr ausgemalt, Gesetze, die angeblich ihrem Schutz dienten, und der Verpflichtung einer Kirche gegenüber, deren Oberhaupt sie war, wie es einst ihr Vater, Heinrich VIII., gewesen.

Plötzlich schien ein Ruck durch sie zu gehen. Elisabeth ergriff die Feder, tunkte sie kurz in Tinte und schrieb in großen Lettern: *ELISABETH R.*

Maria Stuart auf dem Weg zu ihrer Hinrichtung am 8. Februar 1587 in Schloß Fotheringhay

Der letzte Akt

Am 3. Februar 1587 traf der Befehl zur Hinrichtung der Königin Maria Stuart, von Elisabeth I. unterzeichnet, in Fotheringhay ein.

Maria nahm die Nachricht gelassen, fast heiter entgegen.

„Ich empfehle mich der Barmherzigkeit Gottes und bin entschlossen zu sterben, wenn es Ihm gefällt, mich aus dieser unglückseligen Welt zu erlösen."

So mit ihrem Gott im Einklang, gewann Maria die Kraft, sich mit dem Unausweichlichen auseinanderzusetzen. Doch eines schwor sie sich: Wenn sie schon die Freiheit nicht mehr erlangen und ihr Leben enden sollte, dann sollte der Augenblick ihres Todes doch noch zu einem Sieg über Elisabeth geraten, einem Sieg ihres Glaubens und ihrer unverbrüchlichen Gewißheit, keine Schuld auf sich geladen zu haben, außer gelegentlicher Leidenschaft und der Überzeugung um ihr Erbrecht auf den englischen Thron. Ihr Tod sollte zum Szenarium werden, das alle Anwesenden mit sich nehmen und hinaustragen würden, in alle Lande, in alle Zeit, vor allem aber bis vor die Stufen von Elisabeths Thron, auf daß sie von diesem Bilde nie mehr genese. Und wie immer war Maria auch wieder genügend Frau, um sich nicht sogleich Gedanken um ihre Ausstattung zu machen.

„Geht und kauft Stoff“, sagte sie ihren Frauen, „Seide oder Samt, aber rot soll er sein, blutrot. Paßt mir ein Kleid davon an und seht, daß ihr im Ort Frauen findet, die mit flinken Fingern eine flinke Nadel führen!“

Fünf Tage hatten die Näherinnen Zeit zu sticheln, und fünf Tage hatte Paulet Zeit, das Schauspiel vorzubereiten.

Zu Maria hatten nur noch ihre beiden Frauen und Bourgoing, der Arzt, Zutritt. Dieser zeigte sich äußerst besorgt über den Fortgang des Rheumas und der Wassersucht, die seit geraumer Zeit die Beine der Königin hatten weiter anschwellen lassen. Maria konnte die schmerzenden Glieder kaum mehr bewegen, aber ihre Zuversicht obsiegte in fast übermenschlicher Weise.

„Sorgt Euch nicht, lieber Doktor“, war sie es, die den Arzt tröstete statt umgekehrt, „ich werde sehr bald aller Schmerzen ledig sein!“

Am 7. Februar erschien Paulet bei Maria, um alle Einzelheiten des Geschehens festzulegen. Es sollte hier in Fotheringhay, stattfinden, in der großen Halle des Schlosses, die genau unter dem Saal lag, in dem damals die Anklage verhandelt worden war.

„Die Öffentlichkeit ist ausgeschlossen, so die Anweisung aus London.“ Paulet war um einen neutralen Ton bemüht, der ihm nicht ganz gelang. Unter bärbeißigem Gehabe suchte er seine Erregung zu verbergen. „Nur einige Abgesandte der Kommission werden anwesend sein, darunter der Earl of Kent und der Earl of Shrewsbury . . .“

Hier war Maria das erste Mal in Gefahr, die Fassung zu verlieren.

„Ach, der gute Shrewsbury! Daß man ihm das noch antun muß."

„. . . auf ausdrücklichen Befehl Königin Elisabeths."

„Will sie so ihn strafen für jede Freundlichkeit, die er mir je zukommen ließ?"

Paulet überging die Frage.

„Habt Ihr noch Wünsche, Madame?"

„Die Summe Geldes, die Ihr mir ließet, teilt sie auf unter meine Frauen und Willie Douglas!"

„Sehr wohl."

„Und erlaubt, daß meine Frauen mich führen, ich bin schlecht zu Fuß."

„Das kann ich nicht zulassen, Sie werden laut jammern und klagen und den Ablauf stören . . ."

„Nein, nein, ich bürge für sie, daß sie sich still verhalten."

„Nun gut, die beiden Frauen . . ."

„Und Willie Douglas! Er soll vorangehen."

„Nun, meinetwegen. Was wünscht Ihr noch?"

„Meinen Priester! Ich will die Beichte ablegen."

„Euren Priester nicht, Madame! Ich kann einen reformierten Pfarrer aus dem Ort kommen lassen."

„Einen reformierten Pfarrer? Ihr scherzt, Sir Amyas. Ich gehe für meinen Glauben in den Tod und soll vor einem Protestanten beichten? Auch würde er mir kaum die Absolution erteilen, wie Ihr Euch wohl denken könnt." Jetzt war Maria doch noch scharf geworden.

„Es tut mir leid, Mylady, ich bin gebunden, Euch keinen Pfaffen zu erlauben!"

„Bringt mir Papier, ich werde schriftlich beichten", forderte Maria nun entschlossen, „und Paulet, daß Monsieur de Préau das Schreiben sicher erreicht, Euer Wort darauf!"

Paulet wand sich einen Augenblick, aber sagte dann zu, das Schreiben eigenhändig zu besorgen.

„Noch Wünsche, Madame?"

„Nichts mehr, ich will den Abend in Ruhe mit meiner Dienerschaft verbringen. Ihr könnt gehen."

Paulet fühlte sich entlassen. Die Rollen waren vertauscht. Und seltsam, er fügte sich. Mit unerwarteter Trauer im Herzen trat er den Rückzug an.

„Madame . . ."

„Sir Amyas?"

„Ihr seid . . . Ihr seid eine ungewöhnliche Frau . . . es war mir eine Ehre, Euch dienen zu dürfen . . ." Sir Amyas Paulet hatte Maria Stuart niemals gedient, lediglich ihrem Gewahrsam war er verpflichtet gewesen. Aber die Art und Weise, mit der sie nun bereit war, in den Tod zu gehen, nötigte ihm die allerhöchste Achtung ab.

Maria, endlich mit ihren Leuten allein, kniete vor ihrem kleinen Altar, über dem ein hölzernes, mit Elfenbein versehenes Kruzifix hing, und versenkte sich ins Gebet. In der Nacht fand sie wenig Schlaf, aber die Überlieferung sagt, sie habe sich im Gespräch fast fröhlich gezeigt. Auch der frühe Morgen fand sie im Gebet. Dann ließ sie sich von Kennedy ankleiden, während Curle sich um ihre Frisur kümmerte.

„Du mußt dir ganz besondere Mühe geben, Curle, ich will noch einmal wirklich schön aussehen." Endlich waren die Haare gelegt und gesteckt, ließ das erste Tageslicht sie in rötlichem Gold schimmern, war der hauchzarte Witwenschleier darüber befestigt, als es laut an der Tür pochte. Der Sheriff von Northampton trat ein.

„Madame, es ist soweit."

Maria, von oben bis unten in einen schwarzen Mantel gehüllt, stand in der Mitte des Raumes, die Hände gefaltet, einen Rosenkranz am Gürtel.

„Ich komme. Ich bin bereit." Auf ihren Wink hin nahm Willie das hölzerne Kruzifix von der Wand und trug es vor ihr her, als sie nun, rechts und links von ihren Frauen gestützt, ein wenig mühsam über Treppen und Gänge der Halle zuschritt.

Obwohl Gaffer nicht zugelassen waren, sich an dem Schauspiel zu ergötzen, war die Halle doch halb gefüllt. Neben den Lords der Kommission hatten sich Edelleute der Nachbarschaft Einlaß verschafft und ihre Familien und Dienerschaft mitgebracht. Ein Trupp Soldaten war angetreten, für Ruhe zu sorgen und die Menge zurückzuhalten. Noch war Lachen und Schwatzen zu hören, hier und da ein zotiges Wort, aber als die hohen Türflügel sich öffneten, die Königin von Schottland einzulassen, wurde es totenstill. Kein Laut war zu hören außer dem leisen Rascheln von Marias weitem schwarzen Mantel und dem Knarren der Bänke, als die Lords sich schweigend erhoben.

Die Halle war sehr groß. In ihrer Mitte hatte man ein Podest errichtet und mit schwarzem Tuch ausgeschlagen, ringsum etwa kniehoch eine Art Gatter und genau im Zentrum, ebenfalls schwarz verhangen, der Richtblock.

Maria hatte die halbe Halle zu durchqueren, langsam, Schritt für Schritt, da die Gicht sie schmerzte, aber dennoch hoch aufgerichtet, von fast anmutiger Würde, als ginge es zum Tanz und nicht in den Tod. Sie nahm die Gesichter um sich nicht im einzelnen wahr, nicht wo Häme ihren Gang verfolgte, wo Mitleid ihr begegnete. Nur einmal traf sie der Blick zweier Augen klar und deutlich, Augen voll gütigen Kummers, deren Blick ihr manches Jahr der Gefangenschaft erleichtert hatte. Shrewsbury. Sie nickte ihm unmerklich zu und sah, daß seine Lippen sich bewegten. Welche Botschaft auch immer er ihr hatte mitgeben wollen, sie gab ihr Stärke und senkte tiefen Frieden in ihr Herz.

Drei Stufen führten auf das Podest, die Maria nur mit Mühe nahm. Oben blieb sie ruhig stehen, eingehüllt in weites Schwarz. Die Anklage wurde vom Sheriff laut verlesen, alle Vergehen von Anfang an, die man jemals gegen die Königin vorgebracht. Als er endlich endete, hob Maria die Hand. Es war nicht mehr vorgesehen, ihr das Wort zu erteilen, aber mit klarer Stimme nahm sie es sich selbst.

„Jetzt in letzter Stunde und vor dem Angesicht Gottes bekenne ich mich als Mensch sündig, als Königin aber bin ich mir keiner Verfehlung bewußt! Ich bitte daher

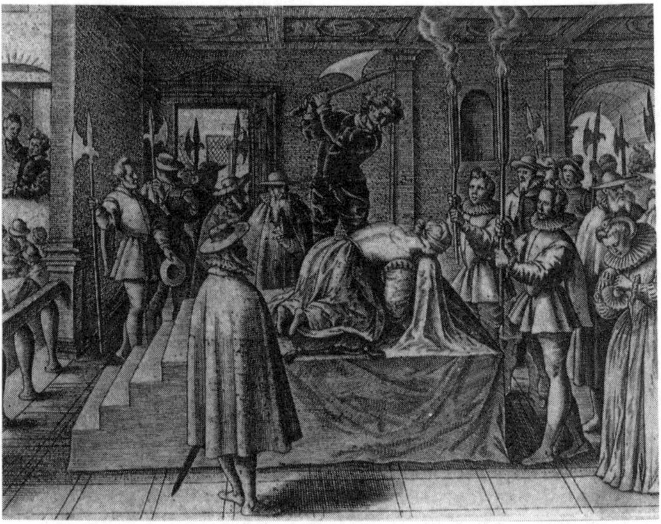

Zeitgenössische Zeichnung der Hinrichtung Maria Stuarts

niemanden um Vergebung und würde eine solche auch von keinem Sterblichen annehmen. Ich gehe einzig für meinen katholischen Glauben in den Tod ..."

In der Halle herrschte absolutes Schweigen. In der einen Ecke der Plattform wartete ungerührt der Scharfrichter, ein Hüne von Mann mit einem blonden Vollbart. An ihn wandte sich Maria jetzt in völlig verändertem Ton.

„Ich höre, Ihr bekommt zehn Pfund für Euren Dienst, so bitte ich Euch, tut Eure Arbeit gut." Dann winkte Maria ihre beiden Frauen heran, die bei den Stufen zurückgeblieben waren. Schluchzend traten sie näher. „Pscht", machte Maria, „ich habe versprochen, daß ihr tapfer seid und kein Zeichen der Trauer zeigt. Straft mich nun nicht Lügen. Kommt, helft mir aus dem Mantel ..." Curle und Kennedy taten ihr Bestes, das Schluchzen zu unterdrücken, und begannen, die Schließen am Kragen zu öffnen, die Manschetten der Ärmel zu lösen. Endlich glitt der Mantel von den Schultern. Maria stand im blutroten Kleid vor dem Henker, rot wie die liturgische Farbe der katholischen Märtyrer. Ein Raunen erhob sich ringsum. Auch der Bärtige starrte einen Augenblick wortlos, ehe er niederkniete und, alter Tradition gemäß, für sein Handwerk um Vergebung bat.

„Ich vergebe Euch", sagte Maria. Der Scharfrichter führte sie an den Richtblock, wo sie ihrerseits hinkniete. Ein letztes Gebet.

„Herr, ich vertraue auf Dich ... Vater, ich befehle meinen Geist in deine Hände ..."

Dann legte sie die Stirn gegen den Block. Der Scharfrichter beugte sich über sie, wollte ihren Nacken entblößen, als Haar und Schleier ihm noch im Wege schienen. Ein wenig ungeduldig schob und zog der Mann, da löste sich das Haar und fiel in einem Stück, goldblond und wohlfrisiert, zu Boden. Eine Perücke. Marias Schädel, fast blank, zierten nur ein paar eisgraue Strähnen. Ihr Haar war seit damals, da sie es vor achtzehn Jahren selber abschnitt, niemals richtig nachgewachsen.

Maria hob nochmals den Kopf vom Block.

„Ihr seid nicht sehr galant, Monsieur."

„Vergebt mir, Madame, bat der Scharfrichter erschrokken ein zweites Mal. Dann faßte er das Beil mit beiden Händen und hob es an zum sicher geführten Schlag.

Der Traum Marias vom Erbrecht der Stuarts auf den englischen Thron ging dennoch in Erfüllung. Ihr Sohn, Jakob VI. von Schottland, regierte nach dem Tod Elisabeths als Jakob I. über ein vereintes England und Schottland.

Maria Stuart aber ruht seither in Westminster Abbey, inmitten des Reiches, auf das ein Recht zu haben, ihre Überzeugung war.

Verzeichnis der Abbildungen

Jetta Sachs-Collignon

Sophie von Österreich

Ein Leben für Habsburg

Aus dem bayerischen Königshause stammend, wurde Sophie im festen Glauben an monarchistisches Gottesgnadentum erzogen. In diesem Buch wird „Sisis“ Schwiegermutter in einem anderen Licht gezeigt.

282 Seiten, 12 Abbildungen
DM 38,– öS 277,– sFr 35,–
ISBN 3-7987-0344-2

Jetta Sachs-Collignon

Isabella d’Este

Mantuas Regentin in schwerer Zeit

Mit diesem historischen Roman werfen wir einen Blick in das Leben einer starken und klugen Frau, die mit ihrer Prunksucht – aber auch mit viel Kunstsinn – ganz ein Kind ihrer Zeit war, der italienischen Renaissance.

304 Seiten, 13 Abbildungen
DM 38,– öS 277,– sFr 35,–
ISBN 3-7987-0339-6